U0133098

日日夜夜

ДНИ И НОЧИ

[苏 联]康·西蒙诺夫 著 磊然 译

人民文学出版社 PEOPLE'S LITERATURE PUBLISHING HOUSE

К. СИМОНОВ

ДНИ И НОЧИ

ГОСУДАРСТВЕННОЕ ИЗДАТЕЛЬСТВО
ХУДОЖЕСТВЕННОЙ ЛИТЕРАТУРЫ
МОСКВА, 1956

图书在版编目(CIP)数据

日日夜夜/(苏)康·西蒙诺夫 著;磊然 译 . - 北京:人民
文学出版社,2005.9
ISBN 7 - 02 - 005137 - 5

Ⅰ.日… Ⅱ.①西…②磊… Ⅲ.长篇小说 - 苏联
Ⅳ.I512.45

中国版本图书馆 CIP 数据核字(2005)第 035428 号

责任编辑:张福生
责任校对:杨 康
责任印制:周小滨

日 日 夜 夜
Ri Ri Ye Ye

〔苏联〕康·西蒙诺夫 著

磊 然 译

人 民 文 学 出 版 社 出 版
http://www.rw-cn.com
北京市朝内大街 166 号 邮编:100705
北京市松源印刷有限公司印刷 新华书店经销
字数 200 千字 开本 880×1230 毫米 1/32 印张 10.625 插页 3
2005 年 9 月北京第 1 版 2005 年 9 月第 1 次印刷
印数 1 - 6000
ISBN 7 - 02 - 005137 - 5
定价 20.00 元

再 版 前 记

　　本书作者康斯坦丁·西蒙诺夫是苏联俄罗斯作家,一九一五年出生于彼得格勒一个军官家庭。技术学校毕业后当过车工。一九三八年毕业于高尔基文学院。此后以军事记者身份开始写作。他一生写过大量的作品:军事报导、诗歌、小说、剧本。他特别致力于描写苏联卫国战争和军人生活的长篇小说。他逝世于一九七九年。几乎在所有的苏联文学史中,都能找到关于他的创作经历的记载。可以说,他是苏联时期最活跃、最著名的作家之一。

　　《日日夜夜》是他于一九四三至一九四四年间写的一本中篇小说,反映苏军当时抗击法西斯德军,英勇保卫斯大林格勒的大会战。这是西蒙诺夫影响最大、流传最广、令人最难忘的作品,显示了他青春时期的才华。

　　关于第二次世界大战中这一重要战役,从辞书中可以找到如下扼要的说明:斯大林格勒会战是"苏联卫国战争中决定性的战役。一九四二年,希特勒利用英美拖延开辟第二战场的机会,集中了一百五十万人的兵力,发动夏季攻势。目的是占领斯大林格勒,切断伏尔加河交通,夺取高加索石油,然后向北包抄莫斯科。七月十七日德军迫近斯大林格勒,苏军与敌军在克列特卡雅和罗文基诺要冲展开首次鏖战。九月十三日德军蹿入市内,双方展开巷战。斯大林发出'决不后退一步!'的号召。参加保卫战的红军和市民浴血奋战。在防御战期间，消灭敌人十八万二千人，改变了力量对比。十一月十九至二十日，苏军从南北两翼转入反攻。二十三日会师卡拉奇，包围了鲍卢斯(1890—1953)指挥的德军主力三十三万人。次年二月二日将其彻底歼灭。这次会战是苏德战争的转折点。"(《世界历史辞典》，上海，1985 年)。

《日日夜夜》叙述的是营长萨布洛夫奉命渡过伏尔加河，率领战士进入与德军对抗的斯大林格勒市内，参与会战全过程，直至胜利的故事。

这场激烈的会战也震惊了正在与东方法西斯势力拼搏的亚洲国家的人民，毛泽东同志曾亲笔为延安《解放日报》撰写了社论《第二次世界大战的转折点》(1942 年 10 月 12 日)一文。他在这篇文章中指出："自德军全面开始攻击斯大林格勒到苏军突破德军对该城西北部工业区的包围线止，苏联军民进行了四十八天人类历史上无与伦比的空前苦战。""这个城市每天的胜负消息紧系着无数千万、万万人民的呼吸，使他们忧愁、使他们欢乐。这一战不但是苏德战争的转折点，甚至也不但是这次世界反法西斯战争的转折点，而是整个人类历史的转折点。"他还说："斯大林格勒一战将停止法西斯的进攻，这一战是带着决定性的。这种决定性，是关系于整个世界战争的。"形势的变化最终证实了毛泽东同志的预见。

斯大林格勒会战和苏联军民对德军的胜利，一直受到苏联人民的崇敬与赞扬。每年四月，胜利日的那一天，在斯大林格勒都举行隆重的纪念活动。苏联解体后，斯大林格勒虽一度改称伏尔加格勒，但人民的盛大纪念活动每年仍照样举行，成了自觉的传统。俄罗斯政府今年已决定取消"伏尔加格勒"，恢复"斯大林格勒"这个原有的令人永志不忘的名称。

这个中文译本的译者许磊然同志，是我国资深的俄、苏文学研究家和翻译家，生平著译甚多。《日日夜夜》最初由她译为中文，刊印于一九五〇年，后来未能再版。她老年患病甚久。病愈后，经友人建议,她重新修订了早年的这个译本,使这部充满爱国主义的、极富于战斗性的作品再度得以在我国流传,使今日的读者能重温二次世界大战中那伟大的一页。

孙绳武
2004 年 8 月

……沉重的锤子，

粉碎玻璃，却铸成钢剑。①

——普希金

---

① 引自普希金的长诗《铜骑士》。

一

一个疲倦无力的妇人倚着小屋的黏土墙坐着,用疲倦得平静的声音讲述斯大林格勒是怎样被烧毁的。

天气干燥多尘。微风把一球球的黄土卷到脚底下。这妇人的脚被烧伤了,赤着,她说话的时候,用手将温暖的尘土聚拢到发炎的脚底下,好像试试用这个方法来减轻疼痛。

萨布洛夫大尉看了看自己笨重的皮靴,不由得后退了半步。他非常高大,虽然他的肩膀很宽阔有力,可是看起来总觉得他太高大,他那魁伟的、背微有些弯的体格,普通而严峻的面貌,有一种神气隐约令人想起青年时代的高尔基。

他默默地站着听妇人说话,一面朝她头顶上的那边注视,有一辆列车就在那边草原尽头的小屋旁边卸货。

草原后面有一带白色的盐湖在日光下闪耀着,这一切好像是世界的尽头。现在,在九月里,这里是离斯大林格勒最后的也是最近的一个火车站。再往前到伏尔加河岸就要步行。这个小城因为盐湖而得名为爱尔通。萨布洛夫不由得想起早在学校时代背熟的"爱尔通"和"巴斯孔恰克"这两个名字。以前这不过是学校的地理课。而现在,这个爱尔通就在这里:矮矮的小屋、尘埃、偏僻的铁路支线。

这位妇人老是唠唠叨叨地讲着自己的不幸,虽然她的话是听惯了的,可是萨布洛夫听了却突然伤心起来。从前他们从一座城退到一座城,从哈科夫到华路依基,从华路依基到罗斯索希,从罗

1

斯索希到保戈恰尔,妇女们也同样地哭泣,他也同样怀着惭愧和疲乏交织的感觉听她们说话。不过这里是伏尔加中下游左岸的一片赤裸裸的草原,是世界的尽头,在这妇人的言语中含有的已经不是谴责,而是绝望,沿着这个草原再往前已经无处可去,在这草原上好几俄里以内既没有城市,也没有河流——什么都没有了。

"把我们赶到什么地方来了啊?……"他不禁低声说,最近几昼夜,当他从火车的加温车里怅望草原时所怀的满腔不由自主的悲哀都被压抑在这句话里。

这一瞬他心里非常难受,不过一想起现在他和边境之间的可怕的距离,他就不会想到他是怎样到这里来的,却想到他要怎样回去。在他的抑郁的思想里面,有一种俄罗斯人所固有的特别的固执,不许他和他的同志们在全部战争期间有一次认为"回来"是不可能的。

可是无论如何再这样下去是不可能的了。此刻在爱尔通,他突然感到这里就横着那个不能越过的界限。

他看了看匆促下火车的兵士们,他希望尽快地沿着这条满是尘土的道路抵达伏尔加,渡河以后,他就立刻要感到不会渡回来了,他个人的命运要在对岸才能和城市的命运同时决定,如果德国人占领了这个城市,那就是说,他一定要死了,如果他不让他们占领,那么,或许他可以活下去。

可是坐在他脚旁的妇人仍旧在讲斯大林格勒的情形,说出一条条被炸坏的和烧毁的街道。萨布洛夫所不熟悉的街道的名称对于她却充满了特别的意义。现在被烧毁的那些房屋是什么时候的建筑和筑在什么地方,现在锯下来做街垒的那些树木是什么时候种植和种植在什么地方,她都知道,她惋惜这一切,好像她讲的不是一座大城市,而是讲她的家,那里面她所熟悉的属于她个人的东西都丧失了、毁坏了,使她非常痛心。

但是偏偏关于自己的家她一句也没有提到,萨布洛夫听她说话的时候,心里想,战争愈往下,惋惜自己失去的财产的人实际上愈是罕见。人们愈少回忆到自己扔掉的家,而只是固执地回忆到一个个刚被放弃的城市的时候愈多。

那位妇人用手帕的角拭去眼泪,用长久的询问似的注视扫视了所有听她说话的人,若有所思地、确信地说道:

"要花多少钱,多少劳动啊!"

"为什么要花劳动?"一个人没有立刻听懂她的意思,问道。

"回来建筑一切呀,"妇人简单地解释说。

萨布洛夫问她自己的事。她说她的两个儿子早已上了前线,一个已经阵亡,丈夫和女儿大概是留在斯大林格勒。轰炸和火灾开始时,她是一个人,从那时起关于他们的消息就一点都不知道。

"您是往斯大林格勒去吗?"她问。

"是的,"萨布洛夫回答说,他并不觉得这里面有什么军事秘密,因为如果不是为了要去斯大林格勒,那么还有什么缘故会使军用列车此刻在这个被上帝遗忘的爱尔通卸兵呢?

"我们姓克里明珂。丈夫是伊凡·瓦西里叶维奇·克里明珂,女儿叫安尼亚①。您或许会在什么地方遇到她活着,"妇人怀着微弱的希望接着说。

"或许会遇到,"萨布洛夫习惯地回答说,他想实际上他或许会由于一种奇异的偶然性遇到他们,在种种方面看来是不可能的这种偶然性,在战争中倒是常有的。

一营兵卸完了。萨布洛夫和妇人告别,从放在街上供战士饮用的水桶里取了一勺水喝了,便向铁路路基走去。

战士们坐在枕木上,脱了靴子,把包脚布卷紧。有些战士省下早上领到的口粮,在嚼面包和干腊肠。营里照常传过了可靠的、兵士的消息,说在卸完以后立刻就要行军,所以大家都赶着办完自己

---

① 安娜爱称。

没有做完的事。有的在吃东西,有的在修补破了的军服,还有的在把烟抽完。

萨布洛夫沿着车站的路线走去。巴伯钦柯团长所乘的那辆列车大概马上就要到了,直到现在还有一个问题没有决定:萨布洛夫的一营人是不等其余各营的人来到就开始向斯大林格勒行军呢,还是等过了夜,整团在早晨立刻一同移动呢?

萨布洛夫沿铁路走的时候,一面观察着后天要和他一同去参战的人们。

有许多人,他对他们的脸和姓名都很熟悉。这是些"伏洛聂士"人——他心里这样称呼那些早在沃罗涅日城下之役里就和他在一块的人。他们中每一个人都是值得珍视的,因为你对他们发命令时不必解释多余的细节。

他们知道,从飞机上落下来的炸弹的黑点笔直朝他们飞下来的时候,应该躺下来,也知道炸弹如果要落在较远的地方,就可以安心观察它们的飞行。他们知道,在迫击炮的炮火下往前爬行一点不比躺在原处危险。他们知道,坦克压死的人,大多正是逃避它们的人,知道从二百米外射击的德国自动枪手,打算吓人的成分总比杀人的成分多。总之,他们知道那一切简单的、然而是伟大的、兵士的救命的真理,这种知识给他们一种信念,知道要杀死他们并不那么容易。

这样的兵士在他的营里有三分之一。其余的是初次经历战争。有一个年纪并不轻的红军战士站在一节车厢旁边,保护还没有装上货车的军用品,他的近卫军的姿势和浓密的、像矛一般突出在两面的棕色胡子远远地吸引了萨布洛夫的注意。萨布洛夫走到他面前的时候,他迅速地举枪敬礼,笔直地、眼也不眨地继续注视着大尉的脸。从他站立的样子上,束腰带的样子和握枪的样子上,都可以感到只有从多年的服务中才能得到的那种兵士的老练。从沃罗涅日城下起一直到师团改编都和他在一起的全部兵士,每个人的脸萨布洛夫几乎都能记得,然而他竟想不起这个红军战士。

"你姓什么?"萨布洛夫问。

"柯纽柯夫,"红军战士口齿清楚地说,仍然凝视着大尉的脸。

"参加过战斗吗?"

"是的。"

"在哪里?"

"在彼列梅希尔。"

"这样说来,你们是从彼列梅希尔撤退的吗?"

"不是,是进攻到那里的。"

萨布洛夫惊奇地看了他一眼。

"什么时候,去年吗?"

"不是。在一九一六年。"

"原来是这么回事。"

萨布洛夫注意地看了看柯纽柯夫。兵士的脸是严肃的,近乎是庄严的。

"那么,在这次战争中你早就在军队里了吗?"萨布洛夫问。

"不,是第一个月。"

萨布洛夫又一次满意地看了柯纽柯夫的结实的体格,往前去了。在最后一节车厢旁边,他遇到他的营参谋长玛斯连尼柯夫少尉在指挥卸车。

玛斯连尼柯夫向他报告,再过五分钟就可以卸完,他看了看自己的四方形的手表说:

"上尉同志,允许我和你对一对表吗?"

萨布洛夫默默地从口袋里摸出他的用别针拴在皮带上的表。玛斯连尼柯夫的表慢了五分钟。他怀疑地看了一下萨布洛夫的又旧、玻璃又有裂缝的银表。

萨布洛夫微笑了。

"没有关系,拨准吧。第一,这只表还是我父亲的,是布连牌,第二呢,要习惯在战争中长官的时间总是准确的。"

玛斯连尼柯夫又对两只表看了一次,把自己的拨准了,举手行了一个军礼,请准许他自由行动。

在列车的运行中,玛斯连尼柯夫被派为指挥长,这次卸兵是他的第一件前线的任务。他感觉在这里,在爱尔通,已经有些嗅得着濒近的前线的气味。他内心激动着,预感到战争,他觉得很惭愧这么长久没有参加战争。所以萨布洛夫今天委托他办的一切工作,他都特别准确而精心地执行着。

"好,好,您走吧,"萨布洛夫沉默了一会儿说。

萨布洛夫注视着这个红润的、生气勃勃的、孩子似的脸,不安地想象着,一星期后,当那肮脏的、令人疲倦的、毫无怜悯的战壕生活要将它的重荷第一次压在玛斯连尼柯夫身上的时候,这张脸不知要变成什么样子。

小小的机车喷吐着蒸气,将等待了好久的第二辆列车拖进备用线。

团长巴伯钦柯中校一向是急性子,客车还在行驶,他就从脚踏板上跳下来。跳的时候把脚扭了一下,他便咒骂着,跛行到赶紧来迎接他的萨布洛夫面前。

"卸得怎么样了?"他并不看着萨布洛夫的脸,面色阴郁地问道。

"完了。"

巴伯钦柯朝四面看了一下。兵的确是卸完了。不过巴伯钦柯认为在和部下作各种谈话时,保持那副阴郁的神气和严厉的语气是他的义务,此刻这要求他来批评一番以维持自己的威信。

"您在做什么?"他生硬地问。

"等待您的命令。"

"如果让他们先吃了,总比等着好。"

"假如我们马上就出发的话,我决定在第一次休息的时候让他们吃,假如我们要在这里过夜,我决定再过一点钟在这里让他们吃热的东西,"萨布洛夫不匆不忙地、习惯地把一个个字拉长了,带着那种平静的逻辑回答说,永远匆忙的巴伯钦柯特别不喜欢他的这一点。

中校沉默了一会儿。

"命令现在就吃吗?"萨布洛夫问。

"不,到休息的时候再吃。你们先走,不必等其余的人。吩咐整队。"

萨布洛夫将玛斯连尼柯夫唤来,命令他去整队。

巴伯钦柯阴郁地一声不响。他一向什么事都是自己做惯了的,大概正是为了这样,所以他永远忙得要命,他永远是匆匆忙忙的,并且常常来不及做。

其实营长当然并不一定要亲自去整出发的队伍,可是萨布洛夫把这件事委托了别人,自己现在却安闲地,什么事也不做,站在团长旁边,这却使巴伯钦柯发怒了。他喜欢他的部下有他在场的时候都忙碌奔走着。可是从安详的萨布洛夫身上他永远得不到这一点。他回过身去,看着整队的队伍,萨布洛夫站在旁边。他知道团长不大喜欢他,可是他已经习惯了,也就不去注意。

他们俩默默地站了一会儿。突然巴伯钦柯仍旧不回过脸来对着萨布洛夫,不过完全用另外一种口吻,称他做"你",声音里含着突如其来的暴怒和委屈说:

"不,你看,他们这班恶棍把这些人害得好苦!"

一列列斯大林格勒的难民,衣衫褴褛、憔悴不堪、裹着满是尘土的灰色绷带,经过他们身旁,困难地跨过枕木走着。

他们俩不由自主地向团队要去的那边看了一看。那边仍旧连绵着一片光秃秃的草原,跟这边一样,只有在前面小丘上旋卷的尘土,好像是远远的一团团火药引起的烟。

"集合地点在雷巴契。急行军走,派联络兵到我这里来,"巴伯钦柯又带着以前阴郁的神气说完,转身向自己的车厢走去。

萨布洛夫走到路上。各连已经整好了队。在等待出发之前,发出了一个"稍息"的命令。队伍里轻轻地交谈着。萨布洛夫走过第二连的时候,又看见了棕色胡子的柯纽柯夫:他在精神抖擞地讲着什么,指手画脚。萨布洛夫走近了一些。

"为什么我们进攻比后退好呢? 啊?"柯纽柯夫说。"好的是:你从东往西走,白天热的时候,太阳照在你背上,到傍晚凉快了,太阳就照在你脸上。一切都是按照时间表。"

"那么子弹也是按照着时间表飞的吗?"有人挖苦地问。

萨布洛夫绕过柯纽柯夫,走到排头。

"本营听我的命令!"

队伍移动了。萨布洛夫向前跨了一步。远远的尘埃在草原上面旋卷着,重又使他觉得像烟。或许真是前面的草原在燃烧。

二

二十天前，在八月里的令人窒息的一天，里赫特霍芬飞行联队的轰炸机从早就悬在城上。实际上它们有多少架，它们轰炸了多少次，飞去又飞来了多少次，是很难说的。不过据观察者计算，在一天当中城上共计有两千架飞机。

城市在燃烧。它烧了一夜，第二天又整整的烧了一天一夜，虽然在大火的第一天，战事还在离城六十公里的顿河渡口进行，不过正是从这场火起才开始了声势浩大的斯大林格勒之战，因为德方和我方——一个在前，一个在后——从这一分钟起都看见了斯大林格勒的火光，于是交战双方的全部军事计划后来都像受磁石吸引似的，被吸引到燃烧的城市来。

第三天，火灾渐渐平息下去的时候，斯大林格勒城里便有着那种特别的、难闻的烧迹的气味，后来在整整几个月的围城中，这气味也没有离开它。燃烧的铁、烧焦的树木和烧坏的砖头的气味混合成一股麻醉性的、难闻的、刺鼻的气味，煤灰和灰烬很快地沉落在地上，但是只要有一阵微风从伏尔加河上吹来，这种黑色的尘埃就沿着烧光的街道旋卷起来，那时又觉得城里是烟雾弥漫的了。

德国人继续轰炸，于是斯大林格勒城里又一会儿在这里，一会儿在那里爆燃起新的、然而已经不再吓人的火。大火一般是比较迅速地结束，因为烧了几所房屋以后，火头很快地烧到以前已经烧光的街道上，它找不到养料便熄灭了。不过城市是那么大，所以总有什么东西在什么地方燃烧着，过了几天，大家都习惯了这固定的红霞,好像习惯了夜景的不可或缺的一部分。

在火灾开始后的第十个昼夜时,德军是非常地逼近了,以至他们的炮弹和地雷不但在近郊,而且连在城中心爆炸的次数也愈来愈多了。

在第二十一昼夜,有一个时刻使只相信军事理论的人可能以为再往下保卫这座城市非但无益,而且甚至是不可能的。城北一些德国人已经到了伏尔加河上,城南的也向伏尔加河挺进。这座绵长六十五公里的城市,最阔的地方还不到五公里,而德国人已经几乎占领了西郊的全部。

炮击从早晨七点钟开始,到日落时还没有停止。这时如果有一个不了解情况的人走进司令部,他会觉得一切情形都很好,以为无论如何保卫者还有很多力量。他看了司令部里上面记着军队分布情况的本城地图后,可以看到地图上的这个比较并不算大的区域全部都密密地写满了驻防的师和旅的番号。他可以听到用电话发给这些师长和旅长的命令,他可能以为只要准确地执行了这些命令,成功无疑是不成问题的,为了要确切地了解经过情形,这位不了解情况的观察者就应该亲自到在地图上用准确的红色半圆形标出来的那些师团里去。

照士兵的数目看来,从顿河撤退下来的许多师,在两个月的战斗中弄得筋疲力尽,现在只是营了。在军司令部里、炮兵团里和医疗卫生营里的人数还相当多,但是在狙击连和狙击营里,每个战斗员都是非常宝贵的。最近几天从各参谋部和后方军队里调出了所有在那里不是绝对必需的人。电话兵、厨师、化学师和传令兵都拨给各团长指挥,他们由于必需都变成了步兵。军参谋长虽然在看地图,不过他非常明了他的许多师已经不是完整的师,然而他们据守各地区的范围仍旧要求他们负起师应该负担的战斗任务。而且,明知道这副重担几乎是力不胜任的,然而从最大到最小的长官仍旧把这副不能胜任的重担加在自己部下的肩上,因为没有第二个办法,作战仍旧是必需的。

如果在战前有人对军长说,有一天,他所指挥的整个流动后备军只有几百个人,他一定会大笑。然而今天这情形的确如此……卡车上的几百个自动枪手,就是他在突破的千钧一发的一刹那所能迅速地从城的一端调到另一端的全部兵力。

军参谋部驻在马马耶夫岗①的大而平坦的山丘上的土窑里和壕沟里,离前线大约有一公里。德军停止了进攻——不知是要拖延到天黑再举行进攻呢,还是决定休息到早晨。可是一般说来,这整个环境,特别是这种寂静,令人预料到在早晨一定要有一番坚决的突击。

"该吃饭了,"副官说,他好容易挤进一所小小的土窑,军参谋长和军事苏维埃委员坐在那里的灯光底下正在研究地图。他们俩互相瞥视了一下,后来去看地图,后来重又互相瞥视着。如果不是副官来提醒他们要吃饭了,他们也许还会坐着对地图看上一个钟头,因为只有他们知道实际情况是多么危险。虽然一切应该做到的和可能做到的工作都已预先看到,司令也亲自到师团里去检视怎样执行他的命令,可是要丢开地图总是困难的——他们希望像奇迹似的在这张纸上再找出什么新的、未曾有过的可能来。

"唉,吃饭就吃吧,"军事委员会委员玛特维叶夫说,在性格上,他是一个乐天的人,快活。即使在参谋部里军务繁忙的时候,也还想到要吃点喝点。

他们俩走到露天里。天色开始暗下来。在底下的瞭望台右面,迫击炮排炮的炮弹闪掠过去,在铅色的天空特别明显,好像一群目光炯炯的野兽。德国人准备了夜战,在空中放了最初的白色照明弹,这些照明弹一般是指定他们夜间的前方界限的。

---

① 马马耶夫岗位于斯大林格勒市中心,二战期间苏德两军曾在此进行了异常激烈的战斗。现建有斯大林格勒战役烈士纪念碑。

所谓的绿环就经过这马马耶夫岗。斯大林格勒的共青团员在一九三〇年想起了造它,在十年之内就用一带年轻的花园、公园和林荫路环绕着以前是多尘的、令人窒息的城市。玛玛叶夫土丘上也整整齐齐地种植着十岁的、纤细的小菩提树,排列得像棋盘。

玛特维叶夫四顾了一下。这个温暖的秋晚是如此的美好,四周突然这样地寂静起来,开始发黄的菩提树叶散发着夏末秋初的清新,使他感觉在这样的夜晚,坐在此地唯一的建筑物——一个设有餐室的半毁坏的简陋的小农舍里,简直是荒谬的。

"这样吧,"他对副官说,"你去关照叫把桌子搬到这里来,我们就在菩提树下吃饭。"

从厨房里搬来了一张跛足的桌子,铺上了桌布,又摆了两张凳子。

"喂,将军,我们坐下吧,"玛特维叶夫对军参谋长说,"很久没有和你坐在花园里的菩提树底下吃饭了,恐怕很快还不能这样吧。"

他回头朝被烧毁的城市看了一看。

副官端来了两杯伏特加酒。

"将军,你可记得,"玛特维叶夫接着说,"索考尔尼基① 的迷宫附近的情景,就好像修齐的丁香造成的小亭,每个里面都有小桌小凳。还摆了茶炊……全家到那边去的越来越多……"

"不过,那里有蚊子呀,"没有那种闲情逸致的将军插嘴说,"跟这里不同。"

"可是这里没有茶炊,"玛特维叶夫说。

"可是也没有蚊子呀,"将军固执地回答说。"不过那里的迷宫的确不错,很难走出来。"

玛特维叶夫回头看看下面展现在他背后的城市,勉强笑道:

---

① 莫斯科附近的避暑地。

"迷宫……"

在下面有无数的街道会合着,分岔着,交错着,在街道上,在决定许多人的命运时将要决定一个重大的命运——军队的命运。

副官在半暗中很快地走近了。

"鲍伯洛夫从左岸派来的人到了,"他说话的声音证明他是气喘着跑来的。

"他们在哪里?"玛特维叶夫简单地问道。

"和我在一块,少校同志!"副官喊了一声。

他旁边现出了一个在黑暗中辨别不清楚的高个子。

"遇见了吗?"玛特维叶夫问。

"是,"少校回答说,"遇到了,鲍伯洛夫上校命令我报告,他已经遇见了,马上就要开始渡河。"

"好,"玛特维叶夫说,他轻松地、深深地叹了一口气,推开凳子站了起来。

在最近几小时里,不断地使他、参谋部长和周围所有的人焦急的那个问题,此刻解决了。

"司令还没有回来?"他问副官道。

"没有。"

"马上到各个师团里去找他在什么地方,报告他:鲍伯洛夫已经遇见了。"

三

鲍伯洛夫上校一清早就被派出去迎接萨布洛夫当营长的那个师团,去催促他们。鲍伯洛夫还没有走到中阿赫比巴,中午就在离伏尔加三十公里的地方遇见这个师。第一个和他说话的人恰巧就是走在一营前面的萨布洛夫。上校向萨布洛夫问了师团的番号,从他口中知道师长还远远的在后面,便很快地坐上已经准备开动的汽车。

"上尉同志,"他对萨布洛夫说,又用疲倦的眼睛看了看他的脸。"我不必向您解释,为什么您的一营人到六点钟应该在渡口。"

他一个字也不多说,就砰的一声关上车门,向司机点头示意叫他开车。

晚上六点钟,鲍伯洛夫回来的时候,看到萨布洛夫已经在河岸上了。这营人走到近伏尔加河岸的时候,像平时经过令人疲惫的行军之后那样,队伍不整齐,有一点拖长。不过在第一批战士看到伏尔加之后半小时,萨布洛夫在等候进一步命令的时候,就把所有的人都分布在沿峡谷一带和多丘的河岸的斜坡上。

萨布洛夫在等待渡河的时候,将一营人分布在河岸上,自己坐在水边的大木头上休息,这时鲍伯洛夫上校坐到他面前,打开漂亮的烟盒,里面装着不知从哪里弄来的"北帕尔米拉"牌烟,请他抽烟。

他们便抽起烟来。

"好,那边怎样?"萨布洛夫朝右岸的方向歪歪头,问道。

"难，"上校回答说。"难……"第三次又低声重复了一声"难！"好像这个字里面包含着一切的意义，再没有什么可以补充了。

如果第一个"难"的意思是普通的困难，第二个"难"是很困难，那么低声说出来的第三个"难"就是异常地困难，难得要命。

萨布洛夫默默地看了看伏尔加的右岸。它在那里——高而陡峭，像所有俄罗斯河流的西岸一样。萨布洛夫在这次战争中身受到的永远的不幸，就是俄罗斯和乌克兰所有的河流的西岸都是陡峭的，所有的东岸都是倾斜的。而所有的城市，像基辅、斯摩连斯克、德聂泊洛彼得洛夫斯克、莫吉连夫、罗斯托夫……偏偏都在西岸上。所以这些城市以前都很难防守，因为它们都紧靠着河；将来收复的时候也困难，因为那时它们是在河的那边。

天色渐渐地暗下来，可是德国的轰炸机怎样在城上绕圈子，笔直冲下来又飞上去，高射炮爆炸的火光怎样像细碎的卷云稠密地掩住了天空，都可以看得清清楚楚。

城南有一所大粮仓在着火，甚至从这里都可以看到火焰往上蹿。在它的高耸的石烟囱上，可以看出通风力很大。

然而有几千个又饥又渴、哪怕有面包皮啃也好的人，在伏尔加对岸的无水的草原上向爱尔通走去。

可是这一切此刻使萨布洛夫产生的不是关于战争是无益和可怕的那种世代相传的总结论，而是对德国人的简单而明白的仇恨感。

夜晚是凉爽的，可是经过草原上的炎热的日晒和一路多尘的行军之后，萨布洛夫的头脑老是不能清醒，他不住地想要喝水。他从一个战士那里拿了钢盔，顺着斜坡一直走到伏尔加河上，脚不断陷在河岸的软沙里，走到了水边。他汲了第一次，便不假思索地、贪婪地喝了这清凉的水。不过等他身上已经凉了一半，又汲取了第二次，将钢盔举到嘴边的时候，忽然觉得一个最简单的、同时也是最强烈的思想使他大吃一惊：——伏尔加的河水！他在喝伏尔加河里的水,同时他又在作战。这两个概念——战争和伏尔加——非常明显地,相互之间是无论如何不会发生联系的。从童年时代、学校时代以及终生,伏尔加对于他永远是一样俄罗斯的东西,但现在他竟站在伏尔加河上,喝它河里的水,而对岸却被德国人占据着,这在他看来是不可置信的、奇怪的。

他怀着这种新的感受顺着沙坡走上来,走到鲍伯洛夫上校仍旧坐的那个地方。鲍伯洛夫对他看了一看,好像回答他的隐秘的思想似的,若有所思地说:

"是呀,上尉,伏尔加……"他用手指着河的上游,补充说,"瞧我们的汽艇带着驳船下来了……"他又用专家的眼光注意地看了一下说,"可以容得下一连人和两尊炮……"

小火轮后面拖着驳船,十五分钟后靠岸了。萨布洛夫和鲍伯洛夫走近仓促钉好的木头码头,就应该在这里上船。

从驳船上抬下伤员,经过拥挤在小桥上的战士们身旁,有些伤员在呻吟,不过大部分都不做声。一个年轻的护士在担架中间来回地走着。接在重伤的后面,从驳船上走下了大约十五个还能走动的人。

"轻伤的这么少,"萨布洛夫对鲍伯洛夫说。

"少?"鲍伯洛夫反问了一句便笑起来。"到处都是一样的多,不过没有全部渡河过来。"

"为什么?"萨布洛夫问。

"对您怎么说呢……他们留下来,一则因为困难,二则因为情绪非常激动。而且他们又痛愤。不,我对您说的不是那回事。这大概是解释不明白的。等您渡了河,到第三天您自己就会明白是为什么了。"

第一连的战士开始沿着小桥走上驳船。这时却产生了一种事先没有预料到的复杂情况。原来岸上聚集了许多人,他们希望此刻就能让他们上船,而且正是要上去斯大林格勒的这一条驳船。

一个从医院回来,第二个从粮库搬了一桶伏特加酒,要求连人带酒一同载上去。第三个是一个魁伟的大汉,胸口紧抱着一只沉重的箱子,钉着萨布洛夫说,这是地雷的雷管,如果他今天不能送到,就要被杀头。最后还有一些人不过为了各种需要应当在早上渡到左岸,现在又希望赶快回到斯大林格勒。无论怎样劝说都没有用。从他们的语气和面部表情上,无论如何也预料不到在他们如此急于要去的右岸上是一座被包围的城市,那里的街道上每一分钟都有炮弹爆炸着。

萨布洛夫以他固有的镇静,决定让带雷管的人和带伏特加酒的那个军需上船,赶走了其余的人,说他们要乘下一班的驳船走。最后来到他面前的是一个护士,她刚从斯大林格勒来,在伤员们被卸下这条驳船的时候,陪伴着他们。她说对岸还有伤员,她还要跟着这条船把他们运到这里来。萨布洛夫不能拒绝她,等一连人上了船,她也跟着别人沿着窄狭的绳梯先走上驳船,然后再走上小火轮。

船长是一个并不年轻的人,穿着蓝色的上衣,戴着帽舌已经破了的苏联商业企业职员的旧制帽,他向扩音器里含糊不清地发了一个什么命令,小火轮就解缆离开了左岸。

萨布洛夫坐在船尾,腿垂在船舷外面,双手抓着栏杆。他脱下大衣,放在身旁。风从河上吹到军服底下,使他感到很愉快。他解开军服,拉开胸口,让军服被风鼓得像帆似的。

"您要着凉的,上尉同志。"站在他旁边、要去运伤员的少女说。

萨布洛夫微笑了一下,她认为在战事的第十五个月里,他在渡河往斯大林格勒去的时候,竟会突然着凉而生起流行性感冒,这个假定在他看来是可笑的。他什么也没有回答。

"而且您会不觉得是怎样着凉的,"少女又执拗地重复说。"到了晚上,这里的河上很冷。我就是因为每天渡来渡去,已经伤风得连嗓音都没有了。"

果然,在她那纤细的少女的声音里,可以感到有些伤风的嘶哑声。

"您每天渡来渡去吗?"萨布洛夫抬起眼睛看着她说。"一天几次?"

"有多少伤员就渡几次。我们现在不比从前了——从前先是送到团里,后来送到医疗卫生营,然后再送医院。现在我们从前线抬了伤员立刻就亲自送到伏尔加对岸去。"

她说这话的语气是那样的镇静,使萨布洛夫也出乎意料之外,发出平时他不喜欢问的那个空洞而无足轻重的问句。

"一天来去这许多次,您不害怕吗?"

"害怕,"少女承认说,"把伤员从那边运过来的时候,并不害怕,可是一个人回去的时候,倒是害怕的。一个人觉得更害怕些,这不是真的吗?"

"是真的,"萨布洛夫说,他心里想,就连他自己在想到他的一营人和在营里的时候,总比他偶尔单独的时候害怕得好些。

少女坐在他旁边,也把脚垂在水面上,信任地触了一下他的肩,低声说:

"您知道什么可怕吗? 不,您不会知道……您已经年纪大了,您不知道……可怕的是我会突然被打死,便什么都没有了。我一直梦想的那件事,一点儿也不会有了。"

"什么不会有了呢?"

"无论什么都不会有了……您知道我几岁吗? 我十八岁……我什么都没有看见过,什么都没有……我梦想要读书,也没有能读书……我梦想我要去莫斯科和各个地方,可是我连一处也没有去过。我梦想……"她踌躇了一下,又接下去说,"我梦想要发生恋爱、结婚——这一切也没有做到……所以有时候我就害怕,非常害怕,怕这一切突然都不会有了。我要是死了,就什么都不会有了……"

"可是假如您已经读好了书,您要去的地方也都去过了,并且已经结了婚,您想,您就不会觉得这么可怕了吗?"萨布洛夫问。

"不是,"她确信地说,"我知道对于您就不像对于我这么可怕。您年纪已经很大了。"

"几岁呢?"

"嗯,三十五到四十。是吗?"

"是的,"萨布洛夫微笑了一下,他很难受地想,要向她证明他并没有四十岁,连三十五岁也不到,而且他还没有学会他希望学会的一切,并没有到过他想去的地方,也没有像他希望爱的那样爱过,这完全是无用的。

"您看,"她接着说,"所以您不应该觉得可怕。可是对于我却是可怕的。"

这话说得那样的忧郁,同时又怀着自我牺牲的精神,使萨布洛夫不禁希望赶快把她当孩子似的抚摸一下她的头,说几句不着实际的好话,说一切都会好起来,她不会遇到不测的。可是燃烧着的城市使他不能说这些空话,他只做了一件事来代替这些话:他当真轻轻地抚摸了一下她的头,又迅速地将手拿开,不希望让她想他是误解了她的坦率。

"今天我们的外科医生被打死了,"少女说,"他死的时候,我搬运了他……他一向总是那么凶,什么人都要骂。在施行手术的时候也骂,连我们都骂。并且,您知道,伤员愈痛得厉害,呻吟得厉害,他就愈骂得凶。可是当他要死了我把他运送过来的时候——他的腹部受伤——他虽然痛得非常厉害,却静静地躺着,并不骂人,一句话也不说,好像表示:完了。所以我懂得,实际上他一定是一个非常和善的人。他骂人,因为他不忍心看见人们这样痛苦,而他自己痛苦的时候,他总是不开口,什么也不说,就这样一直到死……什么也……不过在我哭他的时候,他突然微笑了一下,您想这是什么缘故?"

"我不知道，"萨布洛夫说。"或许，因为您在这次战争中还活着，身体健康，他觉得很高兴，所以就笑了一笑。也许不是这样，我不知道。"

"我也不知道，"少女说。"不过我非常可惜他，又觉得奇怪：他是那么高大，那么强健……我总觉得我们大家，连我在内，会先被杀死，他总要轮到最后或者永远轮不到。突然地，竟是完全相反。"

小火轮喷吐着蒸气，悄悄地向斯大林格勒的河岸驶去，离岸共计不过二三百米了。可是偏偏在这时候，第一枚炮弹带着呼啸的声音扑通一声落在船前的水里。萨布洛夫因为没有料到，被它惊得一跳。少女并没有惊跳。

"他们开炮了，"她说。"我这会儿乘着船，一边和您谈话一边想：他们为什么不开炮呢？"

萨布洛夫没有回答。他倾听着，炮弹还没有落下来，他就懂得这第二个炮弹的射程很远。炮弹果然落在小火轮后面大约二百米的地方。德军将轮船放在所谓的"夹叉射击"之间——一个炮弹落在前面，一个落在后面。萨布洛夫知道，他们现在将夹叉分做两半。然后再把这个距离分为两半，再校正一下，往后的事就全要碰运气，战争中总是这样的。

萨布洛夫站起来，朝船尾走了几步，把双手做成传声筒的样子，对驳船喊着：

"玛斯连尼柯夫，命令他们把大衣脱下来，放在身旁！……"

轮船上站在他旁边的红军战士们懂得上尉的命令跟他们也有关系，便急忙解开大衣，脱下来放脚旁。

德方炮手果然不出萨布洛夫所料，把夹叉分得那么准确，以至第三枚炮弹啪的一声几乎就落在船舷旁边。

"框子，"少女说。

萨布洛夫朝上面瞥视了一下，只见一架德国"福基·吴尔夫"式的双胴体的炮队射击校射飞机飞得并不高，简直就在头顶上，这种飞机尾部的样子很奇怪,像"Π"字字母,前线上到处都称它"框子"。德军炮兵的射击所以能这样准确的缘故,现在才明白了。小火轮因为拖着驳船,丧失了机动的可能。他们离靠岸还有五分钟,现在只好等待着。

萨布洛夫朝少女瞥视了一下,他发觉她显然并没有普通人们在危险时所产生的那种感觉:她既不想挨紧什么人,也不一定要在什么人身边,这倒使他很惊奇。她态度镇定地站在船舷边,离萨布洛夫五步的地方(他就是把她留在那里的),默默地、习惯地等待着,固执地注视着她脚底下的流水。

萨布洛夫走近了她。

"万一有什么事情发生,您能游到岸上吗?"

"我不会游泳,"她说。

"完全不会?"

"完全不会。"

"那么您就靠近那边站着,"萨布洛夫说,"您看,那边挂着救生圈。"

他用手指着挂救生圈的地方,正在这一刹那,一个炮弹落在轮船上。炮弹显然是落在机器房里或是锅炉里,因为一切东西立刻轰的大响起来,东倒西歪,翻转过来,一些滚过来的人把萨布洛夫也撞倒了,他被掀上去,又落到水里。过了一瞬他用手划着,到了水面上。轮船上剩下烟囱的那一部分在离萨布洛夫二十步外倾侧了,像一个大玻璃杯似的,先用烟囱汲满了水,后来就沉到水底。

四周的人们在水里挣扎。萨布洛夫想,他当时命令他们脱掉大衣,做得很对。靴子沉重地灌满了水,使脚往下坠,他决定要先潜到水里把靴子脱掉。可是顺流掠过他的身旁的驳船离得那么近,使他像兵士似的舍不得扔掉靴子,决定就穿着靴子游到那边。

这一切的思想一秒钟内在他的头脑里闪过,过了一瞬他看见少女在离他几米的地方,她企图抓住一块轮船的碎片,可是没有抓住,人就沉到水里去了。萨布洛夫迅速地划了几下,划了几俄丈,当少女再次露在水面的时候,他便抓住她的制服。幸亏驳船顺流几乎笔直朝他过来,他就集中全身之力,用一只空着的手迅速地划了几下,以便划到驳船的航路上。

过了半分钟,他抓住了战士们从驳船上朝他伸过来的手。他很容易地被拖近船舷,他后面拖着少女,他确信那些结实的手能把她拖上驳船,便自己很快地爬上了船。

"啊,上尉同志,真要谢天谢地,"就在他身旁的玛斯连尼柯夫高兴地说。

萨布洛夫向他瞥视了一下。玛斯连尼柯夫没有穿靴子,也没有穿军装上衣;他怀疑萨布洛夫自己不知能不能泅到,所以预备跳下水去。

"等一下,"萨布洛夫说完,又转身向水边走去。

红军战士们接连着游到驳船边上。船长最后游到。他爬上驳船的时候,呼哧呼哧地出着气,一面破口大骂,那顶帽舌破损了的苏联商业企业职员的制帽不知怎样还保留在他头上,拉得更深地压住额头。

一只小艇离了岸,吐着蒸气,迅速地来拦住顺流而下的驳船。

"准备扣绳索!"小艇上面有一个带伏尔加流域口音的低音像雷鸣似的喊道。

一分钟后,一个系在细绳上的小沙袋带着啸声划破了空气,噗的一声落在驳船上。红军战士们开始齐心地拉着绳索。

驳船后面远远的水里又落了几枚炮弹,后来一切都沉静了:逼近的、陡峭的河岸现在使德国人不能射击了。

"点一点人数,"萨布洛夫对玛斯连尼柯夫说,"把衣服穿好。您就预备这样光着脚站着吗?"

玛斯连尼柯夫不好意思地看了看自己的赤脚,赶快把靴子穿好。

一个战士把自己的大衣给萨布洛夫披在肩上。

"给那个姑娘一件大衣,"萨布洛夫说。"她在哪里?"

她就坐在离他几步的地方,已经有人给她披上大衣,她好像忘记她浑身都湿透了似的,将她的长发绕在小拳头上,怀着女性的勤勉要把它绞干。萨布洛夫想到她面前去,可是这时玛斯连尼柯夫却轻轻地拍拍他的肩头。

"怎么?"

"没有了八个人,"玛斯连尼柯夫低语说,他的脸上现出了痛苦的表情:刚刚才在拢岸,还没有经过什么战斗,便已经没有了八个人。

驳船靠近了码头。现在不但可以听见大炮的爆炸声,连附近机关枪的嗒嗒声也可以听见。萨布洛夫还没有知道城内情形的真相,倒被它吓了一跳。机关枪就在离这里不出两三公里的地方射击着。

情绪激动的人们忙着赶快上岸。萨布洛夫让他们在身边走过去。少女也是第一批上岸的。等萨布洛夫想到她的时候,她已经不在驳船上,也不在码头上。他和玛斯连尼柯夫最后下了船。

四

到夜里突然起了暴风雨。十点钟,萨布洛夫带着他最后的一连人渡河的时候,四周的一切好像是一幅故意画得非常阴郁而怪诞的图画。伏尔加河在咆哮,泛着泡沫;前面的夜景上,整个地平线上都升起了紫红色的火柱,紫红色的回光反映在上面黑色的天空上,舞蹈着。黑暗的岸边频频发出的闪电,照耀着被毁房屋的奇奇怪怪的炸断的地方、朝天竖立的屋顶和像被揉皱的、缩成一团的纸卷似的巨大的贮油池。倾盆大雨斜倒下来,打在人的脸上。

在岸上,在一片漆黑的废墟和瓦砾堆中,很难辨别出什么。人们互相摸索着和听声音寻找对方,但是雨仍旧不断地落下来,在周围喧噪着,激溅起水花。

萨布洛夫在最后一班驳船上把他们的行军灶和载食粮的货车都运过来。在这一团黑暗和混乱之中,根本不必去打算煮热东西吃。聚集在粮食车旁边的司务长们领到了干粮,便在黑暗中摸索着发给他的下属。差不多没有地方可以避风雨:木板、屋檐和废墟,什么都是湿淋淋的。

萨布洛夫在日落时所听到的逼近的自动枪声,此刻几乎停止了;有时候突然只有几发排枪响了一阵,立刻又停止了。然而在远远的什么地方,从左右都不断地听到轰轰的炮声,和雷声交替地鸣响着。

尽管萨布洛夫非常明白,主要的危险天一亮就要开始,但是他仍旧希望天快些亮,——那时至少可以分辨出来,看得见他们是在什么地方,他们的周围是什么,他们要往什么地方推进。

午夜整十二点钟的时候,萨布洛夫终于把他的几连人安插在离岸最近的几条变为废墟的街道上,当他的疲倦得要死的部下,有的已经睡着了,或是想要入睡的时候,巴伯钦柯派来一个联络兵,请他到师长那里去。

师参谋部原来也在岸上,离萨布洛夫不过十分钟的路程。参谋部暂时驻在斜筑在断崖下一所建筑物里,在高墙脚底下。这个洞相当深,由埋在地下的像圆柱似的水泥柱围着。这里可以点灯,所以整个地窖都点着被吊在柱子上的一盏"蝙蝠"灯和几盏电灯,这些电灯在需要记录些什么或是看地图的时候,一定可以取下来。

萨布洛夫是从漆黑的地方来的,他甚至在"蝙蝠"灯光下也不得不眯起眼睛;他分辨不出人脸,虽然听到嗡嗡的声音,他懂得地窖里有许多人。

"萨布洛夫,"他听见巴伯钦柯的声音。

"怎么,现在都弄好了,"另外一个声音说,萨布洛夫觉得这声音很熟。

萨布洛夫仔细看了一下,看出在巴伯钦柯旁边站的是师长泊洛青柯上校,萨布洛夫和他很熟,并且很早就认识他,不过自从他在沃罗涅日城下受了重伤住进医院后,萨布洛夫将近有一个半月没有看见他了。泊洛青柯不久前,不过一星期前,在出发往前线时,才回到师团。萨布洛夫知道这件事,不过一直还没有看见过泊洛青柯。上校对待跟他服务了很久的人不但不冷淡,有时甚至对他们很有好感,他从黑暗中朝"蝙蝠"灯前移了一步,拍拍萨布洛夫的肩膀,问道:

"阿历克西·伊凡诺维奇,怎么样?仍旧还活着吗?"

"仍旧活着,"萨布洛夫回答说。

泊洛青柯对所有他很早就认识的人,甚至对最小的指挥员,都喜欢一定要叫他们的名字和父名,在其余的人们面前,以此来强调他和所有老兵的悠久的同伍关系,并不在乎他们的头衔。

"活着,"泊洛青柯微笑说,"我也是活着。这很好。"他向黑暗中一个难以辨认的人说,"将军同志,我们是老朋友,早在莫斯科城下就待在一起……"

他的亲昵的口吻立刻变成严肃而正式的,重又问了一次他所召集的指挥员们都聚齐了没有,便开始解释这一夜的任务。需要在一夜里面去接替抵御德军主要进攻方向的师团残部。巴伯钦柯的一团人应该要用夜袭击退工厂村郊的德军,他们今天日间在那里最逼近伏尔加河,而萨布洛夫晚间听见的逼近的自动枪声,显然就是从那里来的。

泊洛青柯像他平时做事一样,在详细而准确地解释这个任务的时候,用铅笔在摺得整整齐齐的、干干净净的地图上画着线,然后让夜里只需要据守阵地的两个团的团长走了之后,对巴伯钦柯说:

"菲列浦·菲列泊维奇,你懂得你应该做的事吗?"

"我们要做到的,"巴伯钦柯说。

"军里派来几个熟悉这城市的形势和环境的指挥员,每一营我都要派给你。指挥员同志,"泊洛青柯转过身来说。

黑暗中走出三个指挥员:两个中尉和一个上尉。

"你们将受中校的指挥,形势很困难,"泊洛青柯的眼睛盯着巴伯钦柯说。"非常困难……在一个不熟悉的城市里夜战。这里不会有什么死板的规则。作战的人愈多,就愈混乱,损失也愈重大。要奇兵突出和有果断,而不在人数多少……巴伯钦柯同志,您明白吗?"泊洛青柯严峻地说,好像他预料到巴伯钦柯可能会采取什么他预见到而且不赞成的决定,就用这些话来警告他。"今夜你们要用一营人去作战,其他两营人应该准备在黎明的时候去支援和击退反攻。进攻的工作可以交给萨布洛夫……"

放下巴伯钦柯,泊洛青柯转身对萨布洛夫说:

"而你也应该记得——夜战不是靠人数,而是用奇兵,就像在沃罗涅日那样……您记得沃罗涅日吗?"

"是的。"

"记得很清楚吗?"

"是的。"

"那就好。要像在沃罗涅日一样坚守着,并且要打得更好。全部的奥秘都在这里面。"

泊洛青柯转身对着一个站在后面默默听他们谈话的人。现在萨布洛夫仔细地看了他。他穿着一件黑皮大衣,上面的雨点闪闪发光,带着绿色保护色的将军领章。显然他早就向泊洛青柯指示了一切,现在只是听听泊洛青柯怎样调度。

"将军同志,您没有命令了吗?"泊洛青柯问。"可以让各位指挥走吗?"

"再等一下,"将军说着,走近了灯光。

萨布洛夫现在可以十分清楚地观察他。他是中等身材,像狮子一般沉重的头,灰色的眼睛,目光严厉,看起人来皱着眉头,很厚的下巴。而在目光里、下俯的头里和向前急冲的身体里面——都有一种共同的、特别的、坚毅执拗的表情。仿佛他此刻要说出来的话一定是严峻而尖锐的,可是他开口说话时的声调却是出人意外地清楚和平静。

"您曾参加过巷战吗?"他问萨布洛夫。

"是的。"

"工兵在前面,自动枪手在前面,优秀的射手在前面。懂吗?"

"懂。"

"自己也在前面。在这种情形下,在斯大林格勒,我们就是采取这种办法。"

"我们的师里也是采取这样的办法,"萨布洛夫自己也不曾料到竟说得这样生硬,好像是和一个普通人,而不是和军长谈话。他甚至连"将军同志"这几个字也忘记加上。将军的面部毫无表情。从他的面部根本猜不出他是不是喜欢这个答复。

"可以派指挥员们去吗?"泊洛青柯重复问。

"可以,让他们走吧,"将军说。

出去的时候,萨布洛夫觉得有一道注意的目光送着他,还听见泊洛青柯在答复将军的问话时,最后一句话说得最响亮:

"不要紧,他会打胜的……"

萨布洛夫想,这句话显然说的是他。

萨布洛夫在黑暗中跟着巴伯钦柯走的时候,问巴伯钦柯到底什么时候可以派给他一个政委,来代替因为患伤寒在半路上从兵车上卸下来的原先那一个。

"怎么,你要我给你养一个出来,是不是?"巴伯钦柯粗暴地说。"第一连的政治指导员有没有执行他的职务?"

"执行的,"萨布洛夫用那样的口气回答说,以至在这寥寥的几个字里便可以感到关于这件事他所要发的全部牢骚,可是巴伯钦柯却装出他并不懂得这种语气的样子。

"好,他既然在执行,那么就让他往下执行吧。"

他们又默默地走了几十步。萨布洛夫既不爱巴伯钦柯,也不器重他,不过对他个人的勇敢倒很尊重,再则这到底是他的团长,再过一小时他就要跟这个人一同去作战。萨布洛夫并不是害怕,不过一种比平常更强烈的激动在这次夜战前控制了他,所以他希望能从巴伯钦柯那里听到些在这一瞬里能够鼓励他的什么话。

"中校同志,这次的结果一定会很好,您想怎么样?"

"我不想,劝您也不必想。有命令吗? 有的。那么等我们明天执行完毕了再想吧。"

他像平时一样,说得很枯燥,他对于他部下的心理永远一点也不了解。所以萨布洛夫再也不想去问他什么。

萨布洛夫回到营里的时候,他的卫兵——虽然他已经三十岁了,全营的人都管叫他彼嘉①——已经在废墟中间安排好了一个好像是指挥处的营房。要到那边去,固然要手足并用,不过那里却比较干燥,并且还点着灯。

萨布洛夫召来了玛斯连尼柯夫,代替营政委的政治指导员帕尔芬诺夫和全部三个连的连长:瘦长条子、留着小髭,样子像夏伯阳的高尔基因柯,矮小的维诺库洛夫,和安静的、身体魁梧的、从后备队里才调来不久的西伯利亚人泊泰泊夫。萨布洛夫要连长们在半小时之内从每连里挑选出五十名自动枪手和优秀射手。

"前面,"他展开本城的地形图,解释道:"是一块广场,那一面的房屋已经被德军占领,那里有三所大房子,每一所占半个街区。今夜我们要占领这些房屋,"他说的时候,只是在每一个字后面停顿一下,好像加着逗点,来加强这些字的意义……

……他将兵力分为三部:高尔基因柯和他的部队要绕道广场去夺取左边的房子,帕尔芬诺夫也是绕道去夺取右边的屋子,他自己要笔直穿过广场前进……

连长们默默地听着。

"您,"萨布洛夫对玛斯连尼柯夫说,"留在后备队里,当您一达到我们的阵地,便停下来,把所有不跟我们去的人都布置起来,等待天亮。您要把人布置妥当,到天亮我们一击退德国人,你们就和我们非常接近并且可以支援我们。明白吗,玛斯连尼柯夫?"

"明白,"玛斯连尼柯夫带有几分苦恼地说,他不满意初次作战就把他留在后备队里。

离出发还有半小时,萨布洛夫趁此巡视了全部在黑暗中忙碌的三连人,并且一个一个的回忆起还是在沃罗涅日城下和他一同作战的人们,他依次把他们唤出来,希望在初次的并且还是夜战当中,尽量使老兵参加。即使他在夜里要丧失过多的人,不过假如他

---

① 彼得的爱称。

到天亮时不能夺得房屋,在天明的时候还要重来进攻的话,他损失的人反而要更多。

萨布洛夫巡视第二连的时候,他想起了在爱尔通和他谈话的那个兵士。他想这个年纪不轻、留着小髭、态度镇静的汉子从前大概是个大胆的猎人,在夜战里干起来一定很敏捷。

"柯纽柯夫,"他喊道。

"柯纽柯夫在这里!"一个兵士好像突然从地底下钻出来的,在他耳旁大喊着。

"把柯纽柯夫也包括在内,"萨布洛夫对泊泰泊夫说。"他也要去……"

半小时后,三连人和萨布洛夫挑选出来走在前面的突击部队开始在雨中沿着被火烧光的、弥漫着毒性的烟气的街道慢慢地向前推进……

指定陪着萨布洛夫一营人同去的那个身材矮小的、黑皮肤的人是如克上尉。他将一营人领到街后面的空地上,那条街的正面就是今夜的前线。再过去是一个广场,对面的边缘上屹立着被德军占据的那三所大房子,好像是嵌在它里面的半岛,在黑暗中隐约可以看出来。广场的这一边缘上由白天撤退来的某团的残部防御着。团长阵亡,政治委员也阵亡了。团由一个上尉——一个营长——指挥着,至于来给萨布洛夫领路的那个中尉原来是临时被派做团参谋长的。实际上,他的使命此刻已经完毕,不过他把团长带到一旁,喊喊喳喳地说了一阵,又回到萨布洛夫那里,说他对于萨布洛夫要占领的那些房子很熟悉,如果萨布洛夫不反对,他就跟他同去。萨布洛夫并不反对,相反,他很高兴,虽然他对于中尉的那种牺牲精神觉得有些惊奇。如克好像感到这种思想似的,他说:

"我来陪您去。我们既然会放弃。现在我就该会把你们领到……"

萨布洛夫指定了三个部队要开始进攻的地方。他自己取了广场的中心。他带的人虽然很多，然而他要笔直穿过整个广场，广场上唯一的掩蔽所就是前面一个黑黝黝的圆喷水池，在地形图上已经注明了。

开始进攻之前，萨布洛夫又一次召来了高尔基因柯和帕尔芬诺夫。他从衣袋里拿出一只烟盒，里面放着四枝珍藏着的香烟，他留下一枝，以备在事情完结后抽一下，他默默地朝他们每人手里塞了一枝，第三枝自己用牙齿紧咬着。他们蹲下来，用他的大衣边缘遮着，轮流把烟点着。后来三个人全站起来，用手遮住火抽烟。

可以对他们说什么呢？说叫他们向前去吗？这是他们知道的。叫他们不怕死吗？他们反正跟他一样是怕死的。告诉他们要占领这三所房子，十分需要吗？……但是如果这不是十分需要，难道人们此刻会在一团漆黑之中迎着情况莫测和死亡走过去吗？当然，这是非常需要的。所以这些话他一句也没有说，只是用很快的动作默默地抱着高个于高尔基因柯和矮小瘦弱的帕尔芬诺夫的肩膀，将他们拖到面前，立刻用他自己的稍嫌瘦长的手臂将他们两人搂到面前，又默默地让他们走了。

当他们在黑暗中消失的时候，他不知为什么并不想到自己，而是想到他们：他还能不能再看见他们？至于他们会不会看见他，这一点他却没有去想。

一分钟后，他自己也带着他的部队出发了。萨布洛夫默默地在广场上走了五六十步，他由于激动的缘故屏住呼吸，好像怕德国人会听到他似的。后来从德国人那边突然发出了自动枪的排枪声，第一批曳光弹斜着飞过广场，后来两颗小的白色信号弹接连爆发，把前面像黑色斑点似的喷水池突出处和萨布洛夫的左右都有人的那块广场照亮了几秒钟。火光突然这么一亮，他们立刻紧伏在石子路上。萨布洛夫站起来向前冲。我方的迫击炮在后面扑扑地响着，开始用长排炮射击的"马克沁重机枪"来向德方还击。双方阵地发出的指向弹立刻有那么多。头顶上立刻飞过了几个从两面来的指向弹,使萨布洛夫的头脑里不禁突然掠过了一个古怪的念头,他觉得它们中间应该有几个在空中撞击。

往后的时间和生命已经都要用米来测量……

萨布洛夫不住地站起来,叫人们站起来,跑了几步重又仆倒在石子路上。德方迫击炮不久就开始射击。地雷时前时后地爆炸着,炸毁了石子路。住了的雨突然又落起来,雷鸣和炮弹的爆炸声轮流地响,有一个炮弹爆炸的地方非常近。萨布洛夫往前跑着。不住地跌倒,撞得很痛,过了一瞬,他站起来的时候,抓住竖在前面的一样东西,他在突然闪亮的闪电里看见他是紧贴着喷水池站着,双手抱着一个石雕的小孩。石孩的头部和半个身体都被炸掉了,萨布洛夫握的只是两只石脚。

这个本来可以当做临时掩蔽所的又大又圆的喷水池,同时又突然成为了障碍物。留在这里无论是怎样可怕,但是要穿过突击者和那所房子的墙壁中间的一百米的距离却更可怕。人们都不肯和这个保护物分离。他们躺在喷水池后面,一时再也下不了决心往前去。萨布洛夫几次爬到喷水池前面,将人们拖出来,重新再回去拖其余的人。尽管目前几乎没有损失,机关枪的排枪却使他们愈来愈紧贴着地面。

"听,又嗖嗖地响了,"当他们又仆倒的时候,萨布洛夫旁边有一个声音说。"听,嗖嗖地响,"他又用那种的口气说了一遍,好像他真是在说划火柴似的。

萨布洛夫认出这是柯纽柯夫。

"比上次的德国大战还要可怕吗?"他转过脸来问道,可是他的头根本没有从地面抬起来。

"不,"柯纽柯夫回答说,"一点也不。不会有铁丝网吧?"

"不会有的。"

"那就没有关系,他们以前竖了十二座铁丝网,你要割啊,割啊,才割得开,"柯纽柯夫用很平静的声音说,好像一个人刚刚预备要讲一个长故事似的。

这时有一个炮弹落下来，他们两人便紧贴着地面。

"跟我来！"等探索射击的德国机关枪将炮火稍向左移的时候，萨布洛夫喊了一声。

他们就又跑了几步。

这样又继续了五分钟的光景。萨布洛夫怀着惊喜交织的情绪想，他如愿以偿地自己担受了打击，这时候高尔基因柯和帕尔芬诺夫的部队一定已经沿着隙路和后院，神不知鬼不觉地从两面走近了那些房子。假如不是被那不断的、白色的、黄色的、绿色的曳光弹弄得那么可怕，一切都会是很顺利的。

最后的五十米谁也不肯站起来了。等到又一排机关枪射击过去之后，大家仿佛坚决地猛向前面已经看得见的房屋的墙壁冲过去。不管那边是德国人也好，鬼也好，恶魔也好，——这总比他们一直爬到现在的这个一无遮盖的广场好些，令人快乐些，不那么可怕。一种愈近终点愈控制着攻击者的情绪的希望，要参加突击，亲手捉到德国人的希望——使他们不由自主地站起来往前冲去。

萨布洛夫跑到房屋墙边的时候，才发现第一层楼的窗户非常高。那时他的卫兵彼嘉跑过来，扶住他往上爬。萨布洛夫一只手攀住窗台，用力将一个重攻坦克手榴弹扔进窗口，自己又跳下来，跳到街上。

里面发出了一声强烈的爆炸。彼嘉重又托着萨布洛夫爬到上面。萨布洛夫骑跨在窗台上，向彼嘉伸出手来。后者也一跃而上，又将手伸给另一个人，他们一共有三四个人进入房屋。萨布洛夫，按照他还是在战争初期从德国人那里学来的习惯，每次连看也不看，就在齐腹部的高度用机关枪发出扇形扫射。有人就在他面前叫喊起来，在里面也可以听得出呻吟声……

萨布洛夫摸索着走过这个房间，推开面前的门，到了走廊里。走廊里没有人迹，没有窗子，左右两头都燃点着德国人没有熄掉的电石灯。从走廊那一端远远的一扇门里立刻跳出几个人来。萨布洛夫与其说是明白,还不如说感觉到这是德国人,他弯下腰来,沿着走廊用机关枪放了一长排枪弹。有几个奔跑的人跌倒了,有一个人跌跌跄跄地挥着手,跑到萨布洛夫面前,仆倒在他足旁,最后的一个人扶着墙壁跳过萨布洛夫身边,在他后面和一个人相撞了一下,那人幸灾乐祸地用俄话喊着:"哈,倒了。"

萨布洛夫听见后面的响声,边跑边喊了一声:"彼嘉,跟我来!"就沿着走廊向前跑去。

在最后的半小时里,什么都很难分辨。萨布洛夫的战士们和德国人互相用机关枪对着射击,厮杀了一阵,再来射击,扔手榴弹。从那混乱的逃窜上,从德国人从楼上跑到下面,又从下面跑上去的样子上,看得出他们显然是受惊了,战士们躺在广场上的时候,就想用刺刀和手杀死德国人的幸灾乐祸的梦想现在也做到了。

战斗逐渐移到内部的院子里,寂静下来。德国人有的是被杀死了,有的躲起来了,有的逃跑了。架在隔壁街上的德方的迫击炮开始朝这所房子射击,由此可见房子现在又属于我们了。

天渐渐地亮了。萨布洛夫派了联络兵到高尔基因柯和帕尔芬诺夫那里去,根据德国人从那边射击的情形判断起来,他们大概也占领了自己左右的两所房屋。

天完全亮的时候,如克上尉终于来了。他跛行着,后面跟着三名战士和五个反缚着手的德国人。

"这就是他们……你说说看吧,竟跑到锅炉里,往锅子里爬,"如克说的时候,怀着俄罗斯人对德国人的狡猾永远免不了要流露的发自内心的惊奇,"居然往锅子里躲,"他喜形于色地重复说,因为他终于找到了这些狡猾的德国人。

萨布洛夫很满意,一则因为如克活着,再则因为他俘虏了德国人,可是他的腿突然疲倦得一点没有气力,他一看见一把椅子,就坐下来,他一面拭去额上的汗,几乎冷淡地说:

"是呀,意思要到锅……"

"到锅子里去!"如克又欣喜地第三遍重复说。"您吩咐拿他们怎么办,啊?"

"您回团里去吗?"萨布洛夫问。

"是。"

"您带着自动枪手把他们带到您那里去,以后再移交。"

"如果带到我那里去,"如克高兴地说,"那就不要自动枪手,有我他们也跑不掉的……"

听了这话,萨布洛夫觉得很放心,觉得德国人从他那里真是跑不掉的,同时又有几分不放心,——不知他们会不会跟他走到参谋部。

"您会把他们带到吗?"

"那还用说吗,当然要带到……"如克回答的语调很不自然;一点不会撒谎的人,在困难的情形下,常要靠这种语调来表现特别的真实性。"这里的一切情形,现在您多少知道一点吗?"

"多少有点知道,"萨布洛夫说。

"那么,我就回去了,"如克说,"但是我不和您告别,我还要来访问您呢。"

"您要常来,"萨布洛夫微笑了。"我暂时要在这里给自己找一间屋子。好吧,您走吧。"

如克已经转过身去,可是临走时又补充说:

"不过我劝您住在底层,二楼的风很大。要是德国人发现您住在二楼,他们会把全部窗子和玻璃都打坏的,这是一定的。"

实际上萨布洛夫是选中了一间半地窖式的、而且相当敞亮的大房间做临时指挥所。他坐了一下,皱着眉头,打算考虑他今后计划,这时柯纽柯夫冲了进来,拖着一个红头发的并不年轻的、年龄身材都和他相仿的德国俘房。

"上尉同志,捉住了。"柯纽柯夫简短地说道。"捉住了。一捉住就送给您……"

柯纽柯夫带着一副得意的神气。他跟如克一样,把德国俘虏的手反缚着,不过同时又好心肠地拍拍他的肩膀。那德国人是他的战利品,柯纽柯夫以主人的态度对待他,像对他的每一件财物一般。萨布洛夫从这俘虏的革带上看出他是一个上士,就用他的生硬的德语问他。德国人用嘶哑的压低的声音答复了他。

"他说什么,啊?他说什么?"柯纽柯夫两三次打断德国人的话头,问道:

"他在说一切需要说的话,"萨布洛夫说。

"他的嗓子哑了……瞧,他的嗓子立刻说不出声音了,"自己也战斗得喘不过气来的柯纽柯夫满意地说。"这是我把他闷了一下。现在要有两星期说不出声音来,或许要一个月,"他向德国人投了估计的瞥视,补充说。

"你在旧军队里做到什么职位?"

"做到上士。"柯纽柯夫说。

"瞧,他也是个上士,"萨布洛夫说。

"那么是彼此一样,"柯纽柯夫失望地伸开了手,"我还以为他是上校呢。"

"为什么是上校?"

"瞧他身上有多少肩章……我老以为他……我心里老是在想,他或许是一个上校,可要小心些……不然的话,呸,我要是知道,我不会一下把他闷死就完了。"

在克服的区域里,一切都逐渐地略具了规模。俘虏一共有十一个,都被领到一间半地窖式的小房间里。从隔壁房子里高尔基因柯那里已经有电话线接过来。据联络兵报告,玛斯连尼柯夫带着营里其余的人快要到这里来了。

半地窖式的房间里的窗户都用那里的石头、家里的用具和随手拉来的东西堵住,窗口坐着机关枪手和自动枪手。在石墙后面萨布洛夫指定的那地方,迫击炮手们在匆忙地掘着堑壕。至于在今夜之前将炊事车拖到这里来的事,连想都不必想。萨布洛夫命令兵士们各自吃贮藏的食物。一个观察员高高地爬到墙头上,在烧坏的屋顶下面,报告德军在附近街道上的调动……

高尔基因柯用电话报告说,他那里一切都很好,他捉到了四个俘虏,并且在阵地上筑工事,他在等待今后的命令。萨布洛夫告诉他,唯一的命令——便是尽快把防御工事筑好。

帕尔芬诺夫那里的电话线终于接通了,萨布洛夫拿起了听筒。

"我是格李高列叶夫少尉,"一个年轻的、细声细气的声音说。

"帕尔芬诺夫在哪里?"

"他不能来听电话。"

"为什么不能。"

"他受伤了。"

萨布洛夫放下听筒。气喘吁吁的、幸福的玛斯连尼柯夫正巧在这时候跑到他面前。

"我来的时候,子弹就打在这里,"他郑重其事地指着他的裤脚边说,裤脚边上有一个被子弹打穿的小洞。

萨布洛夫微笑了一笑。

"假使您碰到这种事老会这样高兴,那么,我想您在这里常常会很快活,从斯大林格勒的种种情形判断起来,您要补军装的次数总会不止一次。喂,人带来了吗?"

"带来了。"

"我希望没有损失吧?"

"三个受伤。"

"哦,这没有关系……亲爱的,我这里只被打死了二十一个,"他对玛斯连尼柯夫耳语说。"您在这里待一会儿,我马上就回来。"

萨布洛夫带着彼嘉穿过底层的走廊走到这所房子的右端，爬过缺口，在稀疏瘦小的树木中间掩藏着跑到邻近的屋子里去。

显然德国人并没有立刻发觉他，所以只有几粒零零落落的子弹在他头顶上飞过。

他在一个房间里看见帕尔芬诺夫，格李高列叶夫少尉就坐在那里的电话旁边。帕尔芬诺夫躺在地板上。他的头底下枕着两只军事皮包——一只是自己的，一只是别人的。他在流血。一大块炸弹碎片炸伤了他的腹部，所以当萨布洛夫走进来的时候，帕尔芬诺夫只是了解而忧郁地看了看他，一句话也没有说。

萨布洛夫很惋惜帕尔芬诺夫，就像他对在初次战斗中就阵亡的那些人总是特别感觉惋惜一样。萨布洛夫知道，从战争开始帕尔芬诺夫就在西线某处的一个军队里做政治工作人员。他是一个瘦小的人，相貌平常，一双亲切的、棕色的眼睛，从来不善于命令、叫喊和指挥，现在他的态度竟是这样勇敢、镇静，既不诉苦，也不说话，就要这样简单地死去，使萨布洛夫不由自主地更走近他，对他说些什么最好听的话。他看了看帕尔芬诺夫的可怕的、开放性的、还没有包裹好的伤口，不由得想，如果帕尔芬诺夫没有气力从垫褥上抬起头来看看自己的伤口，这倒反而好。萨布洛夫朝帕尔芬诺夫弯下腰来，蹲下来，更凑近他的脸，理了理粘在他额上的湿头发，说：

"喂，帕尔芬诺夫，怎么样？"

显然，帕尔芬诺夫怕开口说话，因为一开口他就要把牙关放松，而如果他要放松牙关，他就会痛得叫起来。他没有回答，只是把眼睛睁开，重又闭上，仿佛是说：

"没有什么……"

萨布洛夫看见他要死的时候并不像他想的那样，而是十分清晰地想象得出，这个矮小的人方才是怎样既不叫喊，一言不发地奔跑着，并且大约是跑在最前面。不是大约，而是一定是腰也不弯向德国人跑过去,——跑在最前头。

"不要紧,帕尔芬诺夫,不要紧的,"萨布洛夫重复地说着这没有意义的、亲切的话,他更低下头去,吻了帕尔芬诺夫的紧闭的嘴唇。

五

停歇两小时后,黎明又开始了战斗,从那时起,战斗继续四天四夜没有停止。战斗从轰炸开始,在轰炸的时候,萨布洛夫在这次战争中已经是第五次皮肤被划伤。轰炸的时间很长,又很残酷。"容克斯－88"在轰炸营的阵地的时候,"容克斯－87"也一同来了,"容克斯－87"就是带着号泣炸弹的俯冲轰炸机,在德军入侵法兰西时曾经议论纷纷地讲过它。事实上并没有什么会号泣的炸弹:只是在机翼下面装着各种设备,使"容克斯"在俯冲时会发出可怕的号泣号。实际上这种发明并没有什么巧妙,原则上它是仿造了儿童玩的口哨和风筝上的响铃。

使萨布洛夫惊奇的是:夜间那样坚毅行动的柯纽柯夫,在轰炸的时候竟会畏缩起来,俯伏在地上,好像被打死了似的,头也不抬起来。

"柯纽柯夫!"萨布洛夫一面朝他走近,一面喊道,"柯纽柯夫!"

柯纽柯夫惴惴不安地抬起头来,看见上尉,出人不意地跳起来,抓住他的肩膀,拉他和自己并排倒下去。

"躺下!"他喊的时候声音都变了。

萨布洛夫好容易挣脱了他的手和他并排坐下。

"怎么'躺下'?"

"躺下吧,"柯纽柯夫重复说,他又企图攀住萨布洛夫把他按倒在地上。

萨布洛夫懂得,只有深入血肉的兵士的纪律和爱护长官的习惯联合起来才能使吓得要命的柯纽柯夫从地上跳起来,为了要逼着萨布洛夫和自己并排躺下。

"怎么,可怕吗?"萨布洛夫从容地、了解地说,柯纽柯夫对这种声调也同样简单而亲切答应说:

"哦,可怕呀!这可倒霉……"

"那您就老这样躺着吗?"

"上尉同志,听您的命令。"

"我命令什么?……你躺着,忍耐着,不过为什么要浪费时间……它来轰炸——就躺一会儿,它飞走了——就站起来。"

"可怕呀,上尉同志。您不必担心,我迟早会习惯的,不过这总是很可怕的。"

正是这种真诚使萨布洛夫相信,柯纽柯夫当真不是今天,就是明天会习惯的。

将近中午的时候,巴伯钦柯打电话来。

"我不到你那里来了,"他说,"我要去另外一个地方。主人大概要到你那里去,你要留神……"

他挂上了听筒。

师团里习惯叫泊洛青柯主人。"要留神"的意思是叫萨布洛夫应该表现他的性格,设法不要让主人爬到他要去的最危险的地方。

果然,泊洛青柯不多一会儿就带着他的副官和一个自动枪手来了。萨布洛夫向他报告完毕后,他照例问道:

"阿历克西·伊凡诺维奇,身体好吗?"就伸出康健的左手来。他的右手在受伤之后仍旧不能工作,谈话时他活动着手指,试试用这个方法来恢复血液循环和代替医生指定的按摩。"很好,很好,"他来回走着,一面向天花板投以估计的瞥视说。"弗雷茨要用五百公斤,"他的乌克兰的口音把"弗利茨"说成"弗雷茨","如果弗雷茨不喜欢你,他就要在你身上浪费五百公斤炸弹。如果他舍不得浪费五百公斤,那就毫无办法。"

泊洛青柯和萨布洛夫绕着各个机关枪点走了一圈,后来和他一同走到石墙前面,迫击炮手在石墙后面给自己掘了堑壕,分布好了。他不满意地看了看那些小小的、草草地掘出来的壕沟,他对着空间,仿佛没有注意到这里的迫击炮手似的,说:

"阿历克西·伊凡诺维奇,你以为在战争中是谁杀死我们?你会对我说:是德国人……可是我要对你说——不单是德国人,有的时候还有懒惰。"

他转过身来对着迫击炮手,向一个立刻在他面前立正的军士问道:

"你知道非洲的鸵鸟吗?"

"正是。"

"鸵鸟有什么地方像你,你知道吗?你不知道。它和你相像的地方就是它躲藏起来和你一样:头藏起来,屁股却在外面。它还以为整个都躲起来了呢。躺下!"泊洛青柯突然用刺耳的声音喊道。

"什么?"那军士不明白,重又问道。

"躺下! 我就是炸弹。趁你还活着,躺到你的堑壕里面去……"

军士一跃跳进他的小小的堑壕,果然不出泊洛青柯所料,那里面容不下他整个的人。

"瞧,是吧,"泊洛青柯说,"头虽然保全了,可是半个屁股要被射穿了。不对。站起来!"他又生硬地叫了一声。

军士站起来,窘迫地微笑着。

"你来发命令,"泊洛青柯对萨布洛夫说了,回过身又向前去。

萨布洛夫停留了一会儿,命令他们把堑壕掘得深些,便跑着赶上了泊洛青柯。

石墙旁边躺着两个机关枪手。他们竭力要更深地躲到墙后面,他们果然躲得那样深,以至他们的机关枪口几乎是朝着天。泊洛青柯走近的时候,在机关枪后面躺下来,校准了照尺,然后拍掉膝上的砖灰站起来。

"你是猎人吗?"他问一个年纪并不轻、有一点麻子的军士,那是第一号机关枪手。

"是,从前是的,上校同志,"那人很有意思和长官亲切地谈话,从容不迫地说。

"所以我也看得出你是猎人,"泊洛青柯说。"你打算在这里打鸭子,所以机关枪朝天架着……架是架得很好,它们起飞的时候,正好可以打中,"他幻想似的,同时又讽刺地补充说。"只可惜德国人总是在地上走的时候多,不然真是无话可说,架得好……"

他又转过身去,仍旧不慌不忙地向前走。第一号机关枪手以惶惑的注视目送了他,回来责骂副手。

"我不是对你说过:枪口要朝天……你把机关枪朝哪里架啊?"

"您怎么啦,"副手手足无措地辩白道。"我原是照你……"

"你不要管我。你做副手的是应该和我一同选择阵地的。"

他们争执的结果萨布洛夫没有听清。泊洛青柯往前走着,一面不住地动弹着那只受伤的手上的手指,好像他在想象中弹什么曲调,他说话并不对着萨布洛夫,重又对着空间,这是他的情绪恶劣的征兆。

"要师长来规定机关枪口应该朝天或是对着地上,……这倒很好。总参谋部学院里就是教他来做这个的……你们什么时候才能跟我学会红脸呢?"他猛然转过身来,对萨布洛夫大嚷道,"我几时才能把你们教会脸红呢?"

萨布洛夫一声不响。上校说得很对,即使规章准许这样,也没有话可以反驳。

"要等到我们师长们不再来规定机关枪的地位和你们跟我学会了脸红的时候,我们就要打胜仗了,做不到这一点我们是无论如何不会赢的,——这一点你要知道……"

他们俩刚回到参谋部的地窖里,德国人便开始了攻击前的大炮和迫击炮的准备射击。

"一般的说,你据守得不错,你据守得可以固守,"泊洛青柯说,他微歪着头,倾听爆炸的声音,"你固守着,可是这班人也应该教教他们……要日日夜夜地教……因为如果你今天不把他教会,那么他明天就会被打死,而且不是简简单单地被打死——简单地被打死,战争中总免不掉要被打死。可是白白地送死,那才冤枉呢。你的观察点在什么地方?"

"在四楼的屋顶下面。"

"那么,你爬上去呀,看看那边的情形……你关照一声,拿点什么东西给我吃吃。"

萨布洛夫一面走一面对彼嘉低语说,叫他弄点东西给上校吃,就爬上了四层楼。那里有一扇宽大的三扇的窗户通到被烧坏的阳台,前面发生的情形从那里几乎都可以看见。德国人在附近的街道上从一所房子跑到另一所房子,从一个庭院跑到另一个庭院。炮弹紧靠着这所屋子掀起了泥柱,有的炮弹轰的一响落在墙上,那时整个房子就都震动起来,好像被巨浪簸荡着。

萨布洛夫发觉,德国人的奔走忙碌主要是要进攻右面的房子,现在由玛斯连尼柯夫在那里代替被打死的帕尔芬诺夫。他顺着楼梯跑到地窖里,先打电话给玛斯连尼柯夫,然后打给高尔基因柯,将敌人准备进攻的情形告诉他们。他们俩都回答说,他们自己也在观察着,并且在准备应战。

没有极端的必需泊洛青柯不喜欢去干涉自己部下的安排,他坐在地窖里悠然嚼着上面放了一块干腊肠的发黑的干面包。在继续不断的轰轰的炮弹的爆炸声下,德方开始进攻。这时泊洛青柯不顾萨布洛夫的劝说,竟亲自和他走到观察点上。他们在那里大约站了一点钟。萨布洛夫的神经紧张起来,他想领泊洛青柯往下面去。这时有一个重炮弹打穿了墙壁,在隔壁的房间里爆炸开来,又穿过缺口撒了许多砖块和石灰过来,这时他拉着上校的手,几乎

要用强力把他拖下去。可是泊洛青柯挣脱了手,对他看了一看,在这种情形下,他本来可以用长官的身份叱责他一番的,可是他只说:

"我们一同作战了多少时候?是第二年了吧?你怎么还要来拉我的手……"他认为谈话已经完毕,便脱下帽子,仔细地弹掉帽子上的石灰屑。

德国人第一次进攻失败后退之后,萨布洛夫和泊洛青柯开始从观察点往下走,这时一枚迟来的炮弹正巧落在他们下面一层的楼梯转弯的地方。那块地方整个被炸得干干净净,他们只得攀住盘旋的横木和剩下的栏杆向下走。

"现在你可明白对长官是不能催促的吗?"泊洛青柯说,"你要是催促了我,正好就把我送到这个炮弹底下。巴伯钦柯对你说了什么话:'主人要来了,你要注意……'"他突然可笑地摹仿着巴伯钦柯。"而你竟会把我领到炮弹底下。瞧你多么……"

在德国人的第一次和第二次的进攻中间的休息时间,泊洛青柯离开了萨布洛夫。

"不要紧,做一个结实的汉子,"他告别时对萨布洛夫说。又推心置腹地补充说:"等你学会更好地作战的时候,我就不到各营里来了。让各个团长来,我只要到团参谋部去……但是你这里,因为老朋友的关系我还是要来看看的。凡是在沃罗涅日城下一同待过的人,就等于一同给孩子施了洗礼一般……我要来像探望干亲家一样。"

他转身走了,他走起路来一向有一点跛,手指在空中弹着。

傍晚,德国人又来进攻一次,可是被击退了。天色开始暗下来的时候,彼嘉给萨布洛夫拿来了一小锅煮土豆。

"在哪里弄来的?"萨布洛夫感到很惊奇。

"就在这里附近,"彼嘉说。

"那么到底是在哪里呢?"

"就在附近呀,"彼嘉吞吞吐吐地又说了一遍。

那时萨布洛夫很想吃,也没有工夫盘问清楚,两腮塞满了土豆,彼嘉的姿势像一个爱护备至的母亲,俯视着他。

"你到底是从哪里弄来的?"萨布洛夫用已经吃饱了的、疲乏无力的声音问道。

彼嘉的脸上现出内心的斗争。一方面,需要答复问句,另一方面,他要将他新发现的供给基地对上尉保密。萨布洛夫看了看他的毫无表情的脸,不禁微笑起来。

彼嘉的长处是勇敢、关心人和天性快乐,——总之,是希望一个传令兵应有的三个主要特质。战前他在莫斯科的一家工厂里做供应代办。他早在第一个五年计划期间便爱上了这个工作。把别人弄不到的东西不知怎样弄来,也不知从什么地方弄来——这一点对他有一种特别的诱惑力。他在耶尔塔弄到"工"形梁,在高斯特洛姆弄到葡萄,在卡拉库弄到建筑木材。他做的事都明知道是不可能的,这使他很入迷。他并不为他个人寻找什么,想什么办法,可是为了得到他在那里工作的那家工厂所需要的材料,他准备去做一切。和他竞争的人们恨他,他的上司看重他。在战争中,他做了萨布洛夫的传令兵,除了在敌人面前表现的勇敢外,碰到军需品有任何困难的时候也表现出无限的勇敢。营里没有东西吃了,萨布洛夫就打发彼嘉去找吃的,而且彼嘉总能够找到点什么……没有烟抽了,彼嘉能找着烟叶。没有喝的,彼嘉总能迅速地找到一点伏特加,虽然数量不多,以至萨布洛夫不禁怀疑他有着不动用的秘密贮藏。

彼嘉只有一个缺点:他虽然从不做什么不合法的事,可是他总喜欢用神秘的烟幕来遮蔽他的成功,当萨布洛夫或是别人向他提出这种问题的时候,他总是非常不痛快。

"那么你到底是在什么地方弄来的?"萨布洛夫又问,彼嘉觉得他躲不掉了,决心招认。

"就在这里,"他回答说。"在那边院子里的边屋里,边屋下面有一个地窖,在这个地窖里有一个女公民……"

"什么样的女公民?"萨布洛夫抬起眉毛。

"斯大林格勒的女公民,就住在这里的边屋里。丈夫被打死了。她带着三个孩子爬到地窖里,便待在……她那里什么都有——土豆啦,胡萝卜啦,和其他的东西……可以不至于饿死。她那地窖里甚至还有一只牝山羊,不过她说,因为总是漆黑的,所以羊没有奶了。我说:'我的指挥很喜欢吃土豆。'她就不声不响地煮了一小锅,她说:'要的时候,请过来。'她甚至还给了脂油……您没有注意,就把脂油和土豆一块吃了下去,"彼嘉不高兴地补充了一句。

在这些废墟中间竟突然出现了一个女人和孩子们,使萨布洛夫感到惊奇,他迅速地站起来,把帽子拉得低低的,对彼嘉说:

"带我去,她在哪里?"

他们弯着腰走过几条走廊,跑过一个受到射击的地方到了边屋,在那里倒坍的墙中间,萨布洛夫果然看见一扇用石头和木板围砌着的好像是门的东西。他们顺着一个有几级梯阶的自制楼梯往下走。这是一个大地窖,看得出,是在战争期间又扩大过的。角落里点着一盏小灯,放在用木板遮盖着的一个桶上。

桶旁蹲着一个还不年老的、面容疲惫的妇人在摇着孩子。两个女孩子,——看上去一个八岁,一个十岁,——坐在她旁边,用好奇得目不转睛的、圆圆的大眼睛看着走进来的人。

"您好!"

"您好,"这个女人回答说。

"你们为什么留在这里?"萨布洛夫问。

"可是我们有什么地方好去呢?"

"这里不是有过德国人吗?"

"我们用所有的东西把上面堵塞住,"妇人态度镇静地说,"所以看不出了。"

"堵塞住……这样会闷死的。"

"如果被德国人杀死，还不是一样……"

"今天已经晚了，"萨布洛夫说。"明天我来想想怎样送你们出去。"

"我又不要走。"

"怎么不要走?"

"我不走，"她固执地又说了一遍。"我往哪里去呢?"

"到那一面去，到伏尔加对岸去。"

"我不去。带他们去吗?"妇人用手指着孩子们。"要是我一个人，我就去了，带着他们我可不去。我自己会活着，可是他们会死掉的，死在伏尔加的对岸。他们会死掉的。"女人坚信地又说。

"但是在这里呢?"

"我不知道。我把所有的东西统统带下来了。或许够一个月的，或许够两个月，也许你们会把那边的德国人打退。如果去了——他们就要死掉。"

"可是，万一有炸弹和炮弹落下来呢，这一点您没有想到吗?"萨布洛夫说，他已经不打算说服她，但是在这里，在他的兵士们旁边，有一个女人带着三个孩子在这里继续生活下去，总不能叫人安心。

"有什么呢，"妇人镇静地说，"落下来，大家一下子就完了，连我带他们，跟他们一块完结。"

萨布洛夫不知道对她说什么好。沉默了好一会儿。

"如果要弄什么吃的，我来弄，吃吧，我的土豆多着呢……要的时候，让他来说一声，"她朝彼嘉点点头。"我也可以做菜汤，不过没有肉。要不然就把羊宰了，"她沉默了一会儿又说。"宰了羊，汤里就可以有肉了。"

她从萨布洛夫的目光里觉得他已经了解她，不会再坚持叫她走，至于她此刻说要做菜和做汤，那并不是为了可以让她留在这里不去碰她,而只是出于俄罗斯妇女历来有的那种同情心。需要给这些兵士——她是分辨不出级别的——他们既然在这里,就该给他们做些吃的,哪怕是菜汤也好,既然要做菜汤,就不必舍不得宰羊,——她现在要羊有什么用呢?反正又挤不出奶了。

萨布洛夫走到露天里,看看废墟,又像当时在爱尔通那样,想道:"把我们赶到什么地方来了啊?"前面都是德国人。他又回顾了他那所被弹片射得百孔千疮的房子。

"这就是我们……"

他静静地想了一想,他绝不会离开这所房子。

在不断的对射中度过了一夜。

德国人拂晓又来第三次进攻。他们没有能正面来攻击萨布洛夫所据守的那几所房子,可是他们在他的左右两面突破了广场的边缘。早上九点钟他在电话里听到巴伯钦柯的像平常一样有一点哑的、不满的声音:

"喂,那边情形怎样,你支持着吗?"

"支持着。"

"支持着,支持着吧。我自己马上就到你那里来!"

这是他在电话里听到的最后的一句话。过了一分钟,联系被切断了,虽然他不喜欢巴伯钦柯本人,也不喜欢他那常常不满意的声音,但是在以后整整的三天三夜里,当一切的交通都断绝的时候,他老是不住地想起这些话,这些话使他相信,他并不是孤独的,电话、巴伯钦柯、师团,一般地说,一切都还会来的。

交通被切断了,巴伯钦柯当然不能到他这里来,德国人占据了后面的整个广场和广场周围的房屋。萨布洛夫和他整营的人便陷进了一种形势,这种形势在战争中的形式虽然变化无穷,但是它只有一个共同的名字——"包围"。他要守在这里,一方面不让德国人过来,一方面要等待或是有人突破重围来援助他,或是他们最后的炮弹和子弹告罄,他们便是死路一条。虽然他自己有时也要想,

49

会发生第二种情形,在自己人来援助之前,他们的炮弹和子弹就要告罄;但是他让他周围所有的人们——各个指挥员和战士们,——要竭力使他们相信相反的说法。因为他们只知道,他们自己的弹药盒里有多少枪弹,箱子里有多少炮弹,他们总以为上尉那里还有贮备。可是他知道并没有贮备,而且也不会有。因此他比其余所有的人感到更为困难。

他学习准确地射击,只有在很有把握的时候才射击。大部分战士的枪弹都被他收来,把它们只贮藏在优秀的射手那里。他给其余的人只留下手榴弹,以备在德国人冲进这所房子的时候使用。在这三昼夜里,德国人只冲过来两次,而两次都被击退了。在墙脚边、院子里、就在房屋被击落的窗子前面,德国人的尸体以各种不同的姿势躺着。没有人去搬掉他们——既没有工夫,没有气力,也没有愿望……

第三天上,一个炮弹打穿墙壁,在萨布洛夫所驻的那间地窖里爆炸了。侥幸得很,一个人也没有被打死:彼嘉出去了,萨布洛夫到帆布床上去躺一会儿,只不过被震得从床上跌下来,他站起来以后,发觉他头顶上的整个墙壁上好像都布满了血点,其实这是许多地方的石灰被打掉了,将砖瓦露了出来。

现在只好搬到一楼的一个奇迹似的没有被破坏的房间里去,两天前彼嘉就请他搬过去。一般的房屋都被破坏了,而这个房间竟得以保全,使人不禁起了一个迷信的想法,以为或许以后根本不会有一个炮弹落到这里来。

第四天,一切东西都被大炮轰得晃动和抖颤的时候,那个妇人悄悄地走进房间,将一个陶器钵子放在桌上。

"汤烧好了,尝尝吧,"这个女人说。

"谢谢你。"

"如果喜欢吃,我再给您拿来。"

萨布洛夫朝她看了一下,没有回答。掩蔽所里住着三个孩子,一个煮好了菜汤的妇人……这一切是奇怪的,几乎是不可相信的。同时这里面又有一种异乎寻常的镇静功夫,就像一个装甲部队的战士手里拿起他的攻坦克枪,他本来应该将烟扔掉并且用皮鞋踩熄的,但是他却将没有吸完的香烟放在土架上,准备等作战结束可以再将它吸完……在这个妇人身上,在她到这里来的时候也有这同样的情形……

"多谢,多谢,"萨布洛夫看她仍旧默默地站着,又说了一遍,他忽然明白了她等待着什么,便从长靴筒里取出一把汤匙。

"好汤,好吃,"他称赞说,"非常好吃……您走吧,不然马上又要射击了。"

夜里,玛斯连尼柯夫靠着夜色的掩护来到萨布洛夫这里,萨布洛夫好容易才认得出他——他的胡子没有剃,忽然变得非常像成年人的样子。看着玛斯连尼柯夫,萨布洛夫想他自己这几天来大概也变了。他非常疲倦,与其说是由于经常的危险的感觉而疲倦,不如说是由于放在他肩上的那副重担。他不知道南北的情形怎样,虽然从炮轰的声音判断起来,周围到处都进行着战斗,——可是有一件事他坚决地知道并且更坚决地感觉到:这三所房子、被击破的窗户、被击破的房间、他、他的死去的和活着的兵士们、地窖里带着三个孩子的妇人,——所有的这一切就是俄罗斯,而他,萨布洛夫就在保卫它。如果他要死掉或是投降的话,那么这一小块土地便不再是俄罗斯,而成为德国的土地,这是他所不能想象的。

最后的一夜,第四夜里,左右两面剧烈的炮击轰轰地响了一夜。炮弹飞到院子里,简直就飞进屋子里,有德方的,也有我方的,拂晓时我方的炮弹甚至比德方的还要密些。萨布洛夫起初并不相信,后来相信了,后来又不相信,直到天明的时候才想,这一定是自己人突破重围到他这里来。

天一亮,我方的汗流浃背、肮脏而愤怒的自动枪手,冲进左面房屋的院子里。他们追赶着德国人,以为这里也是德国人。要阻止他们,不让他们在这些走廊里和房子的地窖再往前跑去,去搜索德国人是困难的,几乎是不可能的。

在第一批人当中,萨布洛夫一看见就去拥抱的是巴伯钦柯,那样不讨人喜欢的、粗暴的、好苛求的,那样疲倦的、满腮胡须的、那个叫人盼望了好久的巴伯钦柯,他脖子上挂着自动枪,手臂上和膝盖上都是污泥和石灰。

"我在电话里不是就对你说过,我很快就要来的,"巴伯钦柯几乎是叫喊着说,他竭力赶快将他突然流露出来的不平常的、在长官和下属谈话时不恰当的激动遮掩起来。

巴伯钦柯仍旧不习惯地微笑着,在室内来回走了两次,后来把自动枪弄得响了一下,在桌旁坐下,身体靠着桌子,最后费力地使脸上露出常有的那种闷闷不乐的神气,用他原有的声调问道:

"多少损失?"

"死了五十三个,伤了一百四十五个,"萨布洛夫回答说。

"你不爱惜人,"巴伯钦柯说,"不爱惜,很不爱惜。其他都不错,你支持得很好。告诉他们拿点水给我。"

萨布洛夫转身关照彼嘉说要水,可是等他再转过身去,中校已经不需要水了:他靠在桌边上,头不舒服地垂在从手臂底下突出来的自动枪子弹盘上,睡着了。他大概也像萨布洛夫一样,整整几天没有睡过。萨布洛夫想到这件事,突然想起他自己和这整整的四天,不禁突然感到疲倦得好像骨头都要断了。为了不要像巴伯钦柯那样倒在桌上,他便站起来,靠着墙,费力地把他那只大表从口袋里取出来。表上是九点十五分——从彼嘉托着他爬过破窗户,扔了一枚手榴弹,跳进这所房子那时候起,整整地过了四个昼夜和七个小时。

六

萨布洛夫在和巴伯钦柯会合的那幸福的一分钟,计算出战斗了四个昼夜,在那四个昼夜上,又惊人迅速地又接上四个昼夜,这四个昼夜里充满了俯冲机的尖叫声、炮弹不大响亮的爆炸声和德方反攻时自动枪的单调的嗒嗒声。一直到第九个昼夜上,才有一点像要休止的模样。

在暮色降临后,萨布洛夫不久就去睡了,可是三小时后他被电话铃声吵醒。巴伯钦柯在他自己不睡觉的时候,不喜欢他的下属睡觉,他叫值勤兵去唤醒萨布洛夫。

萨布洛夫从沙发上起来,去接电话。

"您在睡觉?"巴伯钦柯用发哑的,好像很远的声音在电话里说。

"是的,"

"你睡吧,你们那边全安排好了吗?"

"都安排好了,"萨布洛夫回答说,他感到在这使他激怒的谈话的时候,一秒一秒地过去,他愈来愈不想睡了。

"万一敌人来夜袭,应付的办法想好了吗?"

"想好了。"

"好,那么你去睡吧。"

巴伯钦柯便挂上了听筒。

玛斯连尼柯夫也醒了,坐在他对面的床上,他听了萨布洛夫叹气的声音,大概可以想象得出谈话的内容,知道上尉是比平时更生气了。

"是中校吗?"玛斯连尼柯夫问。

萨布洛夫默默地点点头,又试试躺下去再睡着。可是,在特别疲乏的时候常有这种情形:睡魔已经不肯回来了。萨布洛夫躺了几分钟就赤着脚下了地,抽起烟来,第一次注意地环顾他的参谋部,他已经在里面待了几天的房间。

铺在桌上的漆布上留下两个新烫的圆圈——一个大些,显然是煎锅烫的,另外一个小些,是咖啡壶烫的。大概,房主人在离开之前事先把家眷送走,然后他才离开。最后几天他过着他不习惯的独身生活。橱上的玻璃门被气浪击落了,这只橱一点不能表现出主人的情况,因为它里面的东西全被取走了。然而在写字台上却留着许多全家生活的痕印。上面的织物刚起头的织针,一捆科技杂志,几小卷破烂的《契诃夫文集》,几本上面有油斑的三年级的旧教科书,一叠整整齐齐的四年级的新教科书……后来萨布洛夫又看到几本儿童的俄文练习簿。他怀着一个曾经准备从事教育事业的人的专门职业的好奇,来翻阅这些练习簿。其中有一本,在第一页上开始了一篇作文:"我们怎样参观磨坊""昨天我们到磨坊里去。我们看他们怎样磨面粉……"在磨字里面的一个字母被划掉了,改了一个字母,后来又将改的字母画掉,重又改回来。"起初将谷物运到一所大谷物仓库,后来运输的人将面粉从谷物仓库搬到磨坊里,后来……"

萨布洛夫合上练习簿,想起还是在伏尔加左岸的时候,他看见一所很大的火光熊熊的谷物仓库,或许就是他此刻在这个练习簿上所读到的那一个。

玛斯连尼柯夫坐在对面,脚垂下来,跟萨布洛夫的姿势一样,他也伸手拿到了练习簿,慢慢地翻阅着它们,突然讲起了他自己的童年。自从他们相识以来,他和萨布洛夫谈话之中已经有几次回到这个题目上,此刻萨布洛夫感觉,与其说玛斯连尼柯夫是要向他

讲述他自己的童年,还不如说他最后是要逗引萨布洛夫谈自己的
过去。

萨布洛夫并不属于因为天性忧郁或是为了原则而缄默寡言的
那一类人;他只是很少说话,一则因为他几乎永远忙于职务,再则
因为他喜欢在思想的时候单独地思想;还有因为他和人相聚的时
候他总是宁愿听别人说话,他私心里认为,他做的事情还少,几乎
毫无成就,所以别人对他一生的故事并不感到特别的兴趣。

此刻也是这样,他宁愿默默地听玛斯连尼柯夫说话,有时思考
他的话,有时专心思索,一面不慌不忙地,仔细收拾放在桌上的东
西。

这所房子里的第二个孩子显然年纪还很小。桌上乱放着几张
从练习簿上撕下来的、用红蓝铅笔涂画了的纸。在画图上画着歪
歪倒倒的房屋、燃烧的法西斯的坦克、冒着黑烟往下落的法西斯的
飞机,在这一切东西上面,有一架小小的、用红铅笔画的我方的驱
逐机。这是历来儿童关于战争的一种概念,——我们总在射击,而
法西斯分子总在炸毁。

然而,回忆过去的错误无论是怎样地痛苦,萨布洛夫却仍旧不
由自主地想到,战前抱着近乎这样的战争观念的人,实在太多了。

战争……最近他回忆到自己的生活时,便不由将全部生活归
纳为一类,事后再去分析他战前的生活行为,将它分为坏的和好
的,这并不是一概而论,而是看它是否适合于战争。现在他在作战
的时候,此刻有一类的生活习惯和嗜好妨碍他,有一类的帮助他。
第二类的比较多些,大概是因为像他这样在第一个五年计划中开
始独立生活的人们,经过这样艰苦的、充满了自我牺牲和自己克制
的生活训练以后,假如战争除去固定的死亡可能之外,是不能用它
每日的重担来吓倒他们的。

萨布洛夫和许多与他同年的人们一样,很小就开始工作,从一
样建筑跑到另一样建筑,几次去读书,然后起初是因为共青团的动

员,后来因为党的动员,没有能读完,又去做工。等他服军役期限到了,他在军队里服了两年现役,出来成了一名少尉,又回到他的建筑施工员的职业,又日夜待在地槽里和马格尼多戈尔斯克的森林中。

五年计划年代以它的建筑的激情吸引了他,也吸引了其他许多人,打乱了他的全盘计划,将他推上了完全不是他从童年就梦想的那种职业。但是他也像其他许多人一样,终于找到力量去拒绝那习惯的工作、工资和生活;决不是儿戏地用大学生的课桌、宿舍里的床和一百卢布的奖学金来代替了这一切。

在战前一年,他去莫斯科进了历史系。一九四一年六月二十一日,他以周围的人们意料不到的荣誉通过了大学的第一年考试。第二天早晨,他听到了莫洛托夫的演讲。大家都等待着的,但是灵魂深处终于还不能相信的那件事发生了。战争开始了,过了一年和三个月以后,战争把他这个曾经希望做历史教员,三次冲出重围、两次受奖、五次受伤和震伤的人带到了这里斯大林格勒。带到了这个房间,假如用家庭刺绣做点缀的丝绒沙发椅背上没有那枝斜挂的自动枪那样执拗地放出光辉,这个房间或许会有一刹那使他想起和平。

半夜已经过了好久。萨布洛夫心不在焉地听着玛斯连尼柯夫讲述他的生活,同时又不由自主地回忆起他自己的生活,他慢慢地搓了搓烟卷,准确地放在烟嘴里吸起来。玛斯连尼柯夫沉默了一会儿,动也不动地坐在他对面。他们就这样一声不响地,或许坐了五分钟,或许是十分钟。后来玛斯连尼柯夫又讲起来,这一次是讲到恋爱。起初他怀着孩子气的严肃讲到他在学校里的迷恋,后来说到一般的恋爱,最后的结束却突然向萨布洛夫问道:

"喂,那么您的恋爱呢?"

"什么,恋爱?"

"恋爱呀,难道您没有过恋爱吗?"

"恋爱?"萨布洛夫深深地吸了一口气,闭上眼睛沉思了一下。"恋爱……难道他的生活中当真没有过……"

他回忆起两三个女人,她们在他的生活中一闪就过去了,显然也像他在她们的生活中一闪就过去了一样。在这一点上他们一定是谁也不欠谁的:他并没有对谁感到失望,也没有对不起谁。或许,这是不好的,有谁知道呢。或许这件事的结果如此——很容易,又很短促——并不是因为他不要爱情,而正是因为他太要它了。但是他所遇见的那些人和这件事的结果,都太不像恋爱,不像他所想象的那样,所以他也不努力将这件事弄得像恋爱。然而,在这一切的细节中他也只能向自己承认,而当玛斯连尼柯夫经过长时间的沉默,重又问道:"难道没有过恋爱吗?"他便说:"我不知道,我不知道,大概是没有过……"

他从沙发上站起来,在房间里来回踱了几次。

"不,不会没有过恋爱的,"他想,"更正确地说,以前没有过,这倒是可能的,但是要说将来也不会有,那是不可能的。"

他突然想起了轮船上那个少女的话,她说她更怕死,因为她没有恋爱过,可是他不应该怕,因为他是成人了,并且他大概一切都有过。

"不,不是一切,"他想。"不是一切。我的老天,无论有过的一切是怎么多,或是怎么少,假如有一个人哪怕有一分钟觉得他一切都有过了,那他活在世上一定是多么寂寞和难受啊……"

他又在房间里踱了一次,走近玛斯连尼柯夫,将手放在他肩上。

"你听我说,米夏①"他说,他与其是打算答复他,不如说是答复自己心里的思想。"你听我说,米夏。我们无论如何不能死。唔,无论如何不能,简单地无论如何不能……"

---

① 米哈依耳的爱称。

“为什么？”

“我不知道。我只知道死不得。”

走进来的联络兵只说了一句：“他们在进攻。”萨布洛夫在沙发上坐下，匆匆地卷了卷裹脚布，又匆匆地拉了拉皮靴，立刻用习惯的手势将手伸进衣袖，上面加了大衣。

“唉，连睡一会儿也没有来得及，”他扣皮带的时候对玛斯连尼柯夫说。

玛斯连尼柯夫也感到在上尉的言语中，对于方才怀着那样的激动回忆起来的一切都含有一种抑郁的、善意的讽刺。而在这个短促的、然而立刻占满他们的生活的那句话“他们在进攻”面前，他们所回忆的一切却是太不重要了。

七

时间已经将近早晨。萨布洛夫知道了这次德军进攻的消息原来是一场虚惊之后，不久就回来了，可是他并没有去睡觉。早晨五点钟是一昼夜中最寂静的一个钟点。萨布洛夫走到通走廊的一扇破碎的、用帐篷雨布遮着的门口。他想喊彼嘉弄点什么东西吃。他掀开雨布幕，却停止了。彼嘉、一个值勤兵和两个联络兵，并排坐在地板上谈话，他们并没有发觉他：

"你问我，这次战争什么时候结束？"彼嘉用那种亲切的、同时又是教训性的口吻说。他认为自己是一个无所不知的人，跟别人谈话的时候总是用这种口吻。"我哪里能告诉你呢？我不知道什么时候结束。等我们把德国人打光的时候，就要结束了，可是什么时候打光，我可不知道……"

"啊，要把他们赶得远远的……"年轻的联络兵说。他瞧着天花板，把烟吐成一个个小圈。"远远的，"他带着充分确信将来正是要这样的表情，又补充说。显然，只是离国境的这个距离在使他烦恼。

萨布洛夫不愿意让战士们知道他无意之中暗地听了他们的谈话，便轻轻地放下雨布幕回去了，在桌旁坐下大声喊着彼嘉，彼嘉立刻在门口出现了。

"去预备点什么当早饭。"

"是，就去预备。"彼嘉说，在雨布幕后面可以听见他在那里张罗，把锅子和食品罐头弄得很响。

"我们的伤员怎么样？最后全都搬出去了吗？"萨布洛夫沉默了一会儿，问玛斯连尼柯夫说。

"晚上还剩下十八个人，"玛斯连尼柯夫说。"轰炸的时候——不是被弹片就是被石头打伤；不是被石头打伤，就是被玻璃打伤。"

"是的，在露天的战场上比较好些。"萨布洛夫表示同意。

他烦恼地皱了皱眉毛，他的脸上就露出凶狠的表情。

"然而斯大林格勒周围不是有环形防御线吗？"他说。

"我知道，他们对我说过……"

"离城大约十五公里的地方连沟都掘好了，堑壕、碉堡、钢骨水泥的防御物都布置好了，据说人多得很，日日夜夜地干活，可是那边并没有作战。"

"那是为什么呢？"

"米夏，假如你能知道，"萨布洛夫忧郁地说，"我在这一年的战争当中看见了多少白白挖掘的堑壕和壕沟。从边界起一直到这里，几百万立方公里的土地都是白挖的。为什么呢？因为我们常常要在我们后面掘一条防线，可是事先却没有把军队安顿在那里，大炮也没有装，机关枪也没有，什么都没有。我们依照着老法子等待啊、思想啊、后退啊、占领啊，但是人家德国人一下子就抄了后路，我们还没有到那里，他们就先到了。没有人的堑壕——是死的……所以这些工事就是完全白费。我们后来到了城下，背着城，不是在三个月中，而是在三天之中，草草地来掘新的堑壕，我们就要在这些堑壕里战斗到底，一直到死。叫人又是难受，又是可恼……是的，这就是说，到傍晚还剩下十八个伤员，"他又回到最初的谈话题目。"那么，你去处理一下，看看现在他们已经搬出去了没有。"

玛斯连尼柯夫出去了。萨布洛夫弄到一把刀，用它去修整自制的"卡秋霞"灯里的灯芯。这种灯是一只七十六毫米的炮弹壳，上面被压得扁平了，里面装了灯芯，当中略高的地方钻了一个小孔，用塞子塞着，火油就从小孔里倒进去，或是因为没有火油的缘故,便用加盐的汽油。

弄好了灯芯,萨布洛夫几次懒洋洋地用叉子在彼嘉刚拿来的盛着煎罐头肉的煎锅里戳了几下。他不想吃。为什么会这样呢?或许因为现在不过只是早晨六点钟——实际上,这并不是进餐的时候。时间都弄乱了。萨布洛夫想到外面去。玛斯连尼柯夫回来的时候,他已经披上了大衣。

"一夜当中所有的人都搬走了。您可知道,是谁来搬运伤员的吗?"玛斯连尼柯夫说。"就是我们从水里拖上来的那个姑娘。她来了。"

"是吗?"萨布洛夫说。

"原来一向都是她来搬运伤员的,不过我没有看见她。我把她领来了。让她休息休息,坐一会儿,"玛斯连尼柯夫轻轻地补充说。

"让她来吧,当然,当然,"萨布洛夫突然想起他是这里的主人,在其他的义务之中,他还有招待的义务,便匆匆地说。

玛斯连尼柯夫走到走廊里,大声喊道:

"安尼亚!安尼亚,您在哪里?"

少女走进来,腼腆地在门口站住了。萨布洛夫觉得这八天以来,她似乎变得更瘦了。

"请坐,请坐,"萨布洛夫忙乱地说。

他竭力要做得殷勤好客,但是一切都做得特别地笨拙。本来只要搬一张凳子,但是他却将凳子举起来,又咚的一声放在地板上,使那少女不禁震动了一下。

"您生活得怎么样?"萨布洛夫没头没脑地问。

"还不错,"少女回答说,就微笑着坐下来,"你们呢?"

"也还不错。"

"怎么还不错?是很好!"玛斯连尼柯夫高兴地插进来说。"过得非常好。您瞧,我们这里……"他骄傲地张开了手,仿佛周围的一切果真证明着他们是过着美好舒适的生活。

"意思说,是您来搬运我们的伤员的吗?"萨布洛夫问。

"第一天不是我,"少女说,"这三天是我……"

"一共运去了一百零八个人吗?"

"是的。连第一天的。我运了九十个。"

"渡河的时候没有人落水吗?"

"没有。"她微笑了,显然她想起了她自己落水的情形,"一个人也没有……只是晚上有飞机向我们的平底船扫射,死了四个人。"

"我的人么?"

"您的人。"

"您那时候忽然不见了……"

"是呀,我忘了感谢您。"

"我不是讨您谢的。"

"我知道。不过总要谢的。"

"您什么时候回去?"萨布洛夫问。

"要等到晚上。我来晚了,现在天已经亮了。"

"是的,天亮的时候从我们这里溜不到后方去,这倒是真的。没有关系,您在这里休息一会儿。"

"是的,我马上就去休息,我的卫生兵已经在那边躺下了,他们有两夜没有睡觉,"少女说着就站起来。

"不,您往哪里去? 您往哪里去? 您就在这儿休息休息。我和少尉马上就要走了,您就躺在这里休息休息。"

"我不妨碍你们吗?"

看她说话的样子,萨布洛夫感到,她是累得要命了,她能够躺在床上,盖上被子,那张床对于她几乎是太美妙了。

"不,不必客气,"他说。

"那好吧,我就来休息,"少女简单地说。

"不过您先要吃点东西。"

"好,谢谢。"

"彼嘉!"萨布洛夫喊道,"拿点吃的东西来。"

"那不就是,"彼嘉来了说,"上尉同志,煎锅就在您面前呀。"

"啊,不错……"萨布洛夫将煎锅推到少女面前。

"你们呢?"

"我们也要吃的。"

萨布洛夫旋开桌上德国式水瓶的瓶盖,将酒倒在炮弹头里,给自己一杯,玛斯连尼柯夫一杯,他们在自己之间称它叫"地雷"。这些炮弹头最近代替小杯子和玻璃杯的时候愈来愈多。

"您喝吗?"他问。

"我疲倦的时候就喝,"她说,"只要半杯……"

他给她倒了,她和他们一同干杯,喝的时候很文静,没有皱眉头,就像一个乖孩子吃药那样。

"您不唱歌吗?"玛斯连尼柯夫无缘无故地问。

"从前有吉他伴奏着稍微唱唱……"

"吉他大概是挂在家里的床面前,并且一定缚着蝴蝶结吧?"玛斯连尼柯夫不肯安静下来。

"是缚着蝴蝶结,"少女说,"不过现在吉他没有了……我是本地人,"她补充说。

"本地人"这个字有一个明确的意义,是他们三人都能了解的:既然是本地人,那就是说全部都烧光了,什么也没有了……

"哦,您还在害怕么?记得我们的谈话吗?"

"我永远不会不害怕的。"她说。"我不是对您说过,我为什么害怕吗?所以我怎么会不害怕呢?我仍旧在害怕……我以为,我再也不会遇见您了,"她沉默了一会儿,补充说。

"可是我却相反,"萨布洛夫微笑了一下,"我相信,总有一天会遇见您的。"

"为什么?"

"我发现是这样的,在战争中难得只和人遇见一次。以前您住在哪里？离这里远吗？"

"不,不远。如果顺着这条街向右走,第三个街区就是……"

"那么,现在已经在德国人手里吗?"

"是的。"

"安尼亚,安尼亚……"萨布洛夫忽然想起来说。"您知道吗,安尼亚,我现在或许就会使您十分惊奇。然而我不知道,也许不是的。"

他还没有把握,事实上会不会使她惊奇,但是他不知为什么觉得,假如现在在给他运伤员的那个少女就是他从水里拖出来的那一个是一次巧合,那么为什么不会发生第二次的巧合呢?

"用什么来使我惊奇?"

"您是姓克里明珂吗?"萨布洛夫问。

"是。"

"我一定会使您惊奇,甚至会使您高兴……我见过您的母亲。"

"妈妈?在什么地方?"

"在对岸的爱尔通,"萨布洛夫说。"您的父亲也是在这城里的什么地方,是吗?"

"是的,"安尼亚回答说。

"九天前,我在爱尔通看见您的母亲,正是我们和您一同渡过伏尔加河的那天早上。不过当时我不知道您的名字,所以没有说。"

"她怎么样,她出了什么事了吗?"安尼亚赶紧问。

"没有什么,她步行走到爱尔通,我还和她谈话了。她说轰炸把她和你们分开了。"

"是的,她在家里,我不在家。她怎么样?"

"很好,"萨布洛夫说了一句谎。"到了爱尔通。"

"您是在什么地方看见她的?怎样去打听她在什么地方?"

"我不知道,我只是在爱尔通的街上看见她,照我看,她是那一天刚到那里。"

"那么,她是什么样子,什么样子?"安尼亚追问说。"非常疲劳吗?"

"有一点……"

"主要是活着。"

"她对我说起您,也是这样说法:'主要的是活着',"萨布洛夫笑了一笑。

"实际上,此刻这真是主要的。"

少女将手放在桌上,把头垂在它们上面,她想再仔细地、仔细地向萨布洛夫问问关于母亲的事,可是他看见她的母亲只有两三分钟,又能再补充些什么呢?

"您躺下吧,"萨布洛夫建议说,"就躺在我的沙发上。我马上就要走了,一直要到晚上才回来。您什么时候需要走,我来唤醒您。"

"我自己会醒的,"她确信地说。后来她走到沙发跟前,坐在上面,像孩子似的在弹簧上颠动着,惊奇地说:"啊,真软,我很久没有睡过这么软的东西了。"

"将来我们这里还要好呢,"玛斯连尼柯夫说。"我还在废墟中间看到两张皮手椅,稍微修理一下,就可以像火车的软卧一样。"

"我们的废墟中间没有吉他吗?"

"没有。"

"可惜。不然我可以弹给您听。"

"不要紧,您又不是最后一次到我们这里来……"

"大概不是最后一次……"

"那么我还会找着一把吉他。准许到第一连去吗?"玛斯连尼柯夫说,他努力在萨布洛夫面前把身子比平时伸得更直。

"去吧,"萨布洛夫说。"我也快到你们那里来了。"

玛斯连尼柯夫出去了。

"他是您的什么人？"少女问。

"参谋长。"

"他也很好的。"

"为什么也是。"

"也跟您一样，"她说。"那就是说，并不完全像您，他就像我一样……那就是说，我不是那样——并不是好的，像我……可是我……"她搅糊涂了，很窘，后来又微笑了。"我要说，他和我一样，还十分年轻，而您已经成年了，——这就是我要说的。"

"您已经把我完全当做老头子了，"萨布洛夫点点头。

"不，为什么当您是老头子呢？"她严肃地说。"我只是看出，您是成人了，我们还不是。您的生活中一定已经有了许多经历，这不是真的吗？"

"我不知道，或许……大概，是的……"萨布洛夫犹豫地表示同意。

"可是我没有。我甚至没有什么可以回忆的。不过我有时回忆到以前的斯大林格勒，您以前从来没有到这里来过吗？"

"没有。"

"它非常美。我知道莫斯科一定更美些，不过我不知为什么总觉得它是最美的。或许是因为我是在这里出生的。真是可惜，"她突然用力地说，"真是可惜……您简直不能想象是多么可惜。妈妈跟您说话的时候没有哭吗？"

"没有。"

"您知道，她这个人是怎样的……她即使碰到一点什么小事，像打碎一只盘子，就要哭的，可是碰到什么真正可怕的事，她倒不哭，一声不响，连一句话也不说。"

"您的父亲呢？"

"我不知道。他没有到对岸去。他对我说：'我不会离开斯大林格勒。'所以他没有走，我知道的。他们两个人都很好。在我回家说我要到军队里去的那一天，米夏——我的哥哥——才牺牲了三天，我想他们要和我争执。可是他们一点没有什么，只是说：'去吧，'并没有说别的话……很好，他们一切都懂得。"她那样出人意外地直爽地补充说，这种直爽表示，她到此刻对于父母还保存着幼稚的看法，照这种观念看来，他们永远是什么事也不了解的，如果他们懂得什么事，这就是非常令人惊奇和非常可喜的。

"我今天看见了您很好，不然我运送你们伤员的时候，他们谈话的时候老是说：萨布洛夫，萨布洛夫，而我不知道萨布洛夫就是您，可是我希望看见您，感谢您。我和您同船的时候，我对您说了许多话，当时我有一种情绪，要把一切都倾吐出来，后来我觉得，如果我万一再看见您，我还是要向您说的。"

"说什么？"

"我也不知道说什么……，大概样样都有……如果您不到我们的斯大林格勒来，我们一辈子也不会遇见。"

"为什么？ 您不是想读书吗？"

"是呀。"

"您会到莫斯科去吗？"

"会的。"

"您会进大学学习，而我也许正巧在那里做讲师。"

"难道战前您是教书的吗？"

"不，是读书的，可是应该教书了。"

"我怎么也不会想到。我以为您一辈子都在军队里……"

就像对于任何一个从后备队调来成为指挥员的人一样。这个错误使萨布洛夫很高兴。

"您为什么这样想？"他很感兴趣地问。

"就是这样。您非常有军人气概，好像一直是在军队里的——您的样子是这样的……"她用手遮住嘴，打了一个呵欠。

"您躺下吧，"他说，"睡吧。"

她伸了个懒腰,躺下了。萨布洛夫从钉子上取下自己的大衣给她盖上。

"您穿什么去呢?"她问。

"白天我不穿大衣。"

"这话不对。"

"不,是真的,我一向总说老实话。将来我们做朋友的时候,您也要记住这一点。"

"好的,"她说。"您今年几岁?"

"二十九岁。"

"真的吗?"

"我不是对您说过了。"

"是的,是的,我知道,"她不信任地看了他一眼,"当然是真的,不过不像。或许您真是二十九岁,可是您看起来无论如何不止……"

她闭上眼睛,后来又张开了……

"您知道,我是那么累,累得要命……最近两天我一直不停地走来走去,我心里想,要是能躺下来睡着……"

"您现在就睡吧。"

"马上就睡……您有孩子吗?"

"没有。"

"妻子也没有?"

"没有。"

"真的吗?"

萨布洛夫大笑起来。

"我们不是约定了。"

"不,我相信您,"她说,"我这样想法,是因为他们在前线和我们女孩子们聊起天来,大家好像约好似的,他们硬说他们没有妻子,并且笑……看现在您也在笑……"

"我笑虽笑,不过这仍旧是真的。"

"那您为什么笑呢?"

"您问得很可笑……"

"为什么可笑?我对这件事发生兴趣,所以我就问了,"她昏昏欲睡地说了,就闭上眼睛。

萨布洛夫站了一会儿,注视着她,后来坐到桌旁,在各个衣袋里摸索——盛烟叶的烟盒不知弄到什么地方去了。他摸到战地皮包里去。他很奇怪,在里面的地图和信笺中间竟发现一个弄皱的烟盒,在他们那夜准备进攻那所房子的时候,他就是从那盒子里面取出三枝烟卷:一枝给自己,一枝给高尔基因柯,一枝给死去的帕尔芬诺夫。一枝留着"后来",等进攻以后抽的,可是从那时起他就把它忘了。他看了看烟盒,毫不踌躇地拿起烟卷吸起来。仿佛此刻发生了一件什么特别的事,而为了这件事需要把最后的这枝烟吸掉。

窗外的天亮了。他已经习惯了的那普通的、苦难的一天开始了,可是除了这一天要关心的事之外,又加了一件,这件事他自己虽然不肯承认,可是他已经感到了:这就是对那个睡在角落里的、在他大衣下面的少女的关心。他模糊地感到,这个少女突然要和他将来的全部思想,和围困、死亡,和他正是被困在她出生和长大的城市斯大林格勒里的这几所房屋里的种种情形联系着。他朝少女看了一下,他突然觉得,等到天晚了,她需要离开这里,渡河到对岸去的时候要想象她不在这里的情形,将是异常困难的。

他抽完烟,站起身来。

"怎么不穿大衣呢?"他们出去的时候,彼嘉问。

"穿了重得很,况且今天还暖和。"

"重有什么关系,等暖和的时候,我给你拿着好了。"

"好了,不必了,就这样去吧……"

八

这一天是艰苦的。他一直老待在左翼上的第二连,那边有一条宽阔的街道经过房子旁边通到广场。普通的轰炸照例像按照时刻表似的,从早就开始了,这一次比平时更猛烈、更准确。这立刻暗示着萨布洛夫,今天一定要来一次特别猛烈的进攻。

到中午时候证明他是对的。德国人对这些房屋轰炸三次之后,开始了猛烈的迫击炮射击,在炮火掩护下有几辆坦克沿街冲出来。坦克后面跟着一群自动枪手,人数相当多,萨布洛夫用目光估计一下,大约有将近两连人的光景,他们沿着墙从一个屋檐底下跑到另一个屋檐底下。第一次进攻被击退了,可是两小时后又开始了第二次。这一次有两辆坦克冲过来,冲进院子里。在它们被烧毁之前,压死了几个人,一架攻坦克炮和炮上的全部炮手……第一辆坦克立刻就着了火,里面的人一个也没有跳出来;第二辆起初被击伤,直到后来它已经停下来的时候,才被燃烧瓶烧着了。里面跳出的两个德国人立刻被击毙了,虽然本来是可以将他们俘虏的。萨布洛夫这次没有阻止他的部下:他眼前呈现着刚被击碎的攻坦克炮和炮兵的骇人的、被炸成一块块的尸体。

四点钟又开始了轰炸,继续到五点钟,但是经过很长的迫击炮射击以后,在六点钟德国人又来进攻,这一次已经没有坦克。他们在一个地方占据了电流变压亭和一堵断壁。

天色已经就要昏暗了,萨布洛夫在半明半暗中召集了大约十五个自动枪手,他决定不能这样留到天亮,就爬到亭子前面,经过长时期骚扰和对射之后,又占领了它,这时死伤了几个人。至于他,由于疲乏和炮鸣的缘故,起初竟没有发觉他肩膀旁的衣袖被打破,手臂被子弹烧伤了。早在中午时候他被附近爆炸的炸弹的爆发气浪震得撞在墙上,所以他是半聋了。因此在后半天,他又是恼怒,又是听不见,又是过度疲乏,他几乎需要机械地做着需要做的这些事。亭子最后被占领了,他筋疲力尽地坐在地上,倚着断墙,旋开水瓶盖,喝了几口。他觉得冷起来,在一天当中,他是第一次想到,现在已经天晚了,而他却没有穿大衣。彼嘉好像猜中他的心事似的,把一件别人的、显然是从死人身上脱下来的大衣递给他。大衣嫌小,萨布洛夫起初将它披在肩上,可是彼嘉硬要他穿好。

很晚,天黑的时候,萨布洛夫和玛斯连尼柯夫才回参谋部。桌上点着灯。萨布洛夫向沙发上投了一瞥——那少女仍旧还在睡。"哦,她大概疲倦了,可是该叫醒她,"他想了一想,忽然考虑到,整天当中,从他想一定会有一场猛烈的进攻那一分钟起,一直到他回来的那一分钟,他一次也没有想到这个少女。

他和玛斯连尼柯夫也不脱大衣,就在桌旁面对面地坐下,萨布洛夫朝自制的杯子里倒了两杯伏特加。他们喝完了,直到那时才发觉没有什么可以随便吃吃……萨布洛夫在桌上摸了一阵,摸到一个很漂亮的、四方形的美国罐头食品;罐头四面都画着可以用这些罐头食物烹制成的、颜色不同的菜。旁边焊着精确的开罐器。萨布洛夫将它扳下来,将小吊环套在罐头上的一个专门的小栓上,打开了罐头。

"准许进来么?"

"进来吧。"

一个身材不高、领章有一个条纹的人走进来。他微微撑着自制的手杖跛行着走到桌前。

"政治指导主任华宁,"他随便行了个军礼,说。"被派到你们这里来做政委。"

"非常荣幸，"萨布洛夫说，他站起来和他握手。"请坐。"

华宁和玛斯连尼柯夫打了招呼，在发出吱吱响声的凳子上坐下来。他显露出文人的习惯，立刻脱下军帽放在桌上，又把皮带上的洞松了一个，好像军装和皮带使他不舒服似的，这样一来，才坐得舒服些。

萨布洛夫仔细看了看在一切事务上要做他的主要助手的这个人。华宁的头发很浓，几簇微卷的栗色头发挂到额上。他的眼睛完全是蓝色的，这样的蓝眼睛是很少见的，尤其是男人的。

萨布洛夫将灯移到跟前，仔细读了华宁带来的证明书。这是打在薄纸上的、摘录师团各部分的命令中的一段：华宁被派为第六九三狙击团第二营的政治委员。

华宁正式了解营中情形的时间恐怕至多不过花了十分钟。一切情形不必多说就可以明白，是被包围的情形——炮弹和迫击炮弹都需要节省；弹药虽然多些，不过也要节省；热食是每夜装在保暖瓶里分送来的；剩下的伏特加酒倒比规定还要多，因为每天有人因死伤离去，各连里的司务长却并不急于将这事报告上去；经过这八天的爬来爬去，又躺卧在堑壕里，许多人的军装都碎成了一片片的，其余人的也都磨破了，肮脏不堪，——这一切情形，只要是在前线上待过几个月的人都能熟知的。

萨布洛夫坐在凳子上，照自己的习惯倚着墙，卷起烟来，以此让人明白谈话的正式的部分已经结束了。

"您在城里待了很久吗？"他问华宁。

"今天早上才渡河过来，我是直接从医院里来的，"华宁说，他用手杖轻轻敲着水泥地来证实他的话。

"以前到过斯大林格勒吗？"

"到过，"华宁笑了。"到过，"他带着异样的神气重复说了一下，叹了一口气。"单说到过还不够，战前我是这里共青团市委会的书记。"

"原来这样……"

"是呀……三个月前我离开这里到南线去的时候,斯大林格勒还被认为是大后方,远得令人难以想象我们现在会坐在这所房子里。这房子前面以前是一所公园,然而现在剩下的一定很少了……"

"是很少了,"萨布洛夫证实说。"剩下几棵树和排球网的柱子。"

"是的,是的,排球场上的柱子,"华宁笑道,"网球场没有来得及造好。就在战争爆发之前,我集合了一班青年,做星期日义务劳动,弄平了地面,用滚辗机滚了,现在大概都掘开了……"

"是掘开了。"萨布洛夫又为他证实了。

华宁沉思了一会儿。

"天晓得,"他说。"在这里作战的人,大家都很难受,因为离伏尔加已经非常近,不过显然比我好受些。我真是难受极了……因为这里的每一个角落,的的确确是每一个角落,我都知道——您要明白,我并不是为了说漂亮话……十二年前,我们决定要在这里造一个绿环,可以使灰尘少些。是的,我们当时也没有想到,十年以后战争竟会摧残这些种了三年的菩提树,也没有想到当时十五岁的小伙子竟会活不到三十岁就死在这些街道上。一般说来,有许多事情是我们当时没有想到的,您大概也是这样。"

"大概是的。"

华宁接连吸了几口烟,研究似的看了看萨布洛夫。

"您的家在哪里?"

"最近是在我所在的地方。"

"在这以前呢?"

"在这以前在顿巴斯。"

"这就是说,您没有家将近一年了,——不,您虽然不能忍受,不过总习惯了……可是……您想,今天早上我从对岸看见了这个城市……不，这是您所不能想象的……您的师长一定会把我当做疯子，因为我答复他所有的问句，都像自动机似的：'是，不是，是，不是，是，不是……'不，您一定不能彻底了解我。"

"为什么不能呢?"萨布洛夫说，"我觉得可以了解您，甚至可以完全了解您。您知道，每逢晚上刮风，吹来灰和烧淬的时候，我有时觉得，风从西面把灰刮过来，从边境开始，——从契尔尼高夫、从基辅、从波尔塔瓦……不，我完全了解您，不过我除了忧郁之外，有时要发脾气……"

"对什么人呢?"

"对自己，对您，对别人。天晓得。或许，本来应该少去注意你们的绿色植物，多去注意其他许多事情的。就说我吧——我在军队里服务了三年……当我退伍的时候，人家对我说：'您真不该退伍，不然您可以成为一个好军人。'可是我走了……您看，如果我不相信会有战争，也许我会是对的，可是我当时就确信会有战争的，这就是说，我是不对的，我应该留在军队里。"

"我懂得，"华宁说，"不过所有的人总不能一下子就变成军人呀，这一点您也要同意。"

"同意，不过有一点要修正：我们终于都变成了军人，不过没有能在需要的时候……不过，回忆也没有用，现在我们的军人的工作——不管过去的错误是自己的或是别人的，——就是固守这三座房子。"萨布洛夫用一个手指敲着放在他面前的平面图。"怎样，我们不要放弃房子吧，政委?"

华宁微笑了。

"我希望这样。您知道，"他信赖地补充说，"团长差我到您这里来的时候，对我说些什么吗?"

"说什么?"

"'您到萨布洛夫那里去，他打仗打得不坏，可是他喜欢发议论，一般的说，他常有各种情绪……''什么样的情绪?'我问。'一般的说,就是情绪,'他说着,用手做了一个那样的手势,仿佛这样一来把所有的话都给说出来了。"

萨布洛夫笑起来。

"谢谢您的坦白。我承认,我真的常有各种情绪,有时是这一种情绪,有时候是那一种情绪,一般说来,我认为一个人没有情绪是不能生活的……您以为怎样?"

"我以为也是这样。"

"可是您的排球场,"萨布洛夫突然转了话题说,"差不多是完整的。有五六个炸弹穴,这只要撒上点泥土,用滚辗机滚上两三次就行了。柱子竖立着,在一根柱子上甚至还有网的碎片。喏,这个少尉是,"萨布洛夫向坐在他身旁的玛斯连尼柯夫点头示意说,"莫斯科第一排球混合队的球员。您今天向我提醒了他的事——我老是注意到,他总要求往第二连去,这是他心爱的一连。现在我可明白是怎么回事了——那边有一个排球场,勾引起他的甜美的回忆。"

"上尉总是不严肃地对待我,"玛斯连尼柯夫开玩笑地,但同时又带着一点恼怒的意味说。"他老是放不下我是二十岁……不,上尉同志,天地良心,我想到排球的时候并不比您想到的时候多。"

"你完全是白着急。二十岁——是一件好事,米夏,你要知道,将来等你三十岁的时候,我就是四十岁;等你四十岁的时候,我就是五十岁,所以你总赶不上我,可是你越活下去,你就越明白,小十岁——这要比大十岁好多了,你懂吗?"

他搂了玛斯连尼柯夫一下,拍了拍他的肩膀,把他拉到自己面前。

"不,政委,我们有一个出色的参谋长,人又好,身经百战,出入枪林弹雨,不过常常想做出一件十分特别的事,使他可以成为一个真正的英雄。走进火药库,手里拿着引火线,总之,非常希望做出这一类的事。其余各方面都是一个好军人,颊上留上一点胡须,显得很英勇,眼睛里有一种刚强的凝视……我是说着玩的,说着玩的,米夏,别生气……最好站起来,给我们开一张唱片……"

"你们有留声机吗?"华宁问。

"怎么没有,我们搬来的……甚至还想把一架钢琴从三楼拖下来,可是昨天钢琴事先被炸出来,只剩下了弦。"

墙外接连传来两次逼近的、猛烈的爆炸。

"也许把什么东西拖到这里来没有意义,"萨布洛夫沉默了一会儿说。"看样子很快就要搬家了。今天整天好像是故意似的,炮弹老是落在周围和附近。"

华宁和玛斯连尼柯夫一同走到上面放着一架留声机的暖气片跟前。他漫不经意地选着唱片,在一张唱片上停住,问道:

"就是这张吧。"

玛斯连尼柯夫摇了留声机。

> 一位同志飞往远方,
>
> 祖国的风随着他飞翔。
>
> 心爱的城市隐没在蓝烟里,
>
> 熟识的房屋、绿色的庭园和那温柔的目光……

华宁离开桌旁走到阴影里,双手撑着头,默默地听着。等唱片完了,华宁仍旧默默地坐着,毫不惭愧地擦了擦转着泪珠的眼睛。

"请您再摇一次,"他说。

唱片又第二次转动起来。

"这位姑娘睡得很熟,"留声机停止的时候,萨布洛夫说。"连音乐也吵不醒她……不管是多么不忍心,可是总需要叫她起来。"

他从房间的另一头走到沙发跟前。他回来的时候,就以为少女是睡在沙发上,谁知那不过是他扔在沙发上的他那件大衣。

"原来这样……"他觉得很惊奇。"彼嘉,那位护士呢?"

彼嘉虽是和萨布洛夫一同回来的,不过,照传令兵的习惯,他已经绝对地知道一切,他说,那少女已经走了两小时了。

"往哪里去了? 到对岸去了吗?"

"上尉同志,不是的,她就在这里……总之,这里发生了这样一件事。在前面的小花园里,在那块无主的土地上,听见有呻吟的声音——好像是喊救命。这时有人到这里来告诉值勤兵,碰巧这时候她起来了。所以他们就到那边去了,是爬去的。"

"谁去了?"

"她去了……"

"她! 亏你好意思说得出口。这里有一营兵,可是听见呻吟,就让一位护士爬到那里去……况且她还是外人……这算是雇临时工吗?"

"不是这样,她不是一个人,是他们的卫生兵和她一同爬过去的,还有我们的柯纽柯夫。他在这里值班,也被叫去了。"

"这是什么时候的事?"

"现在已经过了两小时了,"彼嘉看了看表说。

"把值班的给我叫来,"萨布洛夫穿着大衣,命令说。"您在这里坐一会儿,我马上就来,"他对华宁和玛斯连尼柯夫点点头。

夜是寒冷的,乌云遮住了半边天,可是月亮正好挂在那晴明的半边,所以照得很亮。

萨布洛夫被夜间的凉气逼得打了一个寒噤。值勤兵向他跑来。

"他们爬到哪里去了?"

"他们在篱笆的夹道中间往左爬,爬到瓦堆上去了,"值勤兵用手指着。

"在这个时候里能听到些什么吗?"

"上尉同志,没有听到什么特别的声音,三十分钟之前,在这地方投下了几个炸弹,别的也没有什么……"

一刹那萨布洛夫被一个自然而然的希望控制了:他要爬过去

亲自看看那边发生了什么事，可是他很快就克制了自己。这不是他有权亲自爬过去冒生命危险的那种情形。

"一有什么情况，马上就来报告，我在等着，"他对值勤兵说。

但是他并不需要等待。从那一面，在黑暗中，从房屋的废墟像一座山似的斜着朝地面倾斜的那地方，现出三个人形。两个人搀扶着第三个在他们中间跛行的人，萨布洛夫走上去迎接。他走了几步，就遇到他们。柯纽柯夫和一个卫生兵搀着安尼亚。萨布洛夫在黑暗中看不清她的脸，可是看她那样无助地挂在柯纽柯夫和卫生兵的手臂上，萨布洛夫就明白她的伤势不轻。

"准许报告，"柯纽柯夫说，他仍旧用左手扶着安尼亚，用右手行了一个军礼。

"等一会儿再报告，"萨布洛夫说，"把她送到我这里来。或者不必了，就让他躺在这里的值班室里。"

由三面是楼梯和墙壁形成的那个小棚，大家都叫它值班室，值班室的里面挂着雨布。在这一块深凹进去的地方放着一张桌子、一张给电话员坐的凳子和一张从什么人的公寓里拖来给值班人坐的软手圈椅。角落里有一张褥垫就放在地上。卫生兵和柯纽柯夫将安尼亚放在褥垫上。柯纽柯夫将放在旁边的大衣很快地卷起来放在她的头底下。

"喂，安排好了吗？"萨布洛夫问。他没有走进值班室，仍旧站在街上。

"对。"柯纽柯夫一面走出来，一面回答说。"准我报告。"

"说吧。"

"我们听见有呻吟的声音。于是他们，"柯纽柯夫朝他们那边点点头，"就说：'我爬到那边去，那里有受伤的人。'他们便叫了他们的卫生兵。不过他们的一个卫生兵又瘦又小，年纪还轻呢。他说'我去，'可是我一看见，心里怪不好意思……我就对他们说，我去。"

"后来呢?"

"请准我报告。我们去了,大家都轻手轻脚地爬着。我们这样整整爬了大约有一百五十米,就在那边的瓦砾堆后面找到了。"

"找到了什么人?"

"请准我给您看……"

柯纽柯夫摸进军装的口袋,掏出一束文件。萨布洛夫用电筒照了一下。这是巴那修克中士的证件,他昨夜就出去侦察,还没有回来。他的营里认为他已经被打死了。显然,他昨夜受了伤,在废墟中间躺了一天,打算乘天黑爬回自己人这里来。

"您到底在什么地方找到他的? 靠近德国人呢,还是靠近我们?"

"请准我报告,在正当中。他,显然是爬的,可怜的,他忍不住了,喊出声音来了。"

"他在哪里?"

"他死了。"

"怎么死了?"

"我们爬到他跟前的时候,他还活着,受了伤,直着嗓子呻吟。我对他说,'你不要做声,德国人听见你的声音要开枪的。'我们拖他,这时候德国人大概看到在石头中间子弹追不上我们,便扔起迫击炮弹来。他就在那里被打中了,可是她的脚被擦了一下,人撞在石头上。起初她很着急,甚至要拖他,虽然他已经死了,可是后来她失去了知觉。我们取了证件,把他留在那里,但是抬了她,到了这里。上尉同志,准许我报告。"

"还有什么?"

"这个小姑娘很可怜。难道当真就没有男人来做这种工作吗? 喏,让她在后方的医院里照顾照顾伤员,何必到这里来呢? 我扶着她——她轻极了,这时我就有了这么一个想法:为什么要让一个单薄的、这么年轻的小姑娘在弹雨下跑来跑去的呢?"

萨布洛夫没有回答。柯纽柯夫也不做声。

"准我走吗?"他问。

"去吧。"

萨布洛夫走进值勤室。安尼亚睁开眼睛默默地躺在褥垫上。

"喂,您怎么了?"萨布洛夫问。他想责备她,因为她谁也不问,就这样轻率地去了,但是同时他又明白,不可以因为这件事责备她。"喂,您怎么了?"他又说了一遍,口气已经缓和一点。

"受伤了,"她回答说,"后来头上又重重地撞了一下……但是照我看来,这伤毫无关系……"

"给您包扎上了吗?"萨布洛夫问,直到此刻他才注意到,她头上的制帽底下有白绷带。

"是的,包上了,"她说。

"脚呢?"

"脚也包上了,"站在她旁边的卫生兵说。"护士,您要喝水吗?"

"不,不要……"

萨布洛夫这一分钟里在两种决定之间踌躇着:一方面说,或许最好是不去动她,在她的伤势没有减轻之前,留她在这里过上两三天,另一方面呢——几天前师团的各部已经接到命令,在这样混乱的情形下,不要有一个伤员留到天明,因为在这样的情形下,轻伤的到晚上会变成重伤,重伤的会被打死。萨布洛夫想,对这个少女,也应该像对其他所有的人一样,今天夜里就将她送到对岸去。

"您不能走吧?"

"这会儿大概不能。"

"要把您和其余的伤员一同抬到岸上,马上就走,第一批走,"萨布洛夫说,他预料到她会反对。

他等待她会反驳说,她的伤势并不是最严重,可以最后一批送她走。可是她看了萨布洛夫的脸色明白,他反正是要第一批送她走的,所以她就不响了。

"我要是没有受伤的话,"她突然说,"我们好歹可以把他从那里抬来。但是我又受了伤,他们就不能把两个人……他是被打死了呀,"她说,好像是为自己辩护似的。

萨布洛夫看了看她,便明白她所以说这些话,无非是为了克制疼痛,而事实上她完全像孩子似的,简直痛得非常厉害,同时又非常恼怒,因为她的受伤是这样地不需要和愚笨。然而在萨布洛夫看来,她之所以抑郁不乐,还因为他是那样严峻而枯燥地和她说话。她又疼痛,又惋惜自己,可是这一点他竟会不懂得。

"没有关系,"他的声音里含着突如其来的爱抚说,"没有关系。"他搬了手圈椅,坐在她旁边。"现在把您送到对岸去,您的身体很快复原之后,又可以来运伤员了。"

她微笑了一笑。

"您此刻说的话就像我一向对伤员说的一样:'不要紧,亲爱的,很快就会好的,很快就会恢复。'"

"不然怎样呢,您现在受了伤,我所以跟您说,这是习惯呀。"

"您知道吗,"她又说,"我刚才想,伤员们在射击的时候渡过伏尔加,心里一定很害怕。我们好好的人,可以动,什么事都能做,而他们却只能躺着等待,此刻也轮到我这样了,所以我想他们一定感到可怕……"

"您也觉得可怕吗?"

"不,我此刻不知道为什么一点也不觉得可怕,是第一次……让我抽抽烟,"她说。

"您会抽烟吗?"

"不,我不抽,可是此刻我忽然想……"

"不过我没有烟,要卷起来。"

"就卷烟好了。"

他卷了一枝烟,在没有粘上之前,停了一会儿。

"您自己……"她说。

他舐了纸,粘成烟卷递给她。她外行地用牙齿咬着香烟。在他划了火柴送到烟卷跟前的时候,少女的脸被短促的、带红色的反光照耀着,使他第一次觉得它是无限的美丽。

"您看什么?"她问。"我没有哭……这不过是因为我们爬过了池塘,大概是因为这个缘故,所以脸是湿的。给我手帕,我要擦擦。"

他从口袋里摸出一条手帕,他看到手帕是肮脏的、团皱的、有烟叶的斑点,觉得很不好意思。她擦了脸把手帕还给他。

"怎么,马上就来搬我走吗?"她又问。

"是的,"他回答说,竭力要用起初和她说话时那样枯燥的、命令式的语气来说这个"是的",可是此刻他竟说不出了。

"您会记得我吗?"她突然问。

"会的。"

"记得我吧,我并不是因为所有的伤员都是这样说法,真的,我很快就会被医好的,我觉得……您记得我吧。"

"怎么会不记得您,"萨布洛夫一本正经地说,"一定要记得……"

过了几分钟,卫生兵走到面前,要将她放在担架上的时候,她爬起来,自己坐起来,可是看得出她是多么困难。

"头痛得厉害,"她微笑了一笑。

他们搀着将她放在担架上。

"其余的人都送走了吗?"萨布洛夫问。

"是的,马上就到,我们一同走,"一个卫生兵说。

"好。"

卫生兵们抬起了担架,现在街上半明半暗,萨布洛夫明白,他在这一分钟里非常想对她说的话连一句还没有说……卫生兵已经起步了,担架开始摇动了,可是仍旧一句话也没有说,大概他什么

82

话也不能说——他不会说，也不敢说。她运送过多少伤员，包过多少伤口，现在她竟无助地也躺在同样的担架上，使他心里对她充满了一种强烈的、轻率的怜惜，他突然出乎自己意料之外地向她弯下腰去，将手藏在背后，免得有什么不小心的动作触痛了她，起初将面颊紧紧地贴着她的脸，后来自己也不明白他是在做什么，竟几次吻了她的眼睛、额头和嘴唇。当他抬起脸来，他看见她用坦率的、明白的、了解一切的目光看着他，他觉得他不是简单地吻了这个无助的、不能动弹和无能反对的她，他这样做，是得到她的允许的，她也是希望这样……

回到营参谋部，萨布洛夫在桌旁坐下，从纸套里拿出战地记事簿，摊在面前：他要写这一天的报告——这报告要送到团里给巴伯钦柯，他从报告里要摘录出来以后再送到师里给泊洛青柯，从师里送到军里，从军里送到前线，再从那里到莫斯科……这样就形成了整整一长串的报告，将近早晨的时候，它要以总参谋部战报的形式出现在斯大林的案头。

平时萨布洛夫每到晚上写这些报告的时候，他就想起战线的庞大，在连绵的战线上，他的一营人和这三所房子不过是无穷数的据点里的一点。他觉得——整个无边无际的俄罗斯是无尽头地在他——萨布洛夫上尉——和他的人数稀少下去的一营人所固守的这三座房屋的左右两旁。

九

在泊洛青柯的师团所据守的区域里，开始比较地寂静了。假如萨布洛夫不知道寂静的原因并不是因为德国人一般地都疲乏了，停止了进攻，唯一的理由是因为他们此刻在将全部兵力调到南面一些去，调到师团驻扎的地区，要在那里给自己突破一条到伏尔加的通道，努力要将斯大林格勒切为两半。

从左面的南方日日夜夜地传来隆隆的大炮声，可是这里却是寂静的——不过这种寂静是按照斯大林格勒对这个字理解。德国人不时轰炸。他们一天对萨布洛夫所占据的房屋作五六次的大炮和迫击炮的轰击，一会儿在这里，一会儿在那里，总有一小群的自动枪手企图微微向前突进，来占领废墟的一部分，可是这一切与其说是战斗，还不如说是示威。

德国人所做的事情，正是为了不让我们从这里调走一兵一卒去援助防御南方一些的部队。由于无事可做而产生的痛苦的感觉，在萨布洛夫心中，大概比由于他是活着、此刻他死亡的机会比以前是减少了些而引起的那种单纯的人类的喜悦，更为强烈。

这几天来，在营里形成了那种特殊的、被包围的生活状态，这种生活以它的坚毅的传统、它的镇静，有时也以它的幽默，使初到斯大林格勒的人大吃一惊。经过三天的扫射，德国人终于将萨布洛夫原来做参谋部的房间轰倒了，幸运得很，这时只有一个电话员受了轻伤。现在萨布洛夫待在地窖里以前的锅炉间里。这样，现在全营的人都毫无例外地过着地下生活，而这种生活却因此比较可靠、比较有秩序了。

在联络兵——其中有一个是管邮件的——住的土窖旁边的柱子上，挂着一个从房屋废墟上拆下来的真正的邮箱。它上面一切具备：有"邮箱"的字样、有邮局符号、有自动开关的盖子。萨布洛夫有一天早晨开玩笑说，这里只缺少一张"邮政总局"的牌子。联络兵们显然很喜欢这个想法，傍晚邮箱上面果然出现了一块木板，上面用黑漆漆着："邮政总局，收发信件"。

警卫排的一个战斗员，过去是奥地萨出名的钟表匠。他在自己的土窖里面，在嵌在地下代替窗户的一块玻璃橱窗后面，开设了一所类似的钟表店。多亏萨布洛夫，在他和邮局开了营里的人很喜欢的那个玩笑之后，那个钟表匠也用同样的黑漆在橱窗里面写着："准时修表店"。这个幽默很平凡，但是在堑壕生活里却是很有趣的。

彼嘉这两天忙着要建造一个马马虎虎的浴室。由工兵们帮忙，他掘了一个窖洞。他还用几扇拆下来的门在里面造了一个蒸气浴床，用砖头砌了一个炉子，又在地上埋了一个盛水的桶：浴室里是相当地肮脏和闷气，可是大概无论在什么地方洗起澡来也没有像在这里这么愉快。甚至连没有自己的浴室的巴伯钦柯也来洗澡，走的时候他说，他还要把师长拖到这里，他并没有忘记说，长官来的时候一切都要安排得好好的。

玛霞婶婶——萨布洛夫最初几天在他的房屋旁边的地窖里发现的那个女人，大家都这样称呼她——被指定管营里的伙食。她那样习惯地想：营永远要在这里，谁也不会赶她出去了，这竟使萨布洛夫起初在她身上发觉的那种阴郁和绝望都消失了。

萨布洛夫读着被爆炸从房子里扔出来、又由战士们在院子里收集来一些书籍，一夜要读三四次，每次读半小时。其中有克留契夫斯基著的五卷《俄罗斯历史》。萨布洛夫开玩笑说，他预算至少要读完最后一卷第五卷时才能平安无事地坐到包围结束。玛斯连尼柯夫和华宁笑着回答说,照萨布洛夫读书的速度判断起来,他们在包围中至少要待上两年……

现在主要的战斗活动都在夜间进行。聚集了几小群志愿兵爬到德国人那边去,企图捉到"舌头"或者只是在夜里照例地去骚扰骚扰德国人。玛斯连尼柯夫接连两夜参加这些远征队。他总是忍不住要显显本领,他证明,他只是一定要亲自来作这些突击——当同志们在南面三公里外的地方作殊死战的时候,他总应该做点什么事吧?萨布洛夫对于这种情形的认识并不见得不及他,但同时他预见到,同样的命运他们很快也要面临,他便阻止了玛斯连尼柯夫。当玛斯连尼柯夫第二次要去夜袭的时候,萨布洛夫认为自己没有权利拒绝他,便悄悄地将柯纽柯夫唤来,嘱托他不要离开玛斯连尼柯夫一步,并且尽可能地保护他。柯纽柯夫很高兴地前去,关于玛斯连尼柯夫他只是说:

"上尉同志,您已经可以安心了,包您可以放心。"

柯纽柯夫喜欢夜里工作,他和同志们谈话的时候,总怀着某种惋惜批评说,德国人现在几乎不装铁丝网了,否则,有时候当你开始切断它的时候,——轻轻地、迅速地,——这就是一种乐趣。他从前是这项工作的专家,不能在这方面一显身手使他苦恼。

白天,当玛斯连尼柯夫在第二次突击后回来睡觉的时候,萨布洛夫掀起他身上的大衣,发现它全身都是被弹片打穿的小洞。这夜一个地雷几乎就在玛斯连尼柯夫身边爆炸,只是奇迹才救了他。晚上,当玛斯连尼柯夫打算来请求去作照例的突击的时候,萨布洛夫从他的面容表情上猜出他将要请求什么,便说:

"中尉同志,今天您要有一件工作可以做全夜……"

"是吗?"玛斯连尼柯夫高兴地说。

"是的,缝补大衣……"

"大衣?"

"是的,您自己的大衣,在所有的小洞没有精确地补好之前,什么侦察都不要去做，您要记住我的话。"

玛斯连尼柯夫平常是懂得幽默，也能领会幽默的，可是他一感到在谈话中暗示着他的年轻，便立刻失去了这种感觉。如果不是因为他的哥哥的话，他对这一点所抱的态度也许可以心平气和一些。他的哥哥是飞行员，不姓玛斯连尼柯夫，而姓别的姓，他的姓是那样的全国闻名，竟使玛斯连尼柯夫不喜欢说起他，在全营里他只对萨布洛夫说过他有一位哥哥，而且也是在最亲切的、无所不谈的时候。

玛斯连尼柯夫是在崇拜他哥哥的家庭中长大的。玛斯连尼柯夫也爱他，但同时对他又是羡慕又嫉妒。他有时感觉，他全部的不幸只不过因为他比哥哥小八岁。西班牙战争开始的时候，他的哥哥到那里去了，那时玛斯连尼柯夫十五岁。为了去西班牙，他可以放弃世界上的一切。后来，当他哥哥在蒙古的时候，玛斯连尼柯夫该决定他的人生道路，母亲虽然将长子引以为傲，可是又为他担心，她求小儿子不要进飞行学校，而进航空研究院。直到战争开始，那时已经什么也阻止不了他，玛斯连尼柯夫才进了他碰到的第一所步兵学校。这孩子的虚荣心很重，并且为一种虚荣心而自傲，在战争中，是难以为了这种虚荣心来批评别人的。他一定要成为一个英雄，为此无论叫他去做任何最可怕的事他都肯做。

在生活中，获取功名的甚至爱虚荣的念头对于萨布洛夫也不是陌生的，可是此刻，在他感到是普遍大流血的苦难的这次战争中，他的这些念头几乎消失了。虽然这样，他仍旧了解玛斯连尼柯夫，也不批评他，只是努力尽可能地使他冷却下来。有时候他觉得玛斯连尼柯夫几乎像他的儿子，因为玛斯连尼柯夫比他小九岁，在战争的年龄上又小一岁——那就是说，又加十岁。

"米夏，你知道，"他说了关于大衣的笑话，玛斯连尼柯夫的脸色变得不高兴以后，他说，"你知道，米夏，有时候我突然想去做一件什么十分冒险的事，我就想用这次战争来阻止我自己。这次战争还会非常长久,它拖延得愈长久,从最初就开始作战而能活到底的那些人们就愈值得珍视;如果萨布洛夫将来有一天做了团长,那么你就要做营长,可是你要能活到这个时候,一定要活到,这是非常重要的。你怎样,同意呢还是不同意?"

"不!"玛斯连尼柯夫激动地回答说,"为大家我是同意的,可是为自己却不同意。"

"不同意吗?"萨布洛夫微笑了。"那么,好吧。不管你同意或是不同意,这到底并不重要,反正总要照我的话,你去补……"

玛斯连尼柯夫拿起大衣放在膝上,温顺地仔细看它上面被打穿的小孔。

这次的夜间谈话是发生在战事暂时停息的第八天。整天整晚都可以听见南方特别猛烈的炮声,萨布洛夫并没有因为自己暂时的安全和自己一营人的安全而失去共同的灾祸逼近之感,整个夜晚他的情绪都很坏。

案上的电话铃响起来。萨布洛夫拿起了听筒。

"萨布洛夫吗?"他听到巴伯钦柯的声音。

"正是。"

"把营里的事留给政治委员。主人叫你,马上就来吧。"

"告诉华宁,"萨布洛夫对玛斯连尼柯夫说,"我到主人那里去。"他把帽子拉得低低的压在额上,朝门口走去。

泊洛青柯迈着迅速的步伐在房屋废墟旁边掘好的他的掩蔽部里走来走去。像平时上校只要有了一点工夫的时候那样,掩蔽部掘得巩固而精确。泊洛青柯在必需的时候,虽不怕冒生命的危险,同时他却喜欢掩蔽部是坚固的——天花板上要盖五六层厚木板——即使偶然有炮弹落下来也不会打穿它。他自己是一个勤快人,他不能容忍一切形式的懒惰,在一个新地方刚开创的时候,总将他的工兵们驱使得汗流浃背。他喜欢把掩蔽部上面盖得很好,尽量地宽敞,有桌子,有凳子,有舒舒服服的睡觉的地方。这是一个可以信赖的人的习惯,这个人已经不是第一年打仗,对于他,掩蔽部久已变成固定的住所。他最恨他的指挥员们没有必要而去待在不安静的地方,待在炮火下连地图也展不开的地方,总之,除了战争本身给他们造成的每一步的不便利之外,他们不要再给自己造出多余的不便利。

今天在师团的左翼后面整天进行着剧战,在这一天当中,泊洛青柯凭着感觉和经验愈来愈明白,德国人终于要突破他的左面,向伏尔加突进的那个时刻显然是不远了,那时他和他的师团和南方的一切之间的联系,首先是和军司令部将要被切断。半点钟前,他所担心的事被证实了——和军里的联系被切断了。由于命运的巧合,在和军司令部谈完一切令人惊恐不安的谈话之后,最后他听到的是军事苏维埃会员玛特维叶夫的微哑的低音,他叫他来听电话,先问他面对的情况和一切是不是都安排好了之后,他说:

"恭喜您。"

"恭喜什么?"

"您没听广播吗?"

"没有。"

"今天广播里播送,政府命令授给您少将的称号。所以我来恭贺您,将军同志。"

玛特维叶夫说话的声音疲倦而缓慢,在他那边,在南面一些,此刻一定非常吃紧,而泊洛青柯对玛特维叶夫此刻想起了命令并且打电话给他,只能说明玛特维叶夫一向对人总是很关心的。

"谢谢您。"泊洛青柯说,"我要努力不辜负自己的新头衔。"

他等了一会儿,玛特维叶夫在电话里一句也没有回答。

"我都说完了,"泊洛青柯说。"我在听着您……"可是玛特维叶夫仍旧不回答。"我听您说,"泊洛青柯说了第二遍,"我听您说,"他说了第三遍。

电话沉默着。

泊洛青柯以为这是他一区里什么地方的电线断了,他便打电话给待在和邻师接合处的中间接线员。接线员回答了……如果不回答反而好些。电线一时不会接好。泊洛青柯师团左面的德国人到了伏尔加河岸上,切断了所有的交通线。

邻近部队一点动静也没有。军司令部沉默着。然而,像平常一样,必须将每天的作战报告送到军里去。现在只剩下一条交通线——渡伏尔加到对岸去,然后再从对岸的南渡口往军司令部去。要派一个人去。起初泊洛青柯想到自己的副官,但是副官奔走了一天,累倒了,头底下枕着大衣,睡在地板上。此外,这个副官也不是此刻应该派到军司令部去的人。

应该派去的这个人,不但要会将报告送到,并且要准确而肯定地知道此刻要求他泊洛青柯应该做些什么。他拿起听筒,打电话给巴伯钦柯:

"您那边一切都安静吗?"他问。

"一切都安静。"

"那么马上派萨布洛夫到我这里来。"

在等待萨布洛夫到来的时候,泊洛青柯将各团送来的报告移到面前,违反习惯亲笔写了总报告,并且吩咐将报告用打字机打出来。报告还没有打好,萨布洛夫就走进来了。

"阿历克西·伊凡诺维奇,你好,"泊洛青柯说。

"上校同志,您好。"

"现在不是上校了,"泊洛青柯纠正他说,"现在是将军。你没有听见今天的广播吗?"

"没有。"

"没有听,现在我就来说给你听——我是将军了。今天我被升做将军。鬼知道,"他指着打不通的电话,补充说,"我不撒谎,这是我所要的,不过并不希望在这样的日子听到,不希望在这样的……我叫你来,是要你此刻就把报告送到军司令部。"

"什么,不通吗?"萨布洛夫把头朝电话一点。

"不,恐怕一时不会通的。被切断了。今天你只好做我的活电话了。"

他拿下内部电话的听筒,打到码头去。

"汽油船也好,小船也好,手头有什么就是什么,赶紧预备一只船。那么就这样,阿历克西·伊凡诺维奇,先到对岸,打听军司令部是不是还在原来的地方,然后再回到他们现在的地方去。喂,怎样,报告做好了么?"他回过身去问走进来的参谋部指挥。

"在打着,再过五分钟就好了。"

"好。那么这样,阿历克西·伊凡诺维奇,"泊洛青柯接着说,"那么你去吧……交通当然是要恢复的,可是凭良心说,我没有耐性来等待。老实说,我倒是比较喜欢敌人来逼我。如果敌人在这里进攻,那你就知道,你有什么,没有什么,但是当我这里是安安静静的,而邻人却在受逼迫的时候,那就最糟,心神不定。你大概也是这样的吧?"

"也是这样,"萨布洛夫肯定地说。

"我知道,"泊洛青柯说,"所以你要努力送到,让我们可以安心。"

他突然微笑了一下,走到挂在墙上的镜子碎片前面。

"阿历克西·伊凡诺维奇,将军的制服对我合适吗,你以为怎样?"

"将军同志,应该会合适的,"萨布洛夫说。

"将军同志……"泊洛青柯微笑了一下。"你嘴里对我说,将军同志,恐怕心里却在想:'他这个老鬼,听见这消息可见是很高兴。'你是这样想吗?"

"想的,"萨布洛夫也微笑了一下。

"你想得很对……很高兴,实际上是很高兴。不过现在一个重大的责任落到我身上。名称是有了,可是这个字的意义,就像其他许多字一样,我们总是还不能懂得。"

泊洛青柯沉思了一会儿,抽起烟来,对萨布洛夫注意地看了一下。他很激动,他想把心里的话说出来。

"将军,"他沉思地说,"是一个很伤脑筋的称号。萨布洛夫,你知道为什么伤脑筋吗?因为不论是作战不坏或者甚至很好——此刻总嫌不够,此刻需要那样地作战,使以后可以尽可能长久地不必作战。萨布洛夫,我是不相信说这是世界上最后一次战争的那种说法的。上次战争中也是这样说的,需要读一读历史,上次大战以前也说了许多次。这次战争以后还要有战争,过三十年或者五十年……可是在我们手里要使大战不要很快地到来,即使它终于是要来的,要使它是胜利的,有军队就是为了胜利。当然,此刻就有许多要反驳我的人。比方说你,是吗?"

"我是想反驳的,"萨布洛夫承认说。"我不愿意想到将来还要有一次战争。"

"不愿意想到,这是对的,"泊洛青柯说,"我也不愿意。不愿意想,可是需要想,一定要想,到那时候,或许就会没有战争了。"

参谋部指挥拿来了报告。泊洛青柯摸着口袋;摸到一个眼镜盒子,摸出一副他只有在阅读什么公文时才戴的牛角框的圆眼镜,仔细地逐字读了,签了字。

"你去吧,"他说,"这里有人送你上船,到了那边就是你的事了。你可以在伏尔加河上泛舟,如果他们不发觉——你就可以欣赏美景……下面是水,上面是星星,简直是叫人羡慕。特别假如这不是伏尔加河,而是维斯拉河或是奥得河的话。好,你动身吧。"

萨布洛夫在黑暗中抵达码头。没有汽轮,它今天早晨被水雷炸坏了。码头旁有一只两对桨的小艇在水里轻拍着。萨布洛夫上船的时候,用电筒照了一下:小艇是白色的,蓝边,上面有号码——这是游船站的一个小艇。不久前它还是以每小时一卢布或是一个半卢布的代价出租的……

两个红军战士在当划手,萨布洛夫掌舵,他们便悄悄地解了缆。德国人没有开枪。一切都像泊洛青柯所预言的:上面是星星,下面是水,夜是寂静的,轰轰的炮声移到离这里三四公里的远方去,他那听惯的耳朵已经不感到它。他要抵达对岸还有二三十分钟的路程,他真可以坐在船尾上将这二三十分钟全部用在思索上。现在的对岸上,在白天,有时连在夜里都有飞过河来的德国重迫击炮弹爆炸,那边有几十个码头从日落到黎明都有人在工作,营里的伤员被运到那里去,每天都有军需品、面包和伏特加酒从那里运送到营里来。萨布洛夫和玛斯连尼柯夫谈话中,不止一次地开玩笑称他自己和他的一营人是"岛上强国",称对岸是"大地"。即使要到莫斯科去,同样地也要先渡到"大地",到对岸,然后才能在西北方的一个地方重渡回伏尔加的这面岸上来。一切都在对岸,连他此刻想起的安尼亚也在内。假使她受的是轻伤,那她甚至离这里是很近的,在她的卫生医疗营里。

　　"一定是轻伤,"他这样想并不是因为逻辑上应该如此,而是因为她说:"我很快就要到你们这里来……"像她说所有的话一样,她非常孩子气地说得那样地自信而坚决,竟使他觉得——这的确是应该这样的。在最近几天当中,他有两三次发觉他回到营参谋部的时候,总是不由自主地回顾着掩蔽部。

　　小艇在沙滩上搁住了,萨布洛夫跳上岸去,去打听从前离军司令部最近的那个渡口此刻在什么地方。原来那个渡口已经移到了下游一公里半的地方。他重又坐上小艇,他们便又沿着河岸往下划。

　　小艇在渡口旁边靠近了临时搭的小木桥;红军战士们留在小艇上,萨布洛夫却坐上一只此刻正巧要开回右岸去的小船。

　　小船上载着粮食箱和直接放在船板上的整只的宰好的牛羊。虽然小船上差不多没有人,可是这食物的数量却说明对岸的物资是多么丰富,而将这一切运过河去供应留在右岸的全部军队事实上又是多么困难、麻烦和极其复杂。

半小时后,小船慢慢地靠拢了斯大林格勒的一个码头。渡口虽然搬了,可是和他的期待相反,人家告诉萨布洛夫,军司令部仍旧在原来的地方。

泊洛青柯去过司令部两三次,萨布洛夫从他口中知道,司令部就在岸上专门掘就的坑道里,在被烧掉的粮食仓库对面。从渡口到那边去沿岸要走一公里半以上的路。德国人盲目地照棋盘的样子用迫击炮向岸上扫射,迫击炮弹便常常一会儿在前面,一会儿在后面爆炸。

萨布洛夫仍旧一直沿着河岸往前走,那个应该做他的方向指标的粮食仓库的轮廓却仍旧看不见。同时现在的自动枪声又是这么近,使人毫无疑义,以为离前线只剩下了不到一公里了。他已经开始在想,人家有没有对他说错呢,这种情形在战争中是太多了。司令部今天会不会搬到另一个地方去了。可是等他走近了照他估计是前线的地方,他便看见伏尔加的险要的岸上的粮食仓库的外形就在他面前,一分钟后他便碰上了站在地坑入口处的哨兵。

“这里是司令部吗?”萨布洛夫问。

那人用电筒照了一下他的证件,回答说就在这里。

“到参谋长那里去怎样走法?”萨布洛夫轻轻地问。

“到参谋长那里去吗?”

在他背后有一个他听来好像熟悉的声音:

“这里有谁要到参谋长那里去?”

“我。”

“从哪里来的?”

“从泊洛青柯那里……”

“哦,原来这样!有趣得很,”那声音说。“好,我们走吧。”

当他们走进铺着木板的坑道的时候,萨布洛夫回头看了一下,只见在他后面走的那位将军，就是第一夜他在泊洛青柯那里见过的。

"司令同志，"萨布洛夫对他说，"许我到您这里来吗？"

"可以，现在就来，"将军回答着打开了一扇木板小门，先走了进去。

萨布洛夫懂得这是请他跟着他，便也走了进去。

门背后是一间掘在地下的小房间，里面放着一张木床，一只漆布沙发椅和一张大桌子。将军在桌旁坐下。

"请给我搬一张凳子。"

萨布洛夫不懂得为什么，便搬了一张小凳子。将军抬起一只脚来搁在凳子上。

"老伤又发了，变成跛脚了……好，您报告吧。"

萨布洛夫按照一切形式报告了，将泊洛青柯的报告递给将军。将军慢慢地读完了，然后询问似的看了看萨布洛夫。

"意思说，你们那里很安静吗？"

"是的，很安静。"

"这很好，那么，他们已经没有力量同时进攻所有的区域了。最近几天的损失不多吧？"

"正确的数目我不知道，"萨布洛夫说。

"不是的，我不是问您师里的情形，师里的情形这里都写上了。你们营里怎样，您好像是营长吧？"

"正是，"萨布洛夫回答说。

"那么你们的损失有多少？"

"这八天里面死了六个，伤了二十个，可是在最初的八天里死了八十个，伤了二百零二……"

"是呀，"将军拖长声音说，"很多。您没有找到我们之前，摸了许多时候吧？"

"不，我很快就找到了，不过我已经开始怀疑，炮火就在三百步以内的地方,我想,您一定把指挥站搬了。"

"是呀,"将军说。"差一点搬了,我的参谋人员们已经决定了今夜搬,可是晚上我从师里回来阻止了他们。像现在这样困难的时候,——上尉,这一点您要记住——可是在此刻是非常地困难,要隐瞒也是可笑的,即使在似乎是显然必需的时候,也不能遵守普通谨慎的规则来变更自己的指挥站。在这种时候,最主要和最理智的是要使军队感到稳定,懂吗?而人们的稳定感是从不变的感觉,特别是从地点不改变的感觉上产生的。只要我能不变更地点,从这里指挥,我还是要从这里指挥的。您是一个年轻的指挥员,我对您这样讲,是要您将它应用到您的营里去。我希望您并不以为你们这里的寂静会继续长久吧?"

"我并不这样想,"萨布洛夫回答说。

"您不要这样想。它是不会长久的。沙瓦塔叶夫!"将军喊道。

一个副官在门口出现了。

"您坐下,写个命令。"

将军当着萨布洛夫的面迅速地口授了几行简短的命令,命令的要点是叫泊洛青柯采取一切必需的措施,不要让德国人从他们的区域里再调出大量的人马,特别要他在他的阵地南侧,在德国军队向伏尔加突进的地方,做几次局部的攻击。

"您再写上,"将军补充说,"祝贺他得到将军的头衔。完了。让我来签名。"

将军打发萨布洛夫走的时候,他抬起他那只疲倦的、因为失眠周围有一圈蓝圈的眼睛看着萨布洛夫。

"您好像认识泊洛青柯很久了吧?"

"差不多从战争一开始就认识。"

"您如果想做一个好指挥员,您就跟他学习,仔细观察他。事实上,他并不像你第一眼看见他的那样,他是灵巧、聪明而又固执。

总之，是个一簇毛①，我们中间有许多人只不过常常装出他们是很镇静的人，但他却是一个事实上永远很镇静的人，这一点您也要跟他学习。他向我报告说，您在陷入包围的头几天仗打得很好。现在您可以认为你们整个师团受了包围。在这种环境里，主要的是——镇静。我们要和你们恢复联系，不过水总是水，所以要记住这一点。然而……"将军抬了身体，把手伸给萨布洛夫，"然而，河水在我们后面的时候，它有时候对我们起好的作用。奥地萨，西伐斯托波尔……都是前例。我希望，斯大林格勒也将是这样的例子，不过不同的地方是无论在什么情形下我们都不会放弃它。您可以走了。"

萨布洛夫出了司令部，沿着河岸向码头走回去的时候，他想奇怪得很，司令竟会有这样好的心情。将军和他说话时那种镇静和从容的态度，这一切都不是故意做作的，萨布洛夫觉得这一切是非常的自然，像是真的，好像这个人所说的话真像他所想的那样。然而这一天的情形却似乎可能产生出完全相反的情绪。"或者他知道我们所不知道的事，"萨布洛夫想，"或许有增援，或许在另外一个地方在做什么准备……"

他立刻就放弃了这个想法……不，不是这一回事。他突然很清楚地懂得了司令的好情绪的原因：只是因为可能发生的最坏的事已经发生了，——德国人向伏尔加突进了，切断了军队，——最近这几天德国人都是为了这个目的，而我们的力量又不足以和它对抗。但现在当那最坏的事已经发生了，发生了德国人以前认为是战事结束的那件事的时候，军队并没有承认自己是被征服的，却仍旧在继续作战，司令部仍旧若无其事地留在原来的地方，此外，还从被切断的师团里来了一个指挥员，他不顾一切，把报告按时送给了司令。这一切归纳起来，使司令产生了萨布洛夫遇见他时的

---

① 旧时对乌克兰人的蔑称。

好心情,而且是那样的好法,使他这个在军队里以缄默出名的人,此刻竟和一个普通的联络军官萨布洛夫整整谈了五分钟,甚至还说了几句似乎和事务没有直接关系的话。

萨布洛夫离开泊洛青柯以后,经过五小时,重又站在泊洛青柯的掩蔽部里,把一张从记事簿上扯下来的、上面写着司令的命令的纸递给泊洛青柯。

"喂,那边怎样?"泊洛青柯看完了命令问。

萨布洛夫告诉他,军指挥站仍旧在老地方,那时泊洛青柯的脸上掠过了一个赞许的微笑:显然,他和萨布洛夫也有同感,司令部仍留在原来的地方,使他也很高兴。这种步骤的外表的轻率实际上是高度的慎重,这种慎重在战争中和初看起来仿佛是很清楚的常识的要求常常是不符合的。

萨布洛夫从泊洛青柯那里回去的时候,顺路弯到巴伯钦柯的掩蔽部里。因为师参谋部里转告他,巴伯钦柯打电话来叫他去一次。

巴伯钦柯坐在桌旁,埋头在做报告。

"坐下吧,"他头也不抬,继续做他的事情。这是他的习惯——如果他召唤的下属来了,他中止已经开始的工作,他认为这样有损他的威严。

萨布洛夫对这种情形已经习惯了,他冷淡地请巴伯钦柯允许他到外边去吸烟。他刚刚走出门口,走到掩蔽部的第二个房间,迎面碰见从战争开始就在师里作战的联络连连长叶连明中尉。

"你好,"叶连明对萨布洛夫说,又紧紧地和他握了手。"我要走了。"

"往哪里去?"

"调我去学习。"

"到哪里去学习?"

"到交通学院附设的训练班。奇怪,这命令是从斯大林格勒来的,不过命令总是命令,只好去呀。我是来和中校告别的。"

"什么时候走?"

"马上就走。小船就要来了,我就走。"

萨布洛夫想叶连明是巴伯钦柯很早就认识的,而且他现在要和巴伯钦柯告别,假如他萨布洛夫的出现不生效力,那么叶连明来了总可以使团长放下写公文的工作,他便跟着叶连明走进室内。

"中校同志,"叶连明说,"我可以和您说话吗?"

"可以,"巴伯钦柯头也不抬地说。

"中校同志,我要走了。"

"什么时候走?"

"马上就走,我来告别的。"

"证件准备好了吗?"巴伯钦柯问,他仍旧还是不朝叶连明看。

"好了,这就是。"

叶连明把证件递给他。

巴伯钦柯仍旧是那样目光不离开桌子,签了证件又递给叶连明。

沉默了一会儿。叶连明两脚轮换地站着,迟疑不决地站了几秒钟。

"那么,我就走了。"他说。

"走就走吧。"

"中校同志,我来向您告别。"

巴伯钦柯终于抬起眼睛来说:

"好吧,祝您学习成功,"他说了便向叶连明伸出手来。

叶连明握了它。他一定还想说什么话,可是巴伯钦柯握了他的手,便不再理会他,重又埋头在他的公文里了。

"那么,再见了,中校同志,"叶连明又一次迟疑地说,又向萨布洛夫瞥视了一下。他的目光不是生气的,而是惶惑不安的。老实说,他不知道要怎样和巴伯钦柯告别,也不知道这次告别要采取怎样的形式,不过无论如何,他也没有料到竟会官样化到这种程度。

"再见了,中校同志,"他最后一次声音十分轻地说。

巴伯钦柯没有听见。他在将图形和战报配合,准确地用尺在上面画线。叶连明又踌躇了几秒钟,慢慢地朝萨布洛夫转过身来,热烈地握了他的手,就出去了。萨布洛夫送他到门外,便在那里,在遮蔽部的门口,紧紧地拥抱了他,吻了他一下。然后又回到巴伯钦柯那里。

巴伯钦柯仍旧还在写战报。萨布洛夫气愤地看了他一眼,看他的固执地低着的脸和开始发秃的额头。萨布洛夫不明白,中校和叶连明一同作战了一年,和他一同冒着生命的危险,吃一个锅里的饭,在需要的时候,一定还会在战场上救他,而现在他怎么能够无动于衷地,就这样让人家走了。这种对人的冷淡和对他们离开队伍后的命运的漠不关心的情形,是萨布洛夫在军队里有时遇到而感到惊奇的。萨布洛夫自己心里那样强烈地感觉到叶连明方才所忍受的那种痛苦,以至当巴伯钦柯关心要从当事人那里探听军里的情形,终于开口和他说话的时候,萨布洛夫竟违反习惯,非常枯燥地、矜持地、几乎是严峻地回答了他。他只希望一件事:赶快结束谈话,让巴伯钦柯重又埋头在他的公文里,不再看他,就像他不看离去的叶连明那样。

萨布洛夫回营的时候,一路上想,——真是怪事!——在战争最激烈的时候,竟突然从斯大林格勒调一个人到交通学院去学习,虽然这件事乍看起来仿佛是不需要的。同时又令人感到事情的共同的巨大进程,这个进程是无论用什么都不能阻止的。

✚

营里有一个客人在等萨布洛夫。在桌旁和政治委员对面坐着一个中年的陌生人,他戴着眼镜,领章上有两条横杠。萨布洛夫走进来的时候,两个人——那个陌生人和政委——都站起来。

"阿历克西·伊凡诺维奇,让我给你介绍,这位是阿父吉艾夫同志,从莫斯科来的,中央报纸的通信记者。"

萨布洛夫和他寒暄了。

"您从莫斯科来了很久了吗?"他关切地说。

"昨天早上还在莫斯科的中央机场上,"阿父吉艾夫说。

"我想,我有时在《消息报》上读到您的文章,是吗?"

"是的,主要的是在那里。"

"昨天还在莫斯科,今天就到了这里,"萨布洛夫有点羡慕地说。"啊,我们不在莫斯科,那里的情形怎样?"

阿父吉艾夫微笑了一下,他无论碰到多少人,大概没有一个人能够忍得住不问这个问题。

"没有什么,仍旧像从前那样,"他说,"从前是什么样子,现在还是那个样子。"他用永远用来回答这个问句的那一句话回答说。"怎么,您是莫斯科人吗?"

"不是,我是在那边学习的。您早就来了吗?"

"你刚走,"华宁说,"他就来了。我们在这里已经谈了一会儿……"

"是谁派您到我们这里来的?"

"你们的师长。不过还在前线上人家就劝我到您这里来。"

"是吗?"萨布洛夫说。

"是的,到您这儿来,到萨布洛夫的营里。"

"噢,原来如此,我们已经得到正式的名称了,"萨布洛夫微笑了一下,他努力将他的得意掩藏在微带粗鲁的谐谑底下。"那边派您到我们这里来的时候,他们都对您说了些什么?"他直率地问,"这总是很有趣的。"

"他们说,你们用果断的进攻夺回了三所房子和一个广场,并且从那时起,十六昼夜中没有让德国人得到一点什么。"

"这倒是真的,没有让他得到什么,"萨布洛夫承认说,"虽然最近一星期他们并不特别准备夺取。如果您在七八天前到我们这里来,您一定会感到很有趣的,可是现在寂静了。"

阿父吉艾夫笑了一笑。在他的随军记者的生活中,他不知道多少次听到这句话:"您要是早点到我们这里来……"人们永远觉得,仿佛他们目前的一切都不是最有趣的,他们的应该受到注意的事情或是已经过去了,或是刚要到来。

"没有关系,"他说,"我在你们这里坐一会儿,搜集材料。寂静了反而好,可以跟大家谈谈。"

"不错,"萨布洛夫表示同意,"那时候是要谈也谈不成……"

他们互相看了一下。

"哦,他们一般地关于斯大林格勒写些什么,说些什么?"萨布洛夫怀着一个好久没有读报的人的贪婪问。

"他们写得很多,"阿父吉艾夫说,"可是说得更多,不过想得还要多……不久之前我到过西北前线,那边的许多指挥员都简直是筋疲力尽了,他们说:'我们坐在这里,这时候斯大林格勒不知怎样……'而且在大多数的情形中,您知道,他们虽然毫不怀疑这里是地狱,但是他们仍旧真心地希望到这里来。"

"您在我们这里能待久吗?"萨布洛夫问。

"不,待上一两天,然后还要到南线……"

"不错……"萨布洛夫说,"此刻那边的战事更激烈些。"

"您劝我该跟你们营里的什么人谈谈?"

"哦,跟什么人吗?……您可以跟柯纽柯夫谈谈。我们这里有这样一个老兵。可以到各个连里去走走,高尔基因柯,是第一连的连长,或者就找玛斯连尼柯夫也行,他是我的参谋长,年纪虽轻,不过是一个非常好的指挥员——指挥员您也需要吗?"

"当然。"

"那么您就跟玛斯连尼柯夫谈谈……"

"我希望跟您谈谈,"阿父吉艾夫说。

"跟我?跟我也可以谈谈,"萨布洛夫回答说,"不过跟我可以后来谈。您先跟营里的人认识认识。先要知道他营里的情形,然后才可以认识这个营长。至于他对于本身要说些什么——这倒还在其次。对吗,政委?"他微笑了一笑,对华宁说。

"对的,"华宁说。"可是营长关于本身忘记说的话,我是要提醒的,"他向阿父吉艾夫点点头。

"什么时候?"萨布洛夫看了看表。"四点钟了。我忙了半天……该睡觉了。您怎么样?"

"是的,我也同意。"阿父吉艾夫同意说。

"如果您留在这里,明天我们给您拖一张床来,今天您就跟参谋长或是跟政治委员去睡吧,他们的个子不大,所以可以挤得下。跟我睡也可以,不过我怕您要吃亏。"

"是的,我怕要这样,"阿父吉艾夫看了看萨布洛夫的魁伟的体格,同意他的说法。

萨布洛夫已经完全预备好了要去睡,他站在房间中央,考虑在什么地方可以给客人再弄一条被子来。他的目光忽然落到放在桌上的军用水瓶壶上,他突然想要喝一点酒,这种情形在他是很少有的,现在正是要喝一点酒,然后坐一会儿,向这个从莫斯科来的人提出所有一时想不起来的问句。

"您很想睡觉吗?"他说。

"不,不很想睡。"

"那么,或许,无论如何……你请他吃饭了吗,政委?"

"请他吃了,吃了一点……"

"哦,如果吃了一点,这就不能算吃过,就等于没有吃过,让我们来吃晚饭,如果不十分想睡的话……"

在彼嘉收拾桌子的时候,萨布洛夫向阿父吉艾夫接连提出一些简短而出人不意的问题。

"怎么,莫斯科仍旧还有防栅吗?"

"不,都拆掉了。"

"有防御工事吗?除了原有的以外,又添了么?"

"照我看,是添了。"阿父吉艾夫说。

"有人在那里守着以防万一吗?"

"照我看法,是有人守着。"

"这倒很好。那么,这意思是说,这是真正有防御……一直守着吗?"

"照我看,是一直守着。"

"很好。您常去看歌剧吗?"

"去的。"

"看什么?"

"看欧琴·奥涅庚。"

"有趣,"萨布洛夫接着说。"我倒并不一定要去看歌剧,我感兴趣的并不是歌剧本身,而是它的演出,还有大家像从前一样,仍旧上戏院,这才是我感到兴趣的,只要看一眼就够了……您知道,一般地说,我并不喜欢歌剧。"

"我也是,"阿父吉艾夫说。

"女歌手普遍都是那么胖，而演戏的都是些年轻的姑娘。无论怎样也不协调。或许因为战争的关系，现在她们都变瘦了吗？"

"不，没有变瘦，"阿父吉艾夫微笑了。

"哦，这没有关系。"萨布洛夫说，"我把眼睛闭起来的时候，听起来仍旧很好。我无论如何想到那里去。民警怎样，仍旧像从前一样戴着白手套吗？"

"这一点我倒没有注意。过去没有去注意它，也就不注意了……"

"这并不重要，"萨布洛夫说。"虽然，然而或许是重要的。莫斯科的汽车一定减少一些了吧？"

"是少些了，可是人又多些了，不像十二月那样。十二月您在那里吗？"

"在那里。十二月里的情形很好……我有一次去了一天。莫斯科是那么荒凉、寂静。"

彼嘉拿来盛着油煎的罐头食物的煎锅。

"这是美国罐头，"萨布洛夫说，"请啊。我们在自己人中间说笑话，称它是第二战线。您喝酒吗？"他把地雷壳放在阿父吉艾夫面前的时候，有一点犹豫地问道。

阿父吉艾夫已经习惯了人家经常要向他提出这个问题，甚至在前线上，平常是不问人家喝不喝酒的。或许是他的中年科学工作者的外表，或许是那副给予他一种特殊知识分子风度的、深度的、玻璃加倍厚的眼镜，或许是他的缓慢的谈吐，也或许是这一切总合起来——使那些和他不是深交的人，把他当做一个严肃的甚至大概是有些枯燥乏味的人。当着他的面仿佛不便轻松地开玩笑、骂人，或者狂饮。答复萨布洛夫问他喝不喝酒那个问句的时候，阿父吉艾夫在眼镜底下狡猾地转动了眼珠，轻轻地笑了一声。

"当然，喝的，"他回答说。

他们每人喝了一壳酒，后来又喝了第二壳。

萨布洛夫一天来吃力透了,违反习惯,伏特加酒不但没有冲到他的头里,反而在他里面产生了一种突如其来的感觉,觉得此刻掩蔽部里的一切都是温暖的、舒适的、动人的。

"我劝您明天到第二连去,在那边我的人都非常好,特别要跟柯纽柯夫谈一谈。您亲自到各处去看看。您知道,"他说了一半停止了,好像突然想起了一个念头。"您知道,虽然,或许,我们在这里一般地遭受的危险比您大,可是在战争中您大概觉得更可怕些。"

"为什么?"

"以后,等您回到莫斯科的时候,或者在电报局,在参谋部里,您要做您自己的事:您在这里不过是观察观察,预备以后写下来。我为什么不觉得这么可怕呢?因为我忙,连喘气的工夫都没有:这边在扫射啊,迫击炮弹在爆炸啊,可是我却在打电话——我需要报告,但是电话员听不见,我就大声骂他,所以您明白,为了这一切仿佛把迫击炮弹也忘了。可是您在这里却无事可做:只是坐着等待——它会不会落下来。所以对于您更可怕些。您也不必反驳,这就是这样的。"

"是的,或许您是对的,"阿父吉艾夫表示同意。

他们俩沉默了一会儿。

"或者,我们就睡觉吧?"萨布洛夫说。

"马上就要睡了,"阿父吉艾夫不愿意地说。

他不愿意中止谈话。在战争的一年来,他坚信人们在战争中都变得更简单、纯洁和更聪明了。或许,实际上,他们仍旧和从前一样,但是他们的优点所以显露出来,是因为人家不再按照繁多的、不明白的标准去评判他们,那就是按照一个人有没有出席会议,他是不是有礼貌的、亲切的,他是不是善于谈话,他有没有表现出注意和亲切的态度等等来批评人……突然间战事发生了,这一切都不是最主要的了,人们在死神面前不再想到他们的外貌怎样,和人家觉得他们是怎样的了，——他们没有工夫，也不愿意去顾到它。

"躺下吧，躺下吧，"萨布洛夫坚持说，"早晨总比晚间清醒些，明天您去跟别人谈话，您自己去找一个值得和他谈谈的人，我这里好人很多，几乎全都是好的。您大概常常听到指挥员说这句话吧？"

"常常听到，"阿父吉艾夫证实说。

"有什么办法呢，这句话是对的。我不知道，这些人战前是怎样的，战后将要怎样，但是现在他们当真差不多全是好的。而且我想，将来大部分仍旧是好的，这当然是说那些能够活着的人。您知道什么吗？对于这一点我差不多是确信的……好吧，我们要睡了。"

萨布洛夫走到床前，早已熟睡了的华宁四仰八叉地睡在床上。萨布洛夫把他微抬起来移到边上。

"何必呢？"阿父吉艾夫急忙说，"会把他弄醒的。"

"不会，"萨布洛夫微笑说。"他会睡的。现在如果电话响起来，他就立刻会醒，可是这样即使把他翻三次身也不要紧，我自己有数的。躺下吧，半只床空出来了。"

阿父吉艾夫脱了皮靴，衣服也不脱，就用大衣盖着躺下来。

萨布洛夫在自己的床上坐下，脱了上衣、裤子，把一切都折得整整齐齐，把靴子放好，再把包脚布放在靴子上。然后盖上了被，抽起烟来。

"可能的时候，我总脱衣服，"他说。"我曾经在边境上服务过，所以我的一切东西都是照老的边境上的习惯折得整整齐齐，我穿衣服要化五十秒钟，是算好了的。照我看，战事还要继续很久。现在我睡在被窝里……怎么，不赞成吗？"他笑了一下。

"不，我赞成，"阿父吉艾夫回答说，"赞成，并且祝您晚安。"

萨布洛夫倒在枕头上，接连深吸了几口烟。他睡不着。掩蔽部的门显然是开着,从外面传来有节奏的、凄凉的雨声,或许是今年最后的一场雨。

十一

一清早，阿父吉艾夫和华宁便到第一连去。萨布洛夫留了下来：他想利用这安静的时候来做完那些平时来不及做完的事。从清早起，他和玛斯连尼柯夫两个人就坐了两三个钟头来写各种的军事报告，其中有一部分是真正必需的，可是有一部分在萨布洛夫看来是多余的，而且只是为了原先的、和平时代对于各种繁文缛礼的习惯而规定的。

等玛斯连尼柯夫走了，萨布洛夫坐下来着手做一件压积了许久的、使他苦恼的工作——答复那些寄给死者的信件。差不多从战争开始以来就形成了一种习惯：他负起了答复这些信件的艰苦的责任。当他的部队里有人死去的时候，他们总尽量地拖延，不让他的亲人知道噩耗，尽量拖延着不回信；而且如果可能的话，一般地就不答复，这种情形总使他很恼火。这看似慈悲，他觉得实际上只是一种要避开别人的悲哀的希望，竭力不要去触碰到它，以免自己也痛苦起来。

第一封是帕尔芬诺夫的妻子的来信。

"彼青卡，① 亲爱的，"帕尔芬诺夫的妻子写道，(原来他叫彼得,)"你不在家，我们都想念你，等战事结束你可以回来……嘉乐契卡长得非常大了，已经会自己走路，并且差不多不跌跤了……"

萨布洛夫仔细把这封信读到底。信并不长，——亲属的问候，

---

① 彼得的爱称。

有几句话提到工作，希望赶快击溃法西斯党徒，信末有两段孩子的笨拙的字迹，是大儿子写的，后来是不稳定的几笔，是母亲的手握着孩子的手画的，附着："这是嘉乐契卡自己写的……"

答复什么呢？在这种情形下，萨布洛夫永远知道，只可以答复一句话：他被杀死了，他没有了，——然而他总是要不变地考虑这件事，好像是第一次写回信似的。答复什么呢？事实上，答复什么呢？

他想起仰卧在水泥地上的帕尔芬诺夫的小小的身材、他的惨白的脸和枕在头底下的战地皮包。这个人在战斗的第一天便牺牲了，在这以前萨布洛夫对他知道得很少，他对于萨布洛夫不过是一个战友，是和他并肩作战并在他旁边死亡的许许多多人中间的一个，那时他却是安全无恙的。他习惯了这种情形，习惯了战争，他只是对自己说：有过一个帕尔芬诺夫，他作战时死了，这对于他是很简单的。可是在平查的马克思街二十四号那里，这句话——"他死了"——是一个惨祸，是一切希望的丧失，在马克思街二十四号那边，听到这句话以后，妻子不再被称做妻子，而成为寡妇，孩子们也不再简单地被称做孩子，——他们已经被称做孤儿。这非但是一种痛苦，这是生活和整个未来的、完全的转变。所以他一向在写这些信的时候，最怕使读信的人以为他这个写信的人的心情是很轻松的。他希望读信的那些人感觉，这是和他们休戚相关的同志写的，这个人，也像他们一样地痛苦——那么他们读起来就会觉得轻松些……或许，甚至不是那样，不是轻松些，可是读起来总不是那么难受，那么心酸……

人有时候需要谎话，这一点他是知道的。他们一定希望他们所爱的那个人是英勇地死去，或是像这样的写法——英勇牺牲，……他们希望，他不是默默无闻地阵亡，希望他做了某一件重要的事然后再死去，而他们一定希望，他在临死之前想起他们。

所以萨布洛夫在复信的时候，总是努力满足这种愿望，而且，在需要的时候,他就撒谎,多多少少的撒一点谎——这是唯一的不使他感到惭愧的谎话。他拿起笔,从信笺簿上扯下一张信纸,便开始用他那迅速而奔放的书法写起来。他写到他和帕尔芬诺夫一同服务了多么长久,写到帕尔芬诺夫怎样在这里、在斯大林格勒的夜战中(这是真的),英勇地死去,他怎样在跌倒之前,亲手射死了三个德国人(这不是真的),他怎样死在萨布洛夫的手臂中,他怎样在临死之前想起他的儿子伏劳加,并请转告他,叫他记住父亲。

写完了信,萨布洛夫拿起放在他面前的一张照片,在把它放进信封之前,对它看了一下。这张照片还是在萨拉托夫——他们编队的地方的街上的摄影师那里拍的;矮小的帕尔芬诺夫像军人那样站得笔直,一只手扶着手枪套——一定是摄影师坚持要这样的。

第二封信是写给第一连的泰拉索夫中士家属的。萨布洛夫只不过约略知道泰拉索夫也是在第一次战斗中阵亡的,至于他是怎样牺牲,以及他是在怎样的情形下牺牲的,他却不知道。这是一封来自乡间的信,用很大的字写在方格子的练习簿纸上的来信,——一封简短的、普通的信,信里提到所有的亲属。然而,在信里的每一个字母后面都可以感到不善于表达出来的爱和忧愁,同时这种情感却并没有因此而显得无力……所以在答复这封信的时候,虽不知道泰拉索夫是怎样死的,萨布洛夫却仍旧写了,说他是一个好战士,英勇地牺牲了,而他,营长,是因他而感到骄傲的。

写完了这一封,萨布洛夫又动手写第三封,写完以后,他便打电话到第一营,政委和阿父吉艾夫现在就在那里。

"已经到你们那里去了,"第一连连长高尔基因柯在电话里回答说。

"他们爬了许多地方吗?"萨布洛夫问。

"相当多。"

萨布洛夫听见高尔基因柯在电话里笑,便放下听筒,轻松地叹了一口气。

他们四个人在进午餐：除了政委和阿父吉艾夫外，又来了玛斯连尼柯夫。华宁仍旧像平时一样。至于阿父吉艾夫，他却疲倦了，他回到参谋部以后，心里充满了一种愉快的轻松，在战争中，当危险的感觉变成比较安全的感觉时，一个人就会有这种感觉。

午餐时，他们正巧谈起了这一点。

"您知道，坦白地说，危险和可能死亡的感觉是一种磨折人的感觉，这种感觉会使人疲倦，这不是真的吗？"

"是真的，"萨布洛夫证实说。

"兵士有时使我想起潜水夫，"阿父吉艾夫说，"他渐渐地沉下去，压力时刻增加着。这里也是一样，危险性渐渐增加着，对它的习惯也在增长。在后方，人们常常不了解危险性并不是经常这样大，在前线上一切都是相对的。在进攻后，兵士跑进壕沟的时候，他觉得这个壕沟是安全的；我从连里来到营里的时候，我觉得您的这个洞穴就是一个堡垒；而当您到军司令部去的时候，您就会觉得——那边很寂静，而在伏尔加的对岸——即使它也被扫射着，对于您这是一个疗养地，或者近乎是疗养地，然而对于一个第一次从后方到那里去的人，那么对岸已经好像是一个可怕的危险的地方，您以为怎样，我说得对吗？"

"对，当然是对的，"萨布洛夫同意说，"不过在斯大林格勒却有一点修正，在这里，军司令部有时离德国人也是那么近，也是同样的危险，和我们一样，甚至照我们今天这里的寂静来说，他们甚至比我们处在更大的危险中。"

饭后萨布洛夫拿了大衣，他穿大衣的时候，一点没有别的含义地说：

"好，我到第二连去……"

可是阿父吉艾夫把它当做是邀请，或者甚至可能是召唤。他也站了起来，默默地穿上大衣。

"您到哪里去？"

"跟您一块去，"阿父吉艾夫回答说。

萨布洛夫看了看他的疲倦的脸，想不同意他去，可是后来懂得，这个人既然把这句简单的、和他毫无关系的话当做是请他去，那么如果现在劝阻他，他反正会坚持自己的主张。萨布洛夫不喜欢多说废话，就简单地说：

"好，我们走吧。"

第二连仍旧由西伯利亚人泊泰泊夫指挥。一看见萨布洛夫和一个大概是从司令部来的陌生人，泊泰泊夫便按照前线作战者在休止的日子所有的根深蒂固的习惯，先请他们到自己的掩蔽部里，然后请他们随便吃点什么。

"没有什么特别的真的没有，只有我们西伯利亚的饺子。"

萨布洛夫晓得，如果泊泰泊夫有饺子，那就是非常好吃的饺子。而且一般地，在泊泰泊夫说"没有什么特别的"语气当中，含着那种特别的、前线的炫耀，无论在什么地方，从连到军团，下级军官总是怀着这样的炫耀来邀请长官入席。只要有一点可能，他们总是设法弄到比长官的厨了更好的厨了，烹调得更入味……并且应该说，这一点他们常常是能办到的。

辞谢了饺子，萨布洛夫和阿父吉艾夫到各个堑壕里去。

柯纽柯夫指挥的那个班待在房屋前墙后面的堑壕里，堑壕是紧挨着墙，沿着地基掘的，用倒塌的砖瓦和泥土遮蔽得很好。

两条很好的交通线从堑壕里通到后面的房子底下，在那里掘了一个窑洞，用烧焦的横木遮盖着。两个机关枪巢造得整整齐齐，射手待的地方也是那样，而且左面到处都制造了许多小土坑和各种兵士的用品：小锅子以及烟草等等，都放在那里。

"抽烟呀，抽烟呀，"萨布洛夫说，聚在一块抽烟的战士们看见他来了，都立正了。

"老乡们，塞满烟草，抽吧！"柯纽柯夫押韵地说。

周围的人都笑了起来，萨布洛夫感到押韵的谈话并不是偶然的,显然,柯纽柯夫常常要这样来炫耀的。

"喂,柯纽柯夫,过得好吗?"萨布洛夫问。

"好,上尉同志。"

柯纽柯夫身上的纪律性并没有消失,可是经过半个月的战斗以后,他身上的某种过分的呆板此刻已经减少了。在危险中,他不由自主地开始觉得和上级亲近起来了。

"怎么,对炸弹已经习惯了吗?"

"一点不错,习惯了。如果在这里对它们还不习惯,那么,许我报告,就应该淹死在伏尔加河里。他既然……(在兵士的言语中,"他"一定是指德国人)……他既然在扔炸弹,扔了又扔,来让我们对它习惯,那怎么会不习惯呢!"

"这是柯纽柯夫上士,"萨布洛夫转过脸来对阿父吉艾夫说。"因为他的勇敢,我在二十七号已经申请给他勋章。"

柯纽柯夫幸福地微笑了。老实说,他已经听连长说过,呈请给他勋章,可是此刻营长在他的全体战士面前大声地重复说,这使他感到特别地愉快。人在兴奋的时候常有这种情形,他想起的不是现在应该说的,而是早在服军役时就盘旋在他的头脑里的话,代替说"服务苏维埃联邦"他竟大声喊出了:"愿意效劳……"在最后一分钟他困难地咬住了舌头,不让这句话连着"大人"完全脱口说出来。

"这一位是营政委——从莫斯科来的,"萨布洛夫说,"柯纽柯夫,你告诉他,二十七号那一天,你立了什么功劳,你把望远镜暂时给我用一下。"

柯纽柯夫将他在夺取房屋的第一天就拾到的那个蔡司大望远镜从胸前除下来递给上尉。他总是把望远镜带在胸口,这使他有一种几乎是指挥员、至少不完全是兵士的样子。他自己感到这一点,所以此刻他把望远镜交给萨布洛夫,心里却怀着某种不安,因为他从上次战争中就知道,长官有时喜欢夺取下属的有趣的和有用的战利品给自己用。

萨布洛夫站在墙壁突出的部分后面,用望远镜注意地观察附近街道上的废墟,这时柯纽柯夫便不慌不忙地讲起来。他自己也认为二十七号那一天是他的特别顺利的一天,讲述这件事也使他得到一种喜悦。

二十七号那一天他做联络兵,白天他在露天里从第二连到第一连来回爬了七次,在那里其他所有的联络兵都被打死了。他怀着老兵所常有的、特别绘声绘色的描写讲到这件事。

"我在爬,那就是说,这是我,可是子弹老在我上面飞,我背着一只空瘪的装东西的小袋,里面装着烟叶和面包,因为面包和烟叶,不带它们爬起来虽然轻松些,可是又不能不带——你又不晓得往那里爬,万一你不能爬回去呢……或者在半路上受了伤呢,仍旧是要抽抽烟,啃啃面包……我背上的口袋上面还有一只小锅,因为无论吃什么东西都缺不了锅。"他又押韵地说。"我爬着,我的锅就这边幌到那边,发出响声,它发出响声,并不是因为缚得不牢,这是因为子弹打在它上面,它是很高的呀,——我爬着,忽然觉得背上热烘烘的……我拉出刀来在皮带上划,把口袋割掉了,口袋落在我旁边,冒着烟。他①,那就是说,用燃烧弹把它烧穿了。这时我就笑了起来——我觉得很可笑,因为我想,难道我是坦克吗?而他却把我的炮塔烧穿了……于是,我扔了口袋再往前爬,可是烟叶也完蛋了,烧光了。我又往前爬……完全是平地,可是很脏,又是泥泞,我那样紧贴着地面爬,连烂泥都钻到靴筒里来了。然而他仍旧老是朝我放枪。唉,我已经完全贴着地面了……"

这时柯纽柯夫朝那些聚精会神地听他讲话的战士们扫视了一下。他们不是第一次听,听到这个地方,他们的脸上便露出准备要笑的样子:他们已经预先看到,这里将要有他们已经知道的、一定

---

① 指德国人。

会使他们高兴的笑话。

"我爬着,那样紧贴着地面,就连新婚第一年也没有这样紧贴着年轻的妻子,真的,祝她在天之灵,"柯纽柯夫在周围人们的哈哈大笑声中严肃地画了一个十字。"后来我就爬到废墟后面,这样他用机关枪就打不到我,而放我活着又不甘心——他很生气:第二次战斗中老向我瞄准,可是打不中我,子弹擦过去了。好,他就开始向我扔迫击炮弹。四面都是烂泥……迫击炮弹爆炸着,碎弹片在我周围嘘嘘地响,好像羊群在烂泥里走……"

"喂,你们在这里再谈一会儿,"萨布洛夫打断了柯纽柯夫的话头说,"我马上就回来。"他将望远镜交给高兴的柯纽柯夫,从堑壕里爬出去,爬到隔壁的一排去。

三十分钟以后,他预备要回来的时候,他听见他的左面,柯纽柯夫的班那里,有几声"马克西姆枪"的长排枪的声音。他还没有来得及想这是为什么缘故,突然之间,立刻有五六个德国迫击炮弹接连在他的头顶上嘘嘘地掠过,大概是在柯纽柯夫那边爆炸了。萨布洛夫等了一会儿,就爬回去,他看见柯纽柯夫和阿父吉艾夫面对面地坐在堑壕里。

"你瞧,我不是说,"柯纽柯夫慎重地说。"我们怎样打他,他也怎样打我们。"

"是呀,是对的呀,"有些激动的阿父吉艾夫回答说。"这是对的,本来应该这样……"

"这里是怎么一回事?"萨布洛夫问。"没有打中什么人吧?"

"没有,只是不过把他的帽子打坏了一点,"柯纽柯夫说着,一面欠身起来,嘲弄地用两个手指从堑壕边上把阿父吉艾夫的放在那里的、帽底朝下的帽子拾起来。"他们那边开始瞄准的时候,他把帽子除下来,就放在这里。可是德国人是准确的,就像把鸡蛋放进柳条篮子似的把弹片撒到这里面来……"

果然在军帽的底上有两小块弹片,落到这里已经没有力量,没有斜着打穿军帽,但只把军帽擦破了一点,就像被蠹鱼蛀穿了一样。

萨布洛夫抖掉了弹片,对军帽看了一下。

"人家都会说是被蛾子咬穿的,如果您说是弹片打中的,谁也不会相信您。"

"可是我也不会对人家说的,"阿父吉艾夫笑着说。

"那就是说,是您放枪的吗?"萨布洛夫问。

"是我……我是射那些废墟的。他们对我说,那边有德国人待着……"

"是待在那里,一点也不错,"柯纽柯夫确证说,"他们是待着,所以有回敬。"

"所以您瞧,"阿父吉艾夫说,"方才是寂静的,马上就不寂静了。可是你们为什么很少开枪?节省子弹吗?"

"为什么节省子弹,"柯纽柯夫回答说,"我们并不是节省子弹,不过看不见他们,何必要开枪呢。一看见他们,我们就开枪,看不见就……"

"谈话结束了吗?"萨布洛夫问,"结束了?好,我们就走吧。"

当他们向泊泰泊夫的掩蔽部走去的时候,阿父吉艾夫朝萨布洛夫转过脸来,突然说:

"您知道,我是故意地、有原则地放机关枪的。"

"怎么,您想亲手杀死德国人吗?"

"不,您别生气,或许我是在干预您的事,不过我觉得,这样是不对的……"

"什么不对?"

"就像这样的寂静。好像是休战。"

"为什么?"

"不,"阿父吉艾夫接着说,"不看见德国人,就不朝他们开枪,或许,这是对的,不过我觉得,还有另外一个缘故不开枪。"

"为什么缘故？"

"因为不希望有回敬，希望它是静悄悄的。现在我放了几排枪，德国人马上就放出了迫击炮弹。要是再放几排枪，——他们就再放出迫击炮弹，结果就成了：我们不放枪，他们也不放枪，照我的看法，这样不好。您的看法怎样？"

"是的，大概是的。"

"我为什么会这样想呢？"阿父吉艾夫说。"今年春天我在西线上观察，进攻以后就有寂静，这里也是同样的沉默，有时候比需要的还多，我以为……"

"不错，或许您是对的，"萨布洛夫沉思地说，他心里想，实际上，这个人显然是对的。在激战和兵士们每分钟的经常的死亡可能之后，兵士们，不错，大概有时候连他自己或许也要下意识地希望一点也不要打破这个寂静，可能的时候，也不要用机关枪排射和迫击炮击交射。这是很自然的，同时又不可以这样做法。"他是对的，"萨布洛夫想。"需要下令，除了夜间的突击以外，白天不但要还击德方的炮火，甚至常常要用不加瞄准的炮火去骚扰德国人，只是要使他们的神经不能安定。"

当他们走到泊泰泊夫的掩蔽部的时候，在门口迎接他们的泊泰泊夫又提起了饺子。

"上尉同志，我请求您，即使为了欢迎客人的到来也要吃吧？"泊泰泊夫开始说，正在这一刹那，立刻有三四枚重炮弹在掩蔽部后面爆炸了。

萨布洛夫把阿父吉叶夫推进掩蔽部，自己却紧贴着墙等待着。接着第一批，前前后后又落下来十五个左右的炮弹，后来迫击炮弹开始爆炸了，重新又是炮弹，后来又是迫击炮弹，就这样继续了十五分钟的光景。

泊泰泊夫竭力把嗓音提高到要压过这个响声，他已经发令给联络兵，他们便沿着交通路跑到各班里去。

萨布洛夫瞥视了一下天空。德国轰炸机排列成正确的楔形队状在飞行。他用目光估计一下：从这里远远的虽然很难分辨，可是仿佛不下六十架。

在一分钟的沉默后，炮队重新开始射击。在掩蔽部后面扬起了黑色喷泉似的尘土。

"现在寂静可结束了，"萨布洛夫轻轻地说，与其说是对阿父吉叶夫，还不如说是对自己说的。"泊泰泊夫！"他喊道。

"有。"

"在准备射击炮火没有完毕之前，营政委同志要留在你们这里。选一个寂静的时候，派一个自动枪手送他到我那里来。我现在到营里去。"

"萨布洛夫同志，我跟您一起去！"

"不，"萨布洛夫生硬地说。"现在我和您不必争论。泊泰泊夫选一个时候派自动枪手送您来。"

"这样不是更好……"

"完了，不必争论。在这里我是主人。彼嘉，走吧……"

萨布洛夫和彼嘉跳出堑壕迅速地起来向营参谋部的那所房子跑去。

寂静真的结束了。萨布洛夫从一个弹穴爬到一个弹穴的时候，想到，如果至多再过十五分钟德方还不开始进攻的话，那么，他在这次战争中还一样都没有学会。

十二

　　早晨。寂静以后,已经战斗了五天五夜。萨布洛夫第五夜马马虎虎地睡了一觉,被轰轰的炮声吵醒了。他还没有睁开眼睛,就很快地在身边摸到落在床下的大衣,把它拉了起来,直到那时他才在床上坐起来,睁开眼睛。整个战争以来,他是第一次感到头晕:空中的火星飞舞,后来它们变成了许多连续不断的火圈,在眼前旋转。今天特别不是时候:今天将要是困难的一天,——一般的困难之外,还因为夜里要去现地侦察。昨晚营里的侦察员喀山的鞑靼人尤苏泊夫——一个曾经当过摔跤运动员,体格像大力士一样结实的人,——除了带来普通的"舌头"之外,还带来很有趣的情报。照他的说法,在南面的废墟(现在营里这样称呼以前工厂俱乐部的建筑物)后面留下一条空路,并没有德国人防卫。尤苏泊夫已经在这条路上毫无阻碍地爬了两夜,他确信假如用什么东西缠裹着皮靴,自动枪不弄出响声来,夜里就可以经过这条路钻进院子到德国人的后方,把整整的一连人消灭。消灭整整一连德国人是一件相当有诱惑力的事,不过萨布洛夫虽然相信尤苏泊夫的话,可是在进行这样的事情之前,他要亲自去确证它的可能性。他选定今晚十一点钟去事先侦察,他决定自己和尤苏泊夫一同去。现在他又是没有睡醒,虽然他今夜准备去侦察的时候,特别希望能好好地睡一觉。又加上这该死的头晕……而前面还有整整的一天,不过早上还没有活动,骨头没有松动的时候,总是最困难的。

　　他站起来,走到小灯面前,从桌上拿起镜子照了一照。"今天还可以不要修面,"他想。他觉得他自己的脸已经不是苍白的,而是绿色的。掩蔽部里是令人窒息的,同时又潮湿,墙上有水滴下来。他把镜子放到桌上的时候失了手,镜子落到地上,打碎了。他拾了一块最大的还可以照人的碎片,把它放到桌上。

"打碎镜子——据说是要有灾难的恶兆。"他笑起来。实际上,战事此刻是这样的,一切的凶兆和噩梦都在不变地应验着。每天不是一件便是另一件的不幸或灾难降临,是啊,在这样的环境下变得迷信并不困难。他想起前天阿父吉叶夫已经走出掩蔽部,又回来取战地皮包时,当时他也笑起来,说这是不吉利的,晚上他的臂肘上面就被射穿了,只得把他送到对岸去。

他卷了一枝烟,划了火柴。湿了的火柴点不着。后来他划了又划,接连划了有十来根。他唾了一口,把烟卷和火柴匣都扔在地上。他是前天搬到这里来的。在德方进攻的第一天,寂静结束以后,他的锅炉间的地窖就被几个笔直落下的炮弹毁坏了。他搬到另一间,可是第二天到晚,另一间也被打坏了。于是他就搬到这里来。

这个掩蔽部比地下室还深。这里曾经安放过通到地下的排水管。工兵们在一夜里面扩大了排水口,造成了掩蔽部。这是五天以来的第三个指挥站。

他从掩蔽部出去,沿着交通路走到观察站,开始从那里指挥击退进攻。和各连之间的电话线断了三次,一小时里两个联络兵被打死。最后,德国人被击退了。这一天一定是困难的。萨布洛夫回到掩蔽部,叫来了玛斯连尼柯夫,向他发了必需击退新进攻的命令。他刚和玛斯连尼柯夫谈完,就有一个他认识的从师里来的军事法律家、检察团的侦查员,爬到他的掩蔽部来。萨布洛夫从床上站起来和他打招呼。

"怎么,"他问,"您要来审问斯杰邦诺夫吗?"

"是的。"

"今天战事很激烈,不是时候。"

"不是时候有什么办法呢。随便什么时候都不是时候,不知道什么时候才是时候,"侦查员反驳说。"一点办法都没有。"

"您把身上抖抖,"萨布洛夫说。

侦查员直到此刻才发觉他浑身都是泥。

"爬的吗?"

"是。"

"幸亏平安无事。"

"是的,差不多算平安无事,"侦查员说。"你们营里没有鞋匠吗?"

"做什么?"

"就是这个弹片,像开玩笑似的把半个鞋后跟炸掉了。"

他跷起脚来,皮靴的半个后跟果然被整整齐齐地切掉了。

"没有鞋匠。有过一个,昨天受伤了。斯杰邦诺夫在那里?彼嘉!"萨布洛夫喊道,"领指挥员同志到值班的那里去,斯杰邦诺夫在他那里做他的助手,是一个战士,你知道吗?"

"知道。"

"怎么,做值班的助手?"侦查员感到惊奇。

"我拿他有什么办法呢?要在他旁边设卫兵吗?我这里根本就没有人。"

"那么他是在受审呀。"

"在受审又有什么办法呢。我对您说——没有人。在等待您的决定的时间,我这里没有人看守他,而且凭良心说,照我的看法,这一次不必……"

侦查员和彼嘉一同出去了。萨布洛夫看着他们的背影,心里想,战争是充满了奇怪的、近乎是不合理的事情的。这个侦查员固然是在尽他的责任,斯杰邦诺夫可能应该被送到法庭去受审判,可是现在这个侦查员却爬到这里来审问……为了要审问,他在冒着生命的危险……一路上他有五次被杀死的可能,在他审问的时候,也可能被杀死,他回到师团去的时候,可能要带着斯杰邦诺夫,那么斯杰邦诺夫和他在回去的路上完全同样也可以被打死。然而这一切仿佛都是按照着应该这样进行的规则进行的。

从值班室里提了斯杰邦诺夫,为了遵守规矩又带了一个卫兵,侦查员便在一间半地窖里举行审问。半地窖里的窗户坍倒了,透过楼板上的洞孔有光透进来。墙壁上有两处地方被炮弹打穿了,石头地上凝结着暗色的血斑——一定有什么人在这里被打死了或是被打伤了。

斯杰邦诺夫蹲在墙边上,侦查员坐在地窖当中的一堆砖头上。他将一块平板放在膝头上做记录。

斯杰邦诺夫是平查城附近的集体农庄庄员,第二连的战士。他今年三十岁。他家里留着妻子和两个孩子,他被召入伍,立刻就到了斯大林格勒。昨晚德国人最后一次进攻的时候,他和他的伙伴斯梅施里雅叶夫待在深深的“燕子窠”里,用反坦克炮向坦克射击,这时候他接连两次没有射中,却有一辆坦克从堑壕里出来,齿轮在头顶上轰轰地响了一阵,把一阵挥发油和焦臭的气味送到堑壕里,又往前爬。斯梅施里雅叶夫喊了一句令人听不懂的暴怒的话,欠身起来去追坦克,在坦克后面朝齿轮底下扔了一个重攻坦克手榴弹。手榴弹爆炸了,坦克停止了,但是在这时候,第二架坦克带着同样的吼声在堑壕上面掠过。斯杰邦诺夫来得及深深地缩到窠里,只被撒了一身泥土。斯梅施里雅叶夫却来不及。当斯杰邦诺夫站起来的时候,斯梅施里雅叶夫——更正确地说——他的下半身齐腰部的地方,上半身被坦克切断并压成了肉酱,一切和泥土一同倒进了“燕子窠”。当这血淋淋的一段跌进堑壕,跌在斯杰邦诺夫的旁边的时候,他受不住了,他不顾一切地爬出堑壕。他一直向伏尔加河爬,什么也不考虑,只是努力尽可能地往后爬。

夜里在团参谋部的阵地上才找着他,他不能隐瞒什么,只是讲了过去的一切情形。巴伯钦柯正式向师里报告了关于他的消息，把他当做一个逃兵，派了一个卫兵把他押回到萨布洛夫那里。

萨布洛夫已经得到了关于这件事的报告，可是他在战斗的混乱中也来不及和斯杰邦诺夫谈谈，而现在根据巴伯钦柯的报告，已经来了一位侦查员来审查案件……

斯杰邦诺夫坐在他面前，用他昨天夜里回答巴伯钦柯的那一套话回答着。侦查员违反习惯，慢吞吞地提出许多问句。所以会有这种情形，是因为他实在也不知道拿斯杰邦诺夫怎么办。斯杰邦诺夫是逃兵，但同时他并不是存心这样做的。他受到了震荡：他受不住这个恐惧就往后爬。或许，假如他能爬到伏尔加河岸，他会清醒过来而折回来的。侦查员这样想，斯杰邦诺夫恢复了意识，他本人此刻也是这样想的。可是临阵脱逃的事实总是事实，为了总的规则，这件案子不严办是不行的。

"天理良心，我会回来的，"斯杰邦诺夫沉默了一会儿，不等对他发出新的问句，确信地说。"我自己会回来……"

这一刹那四周不断的、轰轰的大炮声停止了，传来逼近的自动枪的排枪声。彼嘉穿过地窖从萨布洛夫那里向值班室跑去，他一面跑一面喊道：

"德国人在冲进来。上尉命令所有带武器的人都去作战，"便又往前跑了。

侦查员并不年轻，而且实际上是个在职人员，不过换了军装，他除下眼镜，擦了擦镜玻璃，重又戴上，他拿起放在他旁边的自动枪，——这是师里的人早已谁也和它分不开的武器，——从容不迫地越过裂口爬到外面去。看守斯杰邦诺夫的那个红军战士抱着怀疑的神气看了他一眼，然后看了墙上的裂口，然后又看了看斯杰邦诺夫，镇静地说了："你暂时在这里坐一会儿，"便跟着侦查员爬出去了。

这是一天之中德军第二次坚决的进攻，这时，他们的自动枪手,有二三十人的光景,越墙偷跑进房屋的院子里。院子里在正面对射着。凡是在营参谋部里的和它周围的人都起来作战了。

萨布洛夫亲自跑到上面指挥作战,尽可能指挥徒手战。

过了二十分钟,大多数的德国人都被打死了,其余的被击退到院子的围墙外面。侦查员和护卫兵穿过裂口爬回来,疲倦地坐在砖头上。侦查员的手腕被子弹轻轻擦伤,有血滴下来。

"要包扎起来,"护卫兵说。

"我没有药包。"

"没有?"斯杰邦诺夫说,他在上装衣袋里探摸了一下,从里面拿出一个急救包。

他和护卫兵两个人包裹了那只受伤的手。后来斯杰邦诺夫退回去,重又蹲在墙脚下。到现在他们才想起来审问因为进攻被打断了,而它显然是需要继续下去的。可是侦查员不愿意继续审问。为了拖延时间和休息一下,他就用那只好手从衣袋里拿出盛烟叶的口袋,用被包裹着的手指帮着自己费力地卷了一枝烟卷,后来对斯杰邦诺夫和卫兵看了一下,机械地、带着在前线久待的人们所有的那种自然的、分享烟叶的习惯,把烟袋伸到他们面前。

"拿吧。"

斯杰邦诺夫跟着卫兵也拿了一撮,他拿出一块留心保藏的报纸,扯下一条卷了烟卷。他们三个人都抽起烟来。这样默默地吸烟大约继续了十分钟。那时炮轰又开始了。侦查员想在炮声下赶紧将审问结束,用一只受伤的手吃力地托着平板。审问很快地完毕了,只要做一个结论。在这一刹那,也像第一次一样,炮击停止了,德方重又开始进攻。

听到自动枪的连发声,侦查员又默默地把自动枪拖到面前,把它握在那只好手里,头也不回,从地窖里爬出去了。卫兵跟着他。

又只剩下了斯杰邦诺夫一个人。他困惑地四顾了一下。可以听见墙外逼近的射击声。斯杰邦诺夫又向四面看了一下,就随着卫兵爬到裂口。他跳到外面,四面张望了一下,只见躺在地上的一个红军战士的尸体旁边有一枝步枪,便抓住了它。他跑了几步,在一堆砖瓦后面躺下,离侦查员和还有几个也躺在那里的战士不远。当他左面的德国人从墙后跳出来的时候,他和大家一同开始向他们射击。后来他站起来跑了几步,把步枪倒过来,用枪托朝一个向他冲过来的自动枪手的头上打了一下。后来他又倒在石头后面,对着在院子深处冲进来的德国人射击了几次。

德国人也在射击。这一次他们有十来个人钻进院子,几分钟后,全部或是被打死了,或是受伤了。

进攻突然后退了,射击已经远远地在墙外响着。斯杰邦诺夫站起来,不知道怎么办,就走到墙脚下,侦查员和卫兵都躺在那里。卫兵站起来了,但是侦查员仍旧躺着:他的一只脚受伤了。斯杰邦诺夫将他扶起来,看见他的脚差一点被自动枪的排射切断了,血流得厉害,他把侦查员背在肩上,把他拖进地窖。他把侦查员放在地上,为了要抬得高一点,在他的头底下放了两三块砖头。

"去找一位护士或是卫生员。"侦查员对斯杰邦诺夫说。

过了几分钟,斯杰邦诺夫领来一个卫生员,那人朝伤员弯下腰来,开始包裹他的脚。受伤的人没有呻吟。他默默地躺着,等这阵疼痛过去。

护送人员从靴筒里摸出一个装黄花烟草的白铁盒,给自己卷了一枝烟,后来给斯杰邦诺夫一撮,又问受伤的人:

"可以给你卷一枝吗?"

"卷吧,"后者回答说。

护送人员卷了一枝烟,舐了一下,粘上了,放到受伤者的嘴里,擦着了火柴。受伤者接连猛吸了几口。

萨布洛夫在回掩蔽部的路上经过地窖。他今天累极了,尽管他体力充沛,但现在他连拿着自动枪也嫌吃力,所以他就把枪托放在地上拖着。

"抽烟吗?"他问。他的口角里衔着一枝熄掉的卷烟。他还是在战斗之前在掩蔽部里开始吸的,把它忘了。"把它抽完吗?"他又说了一遍,想起了他的熄掉的烟,"给我接个火。"

他跟护送人员接了火,才想到这是些什么人。他对斯杰邦诺夫看了一看,后来又对受伤的人看了一看,问道:

"擦伤得厉害吗?"

"相当厉害。"

"我现在就去关照把您抬走,不然又要开始了。"他同情地看了侦查员的惨白的、没有血色的脸,不知道再说些什么,问道:"审问完毕了吧?"

"是的,完了,"侦查员朝斯杰邦诺夫点点头,说。

"那么,您的结论是怎样的?"

"哪里有什么结论,"侦查员说。"他要去作战。这就是了。"

他拿起图囊,从那里拿出记录簿,在下面写了:"并无足以移交法庭之犯罪行为。即遣往前线作战。"便签了名。

"遣往前线作战,"他克制疼痛,高声重复说了一遍,后来想起了他们刚刚遇到的一切情形,便微笑了一笑。

"不错,"萨布洛夫也微笑了一下说,"派出去并不远,一百步的光景。喂,"他回过头来对斯杰邦诺夫说,"到你的连里去。你的自动枪是谁的。"

"上尉同志,是从被打死的人那里拿来的。"

"那就是你的了。可以走了……报告泊泰泊夫,说是我派你来的。"

这是特别困难的一天,——在这种日子里全副精力都要紧张到那种地步,以至在酣战的时候会突然忍不住地想要睡觉。在早晨两次进攻以后,中午又接着来了第三次,在院子里朝着德国人的那一部分上面,耸立着一所并不大的、半毁掉的仓库。它建筑得很坚固,墙壁很厚,有深入地下的地窖。在萨布洛夫所占领的其他的建筑物中间，它是一个独院，稍微在前面一点，突出在外面。德国人的第三次进攻正是对着这面来的。

四五辆坦克逼近了仓库，它们靠仓库的墙壁掩护炮火，开始用大炮直接向内部射击，这时德国自动枪手们越过裂口冲进来，十五分钟以后，在那里响了最后的枪声。萨布洛夫的第一个自然的希望是企图在白天立刻收回仓库。但是萨布洛夫克制了自己。他采取了一个冷静的决定：将全部炮火集中在仓库后面，不让德国人在天黑之前调大兵到那里去，可是反攻要在黑暗中进行，那时候决心和夜袭的习惯可以补偿他的人数显然的不足。

他用电话向巴伯钦柯报告了仓库失守的消息，巴伯钦柯关于正题一句话也不回答，可是凶狠地骂了好久，末了他说，他本人马上就要来了。不能说这使萨布洛夫高兴。他预感到要和巴伯钦柯发生冲突，他的疑惧果然被证实了。巴伯钦柯弯着腰爬进掩蔽部，他凶狠狠的、满头大汗、从头到脚都粘着泥土。

"啊，钻进来了，"巴伯钦柯说，"头顶上有几米高？"

"三米，"萨布洛夫说。

"你可以再钻得深些。"

"我用不着再深了，"萨布洛夫平静地说。"这样就打不穿了。"

"像鼹鼠似的钻到地底下去。"巴伯钦柯仍旧用那恶狠狠的声音说。

实际上，他无可反驳，萨布洛夫并不是特地掘了这个掩蔽部，只不过是放宽了排水沟，至于他的掩蔽部是很深的，甚至炮弹直接落下来也不会有危险，这反而好。可是关于德国人占领了仓库的事，巴伯钦柯想对萨布洛夫说点什么话气气他。

"钻到地下，"他又重复了一遍。

萨布洛夫今天疲倦了，因为仓库失守心里很恼火，他的恶恨之气并不下于巴伯钦柯。他感觉不到天晚——不等到把仓库夺回，这个思想就要像一根刺似的折磨他，因此他在回答"钻到地下"这个字的时候挑衅似的说：

"怎么，中校同志，您命令把指挥站搬到上面去吗？"

"并不，"巴伯钦柯感到萨布洛夫的话里含有讽刺，就说。"仓库是不该放弃的，就是这句话。"

萨布洛夫沉默了一会儿。他等待着下文。

"你想怎么办？"

萨布洛夫报告了他夜间反攻的计划。

"怎么，"巴伯钦柯看了看表说。"现在两点钟。那就是说，他们要在那里待到天黑吗？不许退后一步的命令，你读了没有，啊？还是，或许你不同意这个命令吧？"

"六点钟我开始进攻，"萨布洛夫努力克制着说，"七点钟仓库就到我手里。"

"你不必对我说这种话，不许退后一步的命令，你读了吗？"

"读了，"萨布洛夫说。

"可是仓库却失守了？"

"是。"

"马上就去夺回来！"巴伯钦柯从凳子上跳起来，失声地喊道。"不要在七点钟，马上就去。"

萨布洛夫看了巴伯钦柯的脸和举动，懂得巴伯钦柯疲倦和狂怒的程度也跟他今天一样。在这种时候和巴伯钦柯争论是没有益处的，假如问题只在于现在命令他萨布洛夫白天独自去进攻这所小屋，他是会站起来，怀着痛苦的心情去的；假如除了自己一死以外，不能用别的方法向团长证明他的谬误，那么，——该死的，——他，萨布洛夫，就用自己的死来向他证明这一点。但是要反攻此刻需要带人去，那就是说要向巴伯钦柯证明他的错误，非但要用自己的生命，而且还要用其他许多人的生命为代价。

"中校同志，允许我报告……"

"什么？"

萨布洛夫将所有的理由又说了一遍,根据这些理由,他决定将进攻延迟到夜里,他又补充说,他保证白天他要使仓库后面的整个广场处在那样猛烈的炮火下,以至到夜里,那里面不会增加一个德国人。

　　"叫不许退后一步的命令,你读了吗?"巴伯钦柯仍旧那样毫不留情地、固执地重又问了一遍。

　　"读了,"萨布洛夫回答说,他立正了,目不转瞬地望着巴伯钦柯,以同样凶狠而毫无怜悯的目光迎遇他的目光。"读了,但是我不愿意此刻把人们放在不需要放的地方,而且在差不多可以毫无损失地把一切夺回来的地方。"

　　"你不愿意吗? 我命令你。"

　　萨布洛夫的头脑里突然掠过一个想法:现在立刻要有一个办法对付巴伯钦柯,使他闭口,为了挽救许多人的性命,不让他再重复这句话,要打电话给泊洛青柯,向他报告,照巴伯钦柯的办法去做是不行的,因为——随它去——让他们把他萨布洛夫要怎么办就怎么办,但是已经渗入血液的服从纪律的习惯妨碍了他。

　　"是,"他继续用那种毫无怜悯的目光看着巴伯钦柯说:"准许执行吗?"

　　"去执行吧。"

　　这以后发生的一切,就像一个噩梦久久留在萨布洛夫的记忆中。他们爬出掩蔽部,萨布洛夫在半小时内聚集了手头所有的人。巴伯钦柯打电话命令营里用还剩下的五尊大炮来支援反攻,然而这些大炮对这里恐怕不会有什么用处。于是反攻就开始了。

　　虽然不过在二十天前开始战斗的时候,他这一营的人数差不多是全的,但是现在需要在白天,在战争中组织反攻的时候,萨布洛夫在身边只聚集了三十个人。这是他所能指望的全体后备队。

　　巴伯钦柯在催促。"不许退后一步"的那句话,他是按照字面来理解的,明天德国人再来进攻的时候,为了今天这不必需的损失将要付出的代价,他都不愿意考虑到。进攻并没有准备好,在它开始的时候,连那些多少可以有点帮助的迫击炮都没有来得及从左翼上拖过来,可是萨布洛夫和他的三十个战斗员已经沿着墙壁和废墟跑过去进攻了。

事情的结束果然像他的预料。十个人留下来躺在废墟中间。其余的人每人都在离仓库不远的地方给自己随便找着一个隐蔽所,无论什么力量都不能使他们站起来。进攻没有成功,而且在这样的条件下,显然是不会成功的。

人们一躺下来,德国人便开始用迫击炮向他们密射。留在他们所躺的地方,在不可靠的隐蔽物后面,那是准死无疑。炮火愈来愈猛烈。在旁边爆炸的迫击炮弹把萨布洛夫微微震伤了;整个左半边脸忽然变成了好像是别人的,好像是填满了棉花。砖头的碎片把他擦伤了,脸上流着血,但他没有发觉。当炮火变为完全不能忍受的时候,萨布洛夫向其余的人做了个记号,便爬回去了。

在回去的路上,又有一个人被打死了。在这主张开始一小时后,萨布洛夫站在巴伯钦柯面前,在房屋的低矮的、倒坍的凸出部分后面,巴伯钦柯站在那里,几乎毫不遮蔽,以最近的距离一直在炮火下观察进攻。

萨布洛夫行了军礼,咯吱发声地将自动枪放在地上。大概他的涂抹着血和泥的脸是那样可怕,所以巴伯钦柯起初一句话也没有说,后来才说:

“您去休息一下。”

“什么?”萨布洛夫没有听清楚,问道。

“您去休息一下。”巴伯钦柯又说了一遍。

萨布洛夫还是没有听清楚。于是巴伯钦柯对着他的耳朵大喊了一声。

“我被震伤了,”萨布洛夫说。

“您去休息休息,”巴伯钦柯第四次说了,便朝掩蔽部的方向走去。

萨布洛夫跟着他往前走。他们没有到掩蔽部去,而是靠着墙壁凸出的部分并排蹲着,值班室就在那里。两个人都不开口,大家都不愿意互相对看。

"有血,"巴伯钦柯说。"受伤了吗?"

萨布洛夫从衣袋里拉出一条土色的脏手帕,在它上面唾了几下擦了脸。后来摸了摸头。

"不,是划破了。"他说。

"把各连里能够召来的人都召来,"巴伯钦柯说,"我自己领他们去进攻。"

"要多少人?"萨布洛夫问。

"有多少就要多少。"

"不会超过四十个人。"

"我已经说过,有多少就是多少,"巴伯钦柯重复说。

萨布洛夫命令召集人们,将迫击炮移近;这些迫击炮到底可以有点帮助。巴伯钦柯虽是一味地固执,却也明白这次进攻所以失败是怪他不好,下一次的进攻恐怕也不会成功。不过他亲眼看见,人们奉了他的命令无意识地牺牲以后,他认为他必须亲自试试去做到他的下属所不会做的事,——来证明他所要做的事是可能的。

在拖移迫击炮和召集兵士,在发出进攻前的最后命令的时候,巴伯钦柯回到他从那里观察第一次进攻的断墙后面,开始仔细地观察前面院子的空地,打量从什么地方跑过去可以比较方便和安全。萨布洛夫默默地站在他旁边。德方的一个重迫击炮弹大约在四十步外爆炸了。

"他们发觉了,"萨布洛夫说。"中校同志,我们走开吧。"

巴伯钦柯不做声也不动。第二个炮弹在另外一面爆炸了,也不出四十步之外。

"我们走开吧,中校同志。他们发觉了,"萨布洛夫又说了第二遍。

巴伯钦柯仍旧站立。这是一种号召。在他刚要派遣士兵去进攻的时候,他要显示他要求他们有视死如归的精神,也像他要求自己一样。

"走吧,"当一排迫击炮弹就在非常近的地方爆炸的时候,萨布洛夫第三次几乎是喊着说。

巴伯钦柯默默地朝他转过脸来,对他直视了一下,朝自己脚底下唾了一口,用坚定的、并不发颤的手指从烟叶袋里抓了一撮烟叶,卷了一枝烟。

下一个迫击炮弹直接就在墙的前面爆炸了。他们头顶上嗖嗖地飞过几块弹片,有尘土撒下来。萨布洛夫注意到巴伯钦柯颤战了一下,这种自然的、有人情味的动作使萨布洛夫忽然也说出了一句简单的有人情味的话:

"斐李浦·斐李泊维奇,"他劝巴伯钦柯说,"我们走开吧,啊?"

巴伯钦柯不做声。后来想起来烟已经卷好,便从口袋里摸出打火机,打了几次,点着了,他转过身去背着风,低低地弯着腰点烟。假如他不转过身去,他或许不会被打死,可是他转了过去,而在离开五步的地方爆炸的炮弹片就落在他的头上。他默默地倒在萨布洛夫的脚前,他的身子只颤动了一次就不动了。萨布洛夫四肢投地地伏在他旁边,把他的被打残的、血淋淋的头转过来,怀着出乎自己意料之外的冷淡想,这事本来是应该这样的。他把耳朵贴近巴伯钦柯的胸口:心不跳了。

"被打死了。"他说。

后来他转过脸来对躺在五步以外的墙后面的彼嘉命令道:

"彼嘉,来帮忙。"

彼嘉爬到他面前来。他们一个搬着巴伯钦柯的肩膀,一个搬着他的脚,弯着腰,抬着他迅速地向掩蔽部走去。

"迫击炮拖来了,"一个向萨布洛夫跑过来的少尉说。"命令开火吗？"

"不要，"萨布洛夫说。"立刻把它们拖回去。"

他把玛斯连尼柯夫叫来，命令他撤除一切进攻的准备，叫人们各回原处。后来他走到掩蔽部里，打电话到团里。接电话的是政委。萨布洛夫报告说：巴伯钦柯被打死了，是在怎样的情形下被打死的，又说要迟一些，等天黑再把他的尸体送到团里去。

巴伯钦柯被打死了，他当然觉得很可惜，可是同时他又有一种自觉的、十分清楚的、轻松的感觉，因为现在他可以照他认为是需要的来处理，巴伯钦柯为了他的威信而想出来的、这种不合理的进攻不会再重复了。他发了命令叫援助伤员，并且准备夜间进攻仓库。

德国人暂时并没有采取什么新计划。萨布洛夫以他的习惯的感觉猜测到今天德军那方面的一切大概都结束了，在明早之前，不会再来进攻。他在电话里和各连谈了一谈，吩咐在五点钟，在天黑之前唤醒他，便去睡了。

十三

他不是被响声吵醒，而是被凝视唤醒的。他面前站着安尼亚。她用她那平静的、稚气的大眼睛望着他。他起来默默地坐着，也注视着她。

"我请您的传令兵唤醒您，"安尼亚说，"可是他不肯。我早就来了。我已经要走了。可是我非常想看见您。"她向萨布洛夫伸出手来。"您好。"

"请坐，"萨布洛夫说，他在床上向旁边挪动了一点。

安尼亚坐下来。

"我看您完全复原了。"

"是的，完全好了，"安尼亚承认说。"我的伤本来很轻。不过流掉了许多血。您知道，"她不让他说什么，赶快补充说，"我遇见了妈妈。我现在和她在一块。"

"在一块吗？"

"哦，并不是完全在一块。她住在那边乡村里的小屋里，我们的医疗卫生营就在那里；我在那里和她一同过夜。并不是过夜，而是早上渡过河回家的时候睡觉。"

"您早已又到这里来了吗？"

"到你们这里来是第一次，一般地是第四天。我对妈妈讲到您的事。"

"您讲些什么？"

"我所知道的一切。"

"关于我,您知道些什么呢?"

"很多,"安尼亚说。

"哦,而到底多少?"

"很多,很多,几乎是全部。"

"全部?"

"连您几岁我都知道。您那时候说的是真话。您今年二十九岁。是您的传令兵告诉我的。"

"我现在要惩办他泄漏军事秘密的责任,"萨布洛夫带着开玩笑的严厉说。"他还对您说了些什么?"

"他说今天您差一点被打死。"

"还有呢?"

"还有吗? 没有了。我没有工夫问他。我们现在把伤员们搬到了一个地方。你们的伤员很多。"

"是很多,"萨布洛夫的面色变得阴郁了,叹息说。"很多。所以您就没有工夫了,是吗? 要是有工夫,您还要问吗?"

"要的,一定要的。"

"哦,那么就问我自己吧。"他看了看表。"我有工夫。"

"您最好去睡觉。我把您吵醒了。"

"为什么是您吵醒的,是我自己醒的。"

"不。是我把您吵醒的。我对您看了那么多的时候,所以您醒了。我是故意的。我要您醒。"

"这么说来,您的目光是有磁力的,"萨布洛夫说,他觉得他说的话完全不是他要说的,便立刻用另外一种语气补充说,"我看见您非常高兴。"

"我也是,"安尼亚说着,对他的眼睛看了一看。

他明白,她躺在担架上的那夜的那个突如其来之吻,她并没有忘记,一般地说,什么没有被遗忘,而他们中间所发生的一切并没有多少的事实际上是非常重要的。现在他对她瞥视了一下,他感觉到了这一点。

"我在这里几乎完全没有睡觉，"他说。"我甚至很少想到您，因为这里的一切都是……"

"我知道，"安尼亚说。"你们的战士到我们的医药卫生营里来过几次。我向他们问起你们这里的情形。"

安尼亚用手指搓弄上衣的边。萨布洛夫明白这不是由于窘迫，而是由于她想说什么要紧的话，在斟酌用字。

"怎么？"他期待地问道。

她不做声。

"喂，怎么样？"他重复说。

"关于您，我想得很多，非常多，"她以那种惯常的、她所特有的严肃的直爽说。

"想出什么结果来吗？"

"我什么结果也没有想出来。我只是想到您，我非常想和您再谈一次。"

她询问似的看了他一下，等待着他答复她，他感觉她是等待他说些什么好听的、聪明的、安慰她的话；说一切都会好起来，说他们俩都要活着，还要对她说几句老气横秋的话，使她听了会感到自己是一个在他保护下的小女孩。可是他什么都不想说，他只想走近她，拥抱她。他把手放在她的肩上，像那时候在轮船上一样，微微把她拉近一些说：

"我也这样想过，您会来的。"

在这句话后面，她感到他也非常记得在担架上的一吻，正是因为这个缘故他才说："我也这样想过。"

"您知道，"她说，"像我现在所碰到的情形，大概所有的人在生活中都会遇到的。会有一天，你会非常急切地等待着什么，就像今天吧，我从早上起，整天都等待着要看见您，所以对周围的事情一点都不注意。白天射击得非常厉害，但是我几乎没有注意到。所以我,如果要到您这里来,大概会变得勇敢起来,是吗?"

"您本来就是勇敢的。"

"不,本来不勇敢,今天才是勇敢的。"

他看了看表。

"外面已经开始天黑了吗?"

"是的,"她回答说。"一定是的。我没有注意。一定是的,一定是的,"她猛然站起来。"该去搬运伤员了。我要走了。"

听她说"我要走了",他很高兴,因为按照钟点已经应该开始准备进攻,他很高兴她能先走。

"一次搬不完吧?"他问。

"不,"她说。"我今天大概还要搬两次。天亮之前如果能来得及把全部都搬完,那就好了……"

萨布洛夫站起来说:

"今天我们的团长被打死了,您知道吗?"

"是的,我知道。就在您旁边,人家告诉我的。今天您被震伤了吧?"

"有一点。"

他对她看了一看,直到现在他才猜到,今天她说话的声音所以比平常响些,一定是因为她知道他被震伤了。

"也是彼嘉讲的吗?"

"是的……今天我还能看见您吗?"

"是的,是的,当然,"萨布洛夫匆促地说。"当然会看见的。哪会看不见呢? 不过……"

"什么?"

他想说,叫她小心些,可是又停住了。她怎么能小心些呢? 搬运伤员,每天总是走那一条路,永远是在同一个时间。她怎么能够小心些呢? 如果对她说这种话,简直是愚笨的。

"不,没有什么,"他说。"当然,我们要见面的。一定要见面。"

等她走了，萨布洛夫默默地坐了一分钟。后来站起来很快地穿上大衣。他希望把进攻仓库的事赶快结束，这一次他希望这样，不单是因为一般地这是需要的，同时也因为只有在进攻以后，他才能看见安尼亚。他想到这件事，自己也吃了一惊，他因为这个想法惊奇起来，因为他不能向他自己隐瞒，这是关于爱情的思想。

然而，这个想法终于产生了，不会消失了。当他在进攻前发出最后的命令的时候，当他们去进攻，先是在废墟中间爬行，后来在炮火下奔跑过去的时候，以及当他扔了两枚手榴弹，和其余的人们一同冲进小屋，在那里开始了被称做白刃战的夹着射击声、呐喊声和呻吟声的混战的时候，这个想法一直都和他在一块。

这次他夺回了仓库，一共只有一个人被打死，五个人受伤。他虽然像许多俄罗斯人一样，怀有不表现出来、然而却是真正的精神戒律，就是不去想到、也不说死者的坏处，可是他又一次激愤地想到巴伯钦柯。

华宁白天从第二连回来，和他一同参加进攻。虽然这也是轻率的，可是他坚持要这样做，而萨布洛夫也没有力量拒绝他。一般地说，他此刻体验到那样的心情，在这样的心情下，如果人家要求什么好事，他是难以拒绝的。他们一直待在一块，也一同回来。

"然而这小屋，"华宁老实说，"原来是放舞台装置的。前面的那所房子是造了做戏院的，戏院旁边的小房子是放舞台装置的。还有院子。从前那里铺着轨道，可以从舞台上直接把装置放在小火车上装出去。办得好，是吗？"

"是的，"萨布洛夫同意说，不由微笑了一下。

"你笑什么？"华宁问。

"我笑，因为我想，——大概周围的房屋，没有一所房子的详细情形是你不知道的。"

"怎么会不知道呢？这一切都是我造的呀。而且不但是房子，这里所有的人我差不多都知道。有一个做护士的少女到这里来过,是吗？"

"不错，"萨布洛夫存有戒心地说。他以为华宁此刻要拿这件事开玩笑了，便准备了应付的方法。

"哦,所以呀，"华宁继续说。"我也知道她。她以前在拖拉机厂里工作……在器械车间里做定额员。我们曾要介绍她做那个车间的共青团组织负责人，我记得她很清楚。"

原来这就是关于这个少女他要说的一切。

"所有的人我都记得，"他把关于她的事已经忘记了，又说。"我想象中的拖拉机厂并不像它现在的样子，而是像它从前的样子。机器旁边有许多人。我甚至想象得出他们的脸……你今天为什么愁眉苦脸的？累了吗？"

"不，"萨布洛夫说。"我已经休息过，白天睡了一觉。"

"可是仍旧是愁眉苦脸。"

"不，我不是愁眉苦脸。我只是在想。"

"想什么？想巴伯钦柯吗？"

"也想巴伯钦柯。"

"是呀，"华宁说，"他被打死了。现在要派什么人来，我倒很关心。或者会派你吗？"

"不，"萨布洛夫说，"大概会派第一营的弗拉索夫。他是少校。"

"是的……巴伯钦柯被打死了，"华宁重复说。"你今天和他吵架了吗？"

"是。"

电话响起来。

"请您听电话，"接线员对萨布洛夫说。

萨布洛夫去接电话。打电话的是泊洛青柯。萨布洛夫听到他的声音感到很高兴。

"你好吗？"泊洛青柯问。

"好。"

"你怎么没有把你的主人保护好,啊?"

"我不能够,"萨布洛夫说。"我想要保护可是不能够。"

"夺回仓库容易吗?"泊洛青柯问。

"容易,损伤很少。"

"本来一开头就应该这样,——切断敌人增援的来路,再在夜里夺回来。以后就一直这么办。"

这声音听起来像是责备,虽然是温和的,然而却是责备。萨布洛夫本来想说举行这次白日进攻的不是他,而是巴伯钦柯,但是后来他想起来,巴伯钦柯已经被打死了,无论他是好是坏,他总也是为斯大林格勒牺牲的,便不做声了。

安尼亚果然遵守她的约言,晚上很晚又跑来一次。她非常匆忙,忙得只跑来了一分钟。不过这次会面无论是怎样地短促,萨布洛夫懂得,今后他们将要尽可能地多见面,即使他们见面一分钟,这也是同样地美好。

当她又跑走的时候,他感到为她担心起来,他在斯大林格勒第一次体验到,他们周围所有的一切危险是完全不同的:——其中有一类,当然不必说,是对于他的,而另一类,是非常可怕的和突然的——是对于她的。而他十分明白地感到,现在他一定要时刻为安尼亚担心了。

所有白天和晚间的工作都完毕了。只要等到十一点钟——这是萨布洛夫命令尤苏泊夫来前去现地侦察的那个时刻。今天去侦察、明天夜里试试去压倒德军一连人的可能性,现在在他看来是特别富有诱惑力的,他想到将要做的工作,心里怀着喜悦和对成功的信念。他重又躺在床上。他希望把今天最后的一件工作赶快结束,即使能单独思想半小时也是好的。他喊彼嘉,问他尤苏泊夫来了没有。

"还没有来,"彼嘉回答说。

"去叫他。主要叫他赶快来。"

尤苏泊夫五分钟后出现了。他一切都预备妥当:颈脖上挂着自动枪,两枚手榴弹装在精细的小麻布袋里牢缚在腰带上。他没有穿大衣,轻装,穿着一件扣得紧紧的棉袄。他去侦察的时候一向都是这样。

"我们现在就去,"萨布洛夫一面站起来一面说。"彼嘉,告诉彼得洛夫,叫他跟我去。"

彼得洛夫是自动枪手,在彼嘉留在参谋部的时候,他就来陪同萨布洛夫。萨布洛夫从壁上拿下自己的自动枪,也像尤苏泊夫一样穿上棉袄,用皮带把它缚紧些,口袋里放了两枚柠檬形的手榴弹,——因为它体积小,火力大,所以他情愿挑选它,又把自动枪挂在颈脖上。

他们出去了:尤苏泊夫在前面,然后是萨布洛夫,彼得洛夫最后。笼罩着潮湿的、漆黑的十月的夜色。细雨放出寒气。那样地温暖,使他们在最初一刹那觉得并不是走到街上,而只是走到两重门中间的过道里。墙的轮廓和天空融成一片,仿佛废墟上也有许多房屋高耸在天空,这些房屋不过是漆成比较淡的颜色。

萨布洛夫从掩蔽部出来的时候想道,假如他把这次侦察推迟到明天,实际上也没有什么大罪过。今天的事情已经太多了,而且今天又不是最后一天。但是夜晚的清新、濛濛的细雨和漆黑的低低的天空,——这一切使他的精神为之一爽。

"美好的夜晚,"萨布洛夫说。"是吗?"

"上尉同志,一点也不错,"尤苏泊夫确认说。

萨布洛夫想起米里洛伏附近的那个车站,——他的母亲和姊妹们就住在那里——大概是在这同一纬度上,那里此刻大概也是同样的,或者几乎是同样的夜,——漫长的、细雨濛濛的黑夜。

"尤苏泊夫,您的家在哪里?"他问。"远吗?"

"远,"尤苏泊夫说。

"怎么,在喀山么?"萨布洛夫问他时想起尤苏泊夫是喀山的鞑靼人。

"不,在伊尔库茨克。我们在伊尔库茨克已经住了十五年。"

"是很远,"萨布洛夫沉思地说,他想到伊尔库茨克,又想到那里一定没有灯火管制,街上点着灯。这时他一刹那想象,如果把这全部的灯都搬到斯大林格勒这里来,不知道将是个什么情景。就搬到他们走路的这个地方来。在所有的角落里都有灯,照耀得灯光辉煌。连窗户也被照亮。

他看了看发光的表面:是十点半。是啊,一切还要被照亮着呢。他对自己想法不禁好笑起来。

五分钟后他们走到第二连,泊泰泊夫和玛斯连尼柯夫在那边的房屋废墟旁边迎接他们。

玛斯连尼柯夫已经知道萨布洛夫要去侦察,但是他不赞成这样做,他认为不应该由萨布洛夫去侦察,而正是应该由他玛斯连尼柯夫去。不过萨布洛夫既然这样决定了,便难以使他打消他已经采取的决定,玛斯连尼柯夫事先以某种藉口到第二连泊泰泊夫那里去,以备万一有什么事情发生,就可以等在萨布洛夫要从那里出发的地方。玛斯连尼柯夫竟会迎接他,是出乎萨布洛夫的意料的,然而他并没有表现惊奇,只是在黑暗中微笑了一下。

"你已经到了这里,米夏?"

"是的,上尉同志,我……"

玛斯连尼柯夫开始解释,为什么他正是在第二连里。

"我知道,"萨布洛夫打断了他,他仍旧带着那在黑暗中看不见的微笑说,"我全都知道。"

玛斯连尼柯夫为他担心,为了万一有什么事情发生可以离他近些,现在竟跑到这里来,这使他很高兴。

当他们已经动身的时候,玛斯连尼柯夫又一次走近萨布洛夫,把他的手握在自己的手里,悄悄地说:

"阿历克西·伊凡诺维奇。"

"怎么?"

"阿历克西·伊凡诺维奇,"玛斯连尼柯夫又说。

"喂,怎样呢?"

但是萨布洛夫突然明白:玛斯连尼柯夫走近他是为了要拥抱他。感到了这一点,萨布洛夫便自己先拥抱了他,然后很快地转过身去走了。玛斯连尼柯夫目送着他。今天,从他一清早知道将要去侦察的那时候起,不是预感,甚至大概也不是担心,而是在前线常常会应验的一种下意识的忧郁,就紧压着玛斯连尼柯夫的心。

起初走的时候并不掩藏——在黑夜里可以这样做,后来彼得洛夫不小心把自动枪口在墙上撞了一下。三个人都屏息隐藏起来,等待着朝响声方面乱射过来的子弹。但是并没有人放枪。于是他们便再往前走。

雨仍旧滴着。天气变得比较寒冷了。夜已经不像起初那样柔和与安静。远远的在房屋后面,在左边一些,不断有夜间交射的火光。

他们不得不爬着前进到废墟中间,顺着小路爬,这小路全部都像刚发生过地震似的。除了斜着坍倒的、几乎将小路变成峡谷的墙壁以外,在地上的砖瓦堆中间,堆着各种各色不同的、有时摸上去很奇怪的东西——破烂的家具、杯盘的碎片、破碎的浴盆、残缺不全的茶炊,使萨布洛夫在茶炊的缺口上划破了手。

他们这样又爬了五分钟,或许是八分钟。俄罗斯和德军战线中间的距离虽然并不很大——有的地方扩展到二百米,但有的地方却接近到五十米,——可是达到那里要走弯弯曲曲的通路,在碎片中走过去,每一秒钟都难以准确地辨别出来,他们此刻是离谁近些——离自己的人近呢还是离德国人近。

萨布洛夫习惯地走着爬着,甚至有一点心不在焉,——当一个人事先已经知道一切,剩下来差不多只要机械地做完那需要做的事,那就是要爬到、视察、决定明天要做的事和重又那样镇静地爬回去的时候,就会那样心不在焉。

他们这样走着爬着,直到他们遇到战争中的一件荒诞可笑的事:这荒诞可笑的事是没有人——无论是德国人、俄罗斯人、尤苏泊夫、萨布洛夫都不能预先看到的,然而它终于发生了。据尤苏泊夫的计算,在他们已经爬到离目的地还剩五十步的时候,在他们的头顶上突然发出一声熟悉的、像摩托车的响声的、夜行"У－2"式飞机的发动机的轧轧声。几颗好像是从瓦钵里撒出来的小炸弹在他们周围爆炸了。这并没有什么可以惊奇的:他们是在"无主"的土地上,飞行员随便把炸弹扔下来。

当炸弹在他们旁边爆炸的那一分钟,尤苏泊夫在前面爬,彼得洛夫在他旁边,萨布洛夫却站在半倒坍的墙边,预备跟在他们后面跪下去,向前爬行。最近的一个炸弹落在墙边,落在墙脚下的角落里。断壁摇晃了一下,坍倒下来,砖瓦将萨布洛夫盖住了。砖瓦从旁边倒在萨布洛夫身上,像倒下来的儿童玩的积木。萨布洛夫在倒下去的时候,闭上了眼睛。由于这个打击,由于爆炸的力量和向他冲过来的空气的力量,他觉得一切都完了,他被打死了。但是,当他跌下来,立刻就睁开眼睛的时候,他并没有感到死亡和软弱,而只感到堆在他身上的砖瓦的重量,鼻子里和嘴里都有砖瓦灰尘的气味。

"尤苏泊夫,"他低声说,"尤苏泊夫。"

尤苏泊夫没有答应。

"彼得洛夫,"萨布洛夫喊道。

又是没有人答应。他觉得前面有人微微动了一下,但是他被砖头压着,不能动弹。他留心听着——不,他是觉得如此。身体里面有一种不习惯的、可怕的被束缚的感觉,仿佛他全身都被粗绳绑着,只剩下左手和头能动。一块砖头打在脸上,有血流到眼睛上。他伸手把眼睛上的血擦掉,把血涂在脸上。后来他用手在身边摸了一阵,五只手指都戳到彼得洛夫的血淋淋的、没有气的头上。他透过牙缝轻轻地叫了一声,痉挛地移动了一下,可以离死人远些。但是他的身体被砖头压着,不能动弹,他只能把手缩回。

他头顶上的天空是一片漆黑,仿佛他是瞎子。雨——他到现在才发觉它——仍旧在落,手麻木了。他把手移近身体,用手指去摸压着在他身上的砖头。他虽然疼痛,但仍旧不由自主地想到,不能叫喊,也不能呻吟。此刻在夜里,他再也想不出他是在什么地方。他只能大约地想象,这是在俱乐部废墟的附近。但是现在他被砖头压住之后,他甚至不能想象,他的头是朝什么方向,现在哪一面是德国人,哪一面是自己人。头顶上只是一片同样的、漆黑的天空。要等到天亮,他才能清楚地知道,他是在什么地方。天亮……他想了,不禁突然被这个想法吓了一跳。等天亮的时候,无论要想什么主意也嫌晚了:他要显露出来,他会被发觉,一定要被发觉的。在整个战争中,他虽然已经有两次受包围,但是他的头脑里从没有这样可怕地、清楚地想到被俘的念头。白天他会被发觉,假如他离德军比离自己人近,他就要被俘虏,而且他是毫无办法阻止的。他应该、应该、应该,——他单调地低声重复着这个字,——应该有个办法。

他闭上眼睛,这样一会儿失去知觉,一会儿又清醒地躺了五分钟,也许是十分钟。后来他咬紧牙关,把一只麻痹的手伸到上面的碎砖片上,轻轻地把它拖到一旁。后来又痛得咬着牙再把手伸到身旁,拿了第二块碎砖片,再把它推到旁边。

雨滴仍旧在落下来,滴在他的脸上。他想把雨滴拭去,但是为这种事不值得抬起手来。手只是用来做一件事的:拿起一块砖,把它轻轻地推到旁边,再拿,再推,这样一直到底,——到死,到失去意识,——他不知道要做到什么时候,但是他觉得,只要他的身体里还保存着一线生命的时候,他总要做这同一的动作——拿起一块碎砖片把它推到旁边。

这是十月十二日的寒冷多雨的夜,——从他带着他的一营人渡过伏尔加河,爬上这边岸的第一夜起,这是整整的第三十个夜晚。

十四

四面静悄悄的。这是他最初发觉的情形。躺在附近床上的伤员的低语、临死的人的断断续续的呼吸声、药瓶的声音，——无论什么都不能打破这种静的感觉。也许，因为这是医院，里面有许多白被单和白罩袍，所以萨布洛夫觉得寂静本身也是白色的。

寂静已经延长了八天，仿佛它是没有终了的，无论谁都不能打破它。窗外落着湿润的初雪，它和寂静一样，也是白色的。

身上还继续疼痛，不过已是轻轻地痛——并不是叫人咬牙切齿的剧痛，像裂开的伤口那样，而是轻轻的隐痛。实际上，医院里也并不是那么寂静：伤员被抬出抬进；有时有人叫喊，可是在斯大林格勒待过之后，萨布洛夫觉得这一切都是寂静的。

人们给他治疗，喂他吃饭，给他洗，事实上，他不过是许多人当中的一个，在这里，没有人对他特别关心。他从对岸被送到这里来的时候，浑身都是青块和血斑。现在他在渐渐恢复。这记录在他的病历上。但是这一切的事情是怎样发生的，他是怎样被救，怎样能保全生命，怎么会到这面的岸上，却没有人知道。一班卫生兵把他转交给另外一班人，这些人把他送进医院，当他问医生他怎么会到这里来的时候，医生只是张开了手：

"等您回到部队里，您就会知道。我能告诉您什么呢？"

萨布洛夫努力要回忆起这一切是怎么发生的，然而是白费气力。他只记得怎样开始将碎砖推到旁边，以后的情形便一点都不记得了。

医院里的寂静大概是萨布洛夫此刻所需要的最好的药物。在这种寂静中是如此的安静和美好，他虽然觉得一天一天地好起来，他依然不希望有什么来打破这寂静。最后的几个星期里，他在斯大林格勒那样地命令、叫嚷、说服、争执，使他觉得不说话是很舒服的，他在病室竟以最沉默的病人出名。他躺着不开口。他不想说话。

所以甚至在第八天早上，当安尼亚以她的轻盈的、无声的脚步跑进他们的病房，在两排床中间穿过，坐在他的脚头的时候，他也不愿意说话。他看着她的可爱的、变得那么疲倦的脸，看着她的轻轻地放在膝上的手，看着她的眼睛——她的眼睛那样注视着他，仿佛她是一直在向前走，向前走，走了整整一千里到他这里来的一样，可是他不想说话。在第一分钟里她也是一句话也不说。后来忽然开始说起来，立刻就说到一切。她最先讲到玛斯连尼柯夫担心他怎么老是不来，便追踪去找他，发现他人事不省地躺在半路上，在我们的阵地和死去的彼得洛夫以及尤苏泊夫在的那个地方的中间。

甚至此刻安尼亚告诉了他这件事的时候，萨布洛夫仍旧想不起来他是怎样爬的。大概，他终于把身上的砖瓦都推开了再爬过去。不过奇怪得很，他怎么一点都不记得。

后来安尼亚讲他怎样被抬到营里去，她怎样看见他在担架上，便走到他面前来。

现在她讲到这件事的时候，用那种直爽的目光对他看了一看，一个人在什么都不顾忌和什么都不惧怕的时候，就是这样看法的。

"我看见您躺着，"她接着说。"我觉得很可怕，以为您是死了。我就开始吻您。后来您睁开眼睛，马上又闭上了。于是我又吻您，但是您已经不再睁开眼睛了。"

后来安尼亚讲她怎样和卫生兵一同把他送到岸上，他们怎样乘着小船渡河，德国人怎样向他们放枪，因为天已经几乎全亮了。

"完全像那时候射击一样。您记得吗?"她问。

"记得。"

"所以我非常害怕,"她说。"最近一个时期这是第一次。后来等我们渡过了河,我对那些卫生兵说,叫他们一定要把您送到这所医院,因为以后我要到这里来,又叫他们要照顾您。但是他们一定把这件事忘记了,因为他们需要照顾所有的人。"

"您为什么这么长久不来呢?"萨布洛夫问。

"您知道,我不能来,"她用抱歉的口气说。"我渡河回去,想第二天夜里要到这里来,可是渡口被炸坏了。后来那边聚集了那么多的伤员,在他们没有全体渡河过来之前,把我留下来和他们待在一块。整整待了六天。您觉得好些了吗?"

"是的,"萨布洛夫确认说。"今天我已经能坐起来,甚至还试试走路。"

他们沉默了一会儿。后来她说:

"您知道,妈妈也在这里……"

"那时候您还对我说过……"萨布洛夫说,好像是在讲一件非常遥远的事。"就在这里,在这个村子里吗?"

"是的,我把您的事告诉了她。她也想到这里来,但是我一个人来了。"

"关于我的事,您对她讲了什么?"

"所有的都讲了。"

她那样地说了这个"所有的",使萨布洛夫感到,事实上,这的确是很多的。

"可是我,"安尼亚说,"您知道,我现在也有一个勋章。"

"是吗?"萨布洛夫微笑了。"在什么地方? 已经授给您了吗?"

"是呀。"

"给我看。"

她微微掀开了罩袍,他在她的军服上衣上看见了一枚红旗勋章,不过不像他的那样蒙着灰尘,上面的珐琅也没有裂纹,而是全新的、有闪光的。

安尼亚斜着也看了一下勋章。她的样子非常得意。萨布洛夫微笑了。她看见他微笑,也微笑了一下。

他在枕头上用肘撑着欠身起来。

"亲爱的,"安尼亚说,她亲昵地把双手伸到他的肩上。"亲爱的,"她又说。

他从肩上拿下她的一只手,吻了好久,她被他弄得脸红了,但是她并没有把手挣脱,甚至没有往后缩,只是继续用注意的、幸福的目光看着他。

"安尼亚,"他说,他感到他心里蓄积了千言万语,假如现在他不立刻对她倾诉他的爱,那么再过几分钟,她要走了,他就会忍不住而将这件事告诉护士、医生,——告诉第一个到他面前来的人。"安尼亚,假如不是战争……"

他想说,假如不是战争,那么,此刻他就会带她走得远远的,再也不会放她走了。

"假如不是战争,我们就不会遇见,是吗?岂不是吗?"她一个劲地重复着,好像怕他要争辩似的。

"是的,"他说。"我也想说这句话,你猜到了我的思想。"

他是第一次称她"你"。

"我知道,我可以办得到的,"安尼亚说,她的目光仍旧不离开他。"今天他们让我整整休假一天一夜。我要带您……"她停止不说了。她明明听见,他不称她"您",而称她"你",并且也懂得这个转变的意义,轮到她,她也想对他说"你",可是他的胡须也没有剃的、疲倦的、生病以来消瘦了的脸是那样像大人、几乎是老的,竟使她决定不称他"你"。"我带您离开这里,"她说。

"带我?到哪里去?"

"到妈妈那里去。您以后就在妈妈那里养病……在我们那里,"她改正说。"您大概已经可以移动了。妈妈会服侍您。我在家的时候也可以。我晚上要出去,夜里搬运伤员,像平时一样,从早上起就服侍您。"

"那么你什么时候睡觉呢?"萨布洛夫微笑了。

"以后,等您复元了再睡。"

她想对他说——难道他就不懂得,当他在这里,在旁边的时候,她是根本不会睡觉的,而且一般地说,难道他就不明白,他在旁边,并且好像也爱着她,这是怎样的幸福。

但是这些话她一句也没有说,她只是从床上起来,朝门口走了一步,后来又转回来,迅速地吻了一下他的唇,就跑走了。

萨布洛夫期待着要听到什么意见,或是在他同病室的那些人的脸上看见嘲笑,他阴郁地、有所等待地朝四面环视了一下。但是没有人开口说话,也没有人嘲笑。只有一个躺在萨布洛夫旁边的、截去了一只脚的、年纪不轻的少尉向他转过脸来,用那样和善的、喜悦的微笑迎接他的阴郁的目光,使萨布洛夫不由也对他微笑了。这时少尉便整个翻过身来对着萨布洛夫说:

"您知道,失去世上的一切是非常痛苦的。比所有的人失去的都多,没有人失去了那么多。这是非常痛苦的。"

"是的,"萨布洛夫证实说,他想,他的邻人现在一定要开始说他的腿被截掉了,所以需要说一些好听的、安慰他的话来答复他。可是他能对他说什么好听的话呢?

"不,我不是说这回事,"少尉说,他用手触到被子上的折襞下面被截去的腿突出的地方。"我是个翻译,所以我的职业使我就这样也可以生活,甚至或许还可以在参谋部的什么地方作战。我说的是另外一件事……他们还夺去了我终身从事的工作。您知道,最近这十五年来我从事什么工作吗?您想怎样?"他冷笑着说。

萨布洛夫默默地等他再往下说。

"我从开始自觉地生活以来便研究德国新的、最新的历史。

不，现在我甚至不愿意说，我在自己的作品里写了什么，工作里面什么是对的，什么是不对的，——天晓得。我只知道一样，就是我今后永远不会再做这件事了，永远不做了。在我看见了一切，丧失了一切以后，我不能够研究他们的历史，不能。我不能，也不愿意。我宁愿加入残疾人的组合，战后我要摆个小摊子卖卖啤酒，也比回忆起我曾经研究过他们的历史好得多。他妈的！别人或许要研究它，甚至一定要研究，可是我可不研究了，您懂得我吗？"

"懂得，"萨布洛夫回答说。

"可是您将来的一切都会是美满的，"少尉忽然叹了口气，安静地倚在枕头上，轻轻地说。"非常美满。她马上就要回来。不要因为我插了嘴，不要因为她坐在这里的时候，我那样注意地盯着你们看而生我的气。现在我是可以这样做的。"

他激愤地用手重重地打了一下被子，——如果他的腿不被截掉，那地方应该是他的腿，——又出人不意地粗鲁地咒骂起来。后来他闭上眼睛，翻过身去，就这样一直一声不响，眼皮闭得紧紧地躺着。

萨布洛夫也闭上眼睛。他觉得现在这样闭着眼睛等安尼亚回来可以容易些。他躺着，执拗地、固执地、不断地想到这件事。同时他又想到躺在他旁边的那个人。或许，从整个战争以来，他是初次像此刻这样强烈地感到一个幸福的人对一个不幸的人所怀的同情，虽然别人的痛苦从未像这一刹那这样离他这么远，可是令人心酸的怜悯突然充满了他的心灵。然而，他能说什么呢？什么也不能说。假如他此刻也说一点什么同情的话，那么这个躺在他旁边的人反而不会相信他的，因为他感到，现在他的脸上露出了这样幸福的表情。

在萨布洛夫闭上眼睛躺着，想着安尼亚的时候，她正在这学校底层的一间小房间里，站在主任医师面前。

在外科医生中间，犬儒主义者的范畴是很常见的，主任医师也是其中之一。他并不高大、结实，几乎是胖胖的，双颊通红，浓黑的小髭和眉毛好像是画出来的。他是一个好外科医生，一生救了不少的人，然而他却认为声明他对医学采取怀疑态度是他的义务，他施行手术的时候特别冷静，说到被截掉的手和脚的时候要开玩笑，在女人面前毫无顾忌，喜欢说双关的笑话。安尼亚知道这些，在她看来，主任医师是最不善于倾听和了解她要向他说的话的。

所以，当她用坚定的脚步走到他跟前的时候，她全身都紧张着，心里缩做一团，她坚绝地决定总要把她要说的话说出来，不让他触犯自己，不让他触犯萨布洛夫，更不让他触犯那进入她的生活、使她的生活充满了喜悦的新的心情。

“尼古拉·彼得罗维奇，”她走进来的时候，还在门口说。“我有一件事要请求您。”

“希望您不需要截去什么，”他带着习惯的微笑说。“可惜，一般来求我的人对我的请求都不超出这个范围。是吗？”

“不是，”她回答说。“这里躺着……一个上尉，萨布洛夫上尉……”

“萨布洛夫？哦，我记得的。是被打伤的。怎么样呢？”

“他在渐渐地恢复起来。”

“可能的。这使人很高兴。这又有什么事呢？”

“我的妈妈住在这里的乡下。”

“这也使人很高兴，可是这两件事相互之间有什么关系呢？”

“我请求……”安尼亚抬起眼来看着他继续说，“我希望在他恢复期间，接他到我们家里去。”

她的眼睛是那样的清澈、咄咄逼人，以至主任医师的惯常的玩笑虽然已经准备要从舌头上冲出来，却也缄默了一会儿。

“我想接他到我们家里去。我恳求您……”

“为什么？”他已经严肃地问。

“在那里对他可以好些。”

"为什么?"

"在那里对他会好些,"安尼亚固执地重复说,"我知道,在那里对他会好些。我恳求您。"

"他怎么,是您的亲戚吗?"

"不,可是……这对我是非常需要的。我非得要这样不可。我希望和他在一块,"她绝望地说,她决定,从这一分钟起,无论他逼她说什么话,无论是承认什么,即使是假的,她都要说。

主任医师认为他的护士和女卫生兵常常跟恢复的病人发生恋爱是合乎情理的事,也不去过问它,他自己专有一种权利并不带恶意地、不过有时微带粗鲁地来取笑这些小小的秘密。不过像这样直率地、坦白地、不知惧怕地来请求他,还是第一次。

他忽然想起那么遥远地、早就留在伊尔库茨克的他自己的房屋、子女、和从大学生时代起就爱得无微不至的妻子,——他宁愿从不跟人提起的 切。由于这谈话的语调,由丁这种突如其来的情形,主要的,由于安尼亚的怀着那样恳切的希望注视着他的目光,他被弄得沧然失揩了,便他觉得几乎像在做困难手术时站在手术台旁边一样。

他应该要决定别人生活的命运——这是很明白的。在这种场合,不能说:"我们要看他的身体怎样",或是:"照规矩这是不可以的",或是:"须要考虑一下",并且值得称赞的是,这样的话他一句也没有想到要说,这里只可以说:"是"或者"不",而他就说:

"是的,好吧。"

谈话竟是出人意料地简短,实际上他和安尼亚都不知道再往下说些什么,尤其是安尼亚,她是准备好了要抗议的。她手足无措地、一声不响地和他面对面站了半分钟,甚至没有感谢他,就悄悄地走了。

一小时后,萨布洛夫坐着一辆医生坐的小汽车被送到村子的另一端,——到村外,到临水的一所小屋里。房子下面流过一条静静的、缓缓的、碧绿的流水。这是伏尔加支流阿赫吐巴河的无数小支流中的一条。从水边到屋前的小径上种着几棵矮矮的杨柳。流水、赤裸裸的树木和陷到地下的小屋,在萨布洛夫看来几乎像医院同样地寂静。

房间被隔成两半,——一明一暗,——里面也是静悄悄的。冻蝇轻轻地发出嗡嗡的声音,在门口迎接他们的男孩悄悄地避开,两个并不年轻的、包着黑头巾的妇人——小屋的女主人和安尼亚的母亲静静地坐在桌边。萨布洛夫在这里住了十天,在这整整的十天当中,他总是有着这种在医院里开始的静的感觉。

他跟着安尼亚走进草屋,这时女主人端端正正地向他鞠了躬,说着"欢迎,欢迎",安尼亚的母亲起初拍了手,后来说了一声"老天",后来说"啊呀,您变到什么地步了",以后,才说了"您好"。

卫生兵搀扶着萨布洛夫坐在桌边的一张宽阔的、农家的长凳上,迟疑地停住了。

"不要紧,"萨布洛夫说,"我自己会走到床前。你们走吧。"

他们走了。女主人跟着他们回到她自己的半间屋子里去,许多年来,萨布洛夫第一次感到,他跑到了一个很早就知道的、他待在里面会觉得十分美好的家庭里来。他坐在打开的窗前的长凳上,窗外有流水的清新和秋叶的腐烂的气味。

"您不会着凉吧?"安尼亚说。"或者,要关上吗?"

"不,不会着凉,你怎么说这种话?"他说着,固执地扭住这个亲热的"你"字不放。

安尼亚走到一张放在把小屋分成两半的、巨大的俄罗斯炉子旁边的大床面前,揭开被子,拍了拍枕头,就是做了护士们每天在医院里所做的事,但是萨布洛夫觉得她的这一切仿佛都做得特别好。他欣赏着她,当她说"喂,一切都预备好了"的时候,他几乎觉得惋惜。

"我马上就过来,你等一会儿,"他说。

安尼亚的母亲就坐在这里,斜坐在桌边,从她看他的神气看来,他懂得,她和她的女儿已经谈过他的事。现在安尼亚的母亲的样子看起来和在爱尔通那时候完全不同。她默默地坐着,似乎有极大的悲哀压迫着她,不过同时她的眼睛里却露着镇静的泰然自若的神气。她一切都看到了,一切都在心里衡量过了,现在只是在等待着这一切几时结束。

"这里是比爱尔通好些,"萨布洛夫沉默了一会儿说。

"是好些,"她确认说。"我们那时候连记性都没有了,我是连亲属都忘记了。我就一下子跑到了爱尔通。我有一个姑娘在这里。当然是好,哪里可以比呢?要是全家都住在这个屋子里就好了。您瘦得厉害,"她看了看萨布洛夫的脸,补充说。(他感觉她是想说"老了"。)"您瘦了。"她又说了一遍,立刻将视线移到默默地坐在他对面桌旁的安尼亚身上。

萨布洛大懂得,母亲这样的一瞥,是要来估计将来他们在一起将要怎样:他是这么老,而安尼亚却是这么年轻,这一天,他是第二次想说,他并没有这么老。可是他没有说。

"她老是来来去去,"母亲指着安尼亚那一面说。"老是来来去去,老是来来去去,一天五次。什么时候才能完呢?"

她站起来,把头巾的角扎好,走到门口。

"妈妈,妈妈,等一等!"安尼亚向她跑过去。"等一下。帮我扶着阿历克西·伊凡诺维奇躺下去。"

"我自己来,"萨布洛夫硬充好汉,试试要反对。

他想站起来,但是安尼亚已经从一面走到他面前,母亲从另一面走近,于是他就撑着她们的肩膀,一瘸一拐地走到床前。脚还是痛得厉害。他的一只脚已经可以踏在地上,但是另外一只却痛得瘫软无力。当他在床上躺下来把腿伸直的时候,他接连几次拭去额上的汗珠。

母亲出去了。安尼亚搬了一张小凳子坐在他旁边。

"怎么样?"他说。

"好吗?"安尼亚用问句回答了问句。

萨布洛夫把双手伸给安尼亚,她用自己的手握住它,坐了好久,注视着他,她在小凳上微微地摇晃着,一会儿离他近些,一会儿离他远些。她忽然惊骇地停止了。

"手一点不痛吗?"

"不,一点也不痛。"

她又开始摇晃起来,一直探究地注视着他的脸,细看脸上的每一条皱纹。这是她的人,完全是她的。他现在躺在这里,在她的屋子里,即使事实上这屋子并不是她的,她明天又要到斯大林格勒去,再过几天他一定也要去,但是现在她却握着他的手,全神贯注地看着他,这是那样地意想不到,同时又那样地叫人望眼欲穿,那样地令人喜不自胜,以至她的眼泪不禁流出来了。

"你怎么啦?"他问。

"没有什么。"她没有把他的手放下,就在他的肩上擦了擦眼睛。"没有什么。我不过是太高兴了。"

她推开凳子,坐到他的床上,把脸埋在他的怀里哭起来。她哭了很久,抬起了泪痕纵横的脸,微笑着又把脸埋在他的怀里。她哭着,一面回忆着她渡过伏尔加的情形,她是怎样受了伤,她是怎样地疼痛,他那时怎样吻她,她是怎样地激动,她有多么长久没有看见他,他们找到他的时候,他的样子又是多么可怕,后来的六天她又怎样不能到他这里来。

他看着她的头发,慢慢地用手指抚摸它。后来他用双手把她紧紧地、默默地搂在怀里。他听到脚步声,微微地转过头来,看见是她的母亲进来了,不由自主地做了一个动作要稍微离开她一些,可是安尼亚反而更紧贴着他。后来她抬起头来,对母亲看了一看,微笑了一下又更紧地贴着他。那时他忽然有一种感觉,这种感觉甚至后来也没有消失,——他觉得这是永恒不变的。

整天像做梦似的过去了。安尼亚的母亲走进走出,预备午餐。她忙碌着,她竭力用全部态度表示,孩子们当着她的面可以不必拘束。萨布洛夫就这样在她的嘴唇上看出了"孩子们"这个字,除了他的母亲以外,竟有另外一个女人用这个字来称呼他,他感觉很异样。

他虽然用种种方法阻止安尼亚,她仍旧跑到医院里去要伏特加酒。她一定要他在午餐时候喝一点酒,哪怕喝一点点也好。她希望一切都办得郑重其事。她拿来一只盛着酒精的小药瓶,眯着眼,小心翼翼地把酒精倒在酒瓶里,再渗了水。这一切的琐事——她怎样跑进跑出,怎样冲淡酒精,怎样眯细了眼——在萨布洛夫看来,都是无限地可爱。后来,她们把桌子移到他床前,安尼亚便跑去请女房东,把她拖来。女主人也不坐下,彬彬有礼地和萨布洛夫碰了杯,很讲礼节地干了杯,眉头也不皱,——像上了年纪的农家妇女普通喝酒那样。后米她就走了。

安尼亚在进餐的时候和母亲并排坐着,很快地讲给萨布洛夫听,他们以前怎样生活,讲到她自己,讲到父亲和弟兄们,总之,那是在生命中总有一次突然地、一下子地、热烈地只讲给热爱的人听的一切。他半躺着,用一只好手撑着,津津有味地听她的絮语。他想到将来有一天,她已经不要再穿着走起路来吱轧作响的皮靴,也不要拖着担架和搬运伤员渡过伏尔加河。他们要一同离开这里。往哪里去呢?难道他能够知道往哪里去?他只知道,这一定是非常美好的。关于再过几天他要回斯大林格勒去的事,萨布洛夫也约略地想到;他觉得这一切都可以设法安排好的。或许,甚至可以办到使安尼亚在他的营里和他在一块,只要和泊洛青柯说一声就行了。他想起了泊洛青柯的调皮的、善良的脸,他想要是在另外一个时候,泊洛青柯大概会来参加婚礼的。"婚礼"……萨布洛夫微笑了。

"你笑什么?"安尼亚问,在说"你"的时候有点说不出口。"笑

159

什么?"

"有一个想法很好笑,"他说。

"什么想法?"

"慢慢告诉你。你不要生气。好吗?"

"好。"

他想到"结婚"又想起他的掩蔽部,一刹那他几乎清清楚楚地看见,他回去了,在那里和安尼亚坐在桌旁,旁边还有这一天他所能请到的人:玛斯连尼柯夫、华宁,也许还有泊泰泊夫……他想象了他们的脸不禁又想到,掩蔽部是不是完整的,他不在那里他们怎样。

午餐完毕了,母亲开始收拾桌子的时候,安尼亚又和萨布洛夫并排坐在床上。女主人给他们拿来一个安东诺夫种① 的大苹果,他们做着在他们以前别人已经做过几万次的事;他们开始两个人吃苹果,轮流着咬,并且竭力咬得少些,多留些给对方。

后来安尼亚忽然跳起来喊道:

"妈妈,来占个卦吧。"

母亲拒绝了。

"来占个卦吧。"

已经从床前移开的桌子重又移过来,母亲说了在这种情形之下说惯的话,说她已经久不占卦了,他们既然不相信这一套,又何必占卦呢,最后她还是把牌摊开了。

萨布洛夫始终不懂得,为什么黑六点意思是长长的道路,而梅花爱司是公家的房屋,为什么如果黑桃皇后和黑十点在一块,这就是不好的预兆,而如果出了四个"J",那就是要有好运气,可是占卦的人们在解释摊开的纸牌的意义时所怀的那种确信和严肃的神气,一向使他很喜欢。

---

① 出产于俄罗斯的一种苹果,黄绿色,非常好吃,是由安东诺夫培植出来的。

安尼亚也注意地看着母亲分牌的手。因为这一天她和萨布洛夫都觉得他们的未来是很明白的，所以对于母亲所说的一切，他们都找到解释。他们解释长长的道路是渡过伏尔加，公家的房屋是萨布洛夫的掩蔽部；当母亲抽出一张梅花皇后放在显著的地位，它和红方块国王联在一起，就是说萨布洛夫对梅花皇后发生恋爱，尽管按照一切规则安尼亚都不是梅花的，而是方块皇后，但他们仍旧决定梅花皇后毫无疑问一定是安尼亚，因为她是从事医学工作的人，所以是带着十字。这个解释在他们看来是滑稽的，使他们笑了好久，一直笑到母亲生气了，也许她只是占卜得厌倦了，不再把牌聚起来。

这在战时的乡村已经成为习惯，母亲用布袋遮住窗户出去了。

萨布洛夫因为坐得太久和谈话过久而疲乏了，他倒在枕头上，动也不动地躺着。安尼亚从垫褥底下拉出一件皮袄，拿了枕头，给自己铺在靠墙的长凳上。萨布洛夫默默地观察着她。母亲因为家务需要又进来了两三次，后来就完全不来了。那时安尼亚就走到萨布洛夫面前，跪贴在床前，紧贴着他听他的心跳，低语说："在跳，"好像这有什么特别似的。可是特别的地方是笼罩在周围的寂静，在母亲走了而他们却留着，主要的是在他们将要久久地在一块；今天，明天——以至永远。

安尼亚跪着吻他。她对他一点都不害羞，她的心依恋他，他感觉她是初次恋爱，她全部的爱此刻都贯注在他身上，这爱是那么深，以至其他的一切——恐怖的感觉、羞耻的感觉和慌乱都在它里面了。她移近了和他并排坐着，后来拥抱了他，依偎着他。他也紧紧地拥抱了她，感觉自己的手臂和胸部因为紧紧拥抱了她而痛起来，但是他很喜悦：由于这种疼痛，他感觉她更接近他。

"你知道，"安尼亚说。"我的心也跳得这么厉害。你听。"

于是她就移近他，让他可以听见她的心怎样跳。只有这样纯洁的、十分直率的、没有其他想法的少女，才能这样地说："你听，我的心跳得多么厉害。"真的,她此刻也只希望他能听见她的心怎样跳法。可是当产生了其他想法的时候,她向他耳语了那句同样的直率而唯一的话,使他重又感到,他是多么爱她,与其要侮辱她,他情愿斫掉自己的手。可是此刻他并没有侮辱她——他知道这一点——接吻不是侮辱她,把她愈搂愈紧也不是侮辱她。

十五

早晨他被茶炊的声音吵醒了,奇怪,他看见的仍旧是这间屋子,母亲仍旧在桌旁张罗,这一切仿佛是不应该改变似的。

安尼亚从走道里跑进来,从那里一直听到有溅水声。

"你醒了?"她说。"我马上就来。"

她把自己长长的湿发绕在拳头上,把它绞干,完全像他第一次在轮船上看见她的样子。

后来她又到走道里去。萨布洛夫闭上眼睛,沉浸在回忆中。他把所有从昨天早晨起——早上、白天、夜晚的一切都接连地,一分钟一分钟地回忆起来,他感到,除了对他说的情话,除了能证明这种爱的举动以外,还有一样什么,使他此刻无限地相信她对他的爱。这是她抚触他的被压伤的、疼痛的身体时所怀的那种不由自主的感觉。没有人,没有一个医生能够告诉她,但是她用一种什么感觉能知道他什么地方痛,什么地方不痛,可以怎样拥抱他,怎样不可以。在她的爱抚的手里有着这么多的爱和柔情,以至他一回忆到这一点,便心神不能自主。

下午四点钟安尼亚该走了。她拔上皮靴,穿上大衣,大衣上有三处地方被弹片打穿,已经精确地补好。把制帽朝头上一戴,迅速地走到床前,毅然地、严峻地抿着嘴,重重地吻了萨布洛夫,又那样毅然地走了。

现在一直要到明天,关于她的情形他一点都不会知道。从战争以来,他仿佛已经习惯了那最可怕的事,——习惯了那些方才和他谈话说笑的、身体强健的人们过十分钟便不存在了。但是此刻他所遇到的和这种习惯的情形没有一点共同的地方。他有生以来,初次体验到这一天和这一夜里的等待的不安、惊惶、迷信的恐惧:你以为此刻一切都安全的时候,她偏偏会出什么事。他想起成千他平常所不注意的危险的东西。他想起了码头和河岸,河岸上有迫击炮弹在爆炸,交通道路是那么浅,在里面如果不弯着腰,头总要露出来,可是安尼亚一定是不弯腰的。他按照钟点计算着,小船开的时候她大概在岸上。她渡过去要多少时候,卸货要花多少时候,走到营里路上需要多少时候,把伤员抬到担架上需要几分钟,回来的路上要花多少时候。可是这些无益的计算也不能使他安心(真是无益,因为他比任何人都明白,在战争中是不可以猜测什么事要花多少时候)。

从这里到斯大林格勒大约有十八公里。他整夜听见一会儿离远一会儿逼近的炮击声。它好像不肯沉默的钟摆的滴答声,用它可以计算时间。虽然他知道,炮声一会儿清晰,一会儿因为风声而不大听得见,但是这并不能使他放心。炮声变为更响的时候,他就更惊慌,仿佛轰轰的炮声真能做测量安尼亚所受的危险的尺度似的。

安尼亚的母亲晚上在另外半间屋子里的缝衣机上缝纫了好久。后来她拿了一支蜡烛头进来放在桌上,向萨布洛夫瞥视了一下。

"您没有睡吗?"她问。

"没有。没有睡。"

"最初她出去的时候,我也不能睡,现在倒能睡了。我全家的人都在前线上,如果为了大伙都不能睡,那么一个礼拜我就要死了。您有什么亲人吗?"

"有的。有母亲。"

"在什么地方?"

"在那里。"

萨布洛夫用手做了一个许多人都做的手势,看了这个手势,大家立刻就明白"那里"的意思是在德国人手里。

"这里有什么人吗?"

"没有人。只有她一个人……您缝什么?"

"我吗?在这里我的姑娘给了我一块印花布,我就给安尼卡做件衣裳。她到底还是个小姑娘。她想穿女装,哪怕一个月里能穿一次也好,所以我就给她做,不过她要赤脚了,——她一双鞋子也没有。把这双给她吗?"

她在椅子上坐下,把一条腿搁在另一条腿上,沉思地看了看自己的那双旧的、歪扭的低跟皮鞋。后来抬起头来看了萨布洛夫,大概是想起了他们遇见的情形,说:

"这也不是我自己的。是好心人给我的。从前我的脚要比她小些,可是烧伤了以后,我的脚就肿了,这双鞋子对她一定正合脚。您以为怎样?"

她这样问法,仿佛萨布洛夫关于她的女儿的事要比她做母亲的知道得还多似的,在这小小的、或许是可笑的问句里面,他现在所想到的一切都得到了肯定。

萨布洛夫并不直接回答,他说:

"等我起来,我们就举行婚礼,"说了这句话,他自己也微笑起来。"我们在那边举行婚礼,您不会生气吧?"

"在那边?"她简单地问。

"是的。"

"你们住在什么地方,就在那里举行,"她心平气和地说。"在那边"对于她是斯大林格勒,是她以前住的城市,现在无论从那边传来怎样的谣言,由于习惯的缘故,她总想象不出这城市的真实情形。

"主要的,不要每天渡河,一天三次,"她接着说。"最好让她在

165

那边,跟您一起。"

她在萨布洛夫旁边坐了好久,谈到做母亲的喜欢跟自己的女婿谈的话,——安尼亚怎样长大,她怎样生猩红热和麻疹,她怎样剪掉辫子,后来又留起来,做母亲的一生怎样照顾她,因为她只有一个女儿,还讲了其他许多她喜欢讲述的琐事。

萨布洛夫听她说着,感觉又是愉快,又是忧愁,——愉快的是他知道了这些亲切的详情细节,忧愁的是他没能亲眼看见这一切,在她认识他以前她生活中的一切。而他,像所有在热恋的人们一样,希望永远能亲眼目睹认识她以前她所有的行动。

母亲跟他谈着话,他感到此刻他并不比坐在他对面的这个老妇人坚强,而是比她软弱。她比他更会等待,比他更镇静。甚至大概她是故意用这些谈话来安慰他的。

最后她走了。萨布洛夫整夜没有睡,一直到早上十一点钟,太阳已经照进窗户,像一条黄色的带子投到床上的时候,他自己也没有料到,竟蒙眬地睡着了。他醒的时候,也像在掩蔽部里一样,是被凝视看醒的。安尼亚坐在他的床脚头,看着他。他睁开眼睛,看见她,便在床上坐起来向她伸出双手。她拥抱了他,用劲叫他睡回去。

"躺着,亲爱的,你躺着。你睡得好吗?"

他因为蒙眬睡了十五分钟,没有等她来而感到惭愧,可是他又不愿意说他整夜没有睡,——这使她难过的成分一定比使她高兴的成分多。

"还好,睡了,"他说。"喂,那边怎样?"

"好,"安尼亚说。"非常好。"

她快乐地说,但是在她精神饱满的脸上,他仍旧发觉了疲倦不堪的痕迹。她的眼睑微微有些陷下去,就像一个好久没有睡觉的人,这人虽然完全不想到睡觉,可是随时随地都可以睡着。他看了看表:快十二点了,四点钟她又得出去。

"马上就去睡吧,"他说。"马上就去。"

"谈谈怎么样?"她微笑了。"我非常想要谈谈。我坐在渡船上,一直在回想我还没有对你说的话。我还有这么多的话没有对你说呢。"

她很快地喝了一杯茶,在他身旁躺下,身子蜷曲着,过了一分钟,一句话说了一半,马上就睡着了。他仰卧着,把弯着的手臂枕在她的头底下,思索着。他时时斜过眼来看她,他觉得发生了一件不可能的事——时间停止了。

从他住到这里一直到他回斯大林格勒之前,整整十天他一直有着这同样的时间停止之感。他既不努力使自己觉得比实际情形更疼痛些和软弱些,以便可以在这种幸福中耽留得更久,同时也不企图过早起来。他是一个习惯了克制天生好激动的脾气的人,他企图强制自己不去想到他的营里这时发生的事。他记得它,可是不愿意为这件事而苦恼——他此刻反正不能到那里去,每一分钟去想到它又有什么益处呢。只有一件事他拿它毫无办法,——这是对那边进行的声势浩大的战斗的与时俱增的、不由自主的感觉。他离开那里的时间愈久,这种感觉就愈增长,变为愈令人惊惶不安。他忽然明白,"斯大林格勒"这个字,远远地在人类的心中是怎样惊惶地鸣响着。

消息不由自主地通过安尼亚,通过女房东,通过有时从医院来的伤员们,传到他这里,而这些消息都是令人不快的。他几乎每天听到又有被德军占领的街道。敌人离伏尔加的距离每天要减少几百米。他愈来愈克制着自己,不去向安尼亚打听详细情形的时候愈来愈多。他不愿意从这里,在远远的地方打听这些详细的情况,而要将一切留到他亲自到那边的那一天一下子全都知道。但是当安尼亚来的时候,从她的目光上、步态上和疲倦的程度上,他默默地在作他自己的、据他确信是正确的、关于这一天那边发生的情形的结论。

有一次——这是在第六个或是第七个昼夜,在安尼亚出去大约三小时以后——他听见台阶上有人喊他的姓,后来听到一阵很快的脚步声,玛斯连尼柯夫走进来了。

"阿历克西·伊凡诺维奇,亲爱的!"玛斯连尼柯夫在门口就急促地喊起来了,与其说他是走,不如说他是跑到萨布洛夫面前,停了一停,毅然地拥抱了他,热烈地吻了他,脱了大衣,搬了一张小凳子坐在他对面,激动地抽出一枝烟请他吸,划了火柴,开始抽起来,——这一切是迅速的,在半分钟里,——最后,用他那双好奇的、爱抚的黑眼睛凝视着他。

"你怎么把营扔下了,啊?"萨布洛夫微笑了。

"泊洛青柯命令的,"玛斯连尼柯夫说。"他到团里来,后来到营里来,命令我连夜到您这里来。您怎么样,阿历克西·伊凡诺维奇?"

"还好,"萨布洛夫说,他遇到了玛斯连尼柯夫注视的目光,便问:"怎么,我瘦得厉害吗?"

"瘦了。"

玛斯连尼柯夫跳起来,在大衣的几个口袋里摸了一阵,拿出了一包饼干、一袋白糖、三听罐头食品,迅速地把所有的东西放在桌上,重又坐下来。

"你是来犒赏长官的吗?"

"现在我们那里东西很多。供应得很好。"

"路上开火吗?"

"有时候开的。一切都像您在那里的时候一样,阿历克西·伊凡诺维奇。"

"哦,我不在那里,你完成了些什么英勇的行为?"

"有什么呢? 还不是像您在那里的时候一样,"玛斯连尼柯夫说。他想说,他,一般地说,大家都在等待萨布洛夫,但是他看了看上尉的消瘦疲倦的脸,便忍住了。

"怎么,你们在等我吗?"萨布洛夫自己问了。

"我们在等着。"

"大概再过三天我就来。"

"不嫌早吗?"

"不嫌早,正好,"萨布洛夫平静地说。"你们现在在什么地方?仍旧在那里吗?"

"仍旧在那里,"玛斯连尼柯夫确认说。"不过他们在我们的左面十分逼近河边,所以现在到团里去的通路很窄,我们只有在夜里走。"

"哦,那么只好夜里到你们那里来了。我夜里来查看查看。华宁作战怎样?"

"很好。我和他派了柯纽柯夫做排长。"

"他行吗?"

"不错。"

"谁活着,谁不在了?"

"差不多全活着,不过受伤的人很多。高尔基因柯受伤了。"

"搬到这边来了吗?"

"不,留在那边。他受的是轻伤,可是一下子有四个地方被打伤,可是我老是不受伤,再也不肯受伤,"玛斯连尼柯夫生气勃勃地结束说。"我有时候甚至于想,我一定或是这样永远不会受伤,或是一下子就被打死。"

"你不要这样想,"萨布洛夫说,"你想一次,这完全是可能的,以后就不必每天想了。"

"我是要努力这样。"

他们整整谈了一小时,谈到营里的情形,谈到什么人驻在什么地方,什么调动了,什么仍旧留在原来的地方。

"掩蔽部怎样?"萨布洛夫问。"仍旧在原来的地方吗?"

"仍旧在原来的地方,"玛斯连尼柯夫回答说。

萨布洛夫很高兴他的掩蔽部仍旧在老地方。在这里面有一种毫不动摇的精神,此外,他又想到安尼亚,想到他说要在掩蔽部举行婚礼的话。

"你听我说,米夏,"他突然对玛斯连尼柯夫说。"我不在医院里而在这里,你不觉得奇怪吗?"

"不。有人告诉我了。"

"告诉你什么?"

"统统都说了。"

"是的……我非常幸福……"萨布洛夫沉默了一会儿,说。"非常、非常幸福。你可记得她坐在驳船上绞干头发,我对你说叫你给她披上大衣,记得吗?"

"记得。"

"后来我们走的时候,她已经不见了。"

"不,这个我不记得。"

"可是我记得。我全都记得……这时候我想请求,"他沉默了一会儿,又补充说,"让她做我们营里的护士,可是后来不知怎么心里难受起来。"

"为什么?"

"我不知道。我怕去经受冒险命运的考验。现在她这样每天跑来跑去,一点没有受伤,可是到那边……我就不知道了。我自己也怕有什么变动。"

萨布洛夫很想滔滔不绝地继续讲到安尼亚,但是他忍住了,他停下了话头,问道:

"泊洛青柯呢? 他怎么样?"

"还好,"玛斯连尼柯夫说。"他像平常一样地笑着,甚至笑得更多。"

"这就不妙,"萨布洛夫说。"这就是说,他神经紧张。"

"为什么是神经紧张?"

"他难受的时候,就比平常笑得多。啊,主要的事情也没有问。谁是团长?"

"完全是个新人,泊泊夫少校。"

"哦,他怎么样?"

"还不错,大概甚至是好的。比巴伯钦柯好。"

"也很勇敢吗?"

"也很勇敢。并且还很沉着。性情又不阴郁,——人很快乐,和将军很合适。巧得很,他们好像以前在什么地方一同服务过。"

"大概是的。将军从来不忘记自己的老同事。一般地说,这是好的,我们有时候缺少这个。"

"缺少什么?"

"记忆力。"

他们这样又谈了十分钟,后来玛斯连尼柯夫突然匆忙起来,萨布洛夫在他的脸上看到了新的成年人要负责任的表情。玛斯连尼柯夫心神不定起来,因为他离营好久了。他匆忙起来,立刻变得好像已经离开这里了:他已经到对岸了。

"再过三天,傍晚的时候我来。"萨布洛夫说。"你泡好茶。我在这里设法向邻居要一只茶炊,我想买,"他指指放在角落里的茶炊说。"我想把它带到掩蔽部送给你们。恐怕他们不卖。好,走吧,走吧。问候所有的人!她今天到师里去了。或许也会到你们那里去的。"

"好,有什么话转告她吗?"

"转告什么吗?弄茶给她喝,不然她自己是不会想到的。走吧。不要告别了。"

玛斯连尼柯夫来后过了一天,萨布洛夫第一次起来试试走路。他的腿痛得要断。他觉得头眩无力,他走到街上,在小门口站了一会儿,注意听远处轰轰的炮声。

安尼亚每天回来的时候愈来愈晚,出去却愈来愈早。从她的疲倦的脸上，他看得出她是多么困难，但是他们不谈这件事。说了又有什么用呢？

按照安尼亚的请求，一位医生从医院里到萨布洛夫这里来一下，他并不开始检查他，只是用专家的动作摸着膝部和脚踝，一面注视着他的脸，问他痛不痛。事实上虽然痛，但是萨布洛夫却有了准备，他说不痛。后来他问明天卡车什么时候开到码头去。医生说像平时一样在晚上五点钟。

"什么，您已经打算从我们这里溜走了吗？"

"是的，"萨布洛夫回答说。

医生并不惊奇，也不开始争执和反对：他已经习惯了——在这里，在斯大林格勒城下这是正常的。

"卡车五点钟开，不过您仍旧要记住，您的身体并没有完全好。"

"我记住。"

"好吧，一会儿见，"医生站起来，和萨布洛夫握手说。

萨布洛夫突然想要恶作剧一下：他把医生的手握了一下，虽不是用全身之力，却也握得相当地重。

"您这该死的！"医生撇嘴说。"我不是说，您走好了。您为什么要证明给我看？"他搓着手指，转身朝门口走去。

安尼亚回来的时候，萨布洛夫说他明天要回斯大林格勒。安尼亚沉默了一会儿。她甚至没有开始争辩说不太早吗，也没有请求他再留一天。这一切的话都是多余的。

"不过，一块去，"她说。"好吗？"

"我也是这样想。"

这一天她都是静悄悄的、若有所思的，她虽是疲倦不堪，但并不想睡。她默默地坐在他旁边，抚摸着他的头发，仔细注视着他的脸，好像努力要把他铭记在心里。

她根本没有睡着，他却朦胧地睡了半小时。她该走的时候，唤醒了他,又一次抑郁地抚摸了他的头发,说:"我该走了。"他起来送她到门口,久久望着她匆匆地沿街走去。

早上萨布洛夫把他的不多几件东西放进行囊里。安尼亚出去的时间特别长。他几次走到街上,可是她老是不回来。已经两点钟了,——她还不回来,后来三点钟,后来四点钟了。四点半,他已经应该动身,以免误了顺路的卫生卡车。他又一次到路上去,在那里站了好久,后来回到小屋里,坐在桌旁,写了一个短短的便条,说他等不及她走了。起初他想具名"萨布洛夫",不过这似乎很正式,后来想用"阿廖夏"①,但是这又不习惯,于是他便只写了一个"阿",又加了逗点。

后来他和安尼亚的母亲告别。她并没有拍手表示惊奇,也没有叹息,她对于他的走态度很镇静。这种镇静工夫大概是他们一家的特点。

"等不及了吗?"

"等不及了,已经该走了。"

"那么就走吧。"

她紧贴了他一瞬,吻了他的面颊。只有在这个动作里才表现出她是在为他和为自己女儿担心和不安。

差十分五点了,他注视着每个迎面走过来的人,一面顺着往医院去的方向走去。前一天孩子们给他削了一根樱桃木的粗手杖,他便用力地撑着手杖,跛行着。

五点钟刚过,卡车就开了。人家想叫他和司机坐在座舱里,但是他却坐在车厢里,希望如果在路上会遇见安尼亚,从这里可以更快看见她。他躺在车厢里从左面的车舷上仔细向外看,注视着所有迎面来的车子。但是里面没有安尼亚。到夜晚时凉气袭人,他把军帽压得更深,又把大衣的领翻起来。

---

① 阿历克西的爱称。

走过三公里,他们走上从爱尔通通码头的干线。道路多次被炸坏,每次重又修好。路上满是洼坑,卡车颠簸得厉害。脚撞在车身底上很痛。空中很高的地方进行着最后的晚间的空战。德国飞机很多。我方的飞机只是偶尔有两架或是孤零零的一架出现。显然空中也像地上一般地吃紧。萨布洛夫一路上碰到德国人两次轰炸纵队。几辆卡车向渡口驶去,上面装着装满炮弹的箱子,还有整只宰好的牛和口袋,一直堆到顶。

在渡口边的沿岸的镇上,他就在街上看见还在冒烟的"梅塞施米特①"生产的飞机的碎片。卡车越过它们,一直向渡口驶去。德国人用重迫击炮有组织地,虽然是相当稀疏地向镇上射击。表面上一切情形大致仍旧像从前,像萨布洛夫第一次在这里渡河的时候一样,只是天气比较冷些。伏尔加仍旧那样滚滚地长流着,但是河水仿佛已经是受拘束的、沉重的,令人感到今明天河上就要有薄冰了。

当卡车停下来的时候,大家都下车步行到渡口,这时有一只拖着驳船的小轮船靠近渡口,萨布洛夫想,在这面岸上已经不会遇见安尼亚了。他坐在沙上,不再朝四面望,愉快地抽起烟来。他总觉得,抽起烟来可以暖和些。

轮船靠拢了码头。在后面的岸上,大约离开一百米的地方,有几枚迫击炮弹爆炸了。从轮船上和驳船上抬下一列列的担架,萨布洛夫坐着等待。大家都忙着卸下来和装上去,可是周围的响声比他第一次渡河的时候要轻得多。"已经习惯了",他想,周围一切的动作都很迅速而且很习惯。连那岸的城市,当他朝它看的时候,他觉得也是习惯的,他惊奇他已经这么久——整整十八天——不在那里了。

他把证件给警备长看了,已经顺着跳板通向半被炸毁的、当做

_____

① 德国著名的飞机制造厂。

码头的驳船上走去。这时安尼亚喊了他一声。

"我知道在这里会看见你，"她说。"我知道，你不会等我，五点钟你总要走的。对吗？"

"对。"

"我还是跟那只驳船来的，先把伤员们安顿好了，然后就开始等你。我们现在一同到那边去。"

"好，你看，"萨布洛夫挽着她的手，指着对岸说。"不大冒烟了，是吗？"

"是小些了。"

"可是轰轰的声音更响了。"

"是响些了，"她同意地说。"你对它已经生疏了。"

"没有关系，我会习惯的。"

他们顺着摇晃的跳板走上驳船，然后再上轮船。安尼亚先跳上船舷，再把手伸给萨布洛夫要帮他上来。他握住她的手，也一跃而上，竟是出乎自己意外地麻利。不，他去是对的：他是健康的，几乎是健康的。

小轮船开了。他们坐在船舷上，脚垂在舷外，手握着栏杆。秋气肃杀的、发怒的伏尔加河在下面动荡着，有的地方闪烁着初次的薄冰。

"天气变冷了，"安尼亚说。

"是的。"

他们俩都不愿意说话。他们互相依偎着坐着，一声不响。

轮船向河岸靠近。外表上一切如旧，从这里望过去，城市几乎仍旧像以前那样。它的景色仿佛毫无改变，假如不算有一件当时他们都没有的东西进入了他们的生活，大体上一切也毫无改变：他们俩心里都知道这一点，但是沉默着。

"好，"他低声说。

她也低声回答说：

"好。"

岸愈来愈近。

"准备抛锚!"一个有些嘶哑的、伏尔加河人的低音喊道,和一个半月以前的那声音完全一样。

轮船靠近了比对岸的那个码头被破坏得更厉害的码头,萨布洛夫和安尼亚跟着最后一批人下船。他们虽然要一同到团里去,但是萨布洛夫觉得,现在他要有很久不能做他此刻十分渴望要做的那件事——他将安尼亚拉近,先是抚摸她的头发,后来吻了她。他们并肩走着。他们沿着黑暗的、满布弹穴的斜坡攀到上面。他有时跌跌绊绊,但是他走得很快,几乎没有落在她后面。他重又踏上斯大林格勒的土地——仍旧是那么寒冷、坚硬,一个月来并没有改变、并没有交给德国人的土地。

十六

十一月初。雪落得很少,因为没有雪,在房屋废墟中间怒号的风似乎特别寒冷刺骨,飞行员从空中看下来,大地仿佛是斑斑点点的、黑白相间的。

伏尔加河上流着薄冰。渡河变得几乎不可能,大家都焦急地等待着伏尔加河到底什么时候才能完全冻结起来。虽然军队里储备了些食料、弹药和炮弹,但是德国人不断猛烈地进攻,储藏便一点钟一点钟地减少起来。

除了泊洛青柯的一师,现在又有一个师和军司令部的联系被切断了,德国人非但在斯大林格勒的北面,而且还在城里的三处地方向伏尔加挺进。如果说战斗是在斯大林格勒内进行,这还不够:沿着河岸几乎到处都在进行战斗,从伏尔加河和德国人之间相隔一公里半的地方很少,有时这个距离要用几百米米计算。任何安全的观念都消失了:所有的空间都毫无例外地受到射击。

有许多地方,整个街区看过去视线都可以透过。它们整个儿都被轰炸和两面来的炮火削平。现在这块地上不知道什么多些——石头呢,还是金属,只有知道即使是一个重炮弹,实际上会给一所大房屋带来多么轻微的损害的人,才能懂得,落到这城市里的铁,数量是多么大。

在参谋部的地图上,空间已经不是用公里,也不是用街道,而是用房屋来测量了。为争夺一所所个别的房屋进行着战斗,这些房屋不但是出现在呈到团和师的战报里,甚至也出现在呈到前线军司令部的战报里。

军司令部和各个被切断的师团之间的电话联系从右岸通到左岸，又从左岸通到右岸。某几个师团都是各自设法，从左岸和从它对面的、自己的码头上得到供应。

军司令部的工作人员已经有两三次亲自手持武器保卫司令部，至于师司令部更不必说，——在那边这已经成为日常生活的现象。

萨布洛夫从医院回来后，过了三四天，泊洛青柯被召到军司令部去。泊洛青柯大体上虽然知道实际情形，但是他对于司令部竟离德军这样近，仍旧不免感到惊奇——这个距离现在大概不会超过四百米。

当他回答他们问他有多少人的时候，泊洛青柯报告说，有一千五百人，他又用恳求的口吻问可不可以增补一点，司令不让他说完就说，他泊洛青柯大概是斯大林格勒最富有的人，如果什么地方需要增援，就正是要从他那里调人。泊洛青柯在报人数的时候耍了枪花，关于在最近几天，他从对岸又运来了一百名后方人员，把他们编成战斗员的事绝口不提，他开始沉默了，再也不提这个问题。

正式谈话以后司令走了，晚餐时候军事委员会委员玛特维叶夫开了无线电收音机，他们听德国电台播音听了好久。玛特维叶夫以前从没有提到过他懂德文，对于德文竟是相当精通，至少可以把德国人广播的东西差不多全部翻译出来，这使泊洛青柯很惊奇。

"亚历山大·伊凡诺维奇，你感觉到，"玛特维叶夫说，"他们在说话方面到底变为多么谨慎了么。要是从前：他们一冲进城市郊外的什么地方，——我记得在德聂泊洛彼得洛夫斯克就是这样，——就对全世界大喊：'占领了。'或者甚至更要厉害，当他们向莫斯科挺进的时候，还离三十公里就已经宣布：'明天要阅兵。'可是现在事实是到了城里了，并且已经占领了它的一大半——真的总是真的，——到底还是不说占领了斯大林格勒。连准确的日期也不说。照你看，这是什么理由？"

"理由在我们这方面。"泊洛青柯说。

"正是在我们这方面。尤其是在你那里，在你的师团里，虽然现在师团在这面岸上一共只有一千六百个人。"

泊洛青柯听到这个真实的数字吃惊了，感到不快，面部装出惊奇的样子。

"一千六，"玛特维叶夫重复说。"我在司令面前就没有揭穿你，说你藏起一百个人。他一定会叫骂的。不过事实上总是一千六，请你不要辩了。"

于是玛特维叶夫大笑起来，他很满意，因为他捉住了狡猾的泊洛青柯。泊洛青柯也大笑起来。

"所以，"玛特维叶夫接下去说，"他们怕宣布期限。这是很好的……西尼亚，"他向副官喊道。"拿白兰地来！泊洛青柯不知哪一天再会到我这里来呢！怎么样，伏尔加河上有薄冰了吗，啊？"

"是的，有一点开始结冰了，"泊洛青柯说，"冰块都挂在桨上。明天大概完全不能渡河了。"

"是啊，我们已经预先看到这一点，"玛特维叶夫说。"只要伏尔加赶快冻结起来，现在整个俄罗斯对它的唯一的请求——就是请它赶快冻结。"

"也许它不听话，"泊洛青柯说。

"也许，"玛特维叶夫同意说。"那时候就难了。但是……"他竖起一个手指。"现在为这个'但是'我们要干一杯。"

他给自己和泊洛青柯斟了白兰地，碰了杯，一口气喝干了。泊洛青柯也照他的样子喝了。

"这个'但是'，"玛特维叶夫说，"终究又是我和你。无论伏尔加听不听话，可是我们应该顶住。"

泊洛青柯怀着愉快的甚至有些鼓舞的情绪回师团去。今天他被断然地拒绝了补充人员的那件事，真是奇怪得很，竟使他心里感到一种出人意外的安宁。事前他每天怀着不安的情绪计算着他的损失,焦急地等待着什么时候可以得到补充。现在没有什么可等的了:他应该以他现有的人数作战,只能指望这些。有什么办法呢,这样至少一切都明白了:正是那些已经渡过了伏尔加、今天就和他一同在这边岸上的人们,正是他们应该牺牲,但是不能放弃他们应该保卫的五个街区。泊洛青柯虽然充分明晰地想象得出,如果这样,那么他本人和师里面大部分他所知道的人们虽然都要死在这里,死在斯大林格勒的河边,但是现在甚至连想到这一点他也毫不胆寒和悲哀。"好,就让它这样吧。有什么办法呢?我和别的许多人都会被杀死,德国人反正不会弄出什么结果的。"

"弄不出什么结果!"他那样大声地重复说,以至跟在他后面的副官立刻跑到他面前来。

"将军同志,有什么吩咐?"

"弄不出什么结果,"泊洛青柯又重复了一遍。"他们是什么结果也弄不出的,你明白吗?"

"是的,"副官说。

他们上了小艇。当舵手把桨放到水里的时候,冰块总是不断地挂在桨上。

"要冻结了。"泊洛青柯说。

"是的,有薄冰,"摇桨的红军战士回答说。

在这黎明前的时候,萨布洛夫刚从掩蔽部出来透透空气。

彼嘉坐在掩蔽部的门口。营里的人现在是这样地少,以至在最近几天他竟同时执行着传令兵、厨师和哨兵的职务。彼嘉突然动了一下,准备一看见上尉就跳起来。

"你坐着,"萨布洛夫说,他倚着遮着掩蔽部入口的木头,默默地站着听了几分钟。枪声稀少,只是偶尔有一个德方的迫击炮弹呼啸着在头顶上掠过,远远地落在河岸上,或是落在水里。

"我离开这里很久了吧。彼嘉?"

"很久了,上尉同志。"

彼嘉打了一个寒噤。

"怎么,冷吗?"

"有一点。"

"你到掩蔽部里去暖和暖和。我暂时在这里站一会儿。"

剩下萨布洛夫一个人,他先转过脸朝左看了一看,后来再朝右看一看。在这一下子涌现到他面前的杂乱之中,他在这几天中根本没有来得及四顾一下,此刻斯大林格勒的夜景使他吃惊了。

在他离开这里的时间里,斯大林格勒竟变得叫人认不出了。以前全部的视野都被房屋堵塞着,这些房屋纵然是半毁坏的,不过仍旧还是房屋。现在眼前所展开的地方几乎是一片空场。萨布洛夫的一营人以前所保卫的那三所房屋,实际上已经没有了:只有基地,上面保存着断壁和窗洞底下的部分。这一切看上去像是被锯成两半的儿童的玩具。房屋的左右两面都展开着一片废墟。有的地方有烟囱突出来。其余的东西此刻在夜间都融合在黑暗中,看上去像是一个多丘的石头平原。仿佛房屋都到了地下,上面满布着砖砌的坟堆。

萨布洛夫惊奇起来:难道这一切都是在他离开的十八天里所发生的,他初次感到他周围所发生的和他所参与的一切是多么浩大。

萨布洛夫回到掩蔽部,衣服也不脱,在床上躺一会儿,出乎自己意料竟睡着了。直到他惊异地发觉掩蔽部的门缝里有光透进来的时候才醒。按时间算起来,他决不止睡了四小时。显然华宁和玛斯连尼柯夫仍旧把他当做病人看待,决定不叫醒他便走了。他仔细听了一会儿——仿佛很寂静,几乎没有枪声。这毕竟是很自然的情形:在整整这几天来的不断的进攻以后,总该有一天会有哪怕是短时期的寂静。他又仔细听了一下:不错。多么奇怪,——是寂静的。

门开了，华宁像平时一样，在楼级上迅速地跑下来，走进掩蔽部。

"醒了吗？"

"为什么不叫醒我？"

"何必要叫醒您？下一次不知什么时候才会寂静……"

"怎么，你到各连里去了吗？"

"我到第三连去了。"

"那边上面怎样？没有什么特别事件吗？"

"目前还没有，"华宁笑了。"像报上登载的：'在斯大林格勒区内进行战斗'。"

"今天的损失怎样？"萨布洛夫问。

"目前是一死五伤。"

"很多。"

"不错。照以前的标准不算多，此刻可算多了。不过五个受伤的人当中只有一个被送到后方去，四个都留在这里。"

"能够留在这里吗？"

"该怎么说呢？一般地说是不能留在这里的，可是照目前的形势是能够的……你自己感觉怎么样，——觉得好些了吗？"

"好些了。玛斯连尼柯夫在哪里？"

"他到第一连去了。"

华宁笑了起来。

"上尉，我们到底不能习惯营已经不是营了。我们仍旧称它：'连、排、班'。归纳起来它早就成了连，可是却不能习惯。"

"也不必习惯，"萨布洛夫说。"亲爱的，等我们习惯了我们不是营，而是连的那时候，三所房子里，我们就要放弃两所，因为我们不能用一连人来保卫三所房子，我们只能用一营人来保卫它们。只要我们想象我们是一连，我们的力量就要不够了。"

"根本有的时候是不够的。"

"在我看来,你已经变得悲观了。"

"是有一点。我看着这个以前的城市,不禁心痛起来。怎么,不可以吗?"

"不可以。"

"有什么办法呢,不可以就不可以吧。玛斯连尼柯夫对我说,你好像准备要结婚了,"华宁沉默了一会儿,又补充说。

萨布洛夫未来之前,华宁就知道了这件事,但是一直到现在他没有漏出一个字来。

"是的,"萨布洛夫说。

"婚礼呢?"

"婚礼随便在什么时候。"

"什么时候呢?"

"在战后。"

"不,"华宁微笑着说,"那不合适。"

"为什么?"

"因为战后你不会请我来参加婚礼的。"

"会请的。"

"不。打仗的时候总是这么说:'战争结束后我们要见面的。'其实是不会见面。你我各在一方。可是我要吃你的喜酒。你不知道,你不在这里,该死的,我是多么想你。这是为什么呢? 我一生中和你不过谈过五次话,可是我想你。所以不要把这件事拖延下去。"

华宁的脸上现出了隐忧。这人本身的职务要求他去想到别人,照顾别人,同情别人。但是很少有人想到他本身有时也需要照顾,他自己有时也需要同情,他本身也可能有别人所有的厄运和不幸。华宁的脸上现出一个由于本身的悲伤和难受,因此他(因为他是一个好人)特别希望别人能够幸福的人的同情。

"好,"萨布洛夫说。"政委,听你的吩咐:你吩咐婚礼在这里举行,就在这里举行。我们一同选个日子吗?"

"一同选。"

"不要问问德国人吗?"

"不,"华宁摇摇头。"问他们做什么? 如果要问他们,连到结婚的那一天也活不到了。"

"你的在什么地方?"萨布洛夫问,他心里暗暗责备自己,因为他竟和巴伯钦柯一样,他和华宁并肩作战,到现在还没有空闲问他,他有没有家眷和家在哪里。

"我的什么?"华宁反问说,他的脸立刻变得冷冷的,好像是上了锁。

"你的家,他们在什么地方,怎么样?"

"我们不谈这个,"华宁说。

"为什么?"

"不要谈。关于他们的消息我一点也不知道,关于这件事无从讲起,这件事和这里并没有关系。"

他转过身去,开始翻阅文件。萨布洛夫住了嘴,在床上坐得更舒服些,倚着墙卷了一枝烟抽起来。

华宁所说的关于结婚的话,不由使他这些天来已经不知道是第几次想起安尼亚。从他们在河岸分手以来,他一共只看见过她一次。在这里过了三四个小时以后,萨布洛夫就感到战斗是达到了怎样紧张的程度,他明白他和安尼亚所想到的一切完全不是那样,而他们的要待在一块的决定在目前的环境中是毫不重要的。他在医疗卫生营里以为是那么简单的事——请泊洛青柯让安尼亚正式做他营里的护士,——这个似乎是简单的请求,此刻在这里是不合时宜到那种地步,以至他是不会开口和泊洛青柯说起这件事的。

安尼亚一直到第三天傍晚才来。他们虽然有十五分钟的谈话时间,但是他们相互之间根本没有提到他们在对岸所采取的决定。

他无限地感激安尼亚在这里没有将旧话重提。他像所有的男人一样，最不喜欢感到本身的无能为力。无论他在对岸对她说了些什么话，在这里他暂时却毫无力量来改变什么，一切都应该照旧。

他击退了德军例行的进攻，回来后刚和玛斯连尼柯夫坐在掩蔽部里的时候，安尼亚来了。她走进掩蔽部的时候，很快地走到萨布洛夫面前，不让他站起来，便紧紧地拥抱了他，用干燥发烫的嘴唇直接在他的唇上吻了几次，后来转过身来，走到玛斯连尼柯夫面前，和他握手。从她的全部动作上，从她的目光上，萨布洛夫立刻懂得她不会把旧话重提，不过她总是他的妻子，她到这里来是让他明白，什么事也没有被忘记，什么事也没有改变。

玛斯连尼柯夫出去了。萨布洛夫和安尼亚都没有挽留他。萨布洛夫知道，如果他自己做了玛斯连尼柯夫，他也会这样做的。他们拥抱着，倚着墙，并排在床上坐了十分钟。他们什么话都不想说，——大概因为他们无论说什么话，和他们在这四周的环境中竟能并排坐着这件事比较起来，都是不重要的。这是没有因为关于未来的思想而变得不快的、幸福的十分钟。他也不问她往哪里去（他知道是去搬伤员），也不对她说，他的营里今天有多少伤员（他不必说，她也会知道），他甚至也不问她吃了饭没有。他感觉，他们的这十分钟只是为了这样默默地坐着。安尼亚站起来的时候，他也不留她。

她站起来，握着他的双手把他微微向自己面前拖，后来放了手，重又紧紧地用嘴唇贴着他，便默默地走了。

她没有再来。昨天是另外一个护士来搬伤员，她给萨布洛夫带来一张便条，是用铅笔在一张小纸上草草地写的。上面写着："我在雷米淑夫的团里。安尼亚。"萨布洛夫并没有因为这个便条是这样短而不高兴。他懂得，无论什么话都不足以表现他们之间的那强烈的情感。安尼亚不过是用这便条来表示她是活着，现在她在什么地方。现在，在这一分钟里，她大概是在雷米淑夫那里，离他一共不过那么短短的五百步，然而却不能达到。

一连串的炮弹同时打在掩蔽部上面的一个地方，接着又是第二批和第三批，震撼了土地。萨布洛夫看了看表，不禁笑起来，他想德国人一向对准时是有偏爱的。他们很少在几点零几分开始什么，差不多总是在准几点开始。此刻也是如此。排炮接连放着。

萨布洛夫没有穿大衣，爬出掩蔽部到交通线上。四周的一切被炮声震得怒号着。

"华宁，显然有什么事情开始了。打电话到团里去！"他弯着腰对掩蔽部的入口大声喊道。

"我在打电话。电线被切断了。"华宁的声音传到他那里。

"彼嘉，去叫联络兵。"

彼嘉跳出堑壕，他和联络兵的掩蔽部中间相隔有十米，他跑了过去，在那里耽搁了半分钟，有两个联络兵跟着他从掩蔽部里出来，他们沿着废墟迅速地跑着，沿着路线向团参谋部跑去。萨布洛夫注视着他们。他们也并不躲藏，很快地走了一会儿。后来一串炸弹在离他们不远的地方落下来，他们就躺下去。再站起来，再躺下去，后来再站起来。他对他们的小小的身影又注视了几分钟，直到他们在废墟后面看不见了为止。

"联络恢复了！"华宁从掩蔽部里喊道。

"他们说什么？"萨布洛夫一面走进掩蔽部，一面问。

"他们说，在师团的整个前线上都遭到炮袭。大概要全面进攻了。"

"玛斯连尼柯夫在第一连吗？"萨布洛夫问。

"是的。"

"你留在这里，"他对华宁说，"我到第二连去。"

华宁试试要抗议，可是萨布洛夫痛得皱着脸，已经穿上大衣去外面了。

此后四小时内所发生的事，萨布洛夫后来甚至难以回忆起全部的细节,幸亏营的阵地离德方是那么近,所以德国人决定不用空军。然而其余的一切却以空前巨大的声势向营冲过来。

德国人用破坏的房屋废墟堵塞了街道,使坦克无处通过,不过它们还是达到了最后的界限,几乎逼近了萨布洛夫的人所据守的那些房子。他们的五十五厘米口径的大炮带着短促的劈啪声,从断壁的突出部分的后面开炮。这一切和机关枪以及自动枪的不断的劈啪声都融成一片。

在这四小时里面,萨布洛夫几次被附近爆炸激起的泥土洒了一身。像所有的人,平常甚至在紧急的时候他也还保持着危险的感觉,但是这次的危险是这样地连续不断,以致危险的感觉竟消失了。显然他所指挥的兵士们的这危险的感觉也消失了。在这一刻,如果说他在指挥他们恐怕是不完全正确的。他是和他们并肩作战,即使没有指挥,他们也做着一切需要做的。可是需要的只是留在原处,在最小的可能下抬起头来——射击,无尽止地向匍匐爬行的、奔跑的、从一堆废墟跳到另一堆废墟的德国人射击。

起初萨布洛夫有一种感觉,以为战斗是笔直向他突进的,以为一切洒下来的、倒下来的、走的和跑的都是对着他所在的地方。但是逐渐地他与其说是明白,还不如说是开始感觉,这打击是朝右面一些,德国人显然是要在今天最后把他们的一团和邻团切断,并且向伏尔加河挺进。在四小时战斗的终结时,这已经完全明显了。

萨布洛夫离开第二连,到右翼上的、处在战斗最激烈中、在和邻团的交接点上的第一连里去,这时他命令把一连的迫击炮跟他拖过去。

“上尉同志,”第二连连长泊泰泊夫不满意地拖长声音说。

“什么?”

“您把最后的也调走了,”泊泰泊夫张开了手,他的声音中抖动着恼怒。

“哪里吃紧,我就把它调到哪里去。”

"今天的情形是这样的：此刻是那边比较吃紧，一个钟头以后就是我们这里吃紧了。"

"泊泰泊夫同志，不要单想到自己。"

在别的时候，他一定会严厉地叱责泊泰泊夫，但是此刻他感到，没有了这些迫击炮，泊泰泊夫果真是很害怕的（不是为了自己，而是为了一连人）。

"伊凡·伊里奇，你要明白，"他说，"照我看，他们在那边压迫雷米淑夫的一团，他们可能到伏尔加。需要打击他们的侧翼。去命令赶快拖来。怎么？"

他看了泊泰泊夫的脸，确信后者是明白了，便把手伸给他：

"支持着。没有迫击炮你也会支持的，我知道你。"

当他来到第一连的时候，那里真像一个地狱。玛斯连尼柯夫流着汗，兴奋得脸通红，天气虽冷，他也不穿大衣，上衣的领子解开了，背紧贴着墙壁凸出部分坐着，匆忙地用汤匙舀罐头食品里的肉吃，肉上面有一层凝固的脂肪。他旁边的地上躺着两个战士，放着一架手机关枪。

"给上尉一把汤匙，"他一看见萨布洛夫就说。"阿历克西·伊凡诺维奇，坐下吃吧。"

萨布洛夫坐下来，从罐头里舀了几下就着面包一同吃了。

"机关枪怎么在这里？为什么？"

"您看呀，"玛斯连尼柯夫朝前面一指，在他们前面大约五十米的地方，高耸着一堵断壁，那里有一段楼梯和两扇朝德国人那面开的窗。"我命令撤去阵地上的机关枪。我们三个人马上就要爬到那边去。我们要直接从窗口开枪。从那里什么都看得清清楚楚，就像在手掌上一样。"

"他们会打中你的。"萨布洛夫说。

"不会打中。"

"他们一发觉，第一炮就要打中你。"

"不会打中。"玛斯连尼柯夫执拗地又说了一遍。

他也像萨布洛夫同样地知道他是应该被打中的,但是正因为一定应该被打中,他偏要往那边爬,他有一种无意识的感觉,以为违反一切的确定,他正是不会被打中,一切的结果都会很好。

"他们把右面整个第七所楼房都占领了,"他说。"他们现在是对雷米淑夫施加压力。"

"第七所楼房里已经不开枪了吗?"萨布洛夫问。

"不开枪了,大概所有的人都被打死了。如果再这样下去,他们今天就能把我们切断。"玛斯连尼柯夫指指机关枪说,"我们把它架在窗口,直接就从这里来扫射。即使不多,总也有点用处,是吗?"

"好,"萨布洛夫说。

"我可以走吗?"玛斯连尼柯夫问。

"可以。"

玛斯连尼柯夫对两个在等待他的战士转过身来,向他们点点头,他们二人便从掩蔽部的后面出去,向房屋的废墟前进,他们跑了一阵,躺下来,后来再跑。

萨布洛夫清清楚楚地看见,他们怎样安全地达到了房子面前,怎样爬过废墟,怎样传递着机关枪,开始沿着一段残余的楼梯向上爬。这时有几枚迫击炮弹在萨布洛夫的堑壕旁边爆炸了,他只得躺下来。

当他站起来的时候,他看见玛斯连尼柯夫和两个战士已经在窗口架好机关枪,从那里开枪。过了几分钟,德方的炮弹开始在断壁附近爆炸了。玛斯连尼柯夫继续射击。后来墙壁被烟雾和灰土笼罩了。等烟消散以后,萨布洛夫看见三个人照旧在射击,但是他们下面的墙壁上被德方的炮弹打穿了一个大窟窿。又有一个炮弹在上面一些爆炸,萨布洛夫看见一个机关枪手伸开了双臂,好像是急降似的,不过是仰着脸,从三层楼凸出的部分跌到下面的石头上。他即使只是受伤，那么现在反正一定要跌死了。

萨布洛夫看见，玛斯连尼柯夫仆卧在凸出的部分，把双手做成话筒的形状，朝下面喊了一次，又喊了一次，后来回到机关枪面前，重又开始射击。德军虽然发觉了玛斯连尼柯夫，从很近的距离向他射击，可是直到现在他们总不能打进窗洞口。

又有一枚炮弹打穿玛斯连尼柯夫下面的墙，——在第二层和第三层之间。后来过了十分钟，第二个机关枪手离开了机关枪，身子摇晃了一下，几乎跌到下面去，他平衡了，停下来坐在凹进部分的边上。玛斯连尼柯夫放下机关枪，走近受伤的人，让他沿墙平卧着，以免跌下去。他向伤兵弯着腰，过了几秒钟，后来又回到机关枪面前。现在是他一个人在射击。

这时从泊泰泊夫那里拖来了三架迫击炮，第四架在路上被击坏了。萨布洛夫和迫击炮手们一同往前爬，把迫击炮分布在砖墙的废墟后面。他们立刻就向射击玛斯连尼柯夫的德国炮队开火。迫击炮刚开火，德国人立刻就确定了他们分布的所在，几十枚炮弹便向周围的空地上落下来。

有一块弹片把炮队指挥打伤了。萨布洛夫便代替他指挥。现在他已经不注视着玛斯连尼柯夫，只是在发出两个命令中间，有时朝那边看一下。德国人把炮火转移到迫击炮上，所以玛斯连尼柯夫就轻松了一些。他仍旧躺着射击。后来萨布洛夫向那边瞥视的时候，他只看见了机关枪，——玛斯连尼柯夫却不见了。"难道被打死了吗？"他想。可是几分钟后玛斯连尼柯夫又在墙上出现了：大概他所有的子弹盘都放完了，他只好爬下去拿新的。

已经到黄昏时候，天快黑了，萨布洛夫被泥土重重地压了一身。他好不费力地站起来，眼睛里闪着密密的小金星。他坐下来，双手抱着头。金星开始稀少了，他好像透过烟雾开始注意到周围的东西。

彼嘉爬到他跟前，问他什么话。

"什么?"萨布洛夫反问道。

听不出彼嘉咕噜了什么话。

萨布洛夫把另外一只耳朵对着他。

"没有擦伤吗?"彼嘉问,他的声音竟是出人意外地响。

萨布洛夫明白,他的另一只耳朵几乎全聋了。

"没有擦伤,"他说了低下头来,看见他的大衣沿着整个胸部都被割开了,连大衣下面的军服上衣也被割开了。弹片掠过他的身边,微微地擦到一点;旁边的迫击炮被打得残缺不全,雷管全被打掉了。

德国人继续射击,不过已经稀少了。照他们的炮火看来,他们终于切断了雷米淑夫的一团,因为现在他们在萨布洛夫的更右、更低的近伏尔加的地方射击着。他试试和华宁通电话,但是这是没有希望的事。——所有的电话线都被炸断了。

战斗似乎开始寂静下来。

"玛斯连尼柯夫在哪里?"萨布洛夫问。

"在这里。"

萨布洛夫看见玛斯连尼柯夫比两小时前汗流得更厉害、更激动和更疲乏。

"我在那里把他们大杀了一阵,"他说。

直到现在萨布洛夫才发现,从玛斯连尼柯夫的额上一直到整个面颊上有一个很大的青血块。

"震伤了吗?"他问。

"不是的,跌倒了。瞧,机关枪被炸碎了,我却没有什么。"

"我要呈请,"萨布洛夫想,"一定要呈请。最好是呈请给他英雄的称号。那边让他们去决定好了。事实上他是英雄。"可是他只出声说了:

"战士呢?"

"一个跌死了,第二个拖来了。"

"好，"萨布洛夫说。"在寂静下来，不是吗？"

"是在寂静下来，"玛斯连尼柯夫同意说。"不过他们好像是终于到了伏尔加。"

"是的，好像是的。"萨布洛夫说。

他们沉默了一会儿。

一个胖胖的、翘鼻子的护士气喘喘的爬到他们跟前，问还有伤员没有。

"在前面还有，"萨布洛夫说。"等天全黑了再去抬吧。"

他想，安尼亚此刻一定是在雷米淑夫团里也像这样向什么人爬过去，现在他们和雷米淑夫之间是被切断了。

"我马上就去抬。"护士说。

"不要去，"萨布洛夫粗鲁地说。"不要去。"他希望此刻另外有个指挥员也会这样阻拦安尼亚。"过十分钟天就黑了，您再去。"

护士和两个卫生兵躺在石头后面。假如不是萨布洛夫说了"不要去"，他们此刻就会爬到前面去，但是他禁止他们这样做，所以他们很满意还可以在这里躺上十分钟。

在后面大约有十五枚迫击炮弹接连着一下子都爆炸了。

"在做天黑之前的最后一次急袭，"玛斯连尼柯夫说。"对吗，阿历克西·伊凡诺维奇？"

"是的，"萨布洛夫同意说。

"据说伏尔加河上有连续不断的薄冰。"

"据说是的。"

萨布洛夫倒在石头上，脸朝上，直到现在他才发觉，雪还没有停。潮湿的雪片使发热的脸冷下来，使他感到很舒服。

"你这样转过脸来，"他对玛斯连尼柯夫说。

"怎样？"

"像我一样。好！"

玛斯连尼柯夫也转过脸来。萨布洛夫看见雪片落在他的脸上。

"舒服吗?"

"非常舒服,"玛斯连尼柯夫说。"您以为薄冰会长久地流吗?"

"我不知道,"萨布洛夫说。"和华宁的联系还没有修好吗?"

"没有,还是断的。"

"哦,你暂时在这里待一会儿,我要去了。"

"等一下,"玛斯连尼柯夫说。"天马上就要黑了。"

"住嘴。我不是你的护士。最好去注意她们,天不黑不要让他们爬过去。"

萨布洛夫从堑壕里爬出来,跳过废墟,掩藏在房屋的墙壁后面,朝营指挥站走去。

十七

"和团里的电话联系恢复了，"萨布洛夫走进掩蔽部的时候，华宁用这句话代替问候。

"是吗？"

"据说和雷米淑夫的团被切断了。"

"好像是的，"萨布洛夫同意说。"他们打算怎么办呢？"

"没有说。大概是在等泊洛青柯的命令。"

他们沉默了一会儿。

"或者，你要喝点茶吗？"华宁问。

"难道有吗？"

萨布洛夫以为，经过方才的全部经历以后，世上普通的、惯常的东西已经一样也没有了。

"当然有的，"华宁说，"不过大概已经冷了。"

"不管它。"

华宁从地板上拎起茶壶，倒了两大酒杯。

"伏特加不想喝吗？"

"伏特加？就倒伏特加吧。"

华宁把茶倒回茶壶里，给两人各倒了半杯伏特加。萨布洛夫几乎是冷淡地一口喝干了。此刻伏特加对于他毫无味道，它不过是治疗疲劳的药。后来华宁又去拿了茶壶。他们慢慢地喝着凉了的茶。不想说话。两个人都知道，今天发生了一件事，关于那件事以后在前线战报上或许会写着："在某一天里形势大大地恶化"，或是简单地写"恶化"。喝完了茶,他们仍旧沉默着。发出明天的命令嫌早,可是关于今天,关于已经发生的和已经过去的事,两个人又都不愿意谈起。

"要听广播吗?"华宁问。

"要。"

华宁坐在屋角里开始拨一只稍旧的收音机。起初远远地奏起了音乐,但是五分钟后,音乐完结了。华宁开始拨收音机的调节器。太空中寂静无声。后来他们听见的片断也许是保加利亚,也许是南斯拉夫的播音,听到一阵熟悉的、像俄罗斯话的、同时又是听不懂的话。

"唉,一点也收不着,"华宁说,"一声也不响,就像被打死了一样。"

"你把它拨到莫斯科上,"萨布洛夫说。

华宁转了调节器,把它转到写着"莫斯科"的线上。两个人都静听着。

"莫斯科也没有声音。"华宁说。

"不会的。"

"是没有声音。"

突然从扩音器里听到一个人的响亮的声音,显然那人是在激动中:

"莫斯科苏维埃代表会同党和苏维埃组织所举行的会议宣布开幕。斯大林同志将要做报告。"

听到大约有两分钟的鼓掌声。

"今天难道是六号吗?"萨布洛夫惊奇起来。

"是的。"

"该死。我今天整个被搅乱了。我从早上就觉得今天是五号。"

"怎么会是五号呢?"华宁说。"正是六号,一切都跟平常一样。

"一年也没有漏掉。去年也没有漏掉。"

"去年我没有听。我躺在壕沟里。"

"可我听的,"华宁说。"那时我们这里过的是和平生活。我们在替莫斯科人担心。我们是站在这里的扩音器旁边听的。"

"是的,那时你们替莫斯科人担心,现在是他们替我们担心了,"萨布洛夫沉思地说,他回忆起战争时期斯大林的第一次演说,——他在出发往前线的前一天,在莫斯科自己的单独的小房间所听的那一篇。

"我的朋友们,我在对你们说话!"斯大林当时在七月里用萨布洛夫听了为之颤战的声音说。

除了惯有的坚毅外,那时在这个声音中还有某一种抑扬顿挫的音调,听了这种音调,萨布洛夫感到说话的人心里很痛苦。这是后来他在战争最危险的时候几乎常常回忆起来的一篇演说,然而他所回忆的甚至不是逐字,不是逐句,而是按照它被讲的声调,记着两句话中间的长长的休息的时候,有把水倒进玻璃杯的咯咯声。虽然那天早上只有他和他的播音机,但是他总觉得,正是在他听这演讲的时候,他发誓要在这次战争中做他的力量所能做到的一切。他觉得,斯大林是很困难的,同时他却想到胜利。这正和萨布洛夫本人当时的情绪相符合,因为那时候他也是困难的,他也下了决心不惜任何代价去战胜。

萨布洛夫突然出乎自己意料清晰地回忆起,他在那一分钟里所体验的和以后永远不能忘记的一切情景的最琐细的细节。

然而鼓掌声仍旧继续着。萨布洛夫紧紧地贴近收音机,此刻他所关心的不仅是斯大林要说什么,而且还有他要怎么说法。然而鼓掌声老是不停。这掌声是那么响,竟使萨布洛夫有一瞬间觉得,这一切都是在这里掩蔽部里。后来在收音机里听到斯大林的咳嗽和从容不迫的、因此是格外清晰的声音:

"同志们……"

斯大林讲到战争的进程,讲到我们失败的原因和向我们进攻的德国师团的数目,但是萨布洛夫在这一瞬仍旧没有思考到言语的意义,而是在听着声音的抑扬顿挫。他忽然很想知道,此刻斯大林心里在想什么,他的情绪如何,他此刻是什么样子。他在声音中搜寻着他由于在一九四一年七月听了那篇演说而熟悉的那种抑扬顿挫。但是这抑扬顿挫是另一样的。斯大林说得比那时缓慢,用一种比较低、比较平静的声音。

在演讲结束之前,萨布洛夫的心灵已经安静下来,那时他感到斯大林演讲的方法,说话的声音——这一切,虽然还不能完全懂得是为什么,可是却使他萨布洛夫感到一种不平常的平静。他特别清晰地听见了最后一段中的一句话:

"我们的第二个任务正是要消灭希特勒的军队和它的将领们,"斯大林缓慢地接着就说,后面就被一阵掌声打断。

华宁和萨布洛夫默默地在收音机旁坐了好久。

萨布洛夫方才所听到的,在他看来是异常地重要。他想象这个声音不是在此刻一切都寂静了的时候在这里响着,而是在一小时前,当他和玛斯连尼柯夫并排待在进攻时猛烈的炮声还没有停止的那时候响着。当他想到这一点的时候,他觉得他们在收音机里听见的那平静的声音是令人惊奇的,说话的那个人岂不也知道这里的一切情形,然而他的声音仍旧是平静的,十分的平静。

"实际上,我们终于要战胜他们的!"萨布洛夫出乎自己意料地大声说,他发觉华宁听了这话在对他看,就又说了一遍:"总要有这一天的,华宁,是吗?"

"要有的,"华宁说。

"我出医院的时候,从爱尔通来的一个医生对我说,在爱尔通和在所有的支线上都在调运着大量的军队、大炮、坦克和一切。当时我不相信他,但是现在我想:或许是真的,啊?"

"可能的,"华宁说。"可能是真的。"

"可是没有给我们，"萨布洛夫说。"我有十八天不在这里，我不在的时候什么也没有给你吧？"

"泊洛青柯给了大约三十个人。"

"不过这是从我们的后方部队里来的吧？"

"是我们的后方部队里的。"

"这个不能算数。此外不是没有给吗？"

"没有。"

华宁旋转了调节器。已经九点钟了，这时收音机里充满了各种声音。从各个城市里用外国话喊着，演奏的音乐非常庄严，不是国歌就是进行曲，是华宁和萨布洛夫都不熟悉的。包含在这个小小的、用普通的布包裹着的机器里的庞大的世界，似乎充满了掩蔽部。因此掩蔽部似乎显得更狭窄，萨布洛夫不禁愁闷起来。

"在演奏，"他说。"奇怪，世界上居然还有些什么。还有些什么城市、国家、音乐、戏院。"

"有什么奇怪？"华宁说。

"不，无论如何是奇怪的。虽然并没有什么奇怪的地方。不过到底是奇怪的……"

玛斯连尼柯夫爬进掩蔽部，他身上肮脏：潮淋淋的，半边都冻起来了。这一天当中他变得又黑又瘦。他的面颊陷进去，但是眼睛却发光，里面含有战争所不能扑熄的、难以根绝的青春的朝气。他还没有脱下帽子，就要抽烟，他抽了两口，再坐下来，倚着墙，也不把烟拿出来，一转眼就睡着了。

"他疲倦了，"萨布洛夫说，他脱下玛斯连尼柯夫头上的帽子，小心地把他的脚抬起来放在床上。玛斯连尼柯夫并没有醒。萨布洛夫出乎自己意料用手摸了一下他的头发。

"你怎么，睡了吗？"

玛斯连尼柯夫没有回答。

"睡了，"萨布洛夫说，他继续摸他的头。"我想呈请给他英雄

198

的称号。你认为怎样,华宁?"

"我不知道,"华宁耸了耸肩。"他是一个好小伙子,但是做英雄……"

"要呈请称他英雄,称他英雄,"萨布洛夫说。"一定要呈请称他英雄。怎么,只有击落飞机的人才是英雄吗?没有这回事。他正是英雄。我一定要呈请,你也要签名。你签名吗,啊?"

"当然签,"华宁耸了耸肩说。"你既然确信这一点,那我就签。"

"我们就来签,"萨布洛夫说,"越快越好。活着的时候,这一切是需要的。在活的时候这是非常好的……死后虽然也好,不过主要是为了他周围的人,他本人到那时候反正一样。"

"不错,本人当然是。"华宁同意说。

"他才二十岁,"萨布洛夫说。"如果不打仗,他还在大学一年级或是二年级里读书呢。可是现在连想到这件事也觉得很奇怪。"

电话铃响了。

"是,泊泊夫同志,"萨布洛夫说。"是问我在做什么吗?我打算睡觉。好,我马上就来……泊泊夫说,泊洛青柯叫我去。不知道有什么事。你至少暂时指挥一下好吗?"

"是。"华宁说。

"你来管理吧,我大概很快就会回来……不过总要以防万一。"

他和华宁握了握手,就走了。

十八

天已经黑了。在很近的地方,德国人的白色信号弹像半圆形悬在边缘上。萨布洛夫和自动枪手并排走,他磕磕绊绊,感到自己是疲倦不堪了,一面走一面打盹。

"等一下,"他在半路上说。"让我坐一会儿。"

他坐在碎瓦堆上,忧伤地想,他开始疲倦了,这并不是那每天到晚就犯的疲倦,而是许多作战一年已经有病的人们的长期的、不会过去的疲劳。他们坐了几分钟又往前走。

他们没有立刻找到泊洛青柯。人家没有事先告诉他们,而泊洛青柯原来在萨布洛夫离开他的四天当中搬了地方。现在他的指挥站也像萨布洛夫的一样,是在地下管道里,不过很大,直径有四米,这是城市里的通伏尔加河的主要交通管道。

"喂,你喜欢我的新住所吗,阿历克西·伊凡诺维奇?"泊洛青柯问萨布洛夫。"很好,对吗?"

"不坏,将军同志。主要的是有五米深。"

"炸弹落下来,只不过是房子里的食具撒了一地。别的并没有什么。喂,你坐下呀。"

萨布洛夫坐下了。

"拿茶来,"泊洛青柯说。

传令兵很快端了茶来。

"喝吧。"

萨布洛夫喝了一大杯热茶,烫痛了嘴。他希望睡魔能离开他,但是睡魔并没有消失。他费了很大的气力才忍住不在将军面前打瞌睡。

"你仍旧在原来的地方?"泊洛青柯问。

"是的。"

"这就是说,还没有被炸掉。"

"是这样,将军同志。"

萨布洛夫发觉,在这次闲谈的时候泊洛青柯在注意地打量他,好像第一次看见他似的。

"你好吗?"泊洛青柯问。

"好。"

"我不是说营里,说的是你。你觉得怎样? 复原了吗?"

"复原了,"萨布洛夫说。

泊洛青柯沉默了一会儿,重又注意地对萨布洛夫看了一看:

"阿历克西·伊凡诺维奇,我要给你一个任务,"他忽然严峻地说,仿佛他确信他可以把这个任务给他,而这个任务是萨布洛夫所能胜任的。"雷米淑夫被切断了。"

"我知道,将军同志,"萨布洛夫说。

"我知道你知道。但是这并不使我轻松些。我知道,与他的联系被切断了,但是我不知道他那边的情形怎样。什么人活着,什么人被打死了,留下多少人,什么事他们能做,什么事不能做,——我一点都不知道。他的收音机不播音,像死的一样。一定是被炸坏了。可是我应该知道,并且今天就要知道,你明白吗?"

"明白。"

"以后,等伏尔加河冻结起来也许会容易些,可以在冰上走过去。可是今天需要沿着河岸走过去。我检查过了。原则上是可以通过的,因为德国人虽然已经到了悬崖上,可是他们没有到下面去。我们从这里用炮火不让他们这样做,而雷米淑夫大概从那边也不让他们下去。总之,他们不能从斜坡上下去。你要在斜坡下走过去,在底下走。去执行……"泊洛青柯停顿了一下,看了看萨布洛夫的疲倦的脸,严厉地补充说。"就在今天夜里。我需要有一个人去,他不仅能够替我准确地知道一切,如果那边的指挥被打死了,他就负责指挥。"他挪动了桌上的文件。"所以要见机行事,我或是等你今夜回来,或者如果你留在那里,我就等等派人来。怎么——你是一个人去,还是带一个自动枪手去?"

萨布洛夫考虑了一下。

"岸边上没有德国人吗?"

"大概不多。"

"如果碰上德国人,就是两个自动枪手反正也救不了我,"萨布洛夫耸耸肩。"如果只是开枪,一个人反而不容易被发觉。在我看,是这样。"

"好吧,随便你。"

萨布洛夫很想在这温暖而安全的地方再坐上五分钟,可是他的眼睛看到了预备要站起来的泊洛青柯的动作,这意思说,谈话结束了,他便赶紧先站起来。

"可以走吗?"

"走吧,阿历克西·伊凡诺维奇。"

泊洛青柯站起来握了他的手,并不比平时重,也不比平时长久,似乎要用这动作来表示一切都应该很好,所以无需怎样特别地告别。

萨布洛夫走到隔板外面,到了掩蔽部的第二间,他所认识的泊洛青柯的副官伏斯特烈柯夫坐在那里,他是一个并不聪明的、永远纠缠不清的年轻人,但是因为无限的勇气而得到将军的赏识。

"要走了吗,上尉同志?"伏斯特烈柯夫说。

"是。你听我说,伏斯特烈柯夫,我把自动枪留在你这里。"

"好,我给你保管。"

萨布洛夫把自动枪放在屋角里。

"现在还有一件事。给我两颗'柠檬',最好是三四个。有吗?"

"有。"

伏斯特烈柯夫在角落里掘了一阵,心里不无惋惜地给了萨布洛夫四颗小小的"Φ-1"手榴弹:手榴弹已经用细绳精确地缚好,可以挂在腰带上,萨布洛夫事先试了一试手榴弹的环结实不结实,然后不匆不忙地一边挂了两个。

"轻点,"伏斯特烈柯夫说,"要被您拉掉了!"

"不要紧。"

弄好了手榴弹,萨布洛夫解下一只不方便的、三角形的德国手枪匣,把它放在自动枪旁边,而把巴拉贝伦手枪塞在怀里棉袄底下。

"给你钱行了吗?"伏斯特烈柯夫朝泊洛青柯的房门那边眨眨眼。

"没有,"萨布洛夫说。

"他这是做什么呢?"

"我不知道。"

萨布洛夫握了伏斯特烈柯夫的手,走了出去。

"伏斯特烈柯夫!"泊洛青柯喊道。

"我听您说。"

"你们在那里掘什么?"

"没有什么。这是萨布洛夫上尉在准备。"

"他准备什么?"

"他把自动枪留下来,跟我拿了几个手榴弹。"

"好,走吧。"

泊洛青柯犹豫起来。老实说,他派萨布洛夫去,照他看并不只是因为萨布洛夫已经替他办好过一次和军里的联系,至少可以代替雷米淑夫,所以他现在有一种感觉,以为只有萨布洛夫才能走到和办成。虽然很明显,要做到这件事几乎是不可能的,不过泊洛青柯的这种感觉总没有消失。他坐在桌旁从容不迫地、仔细地考虑着未来。不管萨布洛夫是回来或是留在那里代替团长而派人到这里来,不管怎样,德国人占领的这四百米的悬崖总是需要夺回来。泊洛青柯召来了参谋长,他们握住铅笔计算,还剩下多少人今夜可以作战。早在两星期前,这个数字会把泊洛青柯吓一跳,但是现在他已经这样习惯了自己的贫乏,所以在结算以后,他觉得毕竟还不算十分坏。他不知道雷米淑夫的情形如何,但是在这里其他的两个团里面,今天的损失比预料的甚至还要少些。

用什么,用什么兵力来夺回悬崖呢?即使要从阵地上调一营人来的话,也是根本不必提的:需要从四面八方,从每个营里各抽出几十个人来,以便明夜建立一个混合突击队。只好这样,没有别的办法。

"将军同志,您怎样决定?"参谋长问。

泊洛青柯拿了一张纸,亲自计算了部队的人数。

"现在,"他说,"这里写着,从什么地方调多少人。连夜把这些人领到这里的峡谷里来。白天把他们集合起来,准备起来,明天夜里,如果我们活着,我们要夺回河岸。"

泊洛青柯面色阴郁。他的脸一次也没有露出平常那种调皮的微笑。

"您在送到军司令部去的报告上签个字,"参谋长说,他从纸夹里抽出一张纸来。

"报告上说些什么?"

"像平时一样,关于发生的事件。"

"关于怎样的事件?"

"今天的。"

"怎样的?"

"怎么'怎样的'?"参谋长带着几分不了解和气愤的神气反问说。"关于德国人进到了伏尔加河岸,切断了雷米淑夫。"

"我不签字，"泊洛青柯头也不回地说。

"为什么？"

"因为他们没有进到，也没有切断。把报告留下来。"

"那么报告什么呢？"

"今天不报告什么。"

参谋长张开了双手。

"我知道，"泊洛青柯说。"把报告耽误一昼夜的责任由我来负。夺回河岸后再一同报告。如果夺回了，他们会宽恕我们这次的沉默的。"

"如果夺不回呢？"参谋长问。

"如果夺不回，"泊洛青柯怀着根本不是他本性的阴郁的严肃说，"那就没有人可以饶恕了。我亲自去带领突击队。明白吗？你在看什么，叶高尔·彼得洛维奇？"他用另外一种语气对参谋长说。"你在对我看什么？你想我是怕负责任吗？我不怕。我从前没有怕过，现在也不怕。可是我不愿意他们知道德国人在这里也到了岸上。不错，我不愿意。我向军司令部报告，军司令部向前线司令部报告，前线司令部向大本营报告。我不愿意。这是使整个俄罗斯痛心的事。你懂吗？我不愿意使全俄罗斯痛心。如果我报告了，他们反正也要说：'泊洛青柯，去夺回来。'连一个兵也不给。那我还不如不用他们命令就自己去夺回来。我把全部悲痛都由我一个人来负担。你懂吗？"

参谋长沉默着。

"好，你如果明白，"泊洛青柯说，"那就好。如果不明白呢，那也随便你。你反正总要照我的命令去做的。完了。去执行。"

泊洛青柯走出掩蔽部。夜是黑暗的，风呼呼地响着，飘着大片的雪花，泊洛青柯朝下面看了一看。在废墟中间透光的地方，可以看见上冻的伏尔加河。从上面看来，伏尔加河仿佛是凝固的、完全是白的。四周的地上都是斑斑点点的霜。有些地方的洼塘里已经满填着落了整天的雪。河岸的右面常有迫击炮的响声,还可以听见自动枪的交射。

泊洛青柯想起了萨布洛夫此刻大概已经在那边爬行,不由打了一个寒噤。地上是寒冷而潮湿的,在它上面爬行固然难受,可是跌在这个溜滑而寒冷的泥泞中死去更是难受和可恼。

萨布洛夫在驻在河岸上的那一连里要了一个自动枪手,和他一同走到孤零零地耸立在前面的废墟前,那里架着最后的几架机关枪,从那里往下走需要笔直走到伏尔加河上,爬过德国人旁边。

连长建议他带着自动枪手一路到底,到雷米淑夫那里,可是他像在泊洛青柯那里一样地拒绝了。

他攀住突出地面的砖头和冻结的泥块,悄悄地顺着斜坡往下走,现在到了岸上。他非常记得这个地方:从前,一开头,在渡河的时候,他们就是在这里上岸。一条窄窄的河岸完全是倾斜的,河岸上陡然升起了黄土的高地,像一层层的楼级。有的地方耸立着残断的码头,遍地散着烧焦的木头。冷风从伏尔加河上吹来。萨布洛夫刚到下面,就感到寒冷彻骨。

河是白色的。如果他想要靠水边走,从上面就可以发觉他的映在白地上的侧影。因此他决定稍微高一点,靠近悬崖走。他动身的时候和连长约定,只要德国人一向他开火,这一连也要用机关枪向整个斜坡扫射。这虽然是不可靠的帮助,不过对于整个前半段路程总有些帮助。再往前将要是最艰难的。雷米淑夫那一面是不能用任何方法预先通知的,而那边一发觉有人,无疑是会开火的,这时只好靠自己的运气了。

最初的一百米他是走的,并不躺在地上,他努力要尽可能无声地、同时又要尽快地走过去。没有人放枪。岸上是荒凉的,有一次他被什么绊倒了,他便用手撑住。他站起来的时候,摸到了一个障碍物——这是一个僵硬的死人,在黑暗中难以辨别出来这是自己人还是德国人。萨布洛夫便跨过了死尸。

但是他刚走了两步,便有一排从上面来的斜的照明弹在他前面掠过。大概他在跌倒的时候终于弄出了响声。他迅速地爬到一旁,躺到抛在岸上的被烧焦的木头后面。德国人又放了几排枪,一瞬间把萨布洛夫后面的一段河岸,躺着死人的地方照亮了。德国人把死尸当做了活人。排枪愈来愈逼近,最后,有一排枪直接命中了死尸。萨布洛夫躺在木头后面继续等待。显然,德国人认为破坏寂静的人已经被打死了,便停止了射击。

萨布洛夫又往前爬。现在他贴着地面爬,竭力不要弄出最小的响声。他又两三次撞到死尸上。后来撞在石头上,撞得很痛,便轻轻地骂了一声。他觉得前面有什么东西在动。他停下来凝神听着。他听见哗啦哗啦的水声。他又悄悄地爬了几步。水声现在听得更清楚了。这好像是用水桶提水的那种声音。他忽然想起来,童年怎样和同学打赌,夜里走遍全城的墓地,并且拿来挂在墓地尽头的坟墓上的花圈上的磁花,以此来证明他是做了这件事。现在他觉得毛发耸立,和当时的情形一样。

他又爬了几步,看见从破碎的小艇后面露出一个弯背的人形。这人起初仿佛是在旁边经过的,后来,他绕过堆积着的木头,笔直向他走过来。

萨布洛夫等待着,他一点主意也没有,只好等待:现在那人跨了一步,后来又跨了一步,后来伸手可以触到他了。等那人又走了一步,萨布洛夫便向前伸出手臂,抓住他的脚,把他朝自己跟前拖。

那人跌倒的时候拼命地喊起来,同时有一样东西撞在萨布洛夫的头上,他被冷水淋了一身。那人喊的不是俄国话,也不是德国话,只是拼命地喊:"啊——啊——啊……"萨布洛夫用尽全身之力用拳头打他的脸。这时那人喊了一句德国话,抓住他的手,用牙齿紧咬着它。萨布洛夫觉得现在是不是轻轻地发出响声反正是一样,他便用空着的手拉出手枪,把枪口直戳在德国人身上,接连放了几枪。那人抽动了一下便不动了。

从上面发出自动枪的排射声，子弹落在周围的地上。有几粒子弹嘭嘭地打在水桶上。萨布洛夫摸到了放在他旁边的水桶，桶上还缚着绳，他明白，这个德国人显然是到伏尔加河边来挑水的。

上面愈来愈密地射击着。

"他们会不会下来呢?"萨布洛夫想。"不，不会下来的，他们害怕。"他这样想，是因为德国人立刻从四面八方无秩序地胡乱放射起来。

他用肩膀撑着死尸躺下来，那死尸就这样半躺在他身上，给他挡住子弹。

"什么时候才会完呢?"萨布洛夫想。他觉得要冻僵了，因为那个德国人跌下来的时候把整桶水都倒在他身上。冷得要命。上面在继续射击，而且他们可以这样整整射击一夜。萨布洛夫坚决地推掉身上的死人，再往前爬。子弹一会儿落在他前面的地上，一会儿落在他后面的地上，当他爬过大约三十步的时候，几乎是沿着整个河岸，对着他继续射击，——正因为枪弹是那么密，——使他重又有了不会打中他的感觉。

他爬过了五十步、一百步。仍旧在朝岸上开枪。他又爬了五十步……

他的手冻僵了，已经不能感觉土地。悬崖上开枪的地方，射击的火花可以看得非常清楚。现在后面(从他来的地方)和前面(从雷米淑夫那里)都可以看见朝开枪的德国人那面飞过去的子弹的轨迹。交射越来越厉害，德国人向下开枪的时候愈来愈少，而向左右还射的时候愈来愈多。那时萨布洛夫便跳起来往前跑，——他不能再爬了。他跌跌绊绊地跑着，跳过木头。他的头脑里闪过一个念头：雷米淑夫那边应该懂得，德国人是向我们这边的人射击。他也不顾黑暗和泥泞，拼命地快跑。只有在有人绊住他的脚的时候，他才停下来，更正确地说，是跌下来。他脸朝下跌在泥泞里，肩膀跌痛了，这时有一个人坐在他的背上，开始扭他的手。

"什么人?"听到一个发哑的声音问。

"自己人,该死的,"萨布洛夫不知为什么仍旧低语答应说,他感到他们在扭他的手指,便用一只空着的手把一个扑到他身上来的人用力推了一下,使那人竟滚开了。

"你为什么要推人?"那人粗鲁地说。

"我说是自己人。带我到雷米淑夫那里去。"

德国人大概听见了骚动,便朝这边放了几排枪。有人啜泣了。

"怎么,受伤了吗?"另一个声音问。

"伤了脚,很痛。"

"到这里来,"一个人说,他抓住萨布洛夫的手,把他朝前拖。

他们跑了几步,躲在残剩的屋基后面。

"从哪里来的?"仍旧是那个声音问。

"将军派来的。"

"是什么人,在黑暗里看不山。"

"萨布洛夫大尉。"

"啊,萨布洛夫……喂,我是葛里郭罗维奇,"萨布洛夫马上就觉得这声音很熟悉。"是你请我吃耳光的吗?挨老朋友打,没有关系。"

葛里郭罗维奇是参谋部指挥员之一,一月前泊洛青柯根据他的请求,派他做连长。

"我们到雷米淑夫那里去吧,"葛里郭罗维奇说。

"雷米淑夫活着吗?"

"活着,不过是躺着。"

"怎么,受了重伤了吗?"

"也并不是非常厉害,"葛里郭罗维奇带着短促的笑声说,"可是伤的地方很不方便。他今天妈妈奶奶的骂了一整天,一会儿也不停。他被自动枪弹打进了,照科学的说法,臀部,所以他或是趴着,或是走,可是根本不能坐。"

萨布洛夫不由得笑起来。

"你笑什么?"葛里郭罗维奇问。

"随便笑笑,可笑。"

"你还可笑呢,"葛里郭罗维奇说。"他因为情绪恶劣,一天到晚把我们弄得苦不堪言。我们可笑不出了!"

在狭窄的掩蔽部里,萨布洛夫看见雷米淑夫仆卧在一张床上,头底下和胸部下面放着枕头。

"是将军派来的吗?"雷米淑夫焦急地问。

"是将军派来的,"萨布洛夫说。"您好,上校同志。"

"您好,萨布洛夫。我也是在想,将军那里派人来了,所以我命令不要开枪。喂,你们那里情形怎么样?"

"一切都好,"萨布洛夫回答说,"除了从泊洛青柯将军那里要趴着爬到雷米淑夫上校这里来。"

"不过要趴着躺着更不好。"雷米淑夫说了又啰啰唆唆地、别出心裁地骂起来。后来他狡猾地眯着眼睛,从浓密的白眉毛下面看了看萨布洛夫问道:"关于我受伤的事,一定对您说了吧?"

"说了,"萨布洛夫证实说。

"当然啦,说起来也高兴:'团长受伤的地方很可笑……'等一会儿,等一会儿,"他突然打断自己的话头,"您怎么浑身都是血?是受伤了吗?"

"不是的,"萨布洛夫说。"我杀了一个德国人。"

"好,至少要把这件棉袄脱掉吧。喂,沙腊波夫,让上尉洗洗脸,把我的棉袄给他! 脱吧,脱吧。"

萨布洛夫开始解纽子。

"喂,将军给了您什么命令?"

"正确地了解情况,向他报告,"萨布洛夫说,关于泊洛青柯预料到更坏的情形,和命令他做团长的话,他却没有说。

"好吧,要说到情况,"雷米淑夫说,"情况与其说是坏,还不如说是可羞的。我们放弃了一段河岸。团政委牺牲了。两个营长也牺牲了。您看见，我是活着。需要恢复原状。将军怎么样，打算恢复原状吗？"

"我想，他是预先看到了这一点，才派我来的，"萨布洛夫说。

"我也是这样打算。是啊，当然需要从双方面来恢复，"雷米淑夫说。"那意思说，您暖和暖和，又要回去了。"

"只好这样。"萨布洛夫同意说。

"可是您可以留在我这里，我派一个指挥员往那边去。他是怎么吩咐您的？"

"不，我要回去，"萨布洛夫说。

"谢苗·谢苗诺维奇，"雷米淑夫喊道。

一个少校参谋长走了进来。

"我们驻地的线路图做好了吗？"

"马上就好，"参谋长回答说。"我们在把它弄得正确。"

"那么快一点，快一点，老爹。去弄吧。您赶在我前面了，"雷米淑夫对萨布洛夫说，"我自己也想派一个指挥员去的。我们预备了一张线路图，可以把一切情况都弄准确，所以耽搁了。马上就预备好，我派一个通信员和您同去。您认识斐列普邱克吗？"

"不，不认识，"萨布洛夫说。

"是我的团里的。是一个勇敢的优秀指挥员。他跟您一同去。线路图弄好了，你们就去。"

雷米淑夫试试要站起来，重又大骂了一顿。

"您想，打中了什么地方！我有这么个坏脾气，我应该时刻地跑：不跑我就不能想，也不能指挥——什么事都不能做。我不知道我怎么会这样。到底也上六十岁了，火气已经应该小些了。沙腊波夫！"他又喊道。

传令兵来了。

"沙腊波夫，帮我从床上爬起来。"

沙腊波夫抱住他的肩膀帮他起来。雷米淑夫又是叹气,又是呻吟,又是咒骂,这一切仿佛是同时的。他站起来,痛得苦着脸,在掩蔽部里来回跑了几次。

"线路图好了没有?"

"好了,"少校说着,一面把纸递给他。

"一切都记在图上,"与其说雷米淑夫是从少校手里拿过那张纸,还不如说是抢过来的,他继续跑着说。"在我这里,什么东西分布在什么地方,我这一方面可以做些什么,统统都写明了。您知道,不知怎么是同时发生的:两个营长被打死,政委被打死,我也受了伤。都是在半个钟头里面。恰巧在这一分钟里又发生了全部的事变。"

"损失大吗?"萨布洛夫问。

"一营人差不多全完了。是据守河岸的那些人。其余两营人差不多像从前一样。一般的说,还可以作战,完全可以。"

"你们这里搬运伤员的情形怎样?"萨布洛夫有点结结巴巴地说。他早就准备要提出这个问句。他知道安尼亚在这里,在雷米淑夫的团里,可是他怕听到什么坏消息,老是不能下决心谈这件事。

"哪里算搬运呢——伏尔加河上有薄冰。我们把伤员都留在峡谷里。地上掘了洞,就留在洞窟里。"

"离这里远吗?"萨布洛夫问。

"是的,还算远。右翼上比较安静——我们就留在那边。怎么样,斐列普邱克,预备好了吗?"雷米淑夫喊道。

"预备好了,"另外半间小屋里有人回答说。

"此刻就走吧。我的老天,我怎么一点东西也没有请你喝。沙腊波夫!"

沙腊波夫赶快跑到上校面前。

"弄点酒来喝。我老了,不记得,你是怎么了?"

"是。"沙腊波夫说,他就地立刻从腰带上解下一个德国式的水瓶,取下上面的小玻璃杯,倒了递给萨布洛夫。

萨布洛夫一口气喝完:他的喉咙里喘不过气,他咳嗽起来,——这是酒精。

"啊呀,我忘记事先告诉您。我尽可能不喝伏特加酒。"雷米淑夫说。"在芬兰战役中,我曾在所谓的彼德萨姆斯战线上待过。我在那里喝上了酒精。喝了它可以非常温暖。直接滑到胃里。现在你喉咙里还有些发痒,可是胃里已经舒服了吧?"

"舒服了,"萨布洛夫困难地透了一口气,说了出来。

"你应该通知一声,"雷米淑夫对沙腊波夫说,"'报告上尉同志,这是酒精。'懂吗?"

"懂,"沙腊波夫说。

"帮我一下。"

沙腊波夫走到雷米淑夫面前,那同一的行动在搀他回去的时候重又带着叹气声,呻吟和咒骂重复了一遍。

"我走路仍旧很困难,"雷米淑大躺了下去,休息了一下说。"可是我的脾气不让我躺着。我几次受伤,可是,许我放肆说,像这样笨的伤势……老实说,我要是能捉到把我弄成这样的那个德国自动枪手,我就要违反一切军法,把他的肚皮剖开。这样卑鄙的事情。好,命令交给谁:给您,还是给斐列普邱克? 斐列普邱克!"

"有。"

一个身穿棉袄、带着自动枪的身材高大的人走进掩蔽部。

"给我吧,"萨布洛夫说。"我既然来到了这里,大概也回得去。"

"好,你拿去吧,您向将军报告,雷米淑夫上校要尽一切的力量来收复河岸,亲自来赎自己的罪。并且还要逼着别人来赎罪,"他指着他的参谋部指挥们,怒冲冲地补充说。"您去报告:士气激昂,准备作战。关于我的伤势本来是要告诉您不要报告的,但是我知道您反正要忍不住。对于您,斐列普邱克,"雷米淑夫对等待着的指挥员说,"唯一的请求和命令是:走到参谋部,再活着,身体健康的回来。"

"是,"斐列普邱克说。

"好,这就是了。哦,现在还有……"

但是雷米淑夫说了半句就停止了,眯着眼睛,咬紧了牙关。他这样躺了几秒钟,萨布洛夫懂得,这老头子是在忍痛竭力挣扎着说话的。

"现在还有的是,"雷米淑夫睁开眼睛,用原来的语调说。"我以为今天清早和白天不需要恢复阵地。德国人将要等待反攻。今天要守在我们原来的地方,准备着,可是到明天夜里,等他们以为我们已经甘心忍受这种局势的时候,需要偏偏在这个时候打击他们。把我的这个意见报告将军。斐列普邱克,预备好了吗?"

"正是,预备好了。"

"好,到这里来。"

斐列普邱克走到他的床前。雷米淑夫先紧握了他的手,然后握了萨布洛夫的,同时用他的淡蓝的、围着老年人的网状皱纹的眼睛迅速地瞥视了他们两人。在这瞥视中既含有惊惶不安,又含有祝他们一路平安的默默的愿望,这使萨布洛夫感到,这个矮小凶狠的上校,说话的样子虽然怒冲冲的,但他一定是一个心地善良和心情愉快的人。

"去吧,去吧,"雷米淑夫催促他们说。"我要焦急地等待你们。"

等他们顺着溜滑的台阶往下滑到河岸的时候,萨布洛夫又问,这一次却是问的斐列普邱克:

"喂,你们这里拿伤员们怎么办?搬走吗?"

"哪里能搬呢?河上有薄冰,"斐列普邱克回答他的话和上校一样。"怎么?"

"没有什么,随便问问,"萨布洛夫说。他突然想起安尼亚最后一次是多么坦然地走到他面前,当着玛斯连尼柯夫的面拥抱了他,他不禁为自己的窘迫而感到惭愧,由于这种窘迫,他可能就此打听不到此刻他在世界上最希望知道的事,于是他说:"事情是这样的,我的妻子在你们团里。"

"妻子?"斐列普邱克惊奇地反问道。"在哪里?"

"她是护士,在医疗卫生营里。不过她此刻在你们团里。"

"她是个什么样子?"

"对您要怎么说呢?"萨布洛夫在黑暗中不由微笑了一下,他想,他很难形容出安尼亚的外表,"是这样的,中等身材、瘦瘦的。哦,还有什么……哦,她的头发是,梳得光光的,往后梳的。她姓克里明珂。"

"克里明珂,"斐列普邱克重复了一遍,"克里明珂……我可不知道。"

"安尼亚,"萨布洛夫补充说。

"安尼亚,您一开始就该这么说——安尼亚。哦,我当然知道。"

"她一切都好吗?"萨布洛夫问。

"我想是的,"斐列普邱克回答说。"晚上大约六点钟的时候我看见过她。他们搬运营长的时候,我恰巧在右翼上。在我看,她一切很好。"他的声音里带有一点疑惑,因为从他看见安尼亚,已经过了七八个小时,而七八个小时在斯大林格勒是一个十分长的时间。

"您回来的时候,如果看见她,"萨布洛夫说,"您就说萨布洛夫一切都很好。哦……还代我问她好,不,这甚至不需要:单说我一切都好就是了。"

"好,"斐列普邱克说。"安尼亚……我昨天在雷米淑夫那里还看见她的。老头子狠狠骂了她。您知道他多么会骂人。"

"为了什么呢?"萨布洛夫问,他已经猜着了。

"为了什么吗?……为了她钻到不需要去的地方。老头子直到现在还不忍心看见女人受伤或是被打死。他含着眼泪。哦,他就把她大骂了一顿。他那样大骂着,甚至跺着脚,把她赶走了。后来他把他的沙腊波夫叫来,命令他写一张奖状。他的事都是说了就做的。"

萨布洛夫微笑了,并且感到对雷米淑夫产生了好感,这与其说是为了奖状,还不如说是因为雷米淑夫骂了安尼亚和对她跺了脚。

他们走到半小时前萨布洛夫在那里被抓住的房屋废墟前。葛里郭罗维奇仍旧坐在那里。

"萨布洛夫吗?"他轻轻地问。

"是。"

"回去吗?"

"是的,回去。"

"祝你幸福。"

葛里郭罗维奇走近了,和萨布洛夫以及斐列普邱克握了手。他的头上包着白绷带。

"你这是什么?"萨布洛夫问。

"你还要问呢。都是你的手,像个大槌头似的。把我的耳朵也打破了。"

"哦,原谅我,"萨布洛夫道歉说。

"算了。然而德国人却着急得厉害。你瞧,他们在整个河岸探索。你们一定会很困难。"

萨布洛夫朝前看了一看。悬岸上时而在那里时而在这里放着自动枪的排枪。

"一路都要爬了,"他轻轻地对斐列普邱克说。

"好吧,"那人回答说。

"我把文件直接放在怀里,以防万一,我就放在这里。"萨布洛夫说。他拉了斐列普邱克的手让他摸摸文件。"您觉得在什么地方了吗？"

"觉得。"斐列普邱克回答说。

"好，我们爬吧。"

对于记忆力很强的萨布洛夫，现在对河岸已经差不多很熟悉了。他记得可以在后面隐藏的一根根的木头和一个个的石头堆。

斐列普邱克跟在他后面爬。子弹落得特别近的时候，萨布洛夫便不时回过头来问："你在这里吗？"斐列普邱克也轻轻地回答："在这里。"到半路上，德国人射击得特别猛烈。子弹落得越来越近，于是萨布洛夫便每分钟问斐列普邱克："你在这里吗？""在这里。"斐列普邱克回答说。

有几排枪弹同时落在他们周围，照萨布洛夫的计算，这时他们已经逼近了那面最前的岗位。

"你在这里吗？"萨布洛夫问。

斐列普邱克不做声。萨布洛夫并不站起来，回头爬了两步，摸到了斐列普邱克的身体。

"你活着吗？"他问。

"活着，"斐列普邱克几乎听不出地说。

"你怎么啦？"

可是斐列普邱克已经不回答了。萨布洛夫摸摸他。棉袄底下有两处地方——头颈上和腰里——都被血弄湿了。他贴近斐列普邱克的嘴唇，斐列普邱克在呼吸。萨布洛夫用一只手挟着他的腋下，把气力都并在另一只手臂上，用脚撑着往前爬。这样又爬了三十步的光景，萨布洛夫感觉他疲乏无力了。他放了斐列普邱克和他并排躺着。

"斐列普邱克，喂，斐列普邱克，"他低语说。

斐列普邱克不做声。

萨布洛夫重又凑近他的嘴唇，他觉得斐列普邱克不呼吸了。他把手伸到棉袄底下，再伸到军衣上装下面，摸到斐列普邱克的肉身。身体显然已经冷了。萨布洛夫解开斐列普邱克的上装衣袋，抽出一束证件，然后从手枪套里抽出一枝七发手枪，塞在自己的裤袋里，再往前爬。他不想把斐列普邱克的尸体留在这里，但是他怀里的文件不容许他长久地考虑。

当他又爬了五十步，已经完全筋疲力尽的时候，听见前面有一个吹口哨似的低语："什么人？"

"自己人，"萨布洛夫也低声回答说，他用麻痹了的腿站起来又往前走，面前的东西一点也看不见。原来，他一共只要走三步就到了墙壁的突出部分，有人在那里等他。"连长在哪里？"他问。

"在这里。"

"在离这里五十步的地方，躺着一个和我一同爬来的指挥员。"

"受伤了吗？"连长问。

"不，被打死了，"萨布洛夫怒冲冲地说，他感到在这句话里面含有是不是要把斐列普邱克拖来的问句。"被打死了，不过反正是要拖回来的。明白吗？"

"明白，上尉同志，"连长说。"他身上的证件您拿来了吗？"

"拿来了。"

"上尉同志，那还有什么呢？对于他反正是一样……不会舒服些的。可是我要派两个人去——他们会死掉的。"

"我已经命令您去拖，"萨布洛夫又说了一遍。

"是，上尉同志，"连长说。"不过……"

"'不过'什么？"

"如果在别的时候，我也不会说了，可是此刻我的每一个人都十分宝贵。"

"那么就这样：要是你不去拖，"萨布洛夫出乎自己意外地狂怒地说，"我去把文件送给将军，然后再回到这里来，自己去拖，因为您不执行命令而要把您枪毙。给我一个领路的人，让我可以快点走到参谋部。"

他转过身去，步伐不稳地跟着自动枪手向泊洛青柯的掩蔽部走去。此刻他感觉，如果再等一秒钟，他就会打那个连长。或许那个人本来是对的，他的人是有数的，但是把牺牲的指挥的尸体拖回来，对于军队是一件那样重要而神圣的事，所以照萨布洛夫的看法，即使避免不了损失，那也是有理由的。

萨布洛夫冲进掩蔽部的时候，他的眼睛发黑了，他立刻在长凳上坐下。后来他睁开眼睛，想站起来，可是已经在他身边的泊洛青柯用手按着他的肩，叫他坐回去。

"喝一点伏特加吗？"

"不，将军同志，我不能喝，——我累了，喝了要醉倒的。如果有茶……"

"那么，赶快拿茶给他！"泊洛青柯喊道。"雷米淑夫活着吗？"

"活着，不过受了伤。这就是他的文件。"萨布洛夫伸手到棉袄底下，摸出文件。

"好，"泊洛青柯一面戴上眼镜一面说。

萨布洛夫看见泊洛青柯在读报告，便想现在可以休息一会儿。他刚想完这一点，便倒在角落里倚着墙，不知过了多少时候，直到泊洛青柯摇他的肩膀的时候，他才明白，他是睡着了。

"醒了吗？"泊洛青柯问。

萨布洛夫打算站起来。

"你坐着，坐着。"

"我睡了好一会儿了吗？"

"睡了好一会儿。大约有十分钟。你说雷米淑夫受伤了吗？"

"受伤了。"

"伤在什么地方？"

萨布洛夫说了雷米淑夫伤在什么地方和他是多么苦恼。不出雷米淑夫所料，泊洛青柯不禁笑起来。

"老头子多半要骂人了吧？"他问萨布洛夫。

"那还用说。"

"他们的情绪怎样?"

"我看很好,"萨布洛夫说。

"他向我报告说,他可以聚集力量,从他那一方面打击德国人。他也不肯甘心忍受这个形势,"泊洛青柯用手指敲了他握在手里的纸。"你是一个人从那里来的吗?"

"一个人。"

"他怎么不给你一个指挥做联系? 就可以派他回去,这个老手,老手,可是也错了一着。"

"他给了一个指挥,"萨布洛夫说,"在路上被打死了。"

萨布洛夫直到现在才想起来,斐列普邱克的证件和手枪还在他身上,便把一切都放在桌上。

"原来这样,"泊洛青柯说,皱了皱眉头,"向你射击得厉害吗?"

"厉害。"

"白天那边通不过吗?"

"白天完全通不过。"萨布洛夫证实说。

"嗯……"泊洛青柯拉长了声音说。显然,他想说什么话,但是没有决定。"明天我也要夜袭。他怎么会被打死的?"

"谁?"

"就是他。"泊洛青柯指指放在他面前的斐列普邱克的证件。

"受了致命的伤,后来我拖着他,他就死在我的手上。"

"嗯……"泊洛青柯又拖长了声音。

萨布洛夫疲倦得眼睛阖起来了。他模糊地感觉,泊洛青柯想派他回到雷米淑夫那里去,但是没有决定把这句话说出来。

"叶高尔·彼得洛维奇,你听我说,"泊洛青柯对坐在那里的参谋长说,"你坐下,写个命令给雷米淑夫。不过在命令里一切都要考虑周到,把我们的决定——准确的钟点,信号狼烟——一切都要考虑到。"

"我已经在写，"参谋长抬起头，回答说。

泊洛青柯回过头来对着萨布洛夫，看了看他那疲倦的脸，大概是第五次又重复说：

"嗯……喂，你坐着干什么？你暂时躺一会儿。"他小心翼翼地，几乎是不好意思地说出了"暂时"这个字。"暂时躺一会儿。喂，喂，躺下吧。我命令你。"

萨布洛夫就穿着皮靴，用最后的气力把脚跷到凳子上，脸贴着掩蔽部的冰冷潮湿的墙壁，转眼间就睡着了。他头脑里最后掠过的思想是：他们大概仍旧要派他去的，好，让他们去派吧，只要现在让他睡上半个钟点，以后反正是一样的。

泊洛青柯在掩蔽部里慢慢地走来走去，向参谋长口授命令。有时他停下来，注视着萨布洛夫。萨布洛夫在睡觉。泊洛青柯重又口授，有时又来注视着萨布洛夫。

"叶高尔·彼得洛维奇，你听着，"他突然停止口授，说。"如果派伏斯特烈柯夫去怎样？"

"可以派伏斯特烈柯夫，"参谋长表示同意。"只要送命令去，口头上不要传达什么吗？"

"如果有了命令还要口头传达什么，那就是不好的命令。"

"如果口头不要传达什么，可以派伏斯特烈柯夫去。"

"我本来想派他去，"泊洛青柯指指萨布洛夫说，"不过一夜去三次是很困难的。"

"去虽困难些，不过走到却容易些，"参谋长说。"他爬过了两次，每一个小丘、每一个洼穴他都知道。"

"嗯……"泊洛青柯又拖长声音说。"不得不如此。命令应该送到那边。"

他看了看熟睡的萨布洛夫，陷入了沉思。

"现在有了，"他说，"还需要什么……"

"需要什么？"参谋长问。

"需要准确地知道,他是达到了并且送到了……阿历克西·伊凡诺维奇,"他推了推萨布洛夫。

"是,"萨布洛夫带着突然睡着的人所有的准备随时醒来的神气,猛然站起来。

"命令在这里,拿去,"泊洛青柯说。"等你到了雷米淑夫那里,你要设法一到那里,马上就在伏尔加河上给我们放一个绿色和红色的信号弹。如果他们没有信号弹,那么就在同一方向朝天同时用三枝自动枪放排枪,用照明弹。休息后再放一次。从这里可以看见吗?"

"可以,"萨布洛夫证实说。

"这样我就可以知道你是到达了,把命令送到了。你在路上不会睡着吗?"泊洛青柯拍着萨布洛夫的肩膀说。"万一你睡着了,等醒来已经是白天了,怎么办呢?"

"我不会睡着,"萨布洛夫回答说。"德国人不让我睡。"

"德国人或许会不让,"泊洛青柯笑起来了。"凭良心说,你是累得要命了吗?"

"不要紧,不会睡着的,"萨布洛夫又说了一次。

"那么,好吧。你在桌旁坐下。"

萨布洛夫在桌旁坐下,泊洛青柯打开了门,喊道:

"茶怎么样了?!"

后来泊洛青柯亲自走到门外,轻轻地吩咐了些什么话。过了两分钟,当泊洛青柯、萨布洛夫和参谋长并排坐在桌旁的时候,伏斯特烈柯夫端来一只铜托盘,上面除了三大杯茶以外,还有不多几块饼干和一罐不知从哪里弄来的刚打开的樱桃果酱。

"你看,"泊洛青柯说,"我不能请你吃果馅饼,可是乌克兰的樱桃——请吧。"他把罐头在手里转了一转,用指甲画了商标纸上的"基辅·吉尔西国营罐头食品厂"。"你嗅得出吗?是我从基辅带来的。"

"从离开基辅就一直带着吗?"萨布洛夫问。

"哦,不,我当然是瞎说的。大概是在伏隆聂日城下的一个地方发给我们的。我喜欢吃樱桃……喂,让我们来喝茶。"

现在泊洛青柯已经不再踌躇他是否要派萨布洛夫去了。他本能地感到,如果表示过度的同情——那只是强调你在想到,你派去的那个人会有死的可能。于是泊洛青柯突然谈到从前他曾在里面学习过的全乌克兰中央执行委员会附设的红军军官学校。

"教得还不错,"他说。"外表很好:有军装、马裤。甚至还教我们跳舞和礼貌,虽然当时并不通行。"

"哦,他们教得好不好?"参谋长微笑了。

"叶高尔·彼得洛维奇,教得好不好,这要你来批评。"

"老实说,要看在什么时候,"参谋长说。

"说得对。我参谋部里的人都照我的意思做的时候,我的好礼貌就保存着,有什么事不照我的意思做的时候,那时我就忘记了曾经教过我要有礼貌。就是这么个怪脾气,容易忘记。"

萨布洛夫喝了一大杯热茶,他又非常想睡。喝了第二杯之后他似乎清醒一些了。果酱很好吃,樱桃没有核,像他从小就爱吃的。泊洛青柯吩咐端第三杯上来。这时萨布洛夫觉得该走了。他喝了几口,就站起来。

"怎么不喝完呢?"泊洛青柯问。

"该走了,将军同志。可以走吗?"

"走吧。就是说,如果没有照明弹,就用三枝自动枪放一排枪。"

"明白了,"萨布洛夫说。

"朝伏尔加边上……"

"明白。"

萨布洛夫行了军礼,转过身去走了。泊洛青柯和参谋长沉默了一会儿。

"喂,怎样,"泊洛青柯对走进来的参谋部指挥说。"营里的人调来了吗?"

"就要调完了。"

"您去催催:天快亮了。那时候再调就要有额外的损失。你认为,他会走到吗?"泊洛青柯想起萨布洛夫,问参谋长说。

"我想会的。"

"我也想会的。当我派他去的时候,你知道,有一分钟我简直想对他说:你如果第三次走到,——我要给你一枚列宁勋章,这是将军的话。他们要是不批准,我就把自己的摘下来给他。即使以后让他们来审判也不管。"

这时萨布洛夫在完全冻结的地上爬着。也许是因为将近天亮,德国人认为不会再有人走过这里,也许是他们只是厌倦了整夜向河岸开枪,但是他已经爬了一半的路,上面连一声枪响也没有,这种情形甚至使他开始怕起来——会不会有埋伏。他拿出手枪,打开保险机,后来从腰带上解下一个柠檬形的手榴弹,把它握在右手里。这样爬起来虽然比较困难,他却不把手榴弹放下,那样握着它,以便一碰到危险就可以扔过去。后来他想到了命令。有什么办法呢,实在没有办法的时候,就把第二个手榴弹往自己的脚底下一扔。然而又爬了五十步以后,他便开始放弃了这些想法。一种下意识的感觉告诉他,这一次一切都可以平安过去。果然,他已经爬到了那面的废墟面前,一路上头顶上连一声枪响也没有。

"又是你吗,萨布洛夫?"葛里郭罗维奇叫住他。

"又是我。"

"斐列普邱克呢?"

"被打死了。"

"在哪里被打死的?"

"在那里,靠近我们那一边。"

"怎么,躺在岸上吗?"

"躺在岸上,不过在我们人那边。"

他想起了斐列普邱克的脸。萨布洛夫回来的时候,问那个连长有没有把斐列普邱克拖来。知道已经拖来了,萨布洛夫希望看看尸体放在什么地方,他便用手电筒照了一照斐列普邱克的脸。脸是惨白的,不知是哪一个红军战士拭去了他脸上的泥和血。萨布洛夫在一生中是第一百次感到异样,因为在一点钟以前,他还和这个人互相低语着:"你在这里吗?"他说。"我在这里,"斐列普邱克回答说。

萨布洛夫走进雷米淑夫的掩蔽部,把命令交给他。雷米淑夫读了命令,后来问到斐列普邱克。他就把和葛里郭罗维奇的简短的谈话又重复了一遍。

"他的证件没有带来吗?"雷米淑夫问。

"不,我把它们交给将军了。"

"很好,"雷米淑夫说。

"哦,"萨布洛夫想起来了,"需要放一个信号,表示我到了。你们有红色和绿色的信号弹吗?"

"应该有的。喂,沙腊波夫,你去看看有信号弹吗?"

"没有,上校同志,信号弹用完了。"

"没有信号弹了,"雷米淑夫说。

"那么就要用照明弹在伏尔加河上放三排自动枪。"

"这倒可以,"雷米淑夫说了,重又喊道:"沙腊波夫!"

沙腊波夫来了。

"帮我站起来。"

沙腊波夫帮他站了起来,他呻吟着,活动着腿脚,在掩蔽部里走来走去。

"把自动枪给我。你有装好照明弹的弹盘吗?"

"有,已经装好了。"

"拿过来。萨布洛夫,我们走吧。您到达了使我很高兴,我要发信号。我们做上校的人是难得要自己动手开枪的。上次世界大战的时候我是陆军中尉，常常自告奋勇出去，在壕沟里杀了一些德国人。那时我身材矮小，而且灵活。就是这样。可是现在不行了，和官职不相称。哦，"他举起自动枪又说，"往哪里放？朝这边放吗？你们是这样约定的吗？"

"是这样，"萨布洛夫说。"等一下，等一下，我搅错了。疲倦了真是要命！不是三排自动枪连发，而是用三枝自动枪同时放。"

"那么是整整的齐射吗？沙腊波夫，"雷米淑夫对着后面的小屋喊道。

"什么事？"沙腊波夫从小屋里出来。

"带着你自己的自动枪，再叫一个人带着有照明弹的枪。出来吧。"

沙腊波夫和另外一个自动枪手从掩蔽部出来。

"站在我旁边，听到'一、二、三'的命令就放一长排枪，大家一齐来。我低些，你高些，他再高些，——直对着月亮放。我们就算这是对牺牲的斐列普邱克放礼炮致敬。萨布洛夫，您的意思怎样？"

"当然，"萨布洛夫说。

"他是个好指挥，真可惜，"雷米淑夫说了，又对一个战士说："喂，把你的自动枪给上尉。萨布洛夫，您拿着。我们来纪念同志。"

当他们听到"三"的号令，用自动枪发出排射的时候，天色已经开始发白了。发光的照明弹高高地飞在伏尔加河上的暗灰色的天空，到了终点向下弯曲了。雷米淑夫又放了一排枪，对萨布洛夫看了一看。

"好，"萨布洛夫说，他预备接下去说他应该回去了。

但是雷米淑夫猜中了他的心思，仿佛特别地、像慈父似的而又坚决地说：

"不，我不放您走，天已经亮了。我不会放你走的。碰运气可以碰到三次，再多就不必了。如果我们明天夜里突破了，您就可以回去了。"

"我那边的营里没有营长，"萨布洛夫说。

"我这里也有两个营没有营长，"雷米淑夫回答说。"您现在去睡觉。沙腊波夫，把上尉安排在政委的床上。我的政委牺牲了。他是一个很好的人，非常好的人。一个月前，刚从党的区委员会派来的。虽不会打仗，可是甚至对我这个打仗的老手，也给了精神上的鼓励。我非常惋惜。惋惜得简直叫人不能相信，"于是他拭去了突然在眼角露出的泪珠。"我们到掩蔽部去吧。"

十九

萨布洛夫醒来的时候,已经是下午三点钟了:他整整睡了八小时。掩蔽部的角落里有人在那里动。

"什么人在那里?"萨布洛夫问。

"是我。"

他面前站着一个丰满的少女,她的衣袖卷上去,军服上装上穿着围裙。

"上校在哪里?"萨布洛夫问。

"在前沿阵地上。"

"你们这儿的前沿阵地在哪里?"

"就在旁边。"

萨布洛夫把脚放到地上,直到现在他才发觉,在他睡觉的时候,有人给他把靴子脱掉,包脚布解去了。

"您坐着,"那少女说。"您的包脚布在我那里晾着。我立刻给您拿来。"

"是谁给我脱的靴子?"萨布洛夫问。

"很明显是——沙腊波夫。难道要穿着靴子睡吗?"

少女走到隔壁房间里,立刻又回来了,一手拿着萨布洛夫的歪扭的、吹干了的皮靴,一手拿着包脚布。

"给您,穿上吧。"

"您叫什么名字?"萨布洛夫问。

"帕霞①。"

"怎么，您一个人留在这里代替所有的人吗，啊？"

"我一个人，"帕霞回答说，"大家上前线去了，电话也在那里。"

萨布洛夫仔细对她看了一看。她身材高大，与其说她是胖，还不如说是体格非常结实，红红的脸，小小的鼻子往上翘着。

"那就是说，您一个人负保卫参谋部的全责吗？"萨布洛夫一面卷着包脚布，一面问。

"所以是呀，"帕霞严厉地说，她不赞成这样无所谓的问句。"您想吃东西吗？"

"想。"

"上校吩咐我照顾您，让您睡一觉，吃得饱饱的。"

"他没有别的命令吗？"萨布洛夫微笑了问。

"没有，"帕霞不懂得这是笑话，一本正经地回答了。"他只是说，等您醒了，吃过东西，叫您到他那里去。有自动枪手陪您去。"

"您要给我吃什么东西？"

帕霞烦恼地耸耸肩：这个问句使她痛苦。

"农缩食物，"她把"浓缩食物"的字音说错了。"荞麦片。吃过吗？"

"曾经吃过。"

"可是我在里面放了脂油。明天要弄什么东西吃，我可不知道了。"

"伏尔加河仍旧还没有冻上吗？"萨布洛夫问。

"鬼知道它。一会儿说冻上了，一会儿说没有。可是吃的东西又不运过来。这才叫人心烦呢。"

---

① 帕腊斯凯娃爱称。

她走出去,立刻又拿了一锅饭回来了。

"吃吧。"

后来帕霞走到角落里,拿了一个水壶,信心十足地摇了一摇,也不问萨布洛夫,就给他倒了半杯。

"沙腊波夫在哪里?"萨布洛夫问。

"跟上校在一块。他总是跟上校在一块,离不开上校。"

帕霞也等不及邀请,就在萨布洛夫对面的凳子上坐下来,用手撑着下巴,开始注意地毫不客气地打量他。团里所有的人,她都好好地看过,她和他们相互间的关系使她的好奇心得到满足,现在亲眼目睹一个新人使她得到明显的喜悦。

"喂,你在看什么?"萨布洛夫说。

"不看什么,就这样看看。怎么,您现在要待在我们这里了吗?"

"不,不待在你们这里。"

"那您为什么待在这里?"

"蒙你允许,"萨布洛夫笑了一笑,"我临时被派到这里来,明天就要离开。怎么样,可以吗?"

"怎么不可以呢?"她说,她又不懂得这是玩笑。"或许,您还要吃些什么,可是什么都没有了。或许,您还要喝茶,茶是有的。"

"不,我不要了,"萨布洛夫回答说。

"可是谢尔盖·华西里叶维奇老是要喝茶,"帕霞带着有些不以为然的样子说。

"这个谢尔盖·华西里叶维奇是什么人?"

"就是上校,"

"哦,可是我不要喝。"

"随便您,"帕霞平静地表示同意。"或许,给您点巧克力吃吗?"

"不要。"

"谢尔盖·华西里叶维奇说的,叫我把所有的东西都给您吃。所以您要巧克力吗?"

"不,我不要。"

"好吧,很好,"帕霞带着几分轻松的口气说。"否则,他只剩下一块了。"

吃了一点荞麦饭,萨布洛夫带着询问的神气对帕霞看了一看。

"那么自动枪手在哪里?"

"在那边壕沟里。谢尔盖·华西里叶维奇关照他,叫他领您去。"

萨布洛夫站起来。

"谢谢你,"他说。

"祝你康健,"帕霞说。"您怎么吃得很少。跟谢尔盖·华西里叶维奇一样。我们这里有过一个政委,——他昨天被打死了,——他很喜欢吃东西。他是个好人,又和气,叫泊拉东·伊凡诺维奇。您不知道吗?"

"不知道。"

"是个很好的人,"帕霞肯定地说。"你不论给他什么,他总是吃掉,称赞一番,请你再给他添。他对人很亲热。"

萨布洛夫走出去。靠掩蔽部的壕沟里果然有一个自动枪手在等着他。

"喂,怎么样:到上校那里去吧,"萨布洛夫说。

"上尉同志,根本不用走,"自动枪手说。"伸手就能到他那里。"

在雷米淑夫管理的事务中,可以感到一切都井井有条。从掩蔽部有几条交通路穿过废墟通到前面。这些交通路只能在石头中间穿过,那里十分安全地挡住弹片。

五分钟后,萨布洛夫到了建筑得相当巧妙的观察站。在将这里的雷米淑夫的阵地和德国人隔开的那陡峭的山谷的边缘上,耸立着一所被毁坏的房屋,德方的大炮在不断地轰击它的残余的部分。雷米淑夫掘到屋基底下,在它下面造成一个相当宽敞的土窑,有两个伪装的小孔朝向德国人那一面。

一夜过来,土地完全冻上了。峡谷底上有一辆颠覆的、从斜坡上滑下来的坦克,横七竖八地躺着许多尸体。

"怎么,吃过早饭了吗?"雷米淑夫问萨布洛夫说,他用这句话代替问候。

"谢谢您,上校同志。"

"这样很好。意思说,帕霞并没有叫我丢脸。她这个人很小气。不管需要不需要,样样都替我节省。无论怎样都不能教会她款待客人。"

"不,相反,"萨布洛夫说。"她甚至还要请我吃巧克力。"

"是真的吗?哦,这是进步,简直是进步……今天我这里很安静,甚至叫人可疑。"

"为什么可疑?"

"他们对我施的压力很弱。老实说,从昨天起我就期待他们要压得更厉害些。然而,他们好像在那里压迫将军。您听见吗?"

果然,在左面一些可以听到枪声。

"听声音,已经是四次达到手榴弹战的阶段了。嗯,嗯……意思说,您睡够了吗?您昨天像孩子似的睡着了,不过睡得还是很少。换了我,做了这些爬行的工作以后,我要睡上它一天一夜。我吩咐不要叫醒您。当然在紧要关头会叫醒您的,不过目前毫无动静。敌人在活动这是有的。如果您要看,这里有望远镜。"

萨布洛夫从雷米淑夫手里拿过望远镜,对峡谷那面观察了好久。那里不断有人跑来跑去。在房屋中间有亮光的地方先掠过了一辆坦克,后来又掠过了一辆。

"已经轰炸过了吗?"萨布洛夫问。

"我们这里没有。左岸那边被炸过了。他们老是在捕捉'卡秋霞'①。'卡秋霞'普通总是在凌晨的时候来唱歌的。照我看,它们使德国人着慌得厉害……您休息好了吗?"

"完全休息好了。"

"今天您在我这里简直像总参谋部派来的军官一样,——您可以监督一般的战争过程。然而……"

雷米淑夫有些瘸,把萨布洛夫领到一旁,他们走出掩蔽部,在壕沟边上靠了一会儿。

"然而,"雷米淑夫重复说,"你要是能到右翼去就好了。我有一种感觉,认为他们今天主要的是要袭击将军,在他们看来,我已经是被截下的残部。他们认为,随时都来得及把我干掉。不过您还是到那边去以防万一,我的右翼上比较弱,指挥一营人的迦雷谢夫少尉完全是个孩子。昨天那里的人都被打死了,怎么办呢? 您代表我到他那里观察到晚上。如果需要的话,您就担任指挥。夜里我们将要一同突破。在这里我是不放您……好吗?"

"好,"萨布洛夫同意说,雷米淑夫说话时那种随便的、毫不勉强的温和使他惊奇,虽然毫无疑问,雷米淑夫是在命令。

"来吧,来吧,到掩蔽部去吧。"当一个重炮弹在离他们一百步的上空爆炸的时候,雷米淑夫很快地说。"走吧,走吧,"他拉着萨布洛夫的衣袖。"我觉得,他们十分清楚我的观察站在什么地方,不过您看,从我上面是打不穿的,可是要直接打中这些小窗户,需要把小炮直接推到峡谷的那一边,对着我。那时候才会打中。他们已经把炮推来了两次,但是都被我们打倒了。第三次他们害怕了。夜里他们虽然试过,可是夜里打不中。他们的炮手是相当地不行。您听,老是朝着我们……"

他们这样谈谈说说,在掩蔽部里等了五分钟。

"喂,他们现在一定要休息一刻钟。走吧,自动枪手领您去。"

---

① 一种火箭炮。

营长的土窑,也和雷米淑夫的观察站一样,掘在一所被毁坏的房屋的地基底下,从土窑里有一条交通路通到后面,挖得也是同样地深。

营长迦雷谢夫果然像雷米淑夫所介绍的,完全是一个年轻的小伙子,刚从军官学校毕业。然而他到了这里一星期,已经学会了前线上的一切习惯,当他和萨布洛夫认识后,他们蹲在掩蔽部的出口的时候,迦雷谢夫从长统靴里抽出烟叶袋,卷了那么大得骇人的烟卷,使萨布洛夫不禁微笑了。

"也给我一枝,"他说,他突然想起来,从昨晚起他就没有抽过烟。

"营长在哪里?"他听到他们后面有一个熟悉的声音。

"在这里,"迦雷谢夫说了,又欣喜地微笑了一笑,"安尼契卡[①],在这里,我现在是营长了。"

萨布洛夫转过脸去,他的目光和安尼亚相遇。

安尼亚一面走进来,一面在自己的药包里翻找,她立刻惊奇而疲倦地放下手来,她现在站在那里,默默地望着萨布洛夫。

"安尼亚,"他说着,向她走了一步。

她仍旧动也不动地站在那里。

他又走了一步,用一只手搂着她,把她向自己面前拖。

"喂,你怎么了,安尼亚?"

她仍旧还是不做声,头也不动,只是抬起眼睛来看着他。眼睛里含着大粒的泪珠。

"怎么,您在这里吗?"她最后问。"您什么时候来的?"

"夜里。"

"那么,是您从泊洛青柯那里来的,是吗?"

"是我,"萨布洛夫回答说。

---

① 安娜的爱称。

"我们一直在想,有谁能来呢。不过我没有想到就是您。"她是那样地又惊、又喜、又激动,竟使她在最近以来,又第一次称他"您":"喂,您怎么样?"

"很好。明天我们又要在一块了,我们要和泊洛青柯联合起来。"

"我知道,"她说。"我听说的。你们这里有伤员吗?"她对迦雷谢夫说。

"有,有两个。"

"好,"她说。"现在我们把他们送到峡谷里去。那么,您就在这里吗?"她注意地对萨布洛夫看了一看。

"在这里。"

她表情不变地伸直身体,用双手搂住他的头颈,短促地吻了他的唇又把手放下来。

"多么好,"她声调不变地说。"我本来非常害怕。"

"我也是,"萨布洛夫说。

迦雷谢夫默默地注视着这一幕。

"我马上就去搬伤员,"安尼亚转过身来对他重说了一遍,又向萨布洛夫走过来。

"你怎么,留在这里不回去了吗?"现在,她吻了他之后,好像病中失去了的记忆力才恢复了似的,又开始称他"你"了。

"不,"萨布洛夫说。"我夜里就回去。"

"我们走吧,"安尼亚说。"陪我在壕沟里稍微走一段。有卫生兵在那里等着我。"

"少尉同志,我马上就来,"萨布洛夫对迦雷谢夫说了,便跟着安尼亚走了。

在转弯的地方,在迦雷谢夫已经看不见他们的地方,安尼亚抓住萨布洛夫的皮带,问道:

"你没有说过吗?"

"没有说什么？"

"让我们在一块的事，我非常希望能在一块。我没有对你说，不过我非常希望……"

"目前还没有说，"萨布洛夫说。

"我觉得，当我和你到这边岸上来的时候，在这里谈不到这个。你也觉得这样吗？"

"是的，"萨布洛夫确认说。

"不过现在一直都要这样，或者更坏些。你们那边的战斗要比这里更激烈。是吗？"她凝神细听着说。

"是的。"

"所以是呀，现在请求一点也不难为情。你为什么觉得去请求是可羞的呢？"

"我并没有觉得可羞，"萨布洛夫说。"今夜我就去请求。"

"去请求吧……昨晚我们完全被切断的时候，"安尼亚说，"我觉得十分可怕。我想，也许永远不会再看见你了。我要待在一块。不，不，你不要听我的话，随便你。不过我总希望能在一块。如果现在有一个炸弹落下来，我也不会觉得可怕，因为我们是在一块。如果我们在一起，我就会勇敢些，懂吗？你大概也是这样。是吗？"

"大概是的，"萨布洛夫有一点疑惑地说，他想象，如果安尼亚在他身边，或许他为自己担心的程度的确要少些，而为她担心的程度大概却要更多些。

"大概是的，"安尼亚说，"我知道你的心理和我的一样。我就是这样想的。好，我去搬伤员。你不能离开这里吗？"

"不能。"

"我知道的。我去搬伤员。你知道，我们峡谷里的伤员多得很，从来没有这样多过。这是因为不能渡过伏尔加河。我走了，"她把手伸给萨布洛夫，很快地又说。

萨布洛夫直到现在才发觉，她穿了另外一件大衣，——不是他以前看见她穿的那一件。

"你这件大衣是哪里来的?"他问。

"这不是我的,是人家从一个死人身上脱下来给我的。你看,"她指着左胸上的一个小洞。"旁的地方完全是好的。一个迫击炮弹落到我的那一件上,把它炸得粉碎。"

"怎么一个迫击炮弹?"

"昨天我抬伤员的时候,我觉得热,就把大衣脱下来,折得整整齐齐的,——你知道,就像放在床上那样,——正巧有一个迫击炮弹落在它上面。"

萨布洛夫把她的手握在自己的手里。他看出大衣的长短和她不合身,袖口也卷着。粗呢磨破了她的手臂,在袖口的地方,手臂上留下几条横的血痕。

"把那一只手给我看,"他说。

另外一只手上也是这样。

"你看,都磨破了,"萨布洛夫说。"你去跟他们说,叫他们另外给你一件。"

"好。"

"一定去说。"

他把她的双手紧紧握在他自己的手里,把它举到唇边,在每只手上磨破的地方吻了几次。

"好,你去吧,"他说。"我看见泊洛青柯,就请求他让我们在一块。"

"他不会拒绝的,"安尼亚说,"无论怎样不会拒绝。"

她把手深深地插在口袋里,大概是免得萨布洛夫再怜惜她,便沿着交通路走过去。

萨布洛夫在迦雷谢夫那里度过的一天几乎是安静的,等天黑了,他便回到雷米淑夫的指挥站。雷米淑夫半躺在床上抽烟。参谋长坐得离他远些。

掩蔽部里寂静无声，在一切都决定了、准备好了，用不着再发什么命令，只要坐着等到规定时间的那种时候，常有这样的寂静。

"我留下安年斯基少校指挥其余所有的阵地，"雷米淑夫说，"我自己带突击队前去。"

参谋长在雷米淑夫背后向萨布洛夫做恳求的手势，极力要表示，正是他安年斯基，应该带领突击队前去，而上校却正是应该留下来，因为他受了伤，他去是没有意义的。至少，萨布洛夫是这样了解安年斯基的这些手势的。

"您在那里打的什么手势？"雷米淑夫问道，他并没有转过脸来。"不要辩，不要辩——您在打手势。我虽看不见，但是我感觉到。您不会说服我的，您对上尉做手势也是白费。他也不能说服我，而且最叫人痛快的是，他是不会来劝阻我的。是吗，上尉？"

"您认为必须怎样就怎样，"萨布洛夫说，他根据自己的脾气，知道在这种场合下，争辩是无用的。

"所以是呀，"雷米淑夫如释重负地叹了口气，他是准备再来应付一场舌战的。"至于您，我想，您是希望跟我去的。您如果跟我去，您就可以更快达到自己人那边。无论如何，这大半要由您来决定的。"

"如果准许我跟您去，我很高兴，"萨布洛夫说。

"谢苗·谢苗诺维奇。"雷米淑夫对安年斯基说，"您是一个好指挥员，不过您已经是该领一个团的时候了。是真的。有机会我对将军也要这样说的。您太热情了，做参谋长不合宜。参谋长应该有些喜欢幽静，喜欢上面有五层横梁的掩蔽部……哦，哦，我不是讽刺您。您这个人，如果您的团长一天被扫射三次，而您只被射两次，那您就要认为您是可耻地躲藏起来，为了恢复自己精神上的平衡，您必须赶快亲自出去进攻。所以不要和我争辩，现在您是该担任指挥职务的时候了。如果您碰到的参谋长也像我现在碰到的一样，您就得时刻拉住他的衣服下摆，免得他跑到前线去，到那时候您就会了解我,同情我了,"雷米淑夫说了大笑起来。

安年斯基默默地站着。谈话的突然的转变使他有些不知所措,但是又无法生气:老头子说的话是善意的,带着慈父似的关切。雷米淑夫叫来了沙腊波夫,帮他在军装上穿了棉袄,缚紧了皮带,把军帽压在额头上。

"我不喜欢船形帽,"他遇到萨布洛夫的目光,说。"或许,是方便一些,但是不威风。"后来他把手背放在帽舌上,看看帽子戴得正不正,在腰带上缚了两颗手榴弹,又拿了自动枪。做完这一切准备以后,雷米淑夫看了看表。根据泊洛青柯的命令,萨布洛夫知道进攻应该在准十点钟开始,便也看了看自己的表:是十点缺十分。

"好,再会吧,谢苗·谢苗诺维奇,"雷米淑夫握着参谋长的手说。"不要发闷。上尉,我们走吧,沙腊波夫,跟我来!"

五分钟后,他们已经待在一个向伏尔加河倾斜的狭窄的小峡谷里,沿峡谷的边上掘了无数的堑壕,——各突击部队奉雷米淑夫的命令都集合在那里。

大家待在废墟中间的堑壕里,手里握着兵器,倚着土墙,倚着石头,互相倚着,坐得更舒服些。大家在低声谈话。在一面,离德国人相当远——约有二百米,可是在另一面,根据白天的估计,隔开一共不过五十米。只有当"У-2"式飞机号泣着掠过头顶的时候,大家才说话。

"王家空军又飞过了,"又有一架"У-2"式飞机在峡谷上嗡嗡地响的时候,旁边有一个人说。

"种玉蜀黍的。"

"我们西北叫它'看树林的'。"

"哦,各地各称呼。各地的自然环境不同,"第三者慎重地说。"有玉米的地方就叫它种玉米的,菜园子多的地方就叫它管菜园的,有树林的地方呢,就叫它管树林的。主要的原因是因为它飞得低,喜欢土地。"

"如果不晚点的话,过一分钟就应该开始炮火准备,"雷米淑夫说。"每人手榴弹带得多吗?"他对堑壕里的坐在他旁边的战士说。

"上校同志,每人带八个,"一个年纪很轻的军士报告说。

"轻点,别嚷,"雷米淑夫说。"每人八个吗? 这就不错。如果有一座墙,墙后是德国人,不能绕过去,那么办?"

"那时候我们就炸掉它,上校同志,"军士回答说。

"炸药也带了吗?"

"上校同志,怎能不带呢!"

"有多少?"

"带了大约有六公斤。"

"你的枪上怎么没有刺刀?"雷米淑夫对一个战士说。

"我这里有好家伙,"那战士用手拍了拍他腰里发响的腰刀。

"怎么,你是哥萨克吗?"

"是苏联英雄多瓦托尔少将① 马队里的人。"

"你这个哥萨克,怎么不骑马的?"雷米淑夫笑起来。

"我把马都忘了。我已经有一个半月没有看见马了。"

"怎么样,你想它吗?"雷米淑夫问。

"上校同志,在这里不可能想它,"战士说,但是从他抚摸腰刀的动作上,可以感到他的苦闷。

"时候到了,"雷米淑夫说了这话,把直接指挥进攻的连长叫来,问他都准备好了没有。

"都准备好了。"那人说。

"就是说,听到左岸的第一排大炮就开始。懂吗?"

"懂。"

"不过对左岸不必抱希望,"雷米淑夫预告说。"左岸是左岸,

---

① 多瓦托尔(1903—1941),苏联英雄(1941 年追认)。卫国战争初期任骑兵集群司令,后牺牲在战斗中。

还是开自己的迫击炮。"

"上校同志,将要执行。"

"这就好,好,时候到了,"雷米淑夫转脸对着伏尔加河,说了第二遍。

萨布洛夫也转过脸来。恰巧在这一刹那,远远地在左岸上隆隆地响起来,发出了火花,有一样东西发出轧轧的声音,轰轰地响着,号泣着掠过他们的头顶。

"'卡秋霞'也唱起来了,"萨布洛夫对雷米淑夫说,但是后者对这些话毫无反应,于是萨布洛夫明白他的话都被"卡秋霞"的响声盖过了。

左岸上又时高时低地响起来,在短促的火花爆发后,又有一道一道迫击炮齐射的火光飞过天空。它们落得很近,落在离这里半公里的地方。

"我觉得打得很好,"排射的响声静下来的时候,雷米淑夫说,"打得非常好。老实说,我有点怕这些'卡秋霞'。如果打错一个街区,——就什么东西都没有了。这东西真厉害。"

"卡秋霞"之后,左岸上的大炮又响了起来。一会儿在这里,一会儿在那里,可以看见遥远的火花的爆发,还有重炮弹在头顶上掠过。前面,在德国人那里,满天都是红色的火花。炮弹在近处爆炸的时候,火花就从黑暗中时而照亮屋角,时而照亮断壁,时而照亮被打坏的汽油桶的碎铁片。突击组开始从峡谷里爬出来,再往前爬。一个重炮弹在离峡谷很近的地方轰炸了。

"没有飞到,"雷米淑夫说。"喂,上尉,怎么办,我们走吧。"

雷米淑夫轻捷得出人意外地跳出堑壕,也不回头望,就往前走。萨布洛夫跟在他后面。沙腊波夫和三四个自动枪手在旁边走着。

我方的炮击继续着。在德方的阵地上和腹地远远的地方,不断有重炮弹的轰轰的爆炸声。残余的被"卡秋霞"燃着的汽油和石油燃烧着，火舌升到天空。跟在那边的爆炸之后，现在这边也开始了爆炸——德国人在还射了。大迫击炮弹几次掠过萨布洛夫的头顶，在后面爆炸。后来大炮也响起来。最后，在前面也可以听到密集的自动枪的排枪声。

突击组迅速地走过从峡谷到他们原来的堑壕的一段路，现在是德国人待在那里。萨布洛夫对昨天被德国人夺去的这个区域非常熟悉。这是一块大约四百米乘四百米的区域。遍地掘着堑壕和交通路，只有在几乎是赤裸裸的地方，才有废墟和断壁突出。这说明这里曾经有过汽油库，现在只剩下它的基石和大量狼藉遍地的破碎铁板。

萨布洛夫跟着雷米淑夫跑过从第一排堑壕到那一面之间的一段路的时候，他几次踏着被烧焦的铁板，铁板在脚底下带着极大的响声弯曲起来。前面是砖头哨所的残壁。雷米淑夫急急忙忙地朝那边跑，萨布洛夫就跟在他后面。当他们跑近的时候，左边的机关枪排枪响起来了。在萨布洛夫后面奔跑的人里面，有一个人在废墟旁边沉重地，嗵的一声跌在地上。有几个人已经在废墟里架好了两架机关枪。

"这就对了，"雷米淑夫称赞说。"迦夫李洛夫呢？"

"上校同志，我在这里。"

"喂，怎样？占据了吗？"

"上校同志，结果是拿到了。"

"他们还向前进吗？"

"还在向前进。"

"你到前面去。告诉他们，我以后一直在这里。"

有几粒孤零零的子弹呼啸着落在哨所旁边。有时旁边有机关枪的排射在空中穿过。空中交错着不同颜色的弹道，在左面很近的地方可以听到多次手榴弹的爆炸声。右面仍旧还在继续射击，不过没有爆炸：那边还没有进到手榴弹战的阶段。

"唉,坏蛋! 坏蛋!"雷米淑夫气冲冲地说。"大家都躺下去了。指挥员也许被打死了? 萨布洛夫,到那边去。既然手榴弹没有爆炸,那就是说,他们躺下来了。赶快去。无论采取什么方法都行。"

萨布洛夫爬出哨所,向右面黑暗的地方爬去。那边的指挥员果然被打死了。架在废墟中间的一架德方重机关枪不让他们通过。但是停顿的原因并不是由于指挥员被打死了,而是因为三个工兵带着炸药绕道爬过去,要把弹药放在房屋的废墟下面,那架重机关枪就架在这所房屋的第二层上。其余的人都要等爆炸了才可以往前进。有一个伍长在指挥一切,当萨布洛夫爬近他的时候,他老练而镇静地向萨布洛夫解释了进行事情的要点说:

"上尉同志,如果他们爬不到,不把它炸掉,我们也是要过去的。可是牺牲人很可惜——我们稍微再等五分钟。"

萨布洛夫同意了,派一个自动枪手去报告雷米淑夫说,这里的一切很快就要办好。他在伍长旁边躺了几分钟等待着。周围进行着夜战,这夜战和一切的夜战一样,好像是含有许多未知数的方程式。

"此刻泊洛青柯那里不知在做些什么?"萨布洛夫想。在泊洛青柯应该在那里进攻的地方,有轰轰的炮声,有远远的手榴弹的爆炸声,上空有细密的网状的曳光弹,看到这些情形,萨布洛夫明白,那边也在进行战斗。我方从左岸发出的炮弹仍旧在头顶上飞过,不过现在它们是远远地在德军后方爆炸。爆炸不断地每隔一两秒钟响一次,萨布洛夫忽然想象,如果这样的炮火此刻不是打德国人,而是打他和他带领的人,那么周围不知将要是什么情形。实际上,这炮火是令人可怕的,他也像所有的步兵指挥员一样,由衷地感谢俄罗斯的炮队。

前面藏着德国机关枪的地方发出了震耳欲聋的爆炸声,这时萨布洛夫站起来,一面跑,一面放着自动枪,带领着红军战士前去进攻。

一夜当中，萨布洛夫两次被近处爆炸的迫击炮弹激起的土块撒了一身。他的棉袄衣袖被一排自动枪弹射过，左臂微有一点被烧伤。跟他去进攻的人，有许多人已经不答应同志的呼声。许多人受了伤，有护士和卫生兵把他们从战场上搬出去。萨布洛夫在黑暗和酣战中竟没有能细看一下，卫生兵中有没有安尼亚。

一般说来，战斗比预料的较为容易。萨布洛夫亲自指挥的右面四个突击组一步一步地占领了他们应该占领的一部分的堑壕。经过数小时的战斗，萨布洛夫和别人一同去肃清那些通到左面的堑壕的时候，在一个堑壕里他和迎面走来的自动枪手们撞了一下。这是在左面作战的一个突击组里的战斗员。原来这个区域整个儿被占领了，德国人都被打死了，或是逃走了，也许，一部分还躲藏在掩蔽部里，只有在早晨天亮的时候，才能完全调查明白。

"再左面一点怎么样？"萨布洛夫问。"会合了吗？"

"上尉同志，好像是会合了，"他问的那个自动枪手说。"那边把弗烈茨们痛打了一顿。"

萨布洛夫想，夜间的任务大概完成了，师团重又联合起来了，不过毫无疑问，在这个并没有被建筑物堵塞的区域里，主要的危险将在早晨。连德国人在夜里是比较容易地被打退了，也并不预示早晨会有什么好征兆。德国人对于自己的失败恐怕不会甘心。一般地说，他们并不喜欢夜间行动，他们所以不在夜里用大兵作战，显然不过是因为他们决定要延期到早晨。

萨布洛夫在黑暗中检查了一下活着的人数，他和伍长一同布置了机关枪，命令在某个地方把堑壕掘深，把被手榴弹炸倒的掩蔽部里的炮眼修好。后来他派了两个联络员带着字条——一个到雷米淑夫那里，一个直接到指挥站，往参谋长那里，说明从天明起就该等待德方反攻，他自己留在这里，只请求赶快把迫击炮和攻坦克炮拖来。"如果可能的话，"他在两张字条的末尾都附加上："即使两三尊攻坦克炮也好。"

244

到雷米淑夫那里去的联络兵没有回来,他不是在路上被打死了,就是雷米淑夫无法帮助。过了五十分钟的光景,天色开始发白的时候,推来了两尊橡皮车轮的四十五厘米口径的小炮,来了五个带着自己的长长的"杰格佳廖夫①"式反坦克枪和十四五个自动枪手。安年斯基在联络兵带来的字条上写着:"尽我的力量搜集了一切。努力支持着。"

---

① 杰格佳廖夫(1879—1949),苏联著名枪械设计家。

245

二十

从早晨八点钟天亮了,德方开始第一次进攻起,一直到晚上七点钟,天黑了,一切都结束了的时候,经过了令人疲惫的十一个钟点。在每一个钟点里,恐怕连五分钟比较安静的时间都没有。

当这个区域里的师团在最近一星期被挤到河岸边的时候,泊洛青柯极力要在这里特别仔细地设防。整个地段上都掘满了堑壕和交通路,残余的地基下面掘了无数的洞窟和掩蔽部,前面绵延着虽然不阔、然而相当深的峡谷,德国人要达到我方的阵地,无论如何必需穿过这个峡谷。

假如可以把战场上声音的增长用曲线画出来,那么这一天的曲线就像疟疾患者的体温一样,三次迅速地上升又迅速地下降。

早晨德国人开始用团里的大炮射击。后来加上团里的重迫击炮,后来加上师团的大炮,后来又加上重突击炮,然后开始了猛烈的轰炸。当轰轰的响声达到极点的时候,突然中断了,德国人在不肯沉默的机关枪声下进攻。在这一分钟里,所有在我们的堑壕里枯坐的、按住性子忍耐着的、仍旧活着的人们——全都去靠近了机关枪、自动枪和步枪。早在一星期前,在德军刚开始进攻的日子便得到"死谷"绰号的那个峡谷,此刻又一次证明它是名不虚传:在几分钟里,峡谷的斜坡上就盖满了死尸和将死的人们。最后的一批人没有跑到离堑壕还差二十米,十五米,十米。似乎再过一秒钟、半秒钟他们就可以跳过这个距离。但是他们并没有跳过。死的恐怖在最后一秒钟控制了那些几乎要跑到的人们,逼着他们回去。

假如死的恐怖不使他们回去,他们是会跑到堑壕里的。但是他们却回去了,而那些往前跑时没有被打死的人们,却在回去的路上被打死了。

第一次进攻没有成功,一切都从头开始。不过假如这个地狱似的情景第一次持续了两小时,那么第二次便持续了五个半小时。德国人决定不让岸上留下不受损害的地方。整个河岸都布满了弹穴,如果这些炮弹同时爆发的话,这里的确不会留下一个活人。但是炮弹是在不同的时间爆炸的,一个炮弹刚刚爆炸过的地方,它的弹穴里就有人躺着射击,而在第二个炮弹爆炸的地方,却没有人了,这个死神的捉迷藏的游戏继续了五个半小时,在第六个钟点的末尾,德国人第二次进攻的时候,那些耳朵被震聋的、被撒了半身泥土的、疲倦得脸上发黑的战士们,在他们的堑壕里站起来,猛烈地、顽强地扫射在他们面前出现的一切,把这次的进攻又击退了。

表示炮声的曲线又缓慢地向上爬。五架一队,十架一队,二十架一队,三十架一队的飞机飞来了,它们俯冲得非常低,爆炸的气浪竟把它们在空中弹起来。它们不顾高射炮的炮火,几乎从离地二十米的高度向堑壕射击。周围扬起了喷泉似的尘土,好像下雨似的。

大大小小的炸弹、燃烧弹和碎片弹,有炸出五米深的弹穴的炸弹,有仅仅触着地面就爆炸的炸弹(它的弹片飞得是那样低,如果地上有草的话,它们会把草也削掉),有的炸弹在二百米的高度爆炸,分裂成几十个在空气中爆炸的、像榴霰弹似的落到地上的小炸弹,这一切在头顶上差不多号泣了三个小时。不过在晚上准六点钟,德国人作第三次的进攻的时候,他们只是又一次将自己的躯体填满了"死谷"。

在这样小的面积上有这样大量的死人,萨布洛夫还是初次看见。

早晨,援兵来了以后,萨布洛夫把他自己的人数了一数,这个数字他记得牢牢的,原来他有八十三个人。而现在,到晚上七点钟,在他的队伍里只剩了三十五个,其中有三分之二受了轻伤。他左右两面的情形也是这样。

堑壕都被炸毁了,几十个地方的交通路被直接命中的炸弹和炮弹炸断了,许多掩蔽部都被炸碎,木头竖立起来。还是前天被震伤的萨布洛夫现在几乎什么都听不见。一切都结束了,可是他的耳朵里仍旧还有连续不断的炮声。

如果将来有一天人家请他描述这一天他所遇到的一切,他可以用几句话把它叙述出来:德国人射击,我们躲在堑壕里,后来他们停止射击,我们便站起来向他们射击,后来他们后退,重又开始射击,我们重又躲到堑壕里,等他们停止射击前来进攻的时候,我们重又向他们射击。

实际上,这就是他以及和他在一块的那些人们所做的一切。不过,他一生中大约从来还没有感到过这样固执的仍旧活着的愿望。这既不是死的恐怖,也不是怕原来的、有着全部的喜悦和忧伤的生活将要中断,也不是想到对别人明天将要到来,而他萨布洛夫已经不在人世的怀有妒忌的想法。

不,整整的这一天他都被那唯一的、要坐待到那一刻来临的希望控制着,那时寂静将要到来,德国人要站起来,他自己也可以站起来向他们射击。他和他周围所有的人们在这一天中三次等待这个时刻。他们不知道以后将要怎样。不过他们每一次都希望无论如何要活到这一分钟。晚上七点钟,最后的一次——第三次的进攻被击退后,来了一次短短的寂静,在一天当中,除了发命令和一面向德国人射击、一面大喊着的可怕的、非人性的哑声的詈骂以外,他们才第一次说了些什么话,——这些话竟是轻得出人意外,使人感到有一种庄严的气氛,仿佛是发生了一件非常重要而崇高的事。萨布洛夫感到今天他们战胜了德国人,他们非但做了以后情报局的战报上将要登载的那件事:"某部队消灭希特勒匪徒达七

248

百（或是八百）人之多"，而且他们今天又是战胜了比他们更强的德国人。

七点半钟，天已经黑了，安年斯基来到萨布洛夫的堑壕。萨布洛夫这时坐在折好的大衣上，背倚着堑壕的墙壁，拿了叉懒洋洋地在罐头肉里面挖，企图使自己相信，他是饿了，需要吃一点东西，虽然他一点也不想吃。

"好，他们被打退了，"安年斯基说。

他的脸又黑又疲倦，像周围所有的人一样，——显然，今天安年斯基那里所经过的情形也和这里一样。

"被打退了，"萨布洛夫也说了一遍。"一般的情形怎样？"

"都被击退了，"安年斯基说。"有一个少尉和我一同来，他是来代替您的，将军叫您去。"

"那边的情形怎样？"萨布洛夫问。

"那边也被击退了。您去吧，叫您赶紧去。"

"雷米淑夫在什么地方？"

他们把他抬到掩蔽部里去了。

"怎么？他受伤了吗？"

"不，"安年斯基说，"没有受伤，老头不过在半钟头之前，一切都结束了的时候，昏倒了。他的伤势不但可笑，而且也很重。他们立刻灌水给他喝。您就走吧，到将军那里去，不然他要发火了。"

"再会。"萨布洛夫握了握安年斯基的手。

"哦，顺便要告诉您，"安年斯基想起来说。"现在他的指挥站不在原来的地方。他命令迁移了。"

"迁移到什么地方？"

"离这里大约三百米，就在悬崖上。您大概会在那里遇到他的。"

萨布洛夫沿着交通路往后走。他两三次跨过身上撒了泥土、还没有被抬走的我军战士的尸体。走了三百步的光景，萨布洛夫几乎是迎面碰上了泊洛青柯。泊洛青柯站在悬崖边上。他穿着和大家一样的棉袄,不过戴着不久前从对岸后方给他带来的、带红帽圈的将军帽。在离他稍远的地方,有两个战士在弄掩蔽部的天棚板。

"萨布洛夫!"泊洛青柯喊道,他在十步之外就认出了他。"萨布洛夫,是你吗?"

"是我,将军同志,"萨布洛夫答应说。

泊洛青柯迎着他朝前走了三步,停下来,站得笔直,违反习惯非常郑重地说:

"萨布洛夫同志,我代表指挥部感谢您。"

萨布洛夫也挺直了,以"立正"的姿势站着,不知所措地咕噜了一句话。

"我呈请奖给您列宁勋章,"泊洛青柯说,"您应该得到它,我希望您知道这一点。"

"十分感谢,"萨布洛夫出乎自己意外地稚气地回答说,又微笑了一下。

泊洛青柯也微笑了。他们互相对视一下,都明白今天发生了一件对于他们两人和周围所有的人们都是非常重大的、值得庆祝的事,萨布洛夫是不是被呈报上去,他是不是能得到勋章,——这一切和今天所发生的事比较起来,毕竟并不是那么重要。至于今天是获得了胜利——这一点他们两个人都懂得。今天是对德国人的胜利,德国人放弃了他们放弃的一切,他们是绝对应该夺回河岸的,——但是他们并没有夺回。

"喂,怎么样,活着吗? 身体好吗?"泊洛青柯问,他拥抱了萨布洛夫,轻轻地拍着他的肩膀。"活着吗?"

萨布洛夫没有回答。对于这一点能说些什么呢?

"阿历克西·伊凡诺维奇,你我将来要回忆起这一天,"泊洛青柯说。"你记住我的话,正是这一天。人家或许会回忆起另外一天,可是我们正是要回忆起这一天。今天的感觉是多么美好啊,是吗?"

萨布洛夫默默地点点头。

"现在我换了指挥站,"泊洛青柯说。"以前这里是营参谋部,我吩咐给我扩大。明天他们将要把主要的打击集中到这里。可是我们不会放弃这块地方,今天大家都感到了这一点,——我知道:你、我,所有的人都感到了。所以我要坚定人们的这种情绪,所以现在和参谋部一同搬到这里来,让他们不但感到,并且知道我们是不会放弃这个地方的。明白吗?"

"明白,"萨布洛夫回答说。"不过您以前的地方比较方便。"

"那边是方便些,不过我在这里也要把它筑得很坚固。你知道,大胆虽是大胆,可是师长的头顶上总应该搭四层盖板。不过有一件事会使你痛苦:泊泊夫阵亡了……你和雷米淑夫认识了吗?"

"认识了。"

"怎么样? 是个好心肠的人,对吗?"

"是的,"萨布洛夫说。

"现在他要代替泊泊夫做你的团长。"

"那么雷米淑夫的团里呢?"

"我想把安年斯基留在那里。所以,这是第一件事。第二件是,昨天为了组织强击组,我从两个团里抽调了人。结果他们被挤得后退了一点,连你的一营也被挤得后退。师团重新又到了一起——这是好的,不过把我们挤得更靠河岸,又放弃了五所房屋。"

"我那里也是一样吗?"萨布洛夫怀着还不知道最不愉快的消息的人的不安问道。

"是呀,连你的人也被挤得后退了一些。我本人昨天在那里待了半天。也许这是我的罪过——我把你的人调得太多了。不过如果不调人的话,也不会和雷米淑夫联合起来。我在你那里坐了半天,大体说来,从前是你的指挥站的地方,现在几乎是最前方。"

"是吗？"萨布洛夫说。

"三所房子里，德国人夺到了像'Γ'字的那一所，是第九号。你知道吗？"

"知道。"

泊洛青柯用特别平静的口气说着，不过在他说话的神气上，可以觉察他觉得仿佛有些对不起萨布洛夫——因为他从他的营里调了人，又调了他自己，所以现在萨布洛夫可能对他有意见，因为萨布洛夫应该觉得，如果他自己在那里，这种情形就不会发生，虽然即使他本人在那里，这种情形是完全可能发生的。

"总之，你动身回营里去，守住他们现有的地方，这是主要的。不要难受，不要难受，"泊洛青柯拍拍执拗地不开口的萨布洛夫的肩膀，"整个师团到一起是更为重要，这比你的房子更可贵。是呀，顺便说一声，我和你是老同事，可是我不知道，你竟是这样一个守口如瓶的人。"

"为什么是守口如瓶的？"萨布洛夫惊奇起来。

"当然是守口如瓶的。我不是说我到你的营里待了半天吗？在那边他们把所有的事都告诉我了。"

"告诉了什么？"萨布洛夫问，他仍旧还是莫名其妙。

"他们说，你结婚了。"

"啊，原来是这个。"萨布洛夫现在才明白，泊洛青柯指的是什么。现在他想得那么远，所以在第一次暗示时他竟没有想到这件事。"是的，结婚了。"他说。

"听说，甚至要举行婚礼。你竟连我也不请就这样举行吗，啊？"

"我是不会举行的，"萨布洛夫说。"不过是说说而已。希望是这样，可是不会这样的。"

"为什么不会这样？完全可以的呀。我知道这位姑娘。我甚至还给了她勋章。是个好姑娘。"

"非常好，"萨布洛夫说。

"她不是医士吗？"

"是医士。"

"你营里有医士吗？"

"最近没有，"萨布洛夫回答说。"我在医院里的时候，他被打死了。"

"哦，怎么样，"泊洛青柯说。"我可以派她到你的营里去做医士。照编制既然可以，那么就可以。"

"照编制我甚至可以有医生，"萨布洛夫说。

"可以有并不重要。譬如说，你的营里照规矩应该有八百人，可是你的人在哪里呢？医士我可以给，不过有个条件……"

"有什么条件？"

"条件是要请我参加婚礼。还有一件事……不过你，阿历克西·伊凡诺维奇，如果我对你说得不客气，你可不要生气。对于你，她是你的妻子，可是对于营，她是医士，除了有关卫生部门之外，她对营里的事务不能有任何关系。不然，你知道，常有这种情形，妇女们有时不是出于恶意，而是出于一片真心开始给予劝告……这是战争中不能有的。"

"我以为也是这样，"萨布洛夫同意说。"而且，如果您怀疑的话，就让她留在现在的地方好了。"

"不，我并不怀疑，"泊洛青柯说。"我不过是一般地想到这件事，就对你说了。话说完了。好，"他忽然明白过来，又补充说，"赶快回去吧。你的玛斯连尼柯夫在那里等死你了。他爱上了你，是吗？"

"我又不是姑娘。"

"他爱你，非常爱你。他用那样的眼光看着我，好像我把你吃掉了似的。我只得对他说：'我们的萨布洛夫会回来的，会回来的，不要担心。'"

"这到底是谁告诉您的,将军同志?"

"谁告诉的? 是华宁说的。你好像对他很凶吧。啊?"

"不,为什么呢?"萨布洛夫问。

"我是随便这样想想的,关于他的事你一句也没有对我说。你如果对他发脾气——那是没有理由的。他是个好人,又尊重你。好了,你走吧,走吧,"泊洛青柯向萨布洛夫伸出手来。"我想德国人明天要重复一切。不过,如果他们今天没有结果,那么明天是格外没有结果。这是我对这件事的预感。不过,"泊洛青柯微笑了笑,竖起一根手指,"好的预感只是预感,如果伏尔加河再有两天不上冻,那么这边岸上的炮弹和地雷就要完了。节省点用。口粮也要节省。再见。"

"将军同志,再见。"

二十一

夜是黑暗的。在几百米的地方有偶然的迫击炮弹时左时右地扑通扑通地落下来,正因为这爆炸是稀疏的、出人不意的,竟使萨布洛夫猛然吃惊了几次。他走到自己的营前,碰到一个战士。这个战士认出了他。

"上尉同志,您好。"

"您好,"萨布洛夫说。"陪我到指挥站去。现在它在什么地方,您知道吗?"

"就在原来的地方,"战士回答说。

当萨布洛夫走近掩蔽部,看见了堑壕里彼嘉的熟悉的身形时,他心里颤动了一下。他觉得他到家了。

"上尉同志,"彼嘉高兴地说。"我们已经在等待您……"

"你们要是少等待些,打仗打得好些就好了。没有话好说,我回来的时候你们竟给我预备了一份好礼物,"萨布洛夫说,他竭力掩饰起见面的喜悦。"把一所房子放弃了。"

"这是真的,"彼嘉说。"敌人压得太厉害了,不然也不会放弃的。没有兵力。将军不是从我们营里调走了四十个人吗?"

"不但从我们这里调去,从别人那里也调去的。"

"所以别人也被挤得后退了,"彼嘉委屈地说。"是人力不能挽救的……可是政委和玛斯连尼柯夫已经等您好久了。"

"他们在哪里?"

"华宁同志在这里。"

"那么玛斯连尼柯夫呢?"

"玛斯连尼柯夫天一黑就到那所屋子里去了。现在白天也不能到那边去。"

"现在这里离德国人有多少路?"

"从左面很远,像从前一样,可是离这一面,"彼嘉指指右面,"连六十米也不到。什么都能听见。"

"被打死的人很多吗?"萨布洛夫问。

"打死十一个,伤了三十二个,"喜欢准确答复的彼嘉说。"后来还有玛丽亚·伊万诺芙娜也被打死了。"

"孩子们呢?"

"孩子们也被打死了。他们大家都在一起。炸弹直接落在他们的地窖里。只有一个弹穴,周围一点东西也看不见。"

"这是在什么时候?"

"昨天。"

萨布洛夫回忆起很久以前,现在看起来似乎是整个世纪以前,这个妇人用镇静的声音对他说:

"如果有炸弹落下来,就让我和孩子们大家一齐完蛋。"

现在她的偶然的预言竟应验了。

"你告诉我的话太多了,"萨布洛夫说,"要是少一点就好了,"说着,他掀起雨布幕,走进掩蔽部。

华宁在桌边打瞌睡。他写着政治报告,就这样把头倒在纸上,手放在桌上睡着了。"没有道德和政治方面的不良行为。"这是华宁睡着之前来得及写完的最后一句。

"华宁,"萨布洛夫站在他面前喊道。"华宁。"

后者跳了起来。

"华宁,"萨布洛夫重复说,"是我。"

华宁把他的手摇撼了好久,注视着他,好像注视一个幽灵。

"我们已经代你担心得要命了。"他说。

"你们这里好像并没有工夫来担心。"

"不，你想，我们竟会找到了时间。你这个该死的，你这家伙身上不知道有一股什么力量，使人没有了你就要闷得慌。或者因为你是这么个大个子，——没有了你，就像从房间里把火炉搬出去了。"

"谢谢你的比喻，"萨布洛夫微笑了笑。

"这个比喻或许是不恰当，不过实际是这样的。而且，天气要冷了，你生气真是没有道理：火炉——现在是最必需的设备。"

"我一瞧，你们已经把它装上了。"

掩蔽部里果然装着一只圆的铁火炉。

"怎么样？已经装上了。火很旺。你要烤烤火吗？"

萨布洛夫并不回答，就坐到床上，把两只皮靴脱掉，把脚伸到火跟前。

"好啊，"他说。"好得很。你向将军告了我一状是吗？"

华宁大笑起来。

"是告了一状。我既是政委，我就应该知道人们心里有什么心事。我看见你的心神不定，所以我就说了。"

"大家都是心神不定呀，"萨布洛夫说，"战争不结束，心神是不会安定的……玛斯连尼柯夫怎样，到前面去了吗？"

"是的，他总是忍不住。"

"早上能回来吗？"

"应该能回来。如果到早上回不来，那么就要到第二天晚上回来。白天不能来去，左右的机关枪老是用交射的炮火射过来。"

"什么人留在那边的屋子里？"

"大约有十四五个人。柯纽柯夫是那边的警卫长。泊泰泊夫被打死了。"

"是吗？"

"被打死了。在紧急关头，我使用职权任命柯纽柯夫做连长。

也没有别人。我们被击退的时候,他就和连里剩下来的人守在那所屋子里。"

"难道第二连里一共只剩下十五个人吗?"

"不,"华宁说,"这里还有十来个人。他们从房子的两边退出来,而他就留在房子里。第二连里有二十五个人。"

"其他的连里呢?"

"其他的连里稍微多些。你看这里。"

华宁以他固有的精确,在一小张纸上记录下所有各连里现存的人数。

"是的,"萨布洛夫说,"损失很多。那么现在的前缘在什么地方呢?"

"请看呀。"华宁翻了一下纸夹,扯下一张图纸,"是玛斯连尼柯夫做了预备给你回来看的。"

图纸上载着营的地位。营的位置已经不像从前那样凸出在外面,而是在"Γ"字形第九号房屋失去之后沿着一条被毁坏的街道的右边,和其他各营在一条线上,在图纸上只有一所用虚线描出来的第七号房屋,像舌头似的伸在前面。

"实际上,这所房屋是在被包围中,"华宁说。"白天德国人不放我们到那边去。我们要在夜里爬过去。"

"是呀,等我们夺回整条街的时候,这将是推进的一个好前哨阵地,"萨布洛夫说,"要固守着它。"

"等我们夺回来的时候……"华宁拖长声音说。"恐怕离这一天还远呢。"

"为什么?"

"只要能固守着我们现有的地方,就是幸事了。"

"当然,"萨布洛夫同意说,"我说的也是这句话。只要能守得住就是好事。守得住,我们就可以夺回来。"

"你回来怎么这样高兴。比平时更乐观,"华宁说。

"是呀,比平时要乐观得多,"萨布洛夫说。"放弃了一所房子并没有什么。我意思说,这当然不好,不过并不要紧。至于我们今天在岸上固守着,不放他们到伏尔加河上去,这是主要的。以后我们也是不放。"

"你确实相信吗?"华宁说。

"确实相信。"萨布洛夫说。

"为什么缘故确实相信?"

"要怎么对你说呢? 我可以提出几个逻辑上的理由,不过问题并不在这里。我感觉是要这样。今天我们忍受了以前所不能忍受的。他们有什么东西被折断了。你知道,就像一个有发条的玩具。这样卷呀,卷呀,可是后来发条喀喀一响,就不能再卷了。"

"哦,有什么办法,"华宁同意说。"我很愿意相信你的话。我们在这里为了这所房子这样苦恼,以至昨天和今天我们除了痛愤以外,没有其他任何感觉。"

华宁站起来,在掩蔽部里一瘸一拐地走着。

"你怎么变成跛脚了?"

"受了伤。不要紧,到结婚那天会好的,——当然是到我结婚的那一天,不是到你结婚的那一天,因为据说你的是不远了。"

"这是谁说的?"

"泊洛青柯。"

"哦,有什么呢,"萨布洛夫说。"筵席厅预备好了。"他向掩蔽部瞥了一眼。"要有音乐,甚至有外国乐师来参加。新郎在这里。只等新娘带了女傧相来举行婚礼。"

"不过今天等玛斯连尼柯夫回来,我们要摆暖房酒①,"华宁说。"你不要以为这样就赖掉了。不摆暖房酒,我们反正不会让你结婚的。"

---

① 俄俗,新郎在结婚前夜举行的宴会。

"不过彼嘉的贮藏大概不多了。彼嘉,是吗?"

"上尉同志,我总会想办法的,"彼嘉说。"您到底把我估计得很对,"他便打开军用水壶,在华宁和萨布洛夫面前的两个杯子里斟了两杯伏特加酒。

但是他们还没有来得及把杯子举到唇边,雨布幕就被掀了起来,玛斯连尼柯夫,快乐的、热闹的、头发蓬乱的玛斯连尼柯夫在掩蔽部门口出现了。

"且慢,"他举起手来。"你们在做什么? 不带我吗?"

玛斯连尼柯夫扑到萨布洛夫面前,抓住他,把他抱起来,拥抱了,吻了,抓住他的手,推他后退些,看看,重又把他拖到面前,吻了他,推他坐回去———一切都在一分钟里。然后自己啪的一声坐在放在桌子旁边的第三张凳子上,突然用豪放的男低音喊道:

"彼嘉,给我伏特加。"

彼嘉给他倒了伏特加。

"为萨布洛夫干杯,"玛斯连尼柯夫说。"祝他早早做将军。"

可是华宁却举起了酒杯,带着他那忧郁的神情微笑了一下,反驳说:

"为萨布洛夫干杯,祝他早早做历史教师。"

华宁和玛斯连尼柯夫同时对萨布洛夫看了一下。

"那么是做历史教师呢,还是做将军?"萨布洛夫反问道。"我情愿一辈子做街道洒水夫,如果这样哪怕能使战争早一天结束。当然,是要像我们所希望的那样结束。所以,我们来为她干杯。"

"为谁呢?"华宁问,虽然这时玛斯连尼柯夫在桌底下用膝盖撞了他一下,让他明白这话问得不妥当。"哦,当然是为安尼亚。"

"为她,为胜利①,"萨布洛夫说明白了便一口把酒喝干。"至

---

① 俄文里胜利(победа)一字为阴性,所以萨布洛夫说"她"的时候,人家不知他究竟指什么。

于做教员，"他透一口气说，"那么在战后我们大家多少总要做历史教员的……喂，房子里怎么样啊?"他对玛斯连尼柯夫说。

"那边由柯纽柯夫管着，"玛斯连尼柯夫回答说。由于疲倦的缘故，他只喝了一杯伏特加便已经有了那种激昂庄严的心情，这时说起话来一定要用冗长的、结构非常复杂的句子，以至有时竟不能说完。"那边由柯纽柯夫管着，他宣称自己是卫戍司令，举止有中将的威风，此外他还佩着那枚旧的乔治勋章，据他说，他带这个勋章是等待萨布洛夫上尉依照军司令的命令，发给他一枚应得的红星勋章。彼嘉，你在看什么?"玛斯连尼柯夫喊道。"杯子已经空了呀。"

萨布洛夫斜睨了玛斯连尼柯夫一眼，不过后来他想这个人反正是疲倦得要倒下来了，他无论如何是需要睡觉的，便也不去反对他。彼嘉又给他们每人倒了一杯。

"有趣得很，"华宁说。"彼嘉永远不会弄错：他总是倒整整的一百克。"

"政治指导长同志，一点也不错。"

"我知道一点也不错。即使是不同的杯子，给一个人倒在大杯里，第二个人倒在小玻璃杯里，第三个人倒在茶杯里，——总是倒得同样地准确。可以宣布秘密吗，啊?"

"政治指导长同志，我倒酒的时候，不是用眼睛看，而是听声音和计算的。我把酒瓶握在一定的角度上，于是我就听着声音计算：一、二、三、四、五，——好了；一、二、三、四、五，——又好了。"

"好，这个人，"玛斯连尼柯夫说，"打完了仗要在药房管理处工作。"

"少尉同志，再也不会，"彼嘉说。"再也不会。"

"那么打完了仗你要干什么呢?"萨布洛夫问。

"我要做供应工作，"彼嘉说。"供应工作我可以做得出奇地好。"

"彼嘉,我看你喝了酒了吧?"萨布洛夫微笑了。

"是的。上尉同志。你们喝酒预祝胜利的时候,我也喝了。不过我喝得不多,"彼嘉说了又停了一下。至于伏特加酒破例竟在他身上起了作用的话,他却不说,因为所有的食物贮藏都要完了,他把食物节省下来给指挥们吃,他自己一天只吃了两块黑面包干。"打完了仗我要做供应工作,像我从前的工作。如果有人会以为战后这件工作没有趣,那他就错了。我希望有一天,人们会觉得我在一九三三年所做的事是可笑的。从前我是大王,因为我能够弄到五十袋土豆或是三袋葱头。不过打完仗以后,有一天人家要对我说:'彼嘉,去弄牡蛎,给工人的餐厅。'我就说:'请。'到吃午饭的时候就会有牡蛎。"

"不过你曾吃过牡蛎吗?"萨布洛夫问。"这一定是相当难吃的东西。"

"不,我没有吃过,"彼嘉回答说。"我这是做个譬喻。我只是想说出一样你们此刻最想不到的东西。给你们再斟上吗?"

"不,"萨布洛夫说,"够了。"他把头垂在手臂上沉思起来。

彼嘉此刻说的是心里话,这是他的梦想。

萨布洛夫闭上眼睛,沉思在这一年半来不知有多少抱着幻想的关于未来的思想、后悔和没有实现的希望埋在俄罗斯的土地里,不知有多少幻想过的、多少希望过的、思想过的和后悔过的人们埋在这块土地里,他们已经永远不能使他们所想的事实现。于是他觉得,这一切是可以实现的,但是没有实现的,一切考虑过的,但是现在已经死了的人还没有完成的责任,将它的全部重担都堆到活人的肩上和他的肩上。他考虑到战后的一切情形将要如何,但是他想象不出,就像他在战前不能想象他此刻所遇到的事情一样。

"为什么发愁?"华宁对他说,"将军和你谈话了吗?"

萨布洛夫抬起头来。

"我没有发愁,我只是在想。"他笑起来。"为什么如果有人在那里思索，我们就认为他是在发愁呢？彼嘉！"

"是。"

"拿着我的自动枪。我和你马上就走。"

"往哪里去？"玛斯连尼柯夫说。

"去巡查阵地。"

"阿历克西·伊凡诺维奇，你睡一会儿，早上再去……早晨比晚上脑子清醒些。"

"不，早晨去巡查阵地……我的性命更宝贵些，"萨布洛夫笑起来。"我此刻去。"

"我跟您去，"玛斯连尼柯夫说。

"不，我一个人去，"萨布洛夫把一只手放在玛斯连尼柯夫的肩上。"好了，米宪卡①。你坐着，并且要记住，指挥回队的时候，最初半个钟头可以把他当客人招待，可是后来他又是主人了。懂吗？你去睡吧。等我回来，我来叫醒你，我们来谈谈明天的计划。你也该打一会儿瞌睡，"萨布洛夫一面站起来，一面对华宁说。

"我已经打过了，"华宁微笑了。"政治报告怎么也写不完，睡着了三次。"

"你把这些报告写得很枯燥，"萨布洛夫开玩笑说，"枯燥得连你自己写的时候也要睡着，你想想，别人读的时候，要怎样睡法。"

他们两人都大笑起来。

"你今天把精神振作起来，"萨布洛夫劝告说，"写一点有趣的东西，让人家读起来像读柯南道尔②的著作似的。好，过一会儿再见。"

萨布洛夫和彼嘉走出了掩蔽部。他们走后，玛斯连尼柯夫在庆上伸了个懒腰，像孩子似的嗅着鼻子，立刻就睡着了。华宁坐在

---

① 米哈依耳的爱称。

② 英国著名侦探小说家，《福尔摩斯侦探案》的作者。

桌旁，把没有写完的一张政治报告放在面前，开始沉思。后来他爬到床底下，拖出一只剥落的漆布箱，从里面拿出一本厚厚的普通学生用的练习簿。簿子的第一页上写着"日记"。他在罕有的空闲的时候，把各种不同的引起他注意的事件和情况都记录在这里面。

他将日记簿放在今天的政治报告旁边，他想，或许他正是需要把记进这本极其宝贵的练习簿的东西，写在政治报告书里。人们突然流露出来的谈话、思想、感情、事件——他所记载的一切，因为这对于他是有趣的，——也许，正是这一切对于一般的人也是有趣的，而他每天按照"肯定现象""否定现象"一栏里所写的东西，对于他并没有特别兴趣，也许对于那些要阅读它的人也同样地没有兴趣。

在这一瞬间，安尼亚掀起雨布幕，走进了掩蔽部。

"政治指导长同志，您好，"安尼亚说。

华宁站起来迎她，和她握了手。

"萨布洛夫上尉在哪里？"她问。

"到连里去了，马上就回来。"

"可以向你报告吗？"安尼亚问。

"请啊。"

"克里明珂被派到你们营里来当助理军医，到职工作，"安尼亚行了军礼说。后来她放下手来问："阿历克西·伊凡诺维奇快回来了吗？"

"快来了。"

"我希望赶快看见他。"

"我和您有同感，"华宁微笑说。"他快来了。您坐下吧。"

他们坐下来，沉默了一会儿。

"不要这样看我，"安尼亚说。"我没有请求这件事。"

"我知道，"华宁说。

"他也没有请求。"她肯定地说。

"我知道。是我请求的。"

"是您吗?"

"是我。"

华宁想起了他自己的不知下落的家庭,他怀着善意的羡慕同时又意识到本身的幸福是不可挽回的心情说:

"您在这里很好。您自己不懂得这是多么好。"

安尼亚没有开口,等他再往下说。

"您明白,"华宁继续说,"我很高兴能出力使你们在一起。我在这里和阿历克西·伊凡诺维奇常常争论。我和他是两个性情完全不同的人。不过您看是怎样一回事,要怎样对您解释……且慢,您不是早就知道我了吗?"他突然打断自己的话头说。

"当然是的,华宁同志,"安尼亚证实说。"斯大林格勒的共青团员里面有谁不知道您呢?"

"我在这里和萨布洛夫见面的时候,我们就为种植树木辩论过。您记得,我们这里的人都为种树入了迷吗?他向我证明,我们既然预先看到战事会发生,就应该少做些这件工作,而多多的做其他许多工作。大体说来,我甚至同意他的意见。不过您记得,我们是多么热心来做这件工作,这是多么美好!您记得吗?"

"记得,"安尼亚回答说。

"这是那样的幸福,"华宁确信地说,"那样的幸福。我永远希望大家都幸福,我所做的一切都是为了这个目的。有时我采取不需要的措施——为了这一点,我写了多余的训令——总是为了这个目的。至少,我一向都认为是这样的。"

华宁虽然说得很乱,离开正题,但是安尼亚懂得,他说的是一件一直使他痛苦的事。

"就像此刻,"华宁继续说,"虽然以前我一直觉得,我一切做得都对,是为了人们的幸福,不过现在考虑到国际形势,我觉得,萨布洛夫大概是对的:或许应该少种树,少做些体育检阅的自由表演,少些好听的话和演说，要多训练步枪和学习射击。但是那时候我并不这样想，这是事后我现在在这里伏尔加河岸上认为应该这样的。您明白我吗？"

华宁把落在额上的几簇头发甩开，于是安尼亚想起了很久以前的共青团集会，华宁在会议的讲坛上演讲，就像此刻一样地急躁，也同样把额上碍事的头发甩到后面去。虽然华宁此刻所说她并不全懂，因为他说的显然不过是他和萨布洛夫辩论的下文，但是她忽然明白，在她面前坐着一个非常善良的、非常和蔼的人。

"是的……"华宁突然打断了自己的话头。"所以我就是说：在周围进行着一切这样，天晓得，可怕的或是不可怕的事，总之，对人是艰难的事情的时候，您能和阿历克西·伊凡诺维奇在一起使我特别高兴。在一起总是好的……怎么，您把东西都直接带来了吗？"

安尼亚微笑了一笑。

"东西在这里。"

她指了指一个塞得满满的大卫生皮包。

"还有的呢？"

"还有的——全在这里，"安尼亚说。

她脱了大衣，在桌旁坐下。

"不过，我们仍旧还要在这里植树，"华宁说。"从前怎样，将来也要怎样。如果青年们对这件事并不像我们所希望的那样热烈，那么我们这班老共青团员，就要像以往一样，自己来做这件工作。"

"我们当然要做的，"安尼亚说，她不由得想起了今天斯大林格勒的情景。

玛斯连尼柯夫在大衣下面微微动了一下，然后很快地在床上坐起来，摸着了靴子，赤脚穿上，站起来，走到安尼亚面前，跟她打招呼。

"是您来了，"他说。

他这样说，使安尼亚很愉快，仿佛这里等待她好久了。

"您想吃东西吗?"

安尼亚摇摇头。

"想睡觉吗?"

安尼亚又摇摇头。

"什么都不要,"她回答说。"看见您我很高兴。"

"明天我们这里大概会很安静,"玛斯连尼柯夫说,他也许是为了安慰她,也许只是为了可以继续谈话。

"我的老共青团员,"华宁说。"'朋友重逢'——好像有过这样一部电影吧?"

"有过,"安尼亚说。

"我很久不看电影了。这里有一次收到一份《真理报》,我看了在莫斯科各电影院放映的电影表。甚至连'三剑客'① 也在那里放映。"

"我看过'三剑客',"安尼亚说。"那时候找还很小。"

"这大概是陶格拉斯·范朋克演的吧?"玛斯连尼柯夫问。

"是的。"

"不,据说,现在演的是另外一些演员。范朋克死了。"

"真的吗?"安尼亚惊奇起来。

"死了,早就死了。玛丽·璧克福② 也死了。"

"难道连玛丽·璧克福也死了,"安尼亚真正难受地说,仿佛最近一月来斯大林格勒所发生的事件中,这是最令人悲痛的一件。

"死了,"玛斯连尼柯夫冷酷地说。

老实说,他并不知道玛丽·璧克福是死了还是活着,不过既然开始谈到这个题目,他便要使听众来对他的消息灵通表示惊叹。

---

① 根据法国作家大仲马的名著拍的一部影片。

② 玛丽·璧克福是范朋克的妻子,两人都是美国好莱坞早期享有盛名的电影明星。

"那么裴斯开登① 呢?"安尼亚担心地问。

"死了,"玛斯连尼柯夫肯定地说。

华宁笑起来。

"你笑什么?"

"你讲起他们,好像是在列举某一连在最近一天一夜当中的损失,"华宁笑得更响了。

"他是一个很好的演员,"安尼亚说。裴斯开登死了,使她难受。她想起他的忧愁的、永远不笑的长脸,她很惋惜,因为死的正是他。

"他没有死,"华宁对安尼亚看了一看,插话说。

"不,死了,"玛斯连尼柯夫热烈地反驳他。

"好,算了,就算他死了,"华宁想起了这场争论在这里斯大林格勒的可笑之处,便同意说。"我要去查岗,"他一面穿大衣,一面补充说,同时也让人明白谈话是结束了,而且裴斯开登是死了还是活着毕竟并不是那么重要。

"上尉已经在那里巡视了,"玛斯连尼柯夫接着说。

"他或许在连里的什么地方被留住了。我反正是需要去察看的……我马上就来。"

华宁走出了掩蔽部。

"您还是躺一会儿吧,"玛斯连尼柯夫建议说。"我们明天在这里的屋角里给您钉一张床,您暂时就在我的床上躺一会儿。"

安尼亚对他看了一看,她虽然一点不想睡,不过她明白,如果此刻她不躺下,再过三分钟玛斯连尼柯夫一定要把他的建议再重复一遍,所以她不再争执了。她脱掉皮靴,躺在床上,用大衣紧紧地一直盖到头颈。

"喂,我听从了您的话,可是我并不想睡,"安尼亚微笑了笑,

---

① 早期美国电影演员,以滑稽表情闻名,但自己从不露笑容。

说。"您讲讲,你们在这里怎样生活。"

"非常好,"玛斯连尼柯夫用非常正式的语调说,仿佛他面前的不是安尼亚,而是带着礼物从赤塔来的代表团。"非常好……"后来他明白过来,这是安尼亚,她对于这里的情形知道得不见得比他少,便补充说:"非常好,今天把全部进攻都击退了。上尉的气色非常好。我们在这里替他担心。"

"我也是,"安尼亚说。

"可是他连一根汗毛也没有碰伤。将军偷偷地对我们说,已经呈请了给他列宁勋章,因为他一夜到雷米淑夫那里去了两次。哦,还有什么呢?我们在这里见面的时候,喝了一点酒预祝胜利。这时我心里暗暗地为您干了一杯。"

"谢谢您。"

"我非常高兴您在这里,"玛斯连尼柯夫接着说。"您知道,老是男人们在 起的时候,你待在这个环境里,人仿佛会变得粗暴起来。"

他觉得这句话他说得是故意地在装成年人,不禁脸都红了。

"也许,您想抽烟吗?"他克制着窘态说。

"我不抽烟,"安尼亚说。

"战前我也不抽烟。但是在这样的环境里就使你想抽。抽了烟,时间可以过得快些。您抽吧。"

"哦,好吧,"安尼亚说,她明白抽了烟可以使他高兴。

他从上装的口袋里摸出放在那里唯一的一枝烟卷,递给安尼亚,而自己却开始卷烟。后来他忽然想起来,没有给她火柴,便跳起来,把烟卷里的烟叶撒了一地,划了火柴送到安尼亚面前。安尼亚点着了烟,就像所有不会抽烟的人一样,微微吸了一口,立刻就喷出烟来。

平常卷起烟来很敏捷的玛斯连尼柯夫,这次却用心卷了很久,然而却卷出了一枝又大又不像样的烟卷,烟卷的尾端还多出了一大段纸,烟一点着,它马上就像火把似的燃起来。

"也许您想吃东西吗?"玛斯连尼柯夫问。

"不,谢谢您。"

"给您拿点水来吗?"

"不,谢谢您。"

玛斯连尼柯夫不做声了。在这里,在他的保护下,是他的长官和同志的妻子,而他怀着只有孩子才有的那种动人的亲切对待她。他要对她关切得无微不至,让她懂得,他是她丈夫的最忠实的朋友,她完全可以信赖他,一般地说,没有一件事他不是乐于为她效劳的。

他们这样沉默了几分钟。

"米夏!"

"是。"

"您不是米夏吗?"

"是呀。"

"您这个人很好。"

听了"您这个人很好"这句话,玛斯连尼柯夫感觉,虽然他和安尼亚大概是同年,可是她的神气却显得要比他大得多。

"米夏,"她闭上眼睛,好像想起了他的名字,又叫了一遍。

当玛斯连尼柯夫问她什么话的时候,她没有回答。她一闭上眼睛,马上就睡着了。

在这寂静之中,他一个人坐在桌旁,遥远的交射偶尔打破着这片寂静。在离他两步外的床上睡着一个妇人,他的同志的妻子,她非常漂亮(他觉得这样),如果她不是他的同志的妻子,他可能会爱上她(他这样想),而事实上他已经爱上她了(事实是这样的,不过他自己永远不会承认这一点)。他不知怎样想起了他的哥哥,想起他的哥哥从西班牙回来,以及后来从蒙古回来后常去的莫斯科近郊的那个热闹的避暑地。大概是因为他的哥哥多次冒生命的危险,多次艰苦作战的缘故,所以他喜欢在这些回来的时候周围是热闹和快乐的。他常常带着漂亮的妇女们来避暑,起初带一个,后来,过了两年,又带另外一个。他永远是热闹的、快乐的,并且似乎朋友和爱情对于他总都很容易得到。而玛斯连尼柯夫注意到,他的哥哥因此而常常有点闷闷不乐。有一次哥哥和一大群人带一个妇人到了避暑地,玛斯连尼柯夫觉得,她是那样无比地美丽,使他寸步也离不开她,他的哥哥突然说:"米西卡①,我们去打弹子,"他们便锁起门打起弹子来,一打就是三个小时。可是当有人来敲他们的门,一个女人的声音喊"柯里亚②"的时候,他的哥哥却用手指按在嘴唇上说:"米西卡,不要响,"他们便都不做声,等到轻盈的脚步离开门前,他们再继续玩下去。哥哥说:"哦,让他们去吧,"玛斯连尼柯夫觉得奇怪:这件事使他莫名其妙,他觉得如果有一个女人在喊他,他自己是不能够这样不声不响地玩弹子的。打完弹子,他的哥哥回到同伴那里,对他方才不答应的那个女人非常温柔亲切,好像是准备为她赴汤蹈火。但是他把玛斯连尼柯夫当做同谋似的偷偷地对他眨眨眼,好像是说:"幸福并不在这里面,亲爱的,幸福并不在这里面。"可是玛斯连尼柯夫觉得,幸福正是在这里面,因为这是他未曾身受的,而且大概是十分美妙的。

他想起了哥哥、避暑地和弹子戏,哥哥在哪里呢? 报上已经好久没有一点关于他的消息了。他突然想象哥哥是阵亡了,他便不由得想,如果当时在避暑地的那一群喧闹的人们和妇人们知道了哥哥的噩耗,他们当然要谈到他,甚至一定要为他干杯,并且要回忆他们怎样和他避暑,此外大概便不会有什么了。而现在萨布洛夫如果阵亡了,那时安尼亚怎么办呢? 她一定会变得和此刻完全两样,她将要发生可怕的事。而和他哥哥在一块的那些人们,是不

---

① 米哈依耳的爱称。
② 尼古拉爱称。

会发生任何可怕的事的，或许，因为这个缘故，哥哥才去和他玩弹子而不去答应他们的敲门。

他又对安尼亚看了一次，少年恋爱的烦恼——不是对她的爱，而是对一般的恋爱——控制了他。他非常想活到战争结束，可以也到哥哥的避暑地那里去，也不是一个人去，不过要使它完全不像哥哥那样，他不要去打弹子，而她应该是非常出色的。他开始想像，她将要是怎样的，不过当他一般地想到她的时候，他便赋予她最出色的品质。可是当他想象她的脸庞的时候，他却好像想到了安尼亚的脸。

他坐在桌旁的凳子上打瞌睡，等华宁巡查了岗哨回来，叫他的时候，他吃了一惊。

"玛斯连尼柯夫，你没有睡吗？"

"睡着了一会儿。"

"萨布洛夫在哪里？"

"他走了。"

"已经六点钟了，"华宁说。"一定是溜到柯纽柯夫的屋子里去了。什么地方都没有他。真是个一刻也坐不住的人。"

二十二

萨布洛夫果然是到柯纽柯夫的房子里去了。

只有夜里才可以到那里去,而且大部分的路还是要爬,有被偶然的子弹击中的危险。

萨布洛夫和彼嘉起初沿着一堵半毁的墙壁走,后来转了弯。彼嘉在这里蜷起身子,仿佛是准备要跳。

"喂,上尉同志,怎么样?这里是旷场。"

"我知道,"萨布洛夫说。

"怎样,是爬呢还是跳呢?"

"跳吧,"萨布洛夫回答说。

他们从墙后跳过去,跑过了三十米,到了第二座墙面前。在这座墙后面已经可以比较安全地钻进那所房子。德国人听见了响声,后面就有几排机关枪弹嘘嘘地飞来。

"什么人在走路?"黑暗中有一个声音轻轻地问。

"自己人,"彼嘉答应说,"是上尉。"

他们沿着墙又走了几步。

"到这里来,"仍旧是那个声音说。"上尉同志,是您吗?"

"是我,"萨布洛夫回答说。

"到这里来,不要碰了头。"

萨布洛夫弯着腰下了几层阶石。他们摸索着转了角走进了地窖。

这就是如克少尉曾经在这里将躲藏着的德国人一网打尽的那

个大锅炉间的一部分。两个月以来情况都改变了:以前认为是危险的地方,此刻在这个被削成平地的城市里,已经算是舒服的所在。锅炉间部分被一个五百磅的炸弹直接命中,被炸毁。当中的锅炉都被炸坏了,奇形怪状地卷曲起来的铁片难看地堆满了地板。但是锅炉间的另外一小半却是完整的。

在墙角对着德国人的那两座墙上,做了些像炮眼的东西,里面架着四架机关枪。楼梯有两处地方被打坏了。有几段不知从什么地方拖来的残余的救火梯,直接通到在天花板上凿穿的洞口。炸弹落下来时在墙上炸穿的洞,用锅炉的裂片堵塞着,在仍旧留下出入口的地方,挂着将四片缝在一起的雨布。萨布洛夫跟着带路的人正是从这里掀起雨布走进了锅炉间。

锅炉间里冒着烟。一只自制的铁炉就放在水泥地上,炉子里的木柴劈啪地响着。烟囱穿过墙壁,通到外面,可是它装得不紧密,所以接头的地方都有烟冒出来。一个人蹲在炉旁,有五六个人横七竖八地睡在屋角里,睡在用两只弹簧垫和几个从被炸坏的汽车里取下来的皮坐垫搭成的床上。

萨布洛夫走进来的时候,坐在火旁的人跳起来,向萨布洛夫行着军礼问道:

"上尉同志,要叫醒柯纽柯夫吗?"

"叫醒他,"萨布洛夫说。

"上士同志,上士同志!"那个红军战士开始推醒柯纽柯夫。

柯纽柯夫跳起来,一面整理着皮带,一面跑到萨布洛夫面前。

"准我报告,"他在离开三步的地方站住,大声喊道。"鞑靼街七号房屋的卫戍队准备作战。没有病人。有两个伤员,没有特别事件。上士柯纽柯夫报告。"

"你好,柯纽柯夫。"

"祝您康健,"柯纽柯夫清清楚楚地说,他后退一步,又立正了。

柯纽柯夫虽然很守军纪,但是他的外表上有了一种新的,如果

274

可以这样说的话,微微带有一点游击队员的神气,这种神气是被围困很久、不断冒着生命危险、和外界隔绝的人们身上所出现的。柯纽柯夫的皮带仍旧缚得紧紧地,连两只指头也塞不进,但是船式帽却雄赳赳歪戴着,腰带上挂着一枝装在三角形的黑色盒子里的德国"巴拉贝鲁姆"式手枪,可是脚上却穿了一双镶毛边的、德国飞机员的黄皮靴,很漂亮。

那个红军战士不敢自作主张,而来请示:"要叫醒柯纽柯夫吗?"从这一点上,从柯纽柯夫虽和大家睡在一块,可是同时却稍稍离开一点,一般地,从统制着卫戍队的这严格的秩序上看来,萨布洛夫明白,在这些日子里柯纽柯夫成了这里的主要人物了。

"柯纽柯夫,我好久没有到你这里来了,我来看看你们过得怎样?"

"过得很好,上尉同志。"

"叫他们端张凳子到火边来——我冻坏了,我们坐下来谈谈。"

"要叫醒他们吗?"柯纽柯夫问。

"不,何必要叫醒他们? 他们大概很疲倦吧?"

"正是,他们疲倦了。"

"这就是你全部的人吗?"

"不是,不是全部。一半人在站岗,一半人在睡觉。只要不来进攻,我们便轮流作战。"

"如果来进攻呢?"

"如果来进攻,大家都照规定在岗位上。安东诺夫,"柯纽柯夫喊道。

"有。"

"给上尉同志端一张小凳子放在炉子跟前,"柯纽柯夫说。"快一点。快跑。"

小凳子没有找到,战士拿来了两个汽车里的坐垫,放在离火光熊熊的炉子不远的地方,自己重又开始拨火。

"好了。随便些,随便些,柯纽柯夫,"萨布洛夫说。"坐下吧,"他便自己坐到火炉旁边。

柯纽柯夫也斜坐在他旁边,不过即使坐在低低的汽车靠垫上,他仍旧做到保持挺得笔直的样子。

"意思说,现在是你一个人受围吗?"萨布洛夫说。

"正是,"柯纽柯夫说。"被围了三天三夜。连长被打死以后,我就留在这里代替他。可是昨夜送来命令,叫我们编成排,并且派我做排长。"

"排里有多少人?"

"十五个人,"柯纽柯夫说,"连我也算在里面。"

"以前呢?"

"以前是十七个。昨天和今大有两个人因为死而出缺了。意思说,被打死了,"他阐明了他自己的、连他也觉得是文绉绉的正式的说法。

"你怎样分配你的军队?"萨布洛夫问。

"准我报告。是这样的。白天一直有四个人带着枪伏在机关枪炮眼旁边。两个人在壕沟里一面坐一个,不让敌人包抄,又可以从两翼观察。堑壕挖得很好,有一条路从地窖直接通到壕沟,让他们要爬的时候,不至于被打着头。那里有个洞,看见吗? 两个人一直在一层上值班:注视着前面,不让他们走近。遮掩得虽然不很好,不过防御工事却筑好了。我们拖了个坦克的炮塔到那边去,砌了许多砖瓦。马克西摩夫昨天被打死了。您不认识他吗?"

"好像认识。"

"红头发。从前在我的班里的。昨天打中了他。一般的情形总算上帝保佑。上尉同志,一切都照秩序预先指定,您可以亲自检查一下。"

"一定要去的,"萨布洛夫说。

"您现在不想尝尝土豆吗? 冻的,不过格外甜些。"

"你是从哪里弄来的土豆?"

"昨天夜里偷偷跑到被打死的女人和孩子们以前住的那个地窖里。您记得她吗?"

"记得。"萨布洛夫说。

"我们溜了过去。我本人也溜过去。那边被炸得撒了一地。我拾了半口袋。您不吃冻的吗?"

"不,为什么不吃? 吃,"萨布洛夫说。

"我们马上就弄好,"柯纽柯夫说。"安东诺夫,把土豆翻一翻。只炸一面是炸不熟的,要得把它翻一翻。等一下,我自己来。"

柯纽柯夫站起来,从腰带里拔出一把战利品的阔刀,开始翻煎锅里的土豆。

"上尉同志,我们这里已经成了家了。我喜欢一切都有秩序,样样东西都摆得是地方。您来尝尝土豆,"他说着,一面把盛着土豆的煎锅从火上端下来放在地上说,"请用小刀。没有义子,我们没有这样的东西。"

萨布洛夫拿了刀,嘴被烫痛着,吃了几个小土豆,因为长久不吃的缘故,他觉得它们非常好吃。

柯纽柯夫腰里的皮带上有一个盛伏特加酒的德国式的水瓶在摇晃着,他想问上尉喝酒不喝,可是纪律管住了他:他决定长官自己会知道什么时候该喝酒,什么时候不该喝。

"你怎么不吃呢?"萨布洛夫问。

"您先尝,我们然后再吃。"

萨布洛夫吃了一点,就把煎锅移到柯纽柯夫面前。柯纽柯夫也拿了刀,很快地吃了几个小土豆,然后把值勤兵叫来,对他说:

"去把战士们叫醒。晚餐预备好了。"

萨布洛夫站起来说:

"好,他们吃的时候,我们到上面去看看。"

"是,上尉同志。请这边来,"柯纽柯夫把萨布洛夫领到救火梯前,停下来,向值班兵做了几个猛烈的手势,意思说,他来到的时候,大家一定要挺直了,要雄赳赳的,不要使他柯纽柯夫难堪。

他们顺着救火梯往上爬。以前这梯子是用来攀到六七层楼,到半空中去的,可是现在他们沿着这段残梯一共只上了七八级便已经到了天底下,虽然事实上这一共不过是第一层,比地平面仅仅高出一点。

夜是黑暗而冷冽的。

"上尉同志,弯下腰来,靠近栏杆,"柯纽柯夫低语说。"这边不行,要撞痛的。"

他们弯着腰走了十来步,在残剩的墙角后面找到了哨兵中的第一个。他躺在砖瓦堆后面,瓦堆上斜放着两条轨道,轨道上有几个不是装着沙,就是装着水泥的口袋。他的两旁也围着同样的口袋。

"西多洛夫,"柯纽柯夫低语说。

"是我。"

"你在观察什么?"

"什么也不观察。"

"冻坏了吗?"

"冷得很,"西多洛夫回答说。"冷得彻骨。"

"忍耐一下,快换班了。你要去煎土豆。今天你代替厨师。"

"只要能到炉子旁边,"西多洛夫说。"到了那里,你要什么我就给你烘什么,好冷。"

"好,你观察吧,"柯纽柯夫安排说。"上尉同志,没有命令吗?"

"没有,"萨布洛夫说。

他们就这样爬到第二个瞭望哨那里,瞭望哨设在放在墙壁废墟中间的空的坦克炮塔里。炮塔上面的升降口现在开着,观察者站在里面,只有头露出来。

"炮塔像冰窖似的,里面很冷,"柯纽柯夫说,"吓,冬天待在坦克里一定也冷得厉害。"

"是呀,冷得厉害,"萨布洛夫同意说。

"里面我们已经放了一个褥子,"柯纽柯夫接着说,"还拖来了被子,可以坐坐。冬天不知将要怎样,如果正二月里有寒潮来,那简直是受罪。在这里怎么坐法? 在这里值班的人,简直要给他双份伏特加。"柯纽柯夫把这个坦克炮塔说得仿佛这是数学上不变的常数,仿佛毫无疑义,他和他的值班的战士们到一二月里还要坐在这个炮塔里似的,"不过等春天来了,太阳晒晒,那时候就可以好过些,"柯纽柯夫继续说出他的想法。"你在观察什么,加尔李连柯?"

"这里微微有一点窸窣的响声,"加尔李连柯低语回答说。"现在静下来了。"

"好,你看吧。上尉同志,您没有命令吗?"柯纽柯夫像上次一样,又问萨布洛夫,而萨布洛夫也像上次一样回答说:

"不,没有。"

后来他们视察了房子两旁外面的两个岗位,就回到地窖里。

柯纽柯夫的猛烈的手势生了效力:地窖里所有的人都缚紧了皮带,衣服虽然破烂,(近来这成为斯大林格勒的共同的厄运),不过外表上多少都是雄赳赳的。

柯纽柯夫和萨布洛夫走进来的时候,做了一个那样的动作,仿佛他是在用目光寻找什么人,但这时一个红军战士已经往前跑去,在萨布洛夫面前站下来,精神饱满地报告说:

"上尉同志,我们一排人在吃饭。"

"吃吧,"萨布洛夫说。"吃饭吧。意思说,此刻就要去换班了吗?"萨布洛夫对柯纽柯夫说。

"正是。"

他们走到现在空出来的垫褥跟前,坐下来,开始谈到萨布洛夫所关心的种种事务——谈到柯纽柯夫有多少弹药,保藏在什么地方,是分散放的还是都放在一块,如果在两三天夜里不能有任何东西送来,食粮够吃几天,——这时候,上面突然接连响了三响。

"各回岗位!"柯纽柯夫跳起来喊道,"是西多洛夫的预告,"他对萨布洛夫说。"上尉同志,您怎么样,和我一同到上面去呢,还是留在这里?"

"到上面去,"萨布洛夫说。

爬到上面,他们和跳过来的红军战士们一同躺在用碎瓦砖和水泥袋叠成的胸墙后面。

夜袭继续了将近一小时。德国人三个一群,五个一群,十个一群地企图从不同的方向逼近房屋,用密集的自动枪排射雨点似的射到断壁上。子弹非常逼近,一会儿在这里,一会儿在那里掠过耳边。有一打手榴弹紧落在墙脚边,弹片打在墙里。但是结果损失了几个人以后,一般在自己的夜战中总是胆怯的德国人,就退走了。一切重又归于寂静。

萨布洛夫下到下面的地窖里,向柯纽柯夫发了一些关于未来行动的命令。天已经开始微微发亮。萨布洛夫决定了无论如何要回到营里,就和彼嘉一同走出去。但是他们刚走到墙壁的尽头,在露天爬的时候,密集的机枪的排枪声就在他们的头顶上和前面咯咯地响起来,打在地上,他们只得退回到墙后面去。

"上尉同志,你们只好在我这里暂住一天,"出来送他们的柯纽柯夫说,"他们既然发觉了,现在就要一直射到夜里。您就待在我这里。意思说,今天您是命该如此。"

萨布洛夫没有坚持。他慎重地考虑着,他自己也明白柯纽柯夫是对的,便决定留在这里,等夜里再走。

在这一天里面,他仔细观察了柯纽柯夫的地方,并且命令把一架机关枪搬到比较方便的地方。其余的一切都很好。他几次走到上面的一层楼上——柯纽柯夫以他特有的讽刺话称它做"瞭望台",——观察德国人的行动。这一天,他们是比较地安静,至少对柯纽柯夫的那所房子是这样,直到下午三点多钟天快黑的时候,才

有十五六尊重迫击炮一齐开始朝这所房屋射击,特别是朝它后面
——向其他各连驻扎的地方射击。

此后当德国人分成三组进攻指挥站和右翼第一连的时候,柯
纽柯夫所占的房屋位置的优越性立刻就显出来了。从这里,特别
是从第一层的观察站上,即使不能看到所有的一切,至少也可以看
到很多。德国人在酣战时并不掩藏在交通路里,他们跳到营那面
的看起来是掩蔽的、但是从这边看起来却是开敞的地方,柯纽柯夫
亲自躺在上面观察站上的机关枪后面不顾一切地向他们密射,于
是跳过废墟中间的人形便倒在雪上。

柯纽柯夫忘记了上下级关系,竟把他的激动的脸转向萨布洛
夫,挤着眼,自傲地把舌头弄得格格地响。

准四点钟(萨布洛夫非常清楚地记得这个时间,因为这时他恰
好看了表),——从声音上听起来,德国人是冲向营参谋部。经过
一分钟的可怕的沉静后,那边立刻发出了五六个手榴弹的爆炸声,
后来又有两响,后来又是五六响。在这一分钟里,萨布洛夫被他努
力要摆脱的那种的令人揪心的感觉控制住了。这是和不肯定的痛
苦预感混在一起的惊惶。自从萨布洛夫到了斯大林格勒以来,他
在这一瞬里,初次想到他的神经一定是出了毛病,而且当手榴弹又
爆炸之后,这种惊惶之感又发生的时候,他开始心神不定起来。他
推开了柯纽柯夫,自己伏在机关枪面前,冷静地等着机会,一面开
始向后退的德国人接连放了几排枪。

这使他心神稍微安定一些,可是惊惶却始终没有消失。他希
望此刻就在营里。虽然根据手榴弹的爆炸声停止了,德国人现在
在向后爬的情况看起来,进攻显然是被击退了。

半小时后,一切又平静下来,只有几个稀疏的迫击炮弹越过房
屋落在后面。

五点多钟,萨布洛夫掀开雨布幕瞥视了一下,看见天色在渐渐
暗下来。

"该走了，"他说。

"上尉同志，准我报告，"柯纽柯夫对他说。"请忍耐一下。再等十分钟。等天黑了再走。"

"好吧，"萨布洛夫同意说，"再等十分钟……哦，"他突然想起来，"发给你的勋章我下次带来。我要特地差人到师里去领。"

"多谢，"柯纽柯夫说，"真是感激不尽。"

"怎么，得到勋章高兴吗？"萨布洛夫问。

"有谁得到它能不高兴呢？"柯纽柯夫回答说。"只有傻子才不高兴。可是我有我的骄傲，阿历克西·伊凡诺维奇，"他初次这样称呼萨布洛夫说，"战后我们或许会在什么地方遇见。您看见我就会说：'哦，柯纽柯夫来了。'或者我娶了妻子。我是个鳏夫呀。阿历克西·伊凡诺维奇，也许您要抽烟吗？"他拿出一个盛马好尔卡①的小锡盒问道。

看得出，他此刻对萨布洛夫所以这样随便，是因为他们初次谈到战后将要怎样，到那时候他重又成为平民，如果遇到萨布洛夫，他正是要这样——用阿历克西·伊凡诺维奇——称呼他的。

"为了我们守在这里，"当他们抽起烟来，柯纽柯夫说。"或许会给我们一枚赏章，就像为了保卫希泊卡②一样。阿历克西·伊凡诺维奇，会吗？"

"也许会的。"

"在希泊卡一切都很平静，"柯纽柯夫倾听着降临的寂静说。

当萨布洛夫听见后面的营里有远远的手榴弹爆炸声，当他心里充满了一种痛心的预感，他虽然把这种感觉压制下去，但却不能克制它的那一刹那，由于各种情况凑在一起，正是在这一分钟里发生了他所害怕的那件不幸的事。

---

① 一种劣质香烟。

② 希泊卡在巴尔干半岛，土耳其边境附近，俄土战争中希泊卡之役甚为著名。

德国人因为一天当中几次向两连进攻没有成功而感到厌烦，他们决定毅然从事，在短促的迫击炮的准备射击之后，他们突然在废墟中间集合了，并不遮藏地奔跑着，越过石头堆，直扑营指挥部。这就是萨布洛夫所注意到的那一分钟可疑的寂静。

德国人跳过来的时候，指挥站上只有从连里回到这里来打电话给团长的玛斯连尼柯夫、掩蔽部入口上面的机关枪巢里的两个机关枪手和三四个并排坐在他们的掩蔽部里的联络兵。这时安尼亚正好在给其中一个联络兵剪开衣袖，包裹他的受伤的手臂。

德国人出现的时候，机关枪手们停止了一秒钟——他们的弹带被弄歪了和缠结了一刹那，于是几个德国人就跳过了那块不能越过的地段，而在下一秒钟，机关枪就把其余的人打死在那上面。跳过来的那些人躺在离掩蔽部很近的石头后面，有几个手榴弹飞到壕沟里和交通路里。

在第一秒钟，安尼亚被弄得莫名其妙：她只听见爆炸的声音，只看见站在她面前的、她替他包裹手臂的那个瘦长的联络兵突然挣开了她，拖着松开的绷带，猛然仰着跌下来，当场被手榴弹片炸死了。

安尼亚朝他弯下腰来，这时第二个联络兵把她猛地推了一下，使她竟跌到堑壕底上去了，等她抬起眼来，她看见那联络兵抓了一枝自动枪，站在堑壕上面，朝什么地方开枪。

安尼亚跌下去以后，脸撞在一样硬东西上，撞得很痛，——这是被打死的联络兵的自动枪放在堑壕底上。她拿起自动枪，把它放在堑壕的胸墙上，也像第二个联络兵那样站起来，还没有看清楚她究竟是朝哪里开枪，就开始射击起来。

后来她看见玛斯连尼柯夫从左面的掩蔽部里跳出来，弯着腰，像孩子似的（她不知为什么正是记住了这一点）从腰里摘下手榴弹，接连朝前面扔了四颗小手榴弹。

后来机关枪又嗒嗒地响起来，有一个人用听不懂的言语喊着，前面有一样东西朝他们飞过来，联络兵在堑壕里弯着腰，她也照样做了，上面立刻发出三四声爆炸的响声。

联络兵又站起来开枪。安尼亚一按扳机，她就感到不能再往下放枪，因为最初几排枪她就把整个弹盘射完，现在里面没有子弹了。她弯下腰来，开始观看堑壕里什么地方还有别的弹盘没有。离她两步的地方果然有一个弹盘，——在被打死的那个联络兵腰带上的粗布袋里。她很快地在堑壕里跑过去，弯下腰来，解下了弹盘。她又回头一看，只见玛斯连尼柯夫又站在堑壕上面，一面喊着，一面把手榴弹扔过去。她心里想，他是多么勇敢，便解下了弹盘，回到她放自动枪的地方。

可是当她弯下腰去要拿起自动枪的时候，有一样东西飞过她的头顶落在堑壕里。她看见在堑壕里，在她和用自动枪射击的那个联络兵中间，有一枚德国手榴弹在旋转着，——她以前曾多次看见过这样的手榴弹，——像我们的，不过有一根长长的木柄。她忽然想到，这像一个陀螺。联络兵扔下自动枪，跌到堑壕沟底下。

安尼亚不知为什么完全没有想到自己，她吓了一跳——因为这个手榴弹此刻会把联络兵炸死，她想起来她曾在什么地方读到过，或是有什么人对她说过，碰到这种情形，要抓住手榴弹把它扔回去。她很快地跑了三步，抓住手榴弹的旋转的柄，感到这根柄是多么长，在最后一秒钟她还想她可以把手榴弹扔得非常远，因为它的柄是这么长。

在这一刹那间，手榴弹在她手里爆炸了，安尼亚已经什么都不记得，没有知觉地跌到堑壕底上。

在激战中，玛斯连尼柯夫并没有立刻注意到发生的一切。他把事先在掩蔽部进口的堑壕的遮阳板里准备好的手榴弹猛地朝德国人扔过去。他大约接连扔了十四五个，直到最后第二连里听到战斗的声音，没有想到指挥站上的情形不妙，没有派遣几个自动枪手到德国人的边翼上，这些自动枪手们才选了便利的位置，从那里相当迅速而容易地射死了几个冲过来的德国人,其余的就被迫后退了。

玛斯连尼柯夫走到下面的堑壕里,看见安尼亚躺在两个被打死的联络兵中间——两个,因为手榴弹落下时俯仆的那一个也被打死了。安尼亚一动不动地躺着,颊部不舒服地贴在堑壕的边上,她的往后甩的手里紧握着就这样留在那里,甚至在手榴弹爆炸时也没有落下去的断木柄。玛斯连尼柯夫朝安尼亚弯下腰来,后来跪下来,从口袋里抽出手帕,擦去她脸上的血。血是从一块小小的弹片把额上近发根的地方擦伤了而流出来的。玛斯连尼柯夫几次呼唤安尼亚的名字,她虽然微弱地呼吸着,但是并没有回答。她的上装有几处被打破,肩部和胸部的地方也被打穿了。

整个手榴弹差不多都朝一边炸,——朝俯仆的那个联络兵躺的一边炸,因此他简直完全被碎片炸碎了。可是只有几块碎片落在安尼业身上,就是打在额上的这一块小小的碎片和打在胸口和肩部的两块。

小雪落在堑壕里安尼亚的脸上、她的大衣上和朝安尼亚弯着腰把飞行帽脱掉的玛斯连尼柯夫的光头上。他仍旧跪着,不停地、几乎无声地继续一再呼唤她的名字,他心里怀着难以想象的忧愁。他这样跪了或许是一分钟,或许是五分钟,后来他仍旧不知道怎么办,可是他服从于本能的精神要求,把手插到安尼亚的身下,把她抱起来,——这时她的头无助地垂下来,这个不能自主的动作把他骇了一跳,——他先抱着她在堑壕里走,后来爬上胸墙,在上面走了几步,再下到交通路上,仍旧这样抱着她,走进掩蔽部。

他把安尼亚放在他自己的床上,就是疲倦的她在那上面睡了一夜的那张床上。直到此刻他才看见,她肩上仍旧挂着那只大医药包,关于这只医药包华宁昨天问过,难道这就是她全部的家当,安尼亚说,是的,是全部。

他托起她的头,把皮包除下放在床底下。后来他倒退着,一面仍旧看着安尼亚,拿起电话筒打电话到营里给参谋长,告诉他这里有死伤的人,而医士本人也受了重伤,如果可能的话,请他派医生或是医士来。那边答应了他,他挂了听筒,走出掩蔽部发出预防敌人再来进攻的命令。但是德国人暂时沉默着。

玛斯连尼柯夫回到掩蔽部,坐在床上,在安尼亚旁边,他朝她看了一看,发现从额上的小伤口里又有一缕血沿着面颊往下流,流过了整个脸。他又抽出手帕,把血拭去。他继续这样坐着,几乎什么也不想:他等待医生或是医士到来。

安尼亚的脸是惨白而平静的,假如没有额上的这个小伤口和军装上的暗色血渍,那么可能以为她是在睡觉。她的这种平静的态度和不能发觉的伤口把玛斯连尼柯夫吓坏了,他已经多次看见过流血不止的、难看的伤口,人们有这种伤势以后仍旧活着,他知道,不能发觉的伤势相反地常常会叫人送命。

他坐着,仿佛这样可以有所帮助似的,一面拭去安尼亚额上流出的血,一面想着萨布洛夫来到的时候他要对萨布洛夫说些什么。后来他想起了放在他箱子里的、人民委员会十一月七日以前送来的礼物——里面有几块巧克力、饼干、炼乳和还有什么,——这一切他都没有动,因为他想等萨布洛夫和安尼亚结婚的时候送给他们做礼物。后来他又痛苦地想,他要对萨布洛夫说些什么。后来他的头脑里掠过一个念头:"也许这一切都会过去,一切都会好起来。"他又一次听了听安尼亚的呼吸。她的呼吸非常微弱,差不多没有呼吸。这时他明白,她大概会死,也许是非常快,甚至在医生来到之前。和她单独相对的这种沉默是那样地令人难受,竟使他想起了德国人,一瞬间他竟惋惜他们不再来进攻,使他不能忘掉一切,手里拿着自动枪冲出去射击。可是德国人好像是故意的,十分安静。"然而,"他想,"他们做一切的事永远都是颠颠倒倒的。"至于此刻他希望他们来进攻,而他们却不来这件事,他也把它记在德国人的账上——这使他发怒。可是安尼亚的额上仍旧有新的血流出来,他便一次又一次把血滴擦去,直到他发觉,一条手帕竟都湿透了。那时他便把手帕扔掉,到床底下他的箱子面前,在里面翻了一阵,找到了一条干净手帕。他站起来的时候,看见走进掩蔽部的医生。

"受伤的人在哪里?"医生问。

"就在这里,"玛斯连尼柯夫指着说。

"啊,是克里明珂,"医生以他的使玛斯连尼柯夫惊奇的、专家的镇静动作推开手表上的衣袖,拿起安尼亚的手来把脉。后来,他解开安尼亚的腰带,剪开军装的肩部,检查了伤势,胸部的伤势使他蹙眉。他赶快包好了伤口,用他的眯细的近视眼对玛斯连尼柯夫看了一看,说:

"要立刻送到后方。"

"怎么?"玛斯连尼柯夫说。"喂,怎么?"

"这只有在手术台上才能最后决定,"医生说,他认为谈话结束了,便向街上喊道:"卫生兵!"

卫生兵走进来。

"您这里没有别的伤员了吗?"他问玛斯连尼柯夫。

"没有。"

"可是您呢?"

"我怎么?"

"您不是受了伤吗?"

"什么地方?"

"头上呀。"

玛斯连尼柯夫摸了摸头,手拿下来的时候,手掌上又红又黏。

"啊,这不算什么,"他说,这并不是硬冲好汉,而是因为他实在一点也不觉得疼痛。

"来,来,"医生说着走到他面前,从口袋里拿出一个盛酒精的小瓶,用棉花浸湿了擦玛斯连尼柯夫的太阳穴和额部。

"果然是不算一回事，"医生说，"你们营里有卫生指导员吗?"

"应该是在什么地方。"

"叫他给您包裹起来，不然要有脏东西进去。"

这时卫生兵已经把安尼亚从床上搬到帆布担架上，他们在等待医生，就把担架放在地上。玛斯连尼柯夫觉得把安尼亚放在地上是不应该的和可恼的，虽然这以前他不知几十次看见过把伤员放在地板上或是直接就放在地上的情形。他不愿意她这样躺在他们脚边的地上，他便对那慢吞吞的医生说:

"就是说，事情完了吧。"

"是的，完了，"医生说。"我们走吧。"

卫生兵抬起担架的时候，安尼亚的一只手无力地垂下来。卫生兵拿起它，把它放回到担架上。

玛斯连尼柯夫跟着医生走出来。卫生兵已经在堑壕弯曲的地方转了弯，他只看见后面的卫生兵的背影。

他又继续这样呆呆地站了几分钟，目送着离去的人，直到附近的一个地方又有自动枪声响起来。他如释重负地想，现在又重新开始了，他可以不必再想什么，而只要去发命令和射击了。他带着这样的想法爬出堑壕，跑到第二个堑壕里，跳到伏在机关枪巢里已经向进攻的德国人射击的机关枪手跟前。

二十三

天　黑,萨布洛夫立刻就回到营里。只有玛斯连尼柯夫一个人坐在桌旁写报告。他头上随便地斜包着绷带,绷带上有一个地方的血湿透过来。

"怎么,受伤了吗?"萨布洛夫问。

"擦破了皮,"玛斯连尼柯夫回答说。

"华宁在哪里?"萨布洛夫问。

"到团里去见新团长去了。"

"哦,不错,现在我们的团长是雷米淑夫,"萨布洛夫想起来了。

"是的,"玛斯连尼柯夫说。"所以他去见他。"

他重复了这句话,关于华宁很高兴可以趁机去打听他们把安尼亚送到什么地方去了的那句话,却没有提。

彼嘉在雨布幕外把锅子弄得很响。萨布洛夫和玛斯连尼柯夫在桌旁对面坐下。大家都不想说话——两个人都不能说他们在想什么。萨布洛夫想把今天下午四点钟他所体验到的痛心的感觉告诉玛斯连尼柯夫。但是他不好意思而且也不愿意说起这件事,可是玛斯连尼柯夫知道萨布洛夫非但不知道安尼亚受伤的事,而且,连她在这里的事大概也不知道,所以踌躇着是说呢,还是不说,他想,如果他一点也不提起,将会怎样。

当他们两人这样面对面坐着,都没有决定开口说话的时候,他们的视线同时集中到一样东西上——安尼亚的放在床下的大医药包上。他们对这个皮包看了一看,然后互相对看了一下,后来又朝皮包看了一下,这时萨布洛夫就把视线转到玛斯连尼柯夫身上。

"是安尼亚的吗?"他问,从他的语气上和面部表情上,玛斯连尼柯夫明白,他无疑是知道这个皮包是属于安尼亚的。

"是的,"他说。

"那么安尼亚在哪里?"

当玛斯连尼柯夫迟疑了一下再回答的时候,萨布洛夫的心发冷了,他的肝胆俱裂,只剩下了一片空虚。他明白,这和他日间的那个预感有直接关系,此刻他就会知道一切。

"她到这里来过,"玛斯连尼柯夫说。"昨天您一走,她就来了……今天她受了伤……把她送到后方去了,"他不知为什么突然重复了医生的冷冷的话。

"在什么时候?"

"四点钟。"

萨布洛夫一声不响,继续看着皮包。他不问安尼亚伤在哪里,轻还是重。当玛斯连尼柯夫说"四点钟"的时候,他感到不幸的事情发生了。他不想再问了。

"她受了重伤,不过弹片并不大,"玛斯连尼柯夫说,他以为她并没有成为残疾,而正是被小弹片打伤,对于萨布洛夫应该是重要的。"伤了胸部、肩膀,还有这里。不过这里也像我的一样,——是擦破了皮。"

萨布洛夫一声不响,仍旧盯着皮包看。

"华宁到上校那里去了,他大概会打听到一点消息,"玛斯连尼柯夫接着说。

"好,"萨布洛夫无动于衷地说。"好,你查过岗了吗?"

"不,还没有查过。"

"你去查吧。"

"我马上就去,"玛斯连尼柯夫以为萨布洛夫希望单独留下,赶紧说道。

"不,为什么要马上去呢?"萨布洛夫说。"可以等做完了报告再去。"

"不,我马上就去。"

"好,随便你,"萨布洛夫说。

玛斯连尼柯夫走了出去,而萨布洛夫仍旧默默地坐着,他清楚地感到,不管华宁回来要说些什么,他的生活中却已经发生了一件极大的不幸。他这样坐了几分钟,后来走到玛斯连尼柯夫的床前,坐在床上,看见被子上的血渍,就想到他们一定是把安尼亚放在这里。于是他就伸手去拖皮包,把它提起来放在床上。他不慌不忙地做着这一切。他有一种感觉,认为主要的不幸已经发生,现在他已经完全不必匆忙,他一切都来得及做。他慢慢地解开皮包,一样东西都不拿出来,对里面的东西看了几分钟。后来他又同样慢慢地开始把所有的东西一样一样地拿出来。皮包塞得满满的:里面整整齐齐地放着船式帽、牙刷、肥皂、两条毛巾、一条手帕和一面有裂纹的镜子。另外一格里面是药品,——他没有动它。后来他拿出两个新的、绿色的、医务人员的领章,上面有旋上去的方块,后来拿出一个小小的圆木盒,他打开一看,里面是针和线。他把它关上。这个小盒子旁边还放着另外一个也是圆的金属盒子。里面原来是唇膏,他奇怪地想,要它有什么用,——安尼亚是从来不擦唇膏的。最后他面色发白地从皮包里抽出来的是衬衫——两件兵士穿的衬衫,很大、不合身,其中一件的袖子是朝里面卷起来和缝住的,就像他在堑壕里遇着安尼亚吻她臂上磨破的地方的那时候,看见她穿的那件大衣一样。于是他想正是那时候大概是最后一次看见她,今后永远再也见不着了。他把脸伏在所有这些分散在床上的东西上哭了起来,不再去注意自己周围的一切。

半小时后,华宁从雷米淑夫那里回来,跑进掩蔽部的时候,萨布洛夫以他平常的姿势坐在桌子旁边,背倚着墙,伸长了腿。他脸上并没有悲伤或是痛苦的表情。他以沉重的凝视迎接华宁,这是一个失去了一件东西,没有了它虽无法想象生活,然而却终于决定要继续活下去的人的目光:心被剜去了一块,而却没有东西来填补这个地方的人的目光。

华宁走到桌前,在萨布洛夫对面坐下。他们沉默了一会儿。

"怎么?"萨布洛夫问。

华宁明白,他并不期待好的答复。

"伤势严重。在这里只包裹了一下,就送到对岸去了。"

"难道伏尔加完全冻结了吗?"萨布洛夫说。

"是的,冻结了。今天送第一批伤员过河。"

"嗯……"萨布洛夫说。"嗯,好吧。"便又沉默了。

那时华宁突然一下子,违反自己的意志,开始向他说到一般在这种情形下所说的一切。他自己也为这件事生自己的气,但却无法克制不说,他说了那些完全不必说的话,——说这一切都算不得一回事,这一切都要过去的,伤势虽重,但是并不危险,过一个月他又可以和安尼亚见面,是的,是的,(这时他带着鼓舞的神气拍拍萨布洛夫的肩膀)一切都很平安,他们要在这里(这时他拍了一下桌子),还要在这里举行婚礼。

从萨布洛夫的面部表情看来,几次可以预料,他要打断华宁的话头。但是他什么都没有说。他默默地听着,当华宁在这样的凝视下突然中止,停止说话的时候,萨布洛夫的面部表情也没有改变,因为此刻说话或是不说话,安慰他或是不安慰他,在他完全都是一样。当华宁沉默下来的时候,萨布洛夫只是又重复了一遍:

"哦,好吧……"

后来他脱了靴子,在床上躺下,并不假装他是睡着了,动也不动,默默地躺着。他闭目躺着,毫无悯惜地回忆起这一天的详细情形,这一天——有谁知道!——如果他本人一直都待在这里,而不是在离这里一百米的地方,可能是什么事也不会发生的。

这时两个卫生兵正用担架抬着安尼亚走过伏尔加河。在沙洲后面的主流上,冰比较厚些,已经定出一条雪橇走的路,但是经过伏尔加最近的支流到沙洲那边,差不多有一公里远,今天所有的伤员还是放在担架上,在还不坚固的冰上抬过去的。伏尔加河昨天才冻起来。德国人没有想到,在这上面已经可以拖东西或是抬东西,所以伏尔加河上是异样地寂静。四周一片白色,凝然不动,只有继续落下来的雪在卫生兵的脚底下微微发出吱吱的声音。

要抬很远;卫生兵几次小心翼翼地将担架放在冰上,在一个地方站一会儿,拍拍冻僵的手,再戴上长手套来抬担架。从师团后方派来的人们,从对岸迎着伤员的梯队走过来,来指出明天雪橇道路的路线,要找出什么地方的冰比较坚固。他们走着,用脚试踏着冰。其中有一个并不年轻的、个子高高的红军战士在安尼亚的担架旁边很近地走过,停下来。

"怎么,护士受伤了么?"他问卫生兵说,又转过身来,和担架并排走了几步。

"是的。"一个卫生兵回答说。

"她伤得厉害吗?"

"厉害,"卫生兵说。"你有烟吗?"

"有,"红军战士说。

卫生兵放下担架,那个红军战士便用冻得不能弯曲的手指给他们每人抓了一撮烟叶。他们便开始卷起烟来。

"你们怎么把她放下来? 不会把她冻坏吗?"

"不要紧,马上就抬起来,"卫生兵说。"你怎么,认识她吗?"

"河没有上冻的时候,是她送我们渡河的,"那个红军战士说。"心肠很好,不过年纪还轻着呢。"

"年纪是很轻,"卫生兵同意说。

他们用手遮着,在红军战士也用手遮着的烟卷上点着了自己的烟。

"不,抽烟真叫人高兴,"卫生兵说,仿佛是为自己辩解。

后来他们两人深深地吸了几口烟,准确地把烟弄熄,塞在帽子边上,又抬起了担架。

"很厉害吗?"红军战士又重复了一遍。

"很厉害,"卫生兵说。

"年纪轻轻的,"红军战士说了便转身向斯大林格勒的河岸那面走去。

卫生兵抬着安尼亚往前走。当他们差不多已经快走近雪橇路,接近高地的时候,安尼亚或许是因为冷,也或许是因为担架的轻微的、吱吱发响的、流动的摇荡,突然醒了。她睁开眼睛,看见上面漆黑的天空,可是在旁边,从眼角里却发觉一切都是白的,白的。在最初一瞬间,她明白伏尔加是冻结了,而她是被抬着走过伏尔加。但是这时候她的思想越来越混乱,她已经觉得,这不是抬着她,而是她抬着什么人,一面像平常一样地说着:"轻点,亲爱的,快了,我们马上就要抬到了。"事实上,这不是她在说话,而是听见了德国飞机的嗡嗡响声的卫生兵们说的。他们说着"马上就要到了"来互相安慰,但是她觉得,这是她在说话,她心里要极力更小心地抬着担架,使它不要摇得这么厉害。后来她觉得担架上躺的是萨布洛夫,她是在对他说"亲爱的",但是她还不认识他,而他也没有知道这是她安尼亚。那时她想对他解释,便说了些什么话,但是他没有听见。那时候她又说了些什么话。她的思想完全紊乱了,她又失去了知觉。

"唉,可怜的,呻吟得多么厉害,"卫生兵说。

可是这时飞机在伏尔加河上绕了几圈,扔了一个照明弹,一切立刻都被照成白色和鲜明的,接着又扔了炸弹。炸弹落在抬担架的人的左右。照明弹还没有熄灭,所以冰上可以看见几个很大的黑洞,从底下涌出来的水越来越大地遮住周围的冰。炸弹一爆炸,卫生兵们就把担架放在冰上,自己仆卧着,后来又有几个炸弹爆炸,飞机开始嗡嗡地响着绕新圈子的时候,他们不约而同地站起来,抬起担架,迈着匆促的大步,在没有结冰的水面中间往前走。

　　高地已经不远了,前面有人喊道:"到雪橇这里来。"在第一条雪橇路开始的小丘后面,可以听见雪橇滑木的吱吱声和马的嘶鸣。

二十四

伏尔加河左岸的草原上是一片十一月的浓黑。下午五点钟，天一黑，立刻就辨别不出是什么时候——是晚上，是半夜，还是早上五点钟，因为延长到十四小时的长夜，始终是同样地漆黑。寒风仍旧在草原上呼啸，雪仿佛猛然想起它太长久不来了，时疏时密地落着；卡车的轮子和两轮车的轮圈一直那样不断地在磨光的冰层上发出吱吱的声响，军事交通指挥员带着他的小灯在十字路口默默地转动着。

这一切都是单调的，时时如此，日日如此，只有会想到在从萨拉托夫、爱尔通、卡梅欣通斯大林格勒的这些道路中的一条路上，接连站上一两个昼夜的人，才能懂得这种单调的全部伟大，懂得这些日子里在近前线的道路上所发生的事件的全部令人可怕的宁静。

也像一年前，在一九四一年十一月里，连绵不断的列车载着大炮、坦克和步兵向莫斯科驶去，好像由魔杖一挥，没有达到流血的前线就消失在莫斯科城下的森林中那样，——这里的情形也是一样，从十月的最后几天起，军队日以继夜地先是沿着泥泞的，后来在满是积雪的前线道路上，在泥泞中、大风雪中、薄冰上前进，巨大的有篷汽车、蒙上套袋的巨大的总司令部后备队的大炮、低得几乎贴着地的"T-34"坦克和小小的防坦克炮跟在卡车后面在小丘上行驶着。

有时德国飞机上扔下来的照明弹在夜的黑暗中照亮一块白色

296

的圆点,在这个白点里的卡车从路上弯到旁边去,人们都四散地俯仆在地上,可是炸弹在下面的泥和雪中轰的一声爆炸了。后来一切重又成为黑的,路上的行动停了几分钟,直等扫除了被炸毁的卡车碎片,将死者拖到路旁,一切才又开始向原来的方向爬行、转动和行驶。所有这一切有一部分是从卡梅欣和萨拉托夫,经过伏尔加往斯大林格勒以北的草原和多森林的山峡中去——往离斯大林格勒二十公里的地方去,在那里前线折向南面,那里有军队驻扎着,不让德国人沿伏尔加河而上。另外一部分的大炮、人员和坦克从爱尔通直往伏尔加,隐藏在中阿赫吐巴、下阿赫吐巴和上阿赫吐巴的弯曲的地方,再从那里往下去。

在这规模宏大的人员、汽车和武器的运动中,——在这一切移动的情形中,和在这一切不到斯大林格勒便停下的情形中,可以感到一年前在莫斯科城下,一度已经以它那全部悲壮的、几乎超人力的坚忍所表现的同一的意志力和性质。

当军司令和玛特维叶夫几次在吃紧的时候向前线司令部求援时,他们每次都受到坚决的拒绝,只是从伏尔加河的左岸上——那里愈来愈多地集中了炮队和近卫军的迫击炮团——用毫不吝啬的炮火来支持在斯大林格勒作战的各个师团。在最艰难的日子里,前线司令部只有两次得到大本营的准许,每次给了一师人。这些师团从行军中直接被调到斯大林格勒,在一星期中完成了自己的工作,也渐渐成为和原来在斯大林格勒其他所有在那里作战的师团一样。

在萨布洛夫闭上眼睛默默地躺在自己的掩蔽部里,而两个卫生兵却抬着安尼亚在不坚固的冰上走过伏尔加河的那一夜里,军委会委员玛特维叶夫徒步在伏尔加河上绕了一个大圈,到了泊洛青柯的门关着(如果可以这样称呼那两层密密下垂的雨布幕)的掩蔽部里,和他作了一次长谈。

玛特维叶夫晚上从对岸的前线司令部回来,泊洛青柯已经是他这一夜访问的第二个师长。玛特维叶夫前夜被唤到前线司令部去的时候，他是怀着坚决要描述目前形势的全部困难和再次求援的目的到那边去的。他到了前线司令部，坚信他将要请求给他一师人，并且一定会恳求到手，因为一师人是他绝对必需的。虽然他预见到通常的拒绝，但是他认为这一次他的理由更为有力。

然而，一切的结果都是相反。司令和前线军委会委员先镇静地听完他的报告，后来听了他的请求，竟破例并不立刻就说给，也不说不给。后来，经过长时间的停顿以后，他们互相瞥视了一下，前线军委会委员连椅子一同移近桌边。桌上摊着一张前线地图，他把双手都放在上面，好像要把玛特维叶夫的注意力引到地图上似的，说：

"玛特维叶夫同志，我们并不要拒绝您的请求，因为您的请求是合理的，但是我们非常希望您自己能拒绝自己的请求。可是为了这一点，你需要即使不是懂得（因为要整个儿懂得这件事也许还不可能），那么至少也要感觉到，哪怕能感觉到一点也好，将来应该发生什么事。"

他注意地对玛特维叶夫看了一看，在他的变瘦了的、亲切而老实的脸上露出一个知道一件事，而这件事是使他无限喜悦的人的微笑。

"如果我们对您说，玛特维叶夫同志，我们没有师团给你，或者甚至两个师团都没有，那我们说的就不是真话：师团我们是有的。"

玛特维叶夫想，这是在这种场合下总要说的惯常的开场白——接下去就要说军队是有的，可是需要留它们做后备队，此外，斯大林格勒固然很重要，但是除了它以外，还有从黑海到白海的庞大的战线，只要手头有空闲的军队，这一切都可以保卫。

但是这样的话，前线军委会委员对玛特维叶夫一句也没有说，他把双手在地图上那样移动了一下，使玛特维叶夫不由自主地对他的动作加以注意，——他把一只手放在斯大林格勒的南面，一只放在它的北面,后来把双手往前移动,移到斯大林格勒外很远的地方——在地图上,那里是西拉费莫维奇、卡拉奇和顿河流域上其他几个城市,——然后猛地合起了双手。

"就是这样,"他说,在这一刹那,他的声音里有一种得意的语调。"就是这样,"他重复说。

玛特维叶夫那样清楚而明确地记住了这几个字和地图上的这个手势,以至后来他无论是和别人说话的时候,还是他自己想到这件事的时候,特别是在发生了这个手势所表示的一切的时候,他竟多次回忆到它。

"您是这么想的吗?"他激动地问。

"是的,我是这样想的,"军委会委员说。他停顿了一下,补充说,"这就是目前我能对您说的一切,使您自己能感觉到这一点,在剩下的那些艰难的日子里,让自己的人们能感到的,当然不是我们的计划,而是让他们觉得'我们的庆祝的日子也要来到'那句话并不是指很远的将来。好,就是这样……现在我们回到师团的问题。那就是说,为了支持卜去,您一定需要一个师团?"

"不,我们并没有这样提出这个问题,"玛特维叶夫说。

"那就好。但是您需要它吗?"

"不,我们并没有请求,"玛特维叶夫说。

玛特维叶夫怀着这种情绪(在这种情绪的影响下,甚至没有取得军长的同意,就拒绝了这一师人)回到军里,和军长谈了话,然后再动身到各个部队去。他亲自担起那艰巨的任务——在一夜里到两个被和主力切断的师团里去。到泊洛青柯那里已经是第二处,他又是疲倦又是冻得发僵。

玛特维叶夫的到来使泊洛青柯非常高兴。在最近整整一星期里,他有时只有费了很大的气力才能用电话和军长取得联系,而此刻他详详细细地向玛特维叶夫传达了这个时期内军里发生的全部事件以后,他初次感觉,他是将某一部的重担从自己的肩上移到了玛特维叶夫的肩上。

玛特维叶夫注意地听了泊洛青柯对他说的一切，提出了几个一般是偏于一方面的问题：泊洛青柯以他现有的兵力可以支持多少天。泊洛青柯懂得，不会再给他一个人了。后来玛特维叶夫用手做了一个那样的手势，好像把他们此前所谈的一切撇在一边，又问泊洛青柯怎样理解斯大林所说的关于在我们的庆祝的日子也要来到的那句话。

泊洛青柯听到这个突如其来的问句时，对玛特维叶夫的脸看了一看，突然在他的发亮的黑眼睛里看到了勃勃的生气和兴奋，在战争中，有些人自己已经知道了一件将要来到的、非常美好和重要的事情，但是还不能告诉别人，这时他们就会显露出这样的勃勃生气和兴奋。

"我是这样了解这句话的，"泊洛青柯说，由于激动的缘故，他说这话的时候，乌克兰口音比平常更厉害。"我是这样了解的，斯大林同志在十一月七日说了这句话，那就是说，这句话是应该很快地实现的。无论如何在二月之前要实现。"

"为什么在二月之前？"玛特维叶夫问。

"因为如果在二月以后，他会在二月二十三日① 说这句话，如果是在五月以后，那他就会在五一节说这句话。在战争中这样的话是不能早说的。"

他有所期待地对玛特维叶夫看了一看，从玛特维叶夫回答他的目光中，他懂得玛特维叶夫本人对这件事也抱有同样的看法。

"怎么样？我对呢，还是不对？"泊洛青柯说。

"在我看，您是对的，"玛特维叶夫回答说。"不过需要支持到底。"

"支持到底？"泊洛青柯那样反问着，仿佛他觉得，这句话是可

---

① 苏联建军节。

恼的。"军委会委员同志,我个人并不想活到德国人来到我们坐的这地方来。我不想活到这个时刻,因为我活着,这件事就不会发生。"

玛特维叶夫微微可以觉察地皱了一下眉头:他觉得泊洛青柯的话是夸张的,是预先准备好的。

"即使,"泊洛青柯猜中了他的思想,说,"即使您甚至也觉得这是过分好听的话,可是我总不能说别的话。这就是这样。我的指挥员中没有一个人会说别样的话。"

玛特维叶夫虽不细说,泊洛青柯已经明白玛特维叶夫要对他说的一切。泊洛青柯自动将话头转到目前的问题上,既不提到他所等待的补充兵员,也不提到早在一星期前他便预先决定要向指挥部请求的那两个反坦克营。

目前的事务是补充弹药(这是玛特维叶夫答应了的),夜间更多飞些"У 2"式的飞机来(这也是玛特维叶夫答应了的),最后,要派几个指挥员来(这件事,玛特维叶夫以他特有的迅速和果断,立刻坚决地拒绝了)。

玛特维叶夫很满意,因为固执而狡猾的泊洛青柯这次竟是那样地狡猾,居然能立刻懂得玛特维叶夫前来的目的,同时又不是固执得要向他盘问细节。因此,玛特维叶夫虽然是该回去了,他仍旧欣然同意在泊洛青柯那里逗留一会儿,喝了两杯几乎是发黑的浓茶,爱夸口的泊洛青柯不知为什么说它是有花的锡兰茶。

"好,有花就算它有花吧,"玛特维叶夫好意地说。"主要是要烫。"

后来泊洛青柯陪玛特维叶夫走了二百步的光景,走到河岸上,回来以后,吩咐伏斯特烈柯夫把地图拿来。伏斯特烈柯夫递给他一张师参谋部手绘的阵地简图。图上画着师团最近据守的那五个街区。

"要地图,不是阵地简图,"泊洛青柯严峻地说。

于是伏斯特烈柯夫拿来一张印好的斯大林格勒总图,图上可以看出整座沿着庞大的弧形伏尔加河蜿蜒六十五公里的城市、近郊以及周围的乡村。

这一次泊洛青柯笑起来了:

"不,不是要这张地图。要一张大地图。你保存着它吗?"

"哪一张大的?"

"就是整个前线的那张大地图。"

"哦……保存着。"

伏斯特烈柯夫在箱子里翻了半天,找出了那张好久好久没有拿出来的地图。

泊洛青柯正是因为伏斯特烈柯夫在那样长久地找寻地图,便想到事实上最近他是怎样把全神灌注在斯大林格勒上,他是怎样少想到其余所有的一切——少得甚至整整两个月没有把前线地图拿出来。

伏斯特烈柯夫在他面前的桌上摊开了上面还是九月里加上的旧标记的地图,泊洛青柯用手抚平了地图,向它弯下腰来沉思了。他开始用目光搜寻城市、河流和以前阵地的记号,他突然产生了这样一种感觉,仿佛他是从这些房屋和街区里,从斯大林格勒走出来了。直到看到地图全部的广大,他才完全清楚地感到斯大林格勒的意义,虽然它在这庞大的地图上一共不过是一点——但是城市的一切,所有生活在里面的人们,最近两个月里,正都是和这一点——斯大林格勒,尤其是和这五个街区以及他泊洛青柯坐在里面的掩蔽部休戚相关的。他怀着新的兴趣又看了一下地图。他的双手也像前线军委会委员的手同样地在地图上移动着,在西方离斯大林格勒远远的地方也同样地合起来。

在他的这个动作里显然不仅有一种偶然的巧合,然而也是合乎法则的,因为战争中最伟大的决定和庞大的战略计划,在基本上是人人都明白的,在由于正确了解情况的铁一般的逻辑所产生的简单性中,这些决定和计划是一般都能了解的、极端明白的。

离天亮不远的时候,泊洛青柯怀着仍旧可以让人们趁天还不亮回去的打算,召集了他所有的团长和营长。

夜里终于在伏尔加河的冰上拖来了一列载着食粮和伏特加酒的大车队,在泊洛青柯的窄狭的掩蔽部里那张平时放地图的大桌上,现在铺着报纸,放着几瓶伏特加,用截得整整齐齐的美国罐头食品的罐头代替玻璃杯。两个盘子里堆着切成厚片的腊肠和热过的、有土豆的罐头肉。当中放着一个碟子,泊洛青柯的厨师存心要卖弄一下,用牛油做了上面有涡卷和小玫瑰花朵的花哨的东西放在碟子里。

泊洛青柯坐在角落里他平时坐的位子上。掩蔽部里的火炉生得很暖和。违反习惯,将军身上穿的不是军装,而是从箱子里拖出来的干净的夏天制服,衣服敞着,底下露出雪白的新绸衬衫。今天整夜为泊洛青柯烧着开水,客人来之前一小时,他就在掩蔽部里的镀锌的儿童用的澡盆里洗了一个澡,他虽然已经不是第一次在这个澡盆里洗澡,但除了对伏斯特烈柯夫之外,他无论对什么人都是不肯承认的。泊洛青柯坐着,浑身大汗,样子很自在。干净的丝麻布衬衫使他感到令人愉快的凉爽。

整个环境——狭窄的掩蔽部、长桌和穿着敞开的衬衫坐在最前面的主人,这一切使走进来的雷米淑夫突然联想到海和军舰上的将校集会室。他和泊洛青柯打了招呼以后,便说:

"将军同志,您这里完全像在海上一样。"

"为什么像在海上一样?"

"好像是在军舰上的将校集会室里。"

所有的人差不多都同时集合了:雷米淑夫以老军人具有的准确性,准六点钟到,其余的人——有的早到两分钟,有的晚些。萨布洛夫最后来,迟到了五分钟:他在交通路上失足跌了一跤,把膝盖跌痛得很厉害,剩下来的一段路只得跛行着。

"啊,是阿历克西·伊凡诺维奇,"泊洛青柯说。

"将军同志,恕我迟到,"萨布洛夫道歉说。

"没有关系,"泊洛青柯说。"现在我们罚你一杯酒,你下次就不会迟到了。"

"坐,"雷米淑夫在凳子上挪动了一下说,"和我一人坐一半。"等萨布洛夫坐下来,雷米淑夫为了可以舒服些,用左手抱着他的肩膀,又说:"就这样,大家挤挤,可是别见怪。"

"喂,请斟酒,"泊洛青柯招待着。

当大家都斟了酒,停顿了一下,泊洛青柯就说:

"我今天召集你们来并不是开会,而不过是让大家聚聚,互相对着看看。也许,我们不是所有的人都能活到光明的时候('光明的时候'这几个字,他突然说得特别郑重),不是所有的人都能活到光明的时候,"他重复说,"所以我希望我们大家在这里聚聚,互相对着看看,相信每个人都会支持到底,即使不是我们中间的每一个人,那么师团总能活到那光明的时候。我们今天的第一杯酒,"他一面站起来一面说,大家都跟着他站起来,"是为了我们的庆祝的日子也快要来到。"

这句话最近虽然常常被大家重复着,但现在当他说这句话的时候,在它里面又感到一种特别庄严的意味。

第一次干杯以后,沉默了一阵。大家都起劲地大嚼起来,因为最近几天食粮的供给很不好,他们所以没有注意到食粮不足,只不过是因为他们是十分吃力了。后来又第二次干杯,在每个尊重自己的师团里,传统上这一杯总是预祝它成为近卫军。

泊洛青柯说了许多笑话,态度亲切,虽然有几次他忍不住想要对一个指挥,或是另一个指挥谈到他突然想起的事务问题,可是他不愿意破坏一般的、庄严的、亲切招待的感觉,便克制住了。

萨布洛夫坐在雷米淑夫旁边,正对着泊洛青柯,所以可以毫不费力地注视着将军的一举一动。他很早就知道泊洛青柯,并且熟知他的为人;对于其余的人也许并不是那样显著的神气,却瞒不过他的眼睛。从泊洛青柯的谈话和举动上,大家都感到他对于将要来临的事,对于在他们斯大林格勒这里的一切都应该有好结局的那种信念。但是萨布洛夫除了从泊洛青柯的目光上,从他的某些手势上,从他的面部表情上看到的之外,还看出泊洛青柯非但知道一切都应该有好结局,而且还猜得出,这将要是怎样的结局。

萨布洛夫几次注意到,泊洛青柯那样开始了一句话,仿佛他要说什么重要的话,但是说了一半又止住了,把话头转到别的题目上。萨布洛夫觉得泊洛青柯非常想说出只有他一个人知道的那件事,但是他费力地克制着自己。

到了该散席的时候,泊洛青柯又环顾了一下坐在桌旁的人们。

"这里坐着雷米淑夫,"他想,在他之前,团由泊泊夫指挥——他不在了,在泊泊夫之前,是巴伯钦柯——他也不在了。这里坐的是安年斯基,他做团长或许还嫌稍弱,然而他已经通过了包围的全部锻炼,他的一团人也通过了它,他毕竟是能够指挥的。这里坐的是萨布洛夫,他坐在那里,自己并不知道泊洛青柯关于他所知道的那件事——如果不幸有一天雷米淑夫或是安年斯基或是八十九团团长奥古尔卓夫受了伤,或是被打死的时候,如果他,泊洛青柯本人还能活到那时候,那他一定要任命萨布洛夫做团长。周围所有的这些人们也都不知道,在战争中他们要遇到怎样的命运,他们将要指挥什么,将要在什么地方作战。他们如果会死,不知会死在怎样的城墙之下。

整整这几个月来不断为大大小小的事务奔走、战报、报告——战争的全部日常生活——而操劳的泊洛青柯,看见了他的聚集在桌旁的指挥们,这些由于磨炼和苦难而变老的疲倦的人们,他初次在这情景中感到一种令人激动的、壮烈的气氛——感到那使背上发冷,喉头因它哽住,将来历史上要大书特书和后代的人将要因为没有亲身体验过它而感到羡慕的东西。

他想在告别时说些什么特别的、重要的话,但是人们常碰到这种情形,在这一刹那他竟找不出这样的字句,就像在生活中最重要的关键或是最美好的一刹那找不出它们一样。他只是站起来说:

"好吧,朋友们。该走了,早晨要有战斗。"

大家都站起来,他和每个人握了手,大家都接连着走出去。只有萨布洛夫被他留下来。

"再坐一分钟,阿历克西·伊凡诺维奇,"他说。"你马上就可以走。"

泊洛青柯决定要检验一下,在座的人是否听明白了他要对他们说的话,剩下他们两个人的时候,他问萨布洛夫:

"阿历克西·伊凡诺维奇,你明白我的意思吗?明白我吗?"

"将军同志,我明白,"萨布洛夫说。"非常希望能活到这个时候。"

"正是这样,正是这样,"泊洛青柯说。"非常希望能活到。从明天起,在堑壕里走路的时候,我要更多地把头低下来,——我希望要活到那时候。我劝你也这样。"

他们沉默了有一分钟。

"要抽烟吗?"泊洛青柯问了,就递给萨布洛夫一枝烟。

"谢谢。"

他们便抽起烟来。

"雷米淑夫向我报告了关于你的不幸。"泊洛青柯说,"我今天派了一个人到后方主任那里去,命令他顺便打听一声,她在哪一个医院里,情形如何。免得你失去她的行踪。"

"谢谢您,将军同志,"萨布洛夫几乎是冷淡地说,虽然这种关切使他很感动。使他痛苦的并不是为了是否能找到安尼亚,因为他知道,假如她是活着,他迟早一定会找到她的。但是她是不是活着呢?因此面对着这个最可怕的、没有解决的问题,泊洛青柯所说的"他是否能找着她",这一点此刻差不多并没有使萨布洛夫激动。

"非常感激您,将军同志,"他又说了一遍,也不照规矩,便先去紧紧地握了泊洛青柯的手,后来违反习惯,甚至把传统的"准许走吗?"那句话也忘记了,就转过身去,很快地走出掩蔽部。

二十五

虽说忧郁和痛苦会使时间显得更长,但是在安尼亚遭遇不幸之后,萨布洛夫度过的头三天也像在斯大林格勒所有的日子一样,很快地一晃过去了。后来当他试试回忆他自己在那些日子里的心情的时候,他觉得心里只有战事,有时相反的,觉得心里只有丧失的痛苦。事实上两样都有,但是这丧失的痛苦在这些日子变为那样经常性的、那样放不开的,正因为它是连续不断的,以至他有时仿佛忘掉了有这痛苦的存在。

萨布洛夫从泊洛青柯那里回到营里的时候,怀有一种感觉:要在这些日子里必须做出一件轰轰烈烈的——以后终生都要记得的事。他们目前所做的和他们以后还要往下做的那件事,已经不单是英雄主义。在斯大林格勒保卫者的心里形成了某种不变的倔强的抵抗力量,这种力量的构成是种种不同原因的总的结果——因为愈往后,后退的可能性就愈少;因为要后退就等于在这次后退中立刻无目的地牺牲;因为敌人的逼近以及对于每个人几乎都是同样的、固定的危险性,形成了如果不是习惯它,就是认为危险是不可避免的感觉;因为他们所有被挤在这一块小地方的人们,在这里,比在任何地方都更亲切地彼此知道各人的一切优缺点。

所有这一切情形归纳起来,逐渐形成了那股顽强的力量,它的名字是"斯大林格勒人",而且全国各地对于这个字的整个英勇的意义,要比他们在斯大林格勒城里的人自己了解得早得多。

一个人心里是永远不会相信无论什么事是会没有了结的:在

他的意识中，一切东西总有一天应该有个了结。萨布洛夫也像当时在斯大林格勒所有的人一样，他并不确实知道，甚至不能设想，这一切几时可以结束，同时又不能想象，这是无尽期的。所以这一夜当他在泊洛青柯那里，与其说是懂得，还不如说是感觉到：目前的情形已经不是几个月的问题，而是几个星期，甚至或者是几天的问题以后，这个可能胜利的预感给了他新的力量。

他把在泊洛青柯那里晚餐的情形讲给华宁和玛斯连尼柯夫听了以后，天亮的时候，他把他们留在指挥站，自己却到各连去。营里的人已经不怎么多，他怀着一个目的，要和每一个人谈一谈，要把他亲身感受到的那胜利逼近的感觉灌注到大家的心里。

战斗整天进行着。德国人这一天仿佛约定要用他们的行动来证实萨布洛夫的预感。他们轰炸和射击起来特别乱，进攻的次数特别频繁而匆促，仿佛在害怕他们今天拿不到的东西，明天就不让他们得到了。

萨布洛夫感觉此刻在他眼前发生的是一只受了重伤的野兽的最后的痉挛。他怀着一个和死神并肩走了两个月的人的复仇心理，正是为了此刻所开始的那件事而感到高兴。

然而不论在这一天和以后的几天里，表面上一切照旧：战斗继续进行着，力量并没有减弱。德国人四次占据柯纽柯夫的房子和第二连阵地中间的小空场，四次又都被击退。

萨布洛夫的行动像平时一样地谨慎——在迫击炮弹爆炸的时候躺下来，敌人狙击兵的子弹开始在旁边吱吱发响的时候躲在石头后面，轰炸的时候躲在隐蔽的地方。痛苦并不能逼他去寻死。这种想法对他一向是无缘的，现在仍旧是无缘的。他所以要活，首先因为他焦急而确信地等待着胜利。他非常准确而确信地等待胜利。他等待时机可以从德国人手里夺回这个最近的广场、一星期前放弃的这所房屋和连在它们后面的废墟（大家仍旧称它是街道）、然后还有一条街区和街道，——总之，他视野中的一切，都要收回。

在总结一天战斗的时候,他们谈到又有两个人被打死,七个人受伤;谈到左翼的两尊机关枪需要从电流变压亭的废墟里移到汽车间的地窖里;谈到如果派伍长布斯拉叶夫代替被打死的费丁少尉,大概是很好的;谈到由于人员的损失,据各伍长原来的报告,营里领到的伏特加酒可以比规定的多一倍,这并没有什么不好——让他们喝吧,因为天气冷得很;谈到钟表匠马静的手昨天被打断了,假如营里的萨布洛夫的最后一只好表现在也停了,就没有人来修理它;谈到老是吃饭吃饭,把人都吃厌了,——如果从伏尔加河上即使能运些冻土豆来也好;谈到趁某人某人还活着,身体强壮,能够作战的时候,呈请给他们奖章,而不要等到后来这也许会嫌太晚的时候,——总之,当他们每天谈到一直在谈起的那些事的时候,——萨布洛夫的对于未来伟大的惊人局势的预感,始终一点没有减少,也没有消失。

在这些日子里,他是不是回忆起安尼亚呢?不,他没有回忆——他记着她,悲痛没有过去,没有平静下去,而且无论他在做什么事的时候,他心里时刻都怀着悲痛。他真心地感到,假如她死了(可是他几乎是确信这一点的),他的生活中永远不会再发生任何恋爱。以前从没有想到自己的行为的萨布洛夫,开始观察自己。正因为痛苦抑压着他的缘故,他仿佛常常在自省,心里问着:他现在所做的一切,是不是像以前一样,在他的举止中有没有地方是由他的痛苦所造成的,有没有使他改变的地方。他一面克制着自己的痛苦,一面竭力做得和平时一样。

第四天的夜里,萨布洛夫在营参谋部领到了颁给柯纽柯夫的勋章和给他的卫戍军的几枚奖章以后,再次钻进柯纽柯夫的房子,把这些奖章发给他们。所有预定要得到奖章的人都活着,并且身体健康,虽然这种情形在斯大林格勒是少有的。柯纽柯夫请萨布洛夫亲手给他佩上勋章,因为他的左手像蔓藤似的垂着——手腕被手榴弹片划破了。当萨布洛夫按照兵士的样子,用小刀在柯纽柯夫的军装上划开一个小洞,开始把勋章旋进去的时候,柯纽柯夫立正说:

"上尉同志,我想如果向他们进攻,那么笔直穿过我的房子向他们冲过去是最方便的。他们把我围困在这里,可是我们可以直接从这里向他们进攻。我的这个计划您以为怎样,啊,上尉同志?"

"等一等吧,"萨布洛夫说,"有这么一天,我们要做到的。"

"上尉同志,计划是对的吧?"柯纽柯夫问。"您以为怎样?"

"对的,对的,"萨布洛夫说,他心里想,在进攻的时候,柯纽柯夫的老老实实的计划大概真正是最正确的。

"笔直穿过我的房子向他们进攻,"柯纽柯夫重复说。"让他完全意料不到。"

"我的房子"这句话,他常常高兴地重复着:兵士中传说这所房子在战报里也已经这样正式被称为"柯纽柯夫的房子"。这个消息显然已经传到他的耳朵里,他还颇以此事为骄傲。

"德国人逼得我们在房子里待不住,"萨布洛夫打算要走的时候,柯纽柯夫说。"弄到这种地步:连主人都要打,"他指着自己受伤的手笑起来。"弹片虽不大,可是横着骨头擦过去;连手指也要弯不过来了……上尉同志,请您这样报告长官,要进攻的时候,穿过我的房子打过去。"柯纽柯夫和萨布洛夫告别的时候,又重复了一遍。

萨布洛夫虽是尊重泊洛青柯,并且知道在他的话后面有更高级的长官的话做后盾,但是对于未来进攻的信念,不但泊洛青柯心里有,而且连柯纽柯夫心里也有,这种情形更大大加强了他个人认为这件事正是要这样的想法。

萨布洛夫从柯纽柯夫那里回来的时候(已经近早晨了),华宁在连里,玛斯连尼柯夫虽然无事可做,完全可以去睡觉,但是他却坐在桌旁。最近几天他极力到处要和萨布洛夫待在一起。当他夜里对萨布洛夫说,他要跟他一同到柯纽柯夫那里去的时候,萨布洛夫断然地拒绝了,他只好留下来。现在玛斯连尼柯夫坐在那里着急,虽然非常明显他既不能保护萨布洛夫,也不能给他挡枪弹,但是在这些日子里要跟在他旁边成了玛斯连尼柯夫精神上的必需。

萨布洛夫走进来,默默地向玛斯连尼柯夫点点头,后来仍旧这样默默地脱下皮靴和军装,躺到床上。

"想抽烟吗?"玛斯连尼柯夫问。

"想。"

玛斯连尼柯夫递给他一个烟草匣。萨布洛夫卷了一枝烟卷,点着了吸起来。他觉察到,并且也珍视玛斯连尼柯夫所遵守的那和蔼的、可贵的沉默——这种沉默是只有真正肝胆相照的友人在你不幸的时候才能表现的罕有的特质。玛斯连尼柯夫一句话也不问他,也不安慰他,同时却以自己的沉默的存在时刻令人感动地提醒他,他在自己的痛苦中并不是孤独的。

此刻坐在玛斯连尼柯夫旁边的时候,萨布洛夫突然感到对这个孩子的温情,并且在最近几天来,他初次喜悦地想到,战后有一天,他们要在离这里十分遥远的地方,在一所和这里完全不同的房屋里,穿着完全另一种服装相见的时候,他们要回忆起在这所上面有五层横木的土窖里和在这些寒冷的堑壕里,在这刺骨的小雪之下所发生的一切。那时他们会忽然觉得,这些锡茶杯、这些斯大林格勒的"卡秋霞"灯,这整个不舒服的壕沟生活,甚至连那已经将要过去的危险本身,都变成可爱的。他坐到床上把手伸到玛斯连尼柯夫面前,紧紧地搂住他的肩,把他往自己跟前拖。

"米宪卡。"

"什么?"玛斯连尼柯夫说。

"没有什么,"萨布洛夫说。"没有什么。将来有一天,我们见面的时候,我们要回忆起些什么,是吗?"

"当然要回忆的,"玛斯连尼柯夫沉默了一会儿说。"今天,十一月十八,我们坐在斯大林格勒的铁炉旁边,抽马好尔卡烟。"

"十一月十八?"萨布洛夫惊奇起来。"难道今天是十一月十八吗?"

"是呀。"

"这才是怪事呐,我竟完全忘记了。"

"怎么样?"

"如果今天是十一月十八,那就是说,我是整整三十岁了。"

"真是三十岁了吗?"玛斯连尼柯夫反问说,甚至把椅子挪开了一些。他觉得,三十岁——年纪是很大了。

"三十岁,米宪卡,三十岁了,"萨布洛夫重复说。

"好,我们要怎样来祝寿呢?"玛斯连尼柯夫问。

"怎样吗?"萨布洛夫说。"就这样:坐一会儿,沉默一会儿。"

他仍旧坐在床上,身子摇晃着,喷出一个个小烟环。他三十岁了,现在他们坐在掩蔽部里,而他经过七十天来周围所发生的一切,到底还活到了三十岁,可是安尼亚却不在这里,也不知道她是不是活着。他默默地坐了好久。后来在床上躺下来,握着熄了的烟卷的那只手从床上垂下来,他突然地、差不多是立刻地、出乎自己意料之外地睡着了。

他睡了一小时,也许是一个半小时。接线生唤醒他的时候,天已经全黑了,斜埋在掩蔽部墙上、当做窗户的十二英寸口径的管筒里,还没有亮光透进来,萨布洛夫赤着脚在土地上跳到电话跟前。

"我是萨布洛夫上尉。"

"我是泊洛青柯。你怎么——在睡觉吗?"

"是的,睡过了。"

"好吧,那么你赶快起来,穿上鞋子,"在泊洛青柯的声音里带着激动,"到外面去听听。"

"有什么事吗,将军同志?"

"没有什么,你以后再打电话给我。报告我你听见了没有。把你那里的人都叫醒,让他们听听。"

萨布洛夫看了看表:是早上六点钟。他匆匆地拉上皮靴,也不穿军服,单穿一件衬衫,就跑到街上去。

在斯大林格勒,早上从六点到七点一般是最安静的时候。有时在十五到二十分钟里,双方不发一次排炮,除了在什么地方有单独的步枪的响声,或是远远地偶然有一个迫击炮弹的低哑的响声。

萨布洛夫从掩蔽部跑出去的时候,落着大雪,几步之内一切都是白茫茫的一片。他想到应该加强防卫。听了泊洛青柯的突如其来的电话,他期待着什么特别的事件。然而什么也听不见。天气很冷,雪落到敞开的衬衫的衣领里面。他这样站了一两分钟,才听到远远的、不断的轰轰的响声。这轰轰的响声是从右面,从北方来的。射击的地方很远,离这里三四十公里。但是这个声音虽是很远,仍旧能传到这里,从不断地、沉重地震撼大地的情形判断起来,可以感到在这响声产生的地方,此刻在进行着一件可怕的、声势无比浩大的事情,那边是还没有人看见过、也没有人听见过的炮火的地狱。萨布洛夫已经不觉得寒冷,只是有时用手拂去落在睫毛上的雪花,继续侧耳听着。

"难道这就是那件事吗?"他想了一想,转过脸去对站在旁边的自动枪手说。

"听见什么吗?"

"上尉同志,怎么听不见呢! 我听见的。是我们的炮在轰。"

"你为什么想这是我们的呢?"

"从声音上听得出。"

"这早已就有了吗?"

"已经听见有一个钟头了,"自动枪手说。"一直没有轻下去过。"

萨布洛夫很快地回到掩蔽部,先推醒玛斯连尼柯夫,再推醒从连里回来不久,穿着皮靴和大衣睡觉的华宁。

"起来，起来，"萨布洛夫用五分钟前泊洛青柯和他说话时那样激动的声音说。

"什么？出了什么事？"玛斯连尼柯夫一面穿鞋子，一面问。

"出了什么事吗？"萨布洛夫说。"出了很多的事。您到上面去听听。"

"听什么？"

"您先去听了再说。"

等他们出去了，萨布洛夫就吩咐接线生给他和泊洛青柯接通电话。

"是我，"泊洛青柯的声音从听筒里传到他的耳鼓里。

"将军同志，我报告：我听见了，"萨布洛夫说。

"啊……大家都听见了。我把所有的人都叫醒了。开始了，亲爱的，开始了。我又要看见我的故乡乌克兰，我又要站在基辅的佛拉吉米尔小山上。你明白吗？"

"明白，"萨布洛夫回答说。

据萨布洛夫记得，泊洛青柯无论是在西线上，是在伏洛聂士城下，是在这里，几乎从来没有提起过他挚爱的乌克兰，特别是基辅，他也不喜欢人家当他的面提到这件事，——这要触动他的心病。而现在他竟自己说起基辅来了。

"我已经是第四夜快天亮的时候不睡了，"泊洛青柯对着听筒说。"我总是出去听，开始了没有？我们的人喜欢在天亮之前开始。所以我一直不睡，走来走去的听着。我今天出去，音乐会已经开始了……听得清楚吗，萨布洛夫？"

"清楚，将军同志。"

"我还没有得到军司令部的正式消息，"泊洛青柯说。"你等一等再通知他们。不过又何必要通知他们呢？他们自己听见，就会猜到的。但是，你不要正式通知他们。我马上和司令商量商量，再告诉你。"

泊洛青柯挂了听筒。萨布洛夫也挂上了。他还没有准确地知道，这一切是怎样进行和在什么地方进行的，但是他毫不怀疑地感到，它是开始了。虽然它一共不过是在一小时前才开始的，但是此刻如果没有这个遥远的、雄壮的、炮队进攻的响声，往后已经不能想象怎样生活。不管在这一刹那听到或是听不到它，在意识中已经有了它的存在。

"真的开始了吗？"萨布洛夫几乎是吃惊地又问了自己一遍，又自己坚决地回答道："是的，是的，当然，是的。"

虽然他待在几乎是伏尔加河上面的掩蔽部里，像在捕鼠机里一样，而这里的德国人离伏尔加河岸剩下了八百米，离他的掩蔽部只剩下六十米，然而同样地他在一生中第二次体验到那无可比拟的进攻的幸福，就像十二月里有一次在莫斯科城下一样。

"喂，怎么样，听见了吗？"他很得意地问走进来的华宁和玛斯连尼柯夫。

他们动也不动地坐了十五分钟，他们陶醉在这难以置信的喜悦里，只是偶尔说上一两句不连贯的话。

"这不会失败吧？"华宁问。

"行啦，"萨布洛夫说。"行啦。如果在一个月前也许会失败的，可是现在，当我们为了它在这里困坐了最后的一个月的时候，它是不会，而且也不能失败的。"

"哦……我多么希望此刻我在那边！"玛斯连尼柯夫说。"我多么希望能在那边！"他兴奋地重复说。

"在哪边？"萨布洛夫问。

"就在进攻的那边。"

"米夏，人家可能以为，你这会儿是在喀什干① 的什么地方。"

"不，我希望是在进攻的地方。"

---

① 在乌兹别克，这里意思说是很远的地方。

"可是我们这里也要进攻的,"萨布洛夫说。

"哦,这还不知道要到什么时候……"

"就在今天。"

萨布洛夫出乎自己意外地响亮而庄严地说了这句话。

"今天?"玛斯连尼柯夫反问说。

玛斯连尼柯夫等待萨布洛夫接着说下去,但是萨布洛夫却沉默着。他此刻忽然想出了一个他不愿意事先宣布的计划。

"哦,如果是这样就好,"玛斯连尼柯夫等了一会儿说。"也许,我们来喝一杯酒庆祝进攻,好吗?"

"一清早就喝酒吗?"萨布洛夫表示惊奇。

"如果你愿意的话,我们可以把现在算是晚上。天还没有亮呢,"华宁插进来说。

"彼嘉!"萨布洛夫喊道,但是彼嘉没有答应,"彼嘉!"他又喊了一声。

彼嘉站在上面,也像他们五分钟前站在那里一样,听着,他听见萨布洛夫喊他,但他却是第一次只当它没有听见,——因为他要把炮声听个清楚。萨布洛夫只好亲自跳到交通路里。

"彼嘉!"他又喊了一遍。

彼嘉好像才听见似的,跑到萨布洛夫面前。

"怎么,听见了吗?"萨布洛夫问他。

"听见了,"彼嘉微笑了。

"好吧,去给我们斟酒,"萨布洛夫说。

彼嘉在半分钟内把杯子和酒瓶弄得发出响声,后来就端了一个盆子走进掩蔽部,盆子里放着三个酒杯和一听打开的罐头食品,叉子像扇形似的插在罐头里。

"给你自己也倒上,"萨布洛夫改变自己的习惯说。

彼嘉掀起雨布幕走出去,立刻又拿了自己的杯子回来,从他回来的速度上看起来,酒是事先已经斟好了的。

他们碰了杯,默默地喝干了,因为一切都很明白,不必再说其他的话:是庆祝进攻。

半小时后,泊洛青柯打电话来,他说话的声音虽然已经比较平静,但仍旧还是激动地说,接到前线司令部的正式消息,我方军队在早晨五时在有威力的炮火准备射击以后,在斯大林格勒以北转取攻势。

"要把他们切断,切断!"当萨布洛夫挂上听筒,对他们讲述了泊洛青柯谈话的内容以后,玛斯连尼柯夫欣喜地大喊起来。

"你们去吧,"萨布洛夫说,"华宁,你到第一连去,你到第二连去。对大家说说。"

"你留在这里吗?"华宁问。

"是的。我要和雷米淑夫谈一谈。"

萨布洛夫削好铅笔,从参谋部的文件夹里拿出一张上面有全营区的位置和前面的房屋的图形,开始沉思起来。后来他迅速地接连在简图上做了几个记号。是的,他们今天也应该进攻。这对于他是很清楚的。他当然想得出,现在主要的事件是在离他们很远的北面,或许是在南面,而他们的命运——还要在这里待上好久,不过至少在今天,当他们那样惊惶不安地等待着的那伟大事件开始的时候,他心里便产生了一种急切要活动的渴望。埋在他心里和其他的人们心里的那股力量,应该立刻,就在今天,找到自己的出路。他打电话给雷米淑夫:

"是上校同志吗?"

"是的。"

"上校同志,请允许我到您那里来。我有一个不大的作战计划。"

"作战的?"雷米淑夫说,仿佛,甚至从电话里也可以觉察他是微笑了一下。"进攻的军队的荣誉叫您不能安心吗?"

"是的,"萨布洛夫说。

"好吧,有什么办法呢？这或许是好的,"雷米淑夫说。"不过您不要来,我自己来。"

"什么时候来?"

"马上就来。"

然而雷米淑夫一直过了半小时才来。在他没有解开皮袄和除掉皮帽之前,他的被寒风吹得发红的留着白须的脸好像是慈祥的圣诞老人的脸。他脱了衣服,坐在萨布洛夫旁边,开始喝彼嘉给他端来的热茶。

"经过在加里西亚长久停留以后,在一九一六年夏天举行进攻的日子里,在某种程度上我也体验到类似的感觉。这种感觉是非常美好的,特别是在头几天里。不过此刻更厉害些。"

"什么更厉害些?"萨布洛夫问。

"一切都更厉害:在进攻方面和感觉方面。"

"您想这是非常大规模的进攻吗?"萨布洛夫又问。

"我确信是的,"雷米淑夫说。"喂,您有什么计划?"他把茶杯放在旁边说。

"计划很简单——占领柯纽柯夫后面的以前是我的那所房子。"

"在什么时候?"

"今天夜里。"

"用怎样的方法?"

萨布洛夫用简短的几句话向雷米淑夫说明了这个计划,柯纽柯夫说夜里对他提起这个计划的时候,并没有料到,在这么近的时间内竟会实行。

"主要的是,并不从德国人提防的地方进攻,而是直接从柯纽柯夫的那座被包围的房子里去进攻,在那里德国人除了消极的防御以外,一点也不提防。"

雷米淑夫捻了捻斑白的髭须。

"可是人呢？计划是好的。不过人呢？"

"这件事以前也使我为难过，"萨布洛夫说，"我觉得，只要给我们人，就可能进攻。但是今天，在这件事发生以后，"他向出口处努努嘴，门外仍旧可以听见炮击的回声，"在这件事发生以后，我想……"

"我们也这样做吗？"雷米淑夫打断了他。

"是的，就这样。可是以后，"萨布洛夫微笑了一下，"您在高兴的时候，是会稍微给一点的吧，啊？"

"会给的，"雷米淑夫也微笑了一下说。

"那么我们向将军报告的时候，他也会给的吧？"

"毫无疑问，他会给的，"雷米淑夫说。"我还不知道，我给还是不给，可是将军会给的。"

"但是您也会给的吧？"萨布洛夫说。

"给。我是说着玩的。我首先把我自己给您。唉，老天，我防御得简直腻透了。您知道怎么吗？"他眯细眼睛对萨布洛夫看了一看。"我们一定要夺回这所房子。有北方来的这样的伴奏，如果做不到这件事简直是可耻的。房子……房子是什么呢？"他微笑了一下，但是立刻就变得严肃起来。"然而房子——这代表很多东西，几乎代表一切，代表俄罗斯。"他连凳子一同移到墙边，拖长了声音重复说，"俄罗斯……等天亮我们夺回这所房子的时候，您简直不能想象那时我们的心情。哦，房子是什么？是四堵墙，甚至不是墙，而是四堆废墟。但是心里却要说：我们要像夺回这所房子一样把整个俄罗斯夺回来。萨布洛夫，您明白吗？主要的是开始。即使它是从一所房子开始也好，但是在这时候可以感到，往后也要这样。在一切没有结束之前，往后都要这样。完了。喂，您打算怎样把人带到柯纽柯夫那边去？"他已经用实事求是的口吻说。

萨布洛夫说明了他预计怎样在一夜当中把人拉到柯纽柯夫那里，怎样悄悄地把这件事做好，怎样用手把迫击炮搬过去或者甚至用手抬几尊大炮过去。

半小时后,他们筹划完毕,就打电话给泊洛青柯。

"将军同志,我此刻在萨布洛夫这里。"雷米淑夫说。"我和他筹划好了在他的营的阵地上进攻的计划。"

一听见"进攻"这个字,泊洛青柯连忙说:

"是的,是的,您和萨布洛夫马上到我这里来。马上就来。"

他们钻到交通路里,向泊洛青柯那边走去。天已经开始亮了,可是白幔似的风雪依旧从四面八方遮着地平线。遥远的炮声并没有减弱;天亮了似乎听得格外清楚。

泊洛青柯的情绪兴奋,他把双手反背在后面在掩蔽部里走来走去。他身上仍旧穿着不久前招待指挥员们时所穿的那件节日的制服,可是今天掩蔽部里很冷,将军受不住寒气,他在制服上面披了一件旧棉袄。

"好冷! 好冷!"他用这句话来迎接萨布洛夫和雷米淑夫。"伏斯特烈柯夫这个狗娘养的,也不关心弄点柴来。火炉几乎要断气了。"他用手摸摸微微有点热气的生铁火炉。"伏斯特烈柯夫!"

"是,将军同志!"

"什么时候可以有柴?"

"再过一个钟头。"

"哦,你瞧。冷得很,"泊洛青柯又说了一遍。"你们的进攻计划是怎样的?"在他的声音中感到不能忍耐的语气。"上校,您报告吧。"

"如果您允许,"雷米淑夫说,"让萨布洛夫上尉报告吧。这是他的计划。"

萨布洛夫在这天早上第二次简略地报告了夺取房子的计划。

"在一夜里您来得及把人集中在柯纽柯夫的房子里,并且到天亮时候举行进攻吗?"泊洛青柯问。

"来得及,"萨布洛夫说。

"你有多少人可以去做这件事?"

"三十个,"萨布洛夫说。

"您可以给他多少?"

"再给二十,"雷米淑夫想了一想说。

"那就是说,你来得及把五十个人调过去,并且加以准备吗?"泊洛青柯问萨布洛夫说。

"是的,来得及。"

"如果我再给你们三十个,那就是八十个,你也来得及吗?"

"更来得及,将军同志,"萨布洛夫喜悦地说。

"那就好,好,"泊洛青柯说。"我们就从这一点开始我们的攻势。不过你要注意,"他对萨布洛夫说,"我不会让你浪费人员。我们会夺回这所房子,这是我毫不怀疑的。无论北方的情形是怎么好,不过在斯大林格勒暂时受包围的还是我们,而不是德国人。明白吗?"

"明白,"萨布洛夫说。

"将军同志,"雷米淑夫说。

"什么?"

"请准许我个人参加行动。"

"个人?"泊洛青柯狡狯地眯细了眼睛。"这是什么意思:您要到萨布洛夫的指挥站上去吗? 好,本来是应该这样的——因为您是团长呀。或许,您还要爬到柯纽柯夫的房子里去呢? 您要的是这一点吗? 爬过去吗?"

雷米淑夫不做声。

"您爬过去吗?"

"我爬过去,将军同志。"

"这也行。不过我不许您钻到另外那一所房子里去。让萨布洛夫一个人到那边去。懂吗?"

"是,将军同志,"雷米淑夫说。

"他到那边去,您到柯纽柯夫的房子里去,我呢,也许到他的指挥站上去。我们就这样决定。好,您走吧。我马上命令挑选三十个人给你们。不过要爱惜。不过您要注意,这是最后的一批人了。"

"准许我走吗?"萨布洛夫问。

"可以,用电话通知我您准备进行的情形。要报告得详细。我是很关心的,"他突然十分简单地补充说。"哦,还有。代表将军的名义告诉战士们和指挥员们:谁第一个冲进房屋——得勋章,谁接着冲进去——得奖章,谁捉到了'舌头'① ——也得奖章。您就去这样转告。你说,最初的提议是柯纽柯夫提出来的吗?"泊洛青柯对萨布洛夫说。

"是柯纽柯夫。"

"给柯纽柯夫一枚奖章。我不久前曾给过他一枚勋章,是吗?"

"是的,"萨布洛夫说。

"这样就好! 现在给他奖章,让他带着。你就这样告诉他:我欠他一枚奖章。好,完了。您可以走了。"

---

① 指俘虏,从他口中可以探出敌方的情形。

二十六

　　整天都在准备夜间的进攻中过去。一切都进行得很迅速,毫不迟滞,并且准备得惊人地周密。师里所有的人,从萨布洛夫起到泊洛青柯为止,似乎都被狂热的要活动的渴望控制着。过了两小时,师参谋长就打电话给萨布洛夫说,从师后备队里调来的三十个人,已经集合好了。从不同的地段来的炮手搬来三尊大炮,预备一夺到房子,当夜立刻就把它们推到那边去。彼嘉在掩蔽部的角落里摆弄着几枝自动枪——他自己的、萨布洛夫的和玛斯连尼柯夫的,他那样精细地擦拭和加油,仿佛作战的命运都要由这件事来决定的。他甚至把萨布洛夫的装手榴弹的破帆布袋也从角落里拖出来,仔细地加以补缀。这一次营里并没有遵守军事法规在准备行动时所要求的那最严格的保密。恰巧相反,每人都知道了夜里准备要夺取房子,心里十分高兴,虽然也许有许多人正是为了这次进攻而要在这夜丧失自己的生命。

　　无论是证明进攻是在继续着的远远的连续不断的炮声,以及经过长期停滞后的这个突然去夺取房子的思想——这一切都使大家不去想到死,或者更正确地说,比平时少想到它。

　　黄昏时候,雷米淑夫到营里来了。他说,他的人和泊洛青柯的人都准备好了在等待着。他们四个人——华宁、玛斯连尼柯夫、萨布洛夫和雷米淑夫——很快吃了一点东西,不吃得特别饱,因为忙着擦枪的彼嘉这一次疏忽了。后来他们讲好分配责任。华宁应该留在营里。顺便说一声,他刚从连里回来。各处阵地上整天照常射击,德国人甚至两次转取不大的攻势。总之,仿佛北方根本就没有这个惊人的、老是在搅乱人们的意识的炮声似的。现在华宁要在营参谋部里值夜,因为总要有一个人留在这里。他毫无异议地同意了,虽然萨布洛夫从他的脸色上看出,他并不满意,但是用力克制着。然而玛斯连尼柯夫的兴致却非常好。他要和萨布洛夫、雷米淑夫一同到柯纽柯夫的房子里去。

天一黑,萨布洛夫就立刻带着第一批战士和玛斯连尼柯夫顺利地搬到柯纽柯夫的房子里去。

"上尉同志,准许我问吗?"柯纽柯夫用这句话来迎接萨布洛夫。

"什么?"

"意思说,这是我方的军队用这个炮击包围德国人吗?"

"应该是的。"萨布洛夫说。

"我也是这样解释的,"柯纽柯夫说。"不然他们老是问我:'少尉同志(他们都称我少尉,因为我是卫戍队的长官),少尉同志,这是我们的军队在进攻吗?'我说:'确实是在进攻'。"

"当然是在进攻,柯纽柯夫。当然是在进攻,"萨布洛夫确认说。"今天我们也要进攻。"

后来他转告柯纽柯夫说,泊洛青柯要奖他一枚奖章,柯纽柯夫听了就立正说:

"乐于效劳!"

柯纽柯夫的人和到来的战士们悄悄地搬走一块块的砖头,给突击队拆出从房子里出来时应该穿过的通路。沿着交通路一点一点地运来炸药和手榴弹,后来拖来几架攻坦克枪和两尊营的迫击炮。

当萨布洛夫留下玛斯连尼柯夫继续调度,自己回指挥站的时候,那里有一个年纪很轻的少尉,炮台指挥员,报告说,他的三尊大炮已经到了这里。少尉请示把这些大炮怎样往前推。

"有的地方推，"萨布洛夫说，"有的地方只好用手抬。"

"我们就用手抬，"少尉特别有决心地回答说，今天所有的人都有着这种决心。"我们即使一路都用手抬也行。"

"不。不必一路抬，"萨布洛夫说。"不过如果你们弄出响声来，即使德国人不会因此把你们的脑袋弄下来，我也要把它弄下来。"

"上尉同志，我们不会弄出响声来，"少尉说。

萨布洛夫派彼嘉给他带路，彼嘉已经到柯纽柯夫那里去过三次。

当萨布洛夫在房子里集合了他自己的人和雷米淑夫的人，迎接了最后的一批人——从泊洛青柯那里来的三十个人，——并且把他们分成小队，开始向柯纽柯夫的屋子出发的时候，已经是半夜了。最后他自己和雷米淑夫一同到了那边。

战士们把上面有水泥板遮盖着的地窖做了吸烟室，大家轮流着像母鸡孵雏似的很拥挤地蹲在里面抽烟。遇到烟草不够的时候，他们便三个人或是四个人轮流合抽一枝烟。萨布洛夫从口袋里拿出烟草袋，把全部细碎的、变成细末的烟叶分给各个战士。他自己不想抽烟。他差不多毫不激动，只是时时刻刻拼命要苦恼地回忆，有没有事情忘记了，是不是一切都做好了。

联络兵从柯纽柯夫的房子里架了一根电线到萨布洛夫的指挥站，白天德国人是会看见那电话线而把它炸断的，但是夜间它便可以服务。通过这根电话线萨布洛夫和泊洛青柯取得了联系。

"你从哪里打来的？"泊洛青柯问。

"从柯纽柯夫的屋子里。"

"有本领，"泊洛青柯说。"我正巧想说，叫他们架一根电线过去呢。喂，怎么样？"

"将军同志，在做最后的准备。"

"好。过半小时可以动手吗？"

"可以,"萨布洛夫说。

"那么是零时三十分。好。"

但是开始并不是在零时三十分,而是晚了四十五分钟——在一点一刻。攻坦克炮无论如何不能拖过裂口,只得把墙上的砖头一块一块地拆掉。

最后,当第一批要去进攻的全部五十个人分成四个突击队,当带着炸药包和手榴弹的工兵以及和他们一同去的自动枪手完全准备就绪,炮口从墙洞里伸出来,对着并不远的、可以看得见的墙壁突出部分(德方的机关枪就在那里)的时候,在一点一刻,低声发出了开始进攻的命令。

迫击炮响得震聋耳朵,以至回声竟像皮球似的,从一座墙弹到一座墙上,沿着废墟轰轰地响过去。大炮直接瞄准了开始射击,两个突击部队就和萨布洛夫以及玛斯连尼柯夫一同前进。德国人虽然等待着从任何一个地方来的进攻,但只是没有想到,从这所被包围的、在他们看来是整个被封锁的房子里会来进攻。他们猛烈地射击着,但是乱射一阵,显然他们是心慌意乱了。

像所有的夜战一样,这次的战斗是充满了出人不意的事:迎面的射击、直接扔到脚底下的手榴弹的爆炸,——这一切,在夜战中主要并不是由人的数量,而是由战斗的人们的坚强的神经所造成的。

萨布洛夫扔了几次手榴弹,用自动枪对准了什么人射击。在黑暗中,他几次绊着石头跌倒了。最后,他跑过房屋地窖的全部废墟,跑到房子的西面。他累得气喘着,命令他旁边的一个战士转告他们,赶快把大炮拖到这里来。

一切的经过对于德国人是这样的突然,以致他们中间许多人都被杀死,其余的人,还没有考虑到是怎么一回事,只好从房子里跑出来。但是房子被俄罗斯人占领的这突如其来的报告,显然使近处的德国长官非常激动,使他们不顾一切,就地集合了手边所有的人,而且也不等到天亮,就违反习惯派他们前去反攻。第一次反攻被击退了。过了半小时,德国人用密集的迫击炮弹射击了那所房屋,再度去进攻。萨布洛夫心里又一次感谢泊洛青柯给他增加了人。房子里没有留下一堵完整的墙壁,——到处都是废墟、窟窿和裂口,德国人可以从裂口里爬过来,所以在伸手不见五指的黑暗中需要守卫着。

在德国人第二次反攻紧张的时候,玛斯连尼柯夫爬到萨布洛夫面前,问他有没有手榴弹。

"有,"萨布洛夫回答说,一面从腰带上解下一个手榴弹递给他。"怎么,都扔光了么?"

"都扔掉了,"玛斯连尼柯夫激动地承认说。

"去告诉他们,把迫击炮拖到这里来,即使两尊也好。此刻虽不需要,可是天亮的时候应该拖来。米夏,我们就在这里设一个指挥站,不要到别处去。懂吗?"

"懂,"玛斯连尼柯夫回答说。

"好吧,去告诉迫击炮手。"

"马上就去,"玛斯连尼柯夫说。

他整个身心还浸沉在战斗的狂热中,他不愿意离开这里。

"阿历克西·伊凡诺维奇,"他轻轻地说。

"什么?"萨布洛夫离开了自动枪,说。

"阿历克西·伊凡诺维奇,那边的进攻顺利吗?您以为怎样?"

"顺利的,"萨布洛夫说了,又贴近了自动枪:他觉得前面有人在走动。

"把他们包围起来了吗?"玛斯连尼柯夫问,但是没有得到答复。

从左面的裂口里,一下子跳进来几个德国人,他们终于在房屋的墙壁上找着一个没有设防的隙口。萨布洛夫放了一长排子弹,自动枪的弹盘放完了。他在腰里摸了一摸,应该有一个手榴弹挂在那里,但是却没有了,——他刚才把它给了玛斯连尼柯夫。可是德国人已经十分逼近了。玛斯连尼柯夫从萨布洛夫肩后将手榴弹扔出去,可是它不知为什么没有爆炸。那时萨布洛夫就把自动枪倒过来,抓住枪筒,挥动枪托朝那在旁边闪过的黑影打去。他的气力用得过猛,竟约束不住,把自动枪打在发出咯咯响声和狂吼的东西上,自己也向前仆倒。大概正是这样才救了他——一长串照明自动枪弹在他上面掠过去。

玛斯连尼柯夫用纳甘式转轮手枪朝黑暗中放了几次后,看见德国人挥动着自动枪要打躺着的萨布洛夫。玛斯连尼柯夫扔掉放空的短枪,从旁边向德国人扑过去,双手扼住他的喉咙,两人就在石头地上滚起来。他们一面滚,一面努力要抓住对方的手。玛斯连尼柯夫的左手夹在两块石头中间,他只听见这只手轧的一声,就不能动了。他用另一只手仍旧扼着德国人的喉咙,滚动着。一会儿在他上面,一会儿滚到他的下面。最后他感觉一样冰冷的硬东西抵住他的胸口。德国人拿出了腰带下面的手枪,用一只空着的手把手枪抵在玛斯连尼柯夫的身上,接连扳了几下枪机。

萨布洛夫跌昏了苏醒后,一跃而起,看见一团黑黝黝的东西在他脚底下滚动。后来发出了几声枪响,那团东西散开了,一个不认识的高大的人形开始爬起来蹲着。萨布洛夫手边一样东西也没有,他从腰带上扯下自动枪弹盘,就让它仍旧带着套子,双手抓住它,用尽全身之力,朝那个德国人头上打了三下。

从邻近的地窖里跑来的自动枪手们已经伏在墙壁突出部分后面射击了。反攻被击退了。

“米夏!”萨布洛夫喊道。“米夏!”

玛斯连尼柯夫不做声。

萨布洛夫伏在地上,推开德国人的死尸,用手摸索着,摸到玛斯连尼柯夫身旁,他摸着了领章和军装上的红星勋章,后来摸到了玛斯连尼柯夫的脸,重又喊道:“米夏。”玛斯连尼柯夫不做声。萨布洛夫再摸摸他。在左面靠心脏的地方,湿的军服粘住了手指。萨布洛夫试试把玛斯连尼柯夫扶起来。他忽然产生一个怪想法,认为此刻他如果能把玛斯连尼柯夫搀得站起来,这是非常重要的——那时他大概会活的。但是玛斯连尼柯夫的身体软弱无力地挂在他的手上,于是萨布洛夫就托着他,像玛斯连尼柯夫在四天前托着安尼亚那样,跨过石头,抱着他走。

"炮推来了吗?"他一听见发过命令的炮兵少尉的声音,就问。

"是的。"

"放在哪里?"萨布洛夫又问,他那样站着,好像已经忘记玛斯连尼柯夫躺在他手上似的。

"一尊放在这里,直对着,两翼上各放一尊。"

"对,"萨布洛夫说。

他走到地窖里,那里边剩下一块水泥天花板,可以遮掩着划火柴,他坐在地上,手里还抱着玛斯连尼柯夫,和他并排坐着。

"米夏,"他又唤了一次,就划了一根火柴,立刻用手把它遮住。

在微弱的光线下,玛斯连尼柯夫惨白的脸有一瞬在他面前掠过,拳曲的头发甩在后面,其中有一绺潮湿而无力地粘在额上。萨布洛夫把它整理好了。

从最后的谈话到这次沉默,虽然一共只把他们隔开几分钟,但是萨布洛夫觉得,好像不知过了多久。他战栗了一下,痛哭起来,这是他五天以来的第二次。

一小时后,德方最后一次的夜间反攻结束了,可以明白德国人决定将下次的进攻推迟到早晨,这时萨布洛夫把参加突击房屋战斗的工兵排长召来,命令他给玛斯连尼柯夫掘一个坟。

"就在这里?"工兵排长诧异地问,他知道,只要有一点可能,阵亡指挥员的遗体总要从战场上运到后面什么地方去的。

"是的,"萨布洛夫说。

"或许,在我们的地区上比较好些?"

"不，就在这里，"萨布洛夫说。"现在这里也是我们的地区。去执行命令。"

工兵们在地上刨了好久，试试在基地旁边找到一块冻得比较不厉害的土地，但是冻得很结实的土地不肯向铲子和铁棍让步。

"你们在那里掘什么？"萨布洛夫面色阴沉地问。"我来指给你们看，在什么地方掘坟。"

他把工兵们领到房子的正当中，房屋上面还耸立着残剩的屋顶，就像黑色的十字架一样。

"就在这里，"他用皮靴在水泥地上踩得发出响声，说。"钻一个洞，把炸药塞进去，炸出一个洞来，就可以埋葬。"

他的声音是异乎寻常地严厉。工兵们迅速地钻了一个洞，塞进几公斤炸药，便躲到旁边的墙壁后面，点上导火线。发出了一声短促的爆炸声，听声音，这和四周听见的几十个迫击炮弹的爆炸声并没有什么分别。在炸开的地上炸出一个一米多深的洼坑。他们把坑里的砖头和水泥碎片掏出来，就把玛斯连尼柯夫的尸体放进去。萨布洛夫跳进坑里，站在尸体旁边。他脱掉玛斯连尼柯夫身上的大衣，费力地褪下已经僵硬的手臂上的衣袖，用大衣盖住尸体，只让脸露出来。天色已经微微发亮了，这时萨布洛夫弯下腰来，清清楚楚地看见了玛斯连尼柯夫的脸。萨布洛夫把玛斯连尼柯夫的军装里的证明文件取出来，放到自己的口袋里，又把勋章旋下来。

"谁有步枪？"他从玛斯连尼柯夫的坟墓里站起来，问。

"大家都有。"

"好，朝空中齐射一次，然后把坟填上，我来发令。一，二！"他把自己的自动枪重又装上子弹，和大家一同开枪。短促的排枪声严峻地、并不响亮地在寒冽的空气中响了一次。

"现在填上吧，"萨布洛夫说，他转过身离开坟墓，不愿意看见一块块的水泥板和砖头将要撒在并打在一小时前他还不能想象竟会死掉的这个人身上。他并不转过身去，但是他的背部感觉到冰冷的砖块怎样落到坟墓里去，它们怎样越堆越高，声音越来越轻，因为砖头是越来越多了，现在工兵的铲子已经在扒了，要把它们弄得和地面一样平。

萨布洛夫蹲下来，从口袋里摸出记事簿，撕下一张纸来，在上面涂了几行。"玛斯连尼柯夫被打死了，"他写道。"我留在这里。如果您同意，我认为叫华宁和参谋部也搬到前面来，搬到柯纽柯夫的房子里来，离我近些，是合宜的。萨布洛夫。"

他召来一个联络兵，吩咐他把字条送给雷米淑夫。

"好，我们现在要作战了，"萨布洛夫仍旧用那样阴沉的声音说，在他的声音里颤动着准备夺眶而出的眼泪。"我们要在这里作战，"他并不是单独对着什么人，又重复了一遍。"连长在这里吗？"他喊。

"在这里。"

"我们走吧。我认为，在右翼上的基石下面需要掘几个机关枪巢。你的机关枪是放在第一层上吗？"

"是的。"

"要被他们炸碎的。需要掘在基石下面。"

他们踩着水泥地走了几步。萨布洛夫忽然停下来。

"等一下。"

这时寂静了一刹那，我方和德方都没有射击。一股寒冽的西风穿过废墟吹来，西方遥远的断续的炮声被风送过来，听得很清楚。

在离斯大林格勒五十公里的中阿赫吐巴，——在遥远的炮声传不到那里，只有最初的关于进攻的传闻才开始传到的那地方，——清晨，在一所充当手术室的小屋里，安尼亚躺在担架上。已经给她动了一次手术，可是一块很深的碎片仍旧没有取出来。

这几天里,她一会儿清醒,一会儿又昏迷,她此刻躺着,一动也不动,面色惨白,脸上没有一点血色。一切都准备好了,只等那位同意施第二次手术的外科主任到来,现在一切希望都寄托在这次手术上。医生们互相交谈着。

"亚历山大·彼得洛维奇,您以为怎样,她会活吗?"一个年轻的女医生问一个年老的、白帽子一直压到眉心的外科医生。

"一般地说,是不会活的,可是在他手里,也许会活,"外科医生说,他卷了一枝烟卷,又补充说,"如果心脏支持得住,也许会活。"

门大开了,一个身材矮小的敦实的人跨着迅速的脚步从小屋的隔壁半间走进来,带来了一阵寒风,他的一双生着粗笨的红手指的手伸在前面,显然,手已经用酒精擦过。在他的浓密的灰白色的小髭下面,有一枝夹在嘴角里的烟卷突出来。

"放到手术台上,"他对安尼亚躺的担架那一边看了一看,说。"给我点上烟卷。"

给他拿来了火柴,他把烟卷凑近火柴,点着了,双手仍旧伸在前面。

"据说,"他一边走近手术台,一边说,"我们的军队转取了总攻势,收服了卡拉奇,包围了斯大林格勒后面的德国人。好了。好了。"他用双手做了一个果断的手势。"详细情形等手术后再说。把我的烟卷拿掉。开灯。"

总攻势进行了两天两夜。在伏尔加河与顿河之间的顿河河套,在十一月漆黑的夜里,机械化部队金铁铿鸣,匍匐前行,汽车一路上陷在雪地里,缓缓地前进,桥梁被炸毁而折断。村庄在起火,大炮的火光在天边和发生过火灾的地方的闪光融成一片。一夜中冻成僵硬的尸体,像一个个黑点,躺在道路上和田野中间。

步兵们把遮耳帽深深地拉下来,用手挡着风,在雪地里走,常常跌倒在雪里。他们用手抬着大炮经过雪堆,把车栅砍倒,用它的木板和横木在峡谷上搭成摇摇欲坠的小桥。

两道战线在这个冬夜里，好像在地图上移动的两只手一样，移动着，彼此愈来愈接近，准备在斯大林格勒后面远远的顿河草原上会合。

在这两条战线所包围的这个空间里，在他们的残酷的围抱里还有几十万德军，还有许多军团、师团及其参谋人员、将军、纪律、大炮、坦克、飞机场和飞机，还有几十万人，他们仿佛还公允地自认为是有力的部队，而同时他们其实已经是明天的死人。

可是这一夜里，在各报馆里，还在自动排字机上排印着一向非常谨慎的情报局的战报，人们在临睡之前，一面听着收音机里广播的最新消息，一面还在替斯大林格勒担心，关于那对俄罗斯说来，是在这几个钟点里开始的、苦战中获得的捷报，他们却仍旧一点也不知道。

一九四三——一九四四年